笹本稜平

K2

復活のソロ

SOLO

祥伝社

K

SOLO

2

復活のソロ

K2 復活のソロ　目次

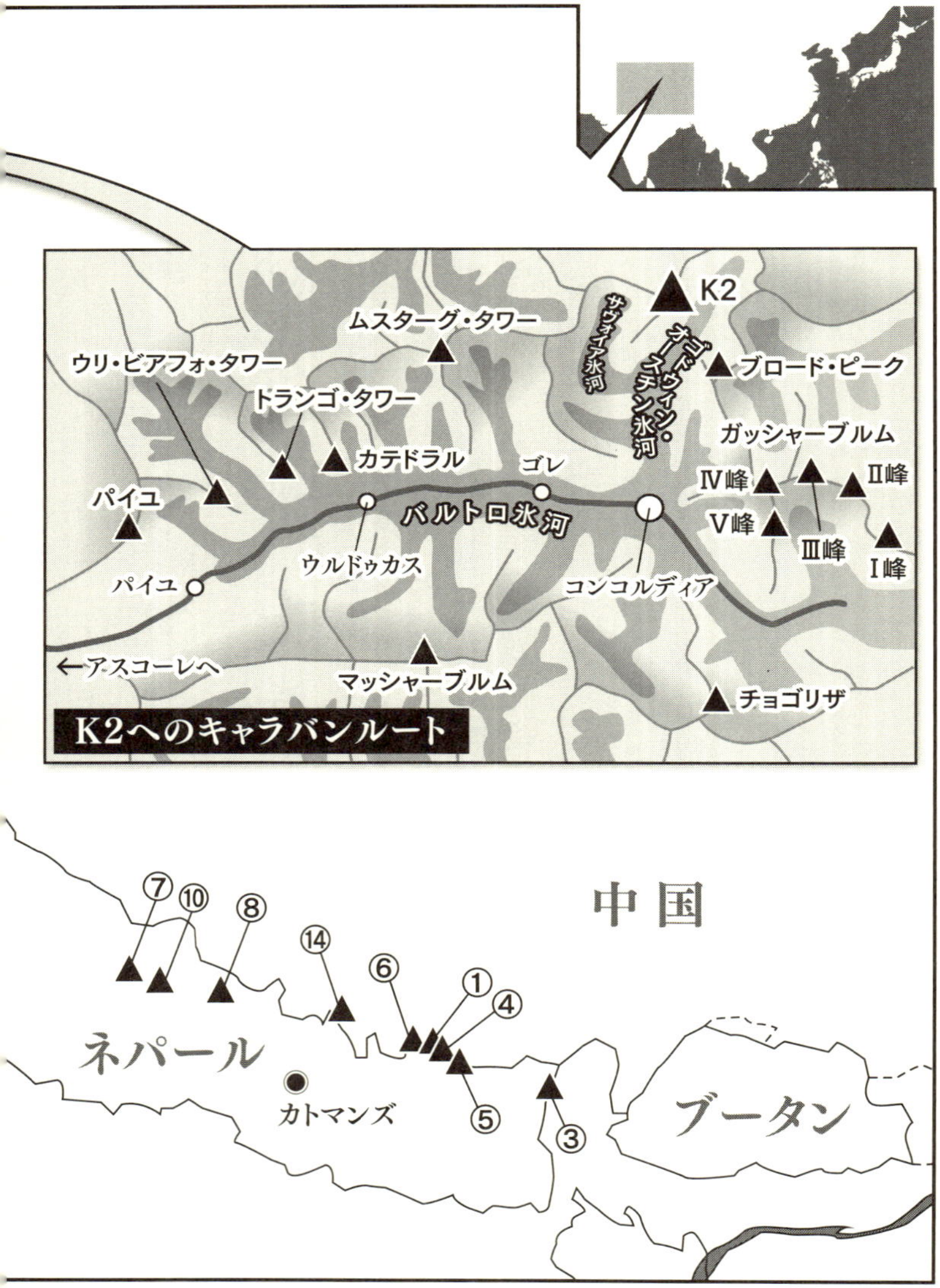
K2へのキャラバンルート
K2
サヴォイア氷河
ゴドウィン・オースチン氷河
ムスターグ・タワー
ウリ・ビアフォ・タワー
ブロード・ピーク
トランゴ・タワー
ガッシャーブルム
カテドラル
ゴレ
Ⅳ峰
Ⅱ峰
パイユ
バルトロ氷河
Ⅴ峰
Ⅲ峰
Ⅰ峰
ウルドゥカス
パイユ
コンコルディア
←アスコーレへ
マッシャーブルム
チョゴリザ
中国
⑦
⑩
⑧
⑭
⑥
①
④
ネパール
カトマンズ
⑤
③
ブータン

ヒマラヤ山脈8000m峰14座

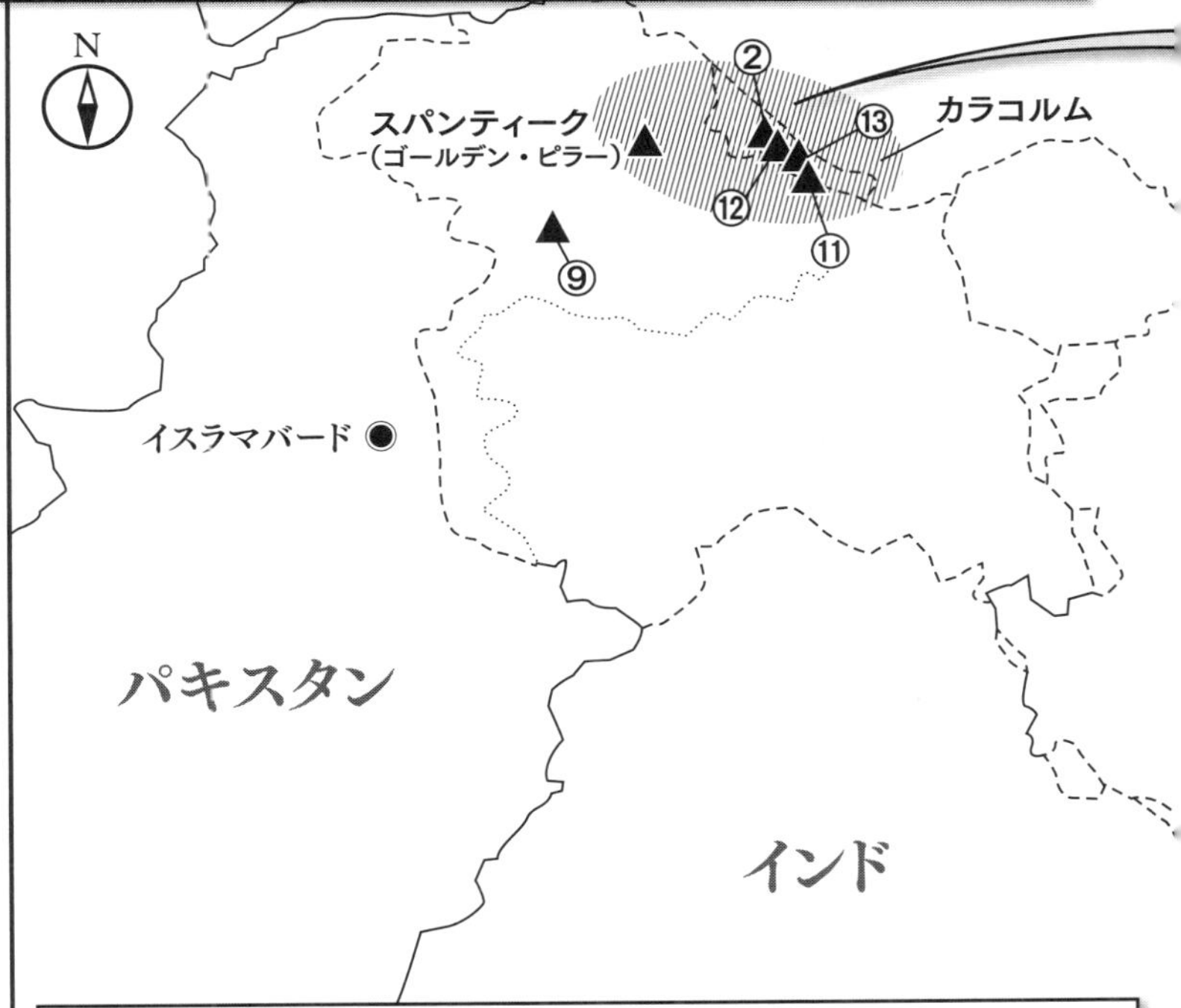

① エベレスト：8848m
② K2：8611m
③ カンチェンジュンガ：8586m
④ ローツェ：8516m
⑤ マカルー：8463m
⑥ チョー・オユー：8201m
⑦ ダウラギリ：8167m
⑧ マナスル：8163m
⑨ ナンガ・パルバット：8125m
⑩ アンナプルナ：8091m
⑪ ガッシャーブルムⅠ峰：8068m
⑫ ブロード・ピーク：8051m
⑬ ガッシャーブルムⅡ峰：8035m
⑭ シシャパンマ：8013m

装画　尾中哲夫
装幀　多田和博＋フィールドワーク
地図作成　三潮社

第一章　アマ・ダブラム西壁

1

奈良原和志《ならはらかずし》は不安を覚えながら頭上を仰《あお》ぎ見た。空が次第《しだい》に暗色を帯《お》びてきている。風はいよいよ強まって、舞い上げられた雪煙が氷壁を舐《な》めるように駆け抜ける。

アマ・ダブラムの頂《いただき》は鉛色《なまりいろ》の雲底に呑《の》み込まれ、エベレストもローツェも、上半分はすでに垂《た》れ込めた雲の向こうに姿を隠している。

予期せぬ天候の変化だった。契約を結んでいる山岳気象予測会社の予報によれば、クーンブ地域はきょう一日、高気圧に覆《おお》われて、崩《くず》れるにしても今夜半からだろうとのことだった。

シェルパ語で「母の首飾り」を意味するアマ・ダブラムは、標高六八五六メートル。その峻険《しゅんけん》な山容とは裏腹に、八〇〇〇メートル峰が十四座、七〇〇〇メートル峰が三百座前後はあるとされるヒマラヤではむしろ低山の部類に入る。一般ルートとされる南西稜は、プレモンスーンとポストモンスーンのシーズンには、アマチュアクライマーを対象とした公募登山隊の定番コースの一つとなっている。

しかしエベレスト街道の守り神のように、往来するトレッカーたちの頭上に聖堂のように聳《そび》え立つその山容は、クーンブヒマラヤのアイコンとも言うべき高い人気を誇る。

だからといって、決して易《やさ》しい山ではない。南西稜を除けば、すべての壁と稜線が高度なテクニックを要求するバリエーションルートで、いま登っている西壁もそんな難関ルートの一つだ。パートナーの柏田俊二《かしわだしゅんじ》は三〇メートルほど下の、アイゼンの前爪《まえづめ》だけが辛《かろ》うじて乗るほどの狭いバンド（帯状の岩棚《いわだな》）でトップで登る和志を確保している。

和志にとってもっとも性《しょう》に合うスタイルはソロ（単独登攀《とうはん》）で、これまでに樹立した記録の多くがそれによるものだ。だからといって、少人数のチームによるアルパインスタイルも嫌いなわけではない。

柏田は和志のスポンサーである日本の代表的な登山用品メーカー――ノースリッジの若手社員で、自身もアラスカやヨーロッパアルプスでのクライミング経験を持つ。

今年の一月に、和志はノースリッジのスポンサーシップを受けて、ローツェ南壁の冬季単独初登攀を成し遂《と》げた。まだ無名だった和志は、それによって一躍《いちやく》、世界のトップクライマーに躍《おど》り出た。

次の八〇〇〇メートル級の壁でのビッグクライムはすでに計画の段階にあり、今回のアマ・ダブラム西壁登攀は、それに備えてブラッシュアップしてきた、ノースリッジ製のアックス（ピッケルやアイスバイルの総称）やアイゼンのテストが目的だった。

未踏《みとう》ルートではないが、柏田のヒマラヤ・デビューの舞台としては格好で、岩壁の基部からの標高差は一五〇〇メートルほどだ。和志ならソロで一日で登れる自信があるが、柏田とのペアだと途中で一泊することになるだろう。

ベースキャンプを出発したのはきのうの未明だった。いまは四月中旬のプレモンスーン期で、秋のポストモンスーン期と並んで天候は安定しているが、それはあくまでモンスーン期や冬季と比べればであって、いったん荒れれば寒気や吹雪《ふぶき》や暴風の猛威はそれらの季節と変わりない。

登山の成功と生還のためにいちばん重要なのがスピードで、それがアルパインスタイルやその究極としてのソロの肝《きも》ともいえる。少人数、軽装備で、途中にキャンプをつくらず、そのための荷揚《にあ》げも行なわず、一気に登って下りるのがアルパインスタイルで、近年の八〇〇〇メートル級を含むバリエーションルートの攻略は、その大半がこうしたタクティクスによるものだ。

そもそも和志はソロも含め、アルパインスタイル以外の登攀スタイルを経験したことがない。高所ポーターを含む数十人のチームで、何カ月もかけて幾《いく》つものキャンプを設営し、最後に選ばれた数人だけが登頂する、いわゆる極地法《きょくちほう》は、かつて登山が国威発揚《はつよう》の手段と見なされた時代の名残《なごり》とも言うべき存在になりつつある。

プレモンスーン期やポストモンスーン期でも、ヒマラヤでは好天の持続期間は短い。アルパインスタイルでは、その短期間の好天を狙《ねら》って一気に登る。

だから今回も、向こう二日は大きな天候の崩れはないと見込んで登攀を開始した。一日目で六五〇〇メートルまで登り、そこでビバーク（不時露営）。あとは比較的容易な稜線をたどって頂上を踏み、一般ルートからその日のうちに下山という計画を立てていた。

しかしルートのコンディションは予想したより悪かった。けっきょくきのうは六〇〇〇メートルにわずかに足《た》りないところで時間切れになり、やむなくそこでビバークした。

きょうも早朝にスタートしたが、その先のルートも雪が少なく岩肌が露出していて、ミックスクライミング（アックスとアイゼンを用いて、氷雪と岩の混合したルートを登る技術）を武器とする和志と柏田にとっては不利な条件な上に、思いのほか岩が脆《もろ》くて浮き石が多い。

登攀開始前に目星を付けていたクーロワール（岩溝《がんこう》）は落石が頻繁《ひんぱん》に起きていて、けっきょく断念せざるを得なかった。やむなく選択した右手のリッジ（岩稜）は岩が脆い上に逆層（岩の節理が下に傾いている状態）で、アックスとアイゼンを使った登攀には不向きだった。もちろん手足を使ってのフリークライミングなら容易というわけではない。

一部、オーバーハングした箇所もある。普通ならボルトやアブミを使ったエイドクライミング（人工登攀）で乗り切るところだが、そういう用具を用いないフリークライミングを宗《むね》とする和志は、この登攀でもそうした装備を用意していない。

やむなく和志がリードして、辛うじて岩にかかったアックスとアイゼンに体重を預け、危険な綱渡りのような登攀でなんとか乗り越えた。

眼下はるかにベースキャンプのテントが見える。そこでは隊長兼テントキーパーの磯村賢一《いそむらけんいち》と、ノースリッジのマーケティング室長で、和志を表看板にしたキャンペーン・プロジェクトの責任者でもある広川友梨《ひろかわゆり》が固唾《かたず》を呑んで見守っている。

横殴《よこなぐ》りの風が、アックスとアイゼンの先端の、いわば点だけで岩にしがみついている和志の体をもぎ取ろうとするように吹きつける。頭上の雲底が、いまにも二人を呑み込もうとするように迫ってくる。

いまは時間との闘いで、なんとか大荒れになるまえに、当初ビバークを予定していた六五〇〇メートル地点に達したい。そこにはビバークに適した雪田《せつでん》があり、一日、二日の停滞は十分可能だ。しかしそこに至るルート上には、まともに足を置ける箇所さえほとんどない。停滞すなわち死だと言っても過言ではない場所なのだ。

ゆうべ磯村と話したときは、どちらもまだ楽観的だった。ルートのほうはあくまで技術的な問題で、和志なら十分切り抜けられるし、そのリードで登るなら、柏田もなんとかついて来られる。

しかし天候の予測については誤ったかもしれない。晴れてはいたが西から東へと薄い高層雲が流れ、風が西寄りに変わっていた。地元のラジオ局の予報では、高気圧の勢力が弱まっており、好天は保《も》って一日半とやや悲観的だった。しかしそれで十分登って下れるというのが、和志たちの当初の目算だった。

予定のビバーク地点まで一日で達することができなかったきのうの時点で、撤退を決断すべきだったと、いまとなっては悔やまれる。逆層のリッジをなんとか登り切り、後続の柏田がやってきたところで考えを訊《き》いた。

「どうする。ここから下降するか、もう一登りしてビバークし、嵐をやり過ごして登頂を果たすか」

「ここまで来たんですから、上へ向かいましょうよ──」

顔じゅうに真っ白い霧氷の髭《ひげ》を生《は》やして、臆《おく》する様子もなく柏田は言う。

「六〇〇〇メートル級のビバークはデナリ（旧称マッキンリー）で経験しています。そのときもひどい嵐でしたが、翌日は快晴で、無事に登頂を果たしました。ヒマラヤは初挑戦ですけど、ここで敗退したら、もう次はないかもしれませんから」

まだ入社二年目だが、クライマーとしてそこそこのキャリアを持つ柏田は、工学部出身の技術屋で、和志のプロジェクトに専従で加わりたいという希望を、プロジェクト発足《ほっそく》以来、社長の山際《やまぎわ》功《いさお》に直訴《じきそ》していたらしい。

山際もそれに応じた。もちろん和志のパートナーとしてではなく、あくまで技術スタッフであって、和志の遠征の際には現地に同行し、装備のメンテナンスや技術面でのフィードバックを担当するという役割だ。今回のアマ・ダブラムに関しても、当初は和志一人で登るつもりだったが、出発直前にぜひ一緒に登りたいと言い出した。

和志の登り方を間近に見ることで、技術的なアイデアもいろいろ出てくるだろう。ヒマラヤの先鋭的クライミングの用具を開発する立場の人間が、ヒマラヤを知らないのでは話にならない——。

そんな主張を何度も聞かされ、どのみち遠征には柏田も同行する予定だったから、それで必要な予算が跳《は》ね上がるわけではない。もし和志が迷惑でなければ、一緒に登ってもいいと山際が折れた。

和志も新装備のテストのために、日本国内で柏田と何度か山行を重ねていた。アラスカとアルプスで磨《みが》いたというクライミングの技術は、とくに難しいルートでなければヒマラヤの七〇〇〇メートル級にも対応できそうなレベルだった。アマ・ダブラムでいい結果が出れば、今後、より大きな遠征で頼れるパートナーになってくれるかもしれない。

ソロこそが自分本来の登攀スタイルで、その可能性をどこまでも追求することが、和志の果てることのない夢だった。だからといって、それにばかりこだわっていれば、自《みずか》らの登山の間口を狭《せば》めることにもなる。

世界には、ソロでは不可能なルートが幾つもある。そこには数多くの未踏ルートが含まれる。昨年、ローツェ南壁冬季単独登攀の前哨戦《ぜんしょうせん》としてに挑んだローツェ・シャールからローツェ主峰への世界初縦走《じゅうそう》は、和志のクライミングの師でもある磯村との二人パーティーで達成した。

縦走は壁とは異《こと》なり、一般に多くの日数を要する。担《かつ》ぎ上げる荷物の量も多くなり、一人で背《せ》負《お》える限度を超えるため、その点でもソロには向いていない。

シャールと主峰の縦走が、磯村とパーティーを組むことなしには実現できなかったことは明らかで、和志としては、そういうジャンルにもいずれは積極的に挑みたい。

八〇〇〇メートル級の壁でいまも未踏のまま残されているのは、K２の北面と東面のいくつかの壁と、マカルーの西壁くらい。ダウラギリI峰の南壁は、まだダイレクトに頂上に達するルートは登られていないまでも、その核心部に関してはクリアされている。

それらが登り尽くされるのもいまや時間の問題で、八〇〇〇メートル級の縦走が、次の高所クライミングのテーマになっていくと世界の登山界は見ている。

しかし和志にとって気の許せる数少ないパートナーの磯村は、いま不治の病に冒《おか》されている。生涯《しょうがい》、和志の登山隊長を務めると意気込んでいるが、その生涯がいまやカウントダウンの段階に入っていることを、本人も周囲もわかっている。

和志は柏田より二歳年上に過ぎないが、キャリアではこちらがだいぶ先を行っている。後継者の育成などとおこがましい口を利《き》きたくはないが、かつてバックパッカーをしながらアメリカ国内の壁を渡り歩いていた磯村が、ヨセミテで出会った和志の可能性を見込んで、アメリカじゅうの岩場や氷壁を連れ回し、とことんノウハウを叩《たた》き込んでくれた。いまの自分があるのはそのお陰だ。もしあのとき磯村に出会わなければ、どちらかと言えば世間に馴染《なじ》むことの苦手な和志が、いまも独《ひと》りよがりなスタイルに凝《こ》り固まり、袋小路に入っていたのは明らかだ。

そう考えれば、今回のアマ・ダブラムで、柏田とのパーティーを拒《こば》む理由はない。むしろ和志にとって、それは心楽しいことだと言えた。

「次はないなんて、悲観的なことを言うなよ。山はどこへも逃げてはいかない。再挑戦を期して生きて還《かえ》ることも、攻めのタクティクスの一つだよ」

諭《さと》すように和志は言った。もしソロだったら、迷うことなく自分は突き進んでいただろう。しかしいまはパーティーを組んでいる。そんなとき、互いの命を守るために全力を尽くすことは、頂上に達することに劣らない重要な目標となる。

「もちろんそうですけど、和志さん一人だったら、もっとスピーディーに登っていたと思うんです。僕が足手まといになって、アマ・ダブラムも登れなかったということになったら、責任は大きいですから」

「そんなことに責任を感じていたら、登山なんてやってられないよ。登れるか登れないかは山のご機嫌《きげん》次第で、成功を保証してくれる神様はどこにもいないからね」

「でも、登りたいんですよ。ミックスクライミングの腕はまだ未熟ですけど、このルートが登れれば大きな自信になります。和志さんみたいな先鋭的なクライミングは無理でも、八〇〇〇メートル級のノーマルルートも登れて、実際のことがわかるギア開発者になりたいんです」

少し入れ込み過ぎているようにすら思われる柏田の勢いに、和志は危《あや》ういものを感じる。

「たまたま山際社長が声をかけてくれたから、いまは山に専念できているだけで、それまでは食うや食わずの風来坊《ふうらいぼう》だった。それにしたって、この先、どうなるかわからない」

率直《そっちょく》な思いで和志は言った。山際が信用できないという意味ではない。しかしこれから先、どれだけの期間、世界の登山シーンの最先端で、ノースリッジのスポンサーシップに値《あたい》するだけの先鋭的なクライミングを続けられるか。

いまは体力と気力の両面でベストと言えるが、怪我《けが》をすることもあれば心理的なモチベーションを失うこともある。かといっていまさら普通の社会人として人生をやり直す自信はない。

「でも、いま自分がヒマラヤの壁を登っている――。そう思うだけでわくわくするんです。和志さんにとっては、なんでもないことなんでしょうけど」

肩で息をしながら柏田は言う。心配なのは高所障害だが、六〇〇〇メートル級のデナリでも経験したことはないと柏田は言っていた。いまいる場所は六〇〇〇メートルにやや足りない。

エベレスト街道の入り口となるルクラからの三日間のトレッキングに加え、五〇〇〇メートルを超えるベースキャンプで四日過ごした。スピーディーに登って下りるタクティクスなら、それで問題はないだろうと、隊長の磯村も判断した。しかし日程は一日延びて、このままだと高所で二泊と、条件はより厳しくなっていく。

「体調は問題ないんだな」

和志は確認した。柏田は力強く頷《うなず》く。やむなく和志は衛星携帯電話で、ベースキャンプに連絡を入れた。

「どんな調子だ。あんまりペースが上がらないようだが？」

磯村が問いかける。

「雪が少なくて岩が剝《む》き出しで、想像していた以上に条件が悪いんだ」

「続行するのか」

「頂上直下でもう一泊になりそうだけど、行くことにするよ」

「天候は予断を許さないぞ」

「一荒れ来るとすれば、新型のビバークテントのテストにはむしろ好都合かもしれない。とにかく予定していたビバークポイントまでは登ることにするよ」

「そうか。多少荒れたとしても、冬のローツェ南壁よりはましだろうからな」

磯村もさして不安は感じていないようだ。その声にも張りがあり、健康面でもとくに心配はなさそうだ。

「じゃあ、ビバークポイントに着いたら連絡を入れるよ」

そう応じて通話を終えた。ここからまたしばらくは、下と連絡をとっている余裕はないだろう。

2

再び和志がトップに立って、登攀を開始する。そこからは一〇〇メートルほどにわたって、ベルグラ（薄氷）の張り付いたスラブ（一枚岩）が続く。

落石の心配はないが、べつの意味で気が抜けない。氷は硬いが、アックスを強く打ち込めば割れて砕ける。逆に力を抜けば撥《は》ね返される。かといって傾斜は七〇度ほどもあり、フリーで登れそうなホールド（手がかりと足がかり）はほとんどない。

だからといって途方に暮れてもいられない。微妙に強度をコントロールしながら、アックスを打ち込み、アイゼンを蹴《け》り込む。四苦八苦しながら一〇メートルほど登ると、ようやく力加減がわかってきた。

そのあたりの調整については、ノースリッジの技術者とも何度も話し合っている。アックスの刃先を薄くして、バターにナイフを刺すようにスムーズに氷に食い込むようにするのは容易《たやす》いが、逆に強度の点で不安が出てくる。登攀中にアックスが破損すれば、命に関わるリスクが生じる。

刃の先端をパイプ状にすれば、刺さりやすく強度も保てるという意見が技術陣から出たことがあるが、和志が得意とするミックスクライミングでは、岩もその対象に含まれる。固い岩に刻《きざ》まれたリス（幅数ミリ以下の微細な岩の割れ目）や凹凸《おうとつ》に切っ先を引っかけるには、その形状が向いていないのは明らかだった。

けっきょくあらゆる氷の条件に対応できる解はなく、技術陣が最適と思われるパターンに刃先の形状をカスタマイズした上で、あとは氷のコンディションに合わせて、クライマーが経験と勘《かん》でコントロールするしかないというのが現在の結論だ。

かつて不可能と言われていた多くのバリエーションルートが、近年になって次々開拓された。それがアックスやアイゼン、テント、衣類に至る技術進歩によるものだとする議論があって、和志もそれに異論はないが、しかし決してそれがすべてではない。

どんなに用具が進歩しても、それを使いこなすのは人間だ。山に登ろうという意志を持つ者がいて、それは初めて意味を持つ。

ノースリッジの社長の山際も、かつてヨーロッパアルプスで名を轟《とどろ》かせた名クライマーで、その絶頂期に大怪我をして登山の世界からの引退を余儀なくされた。

それでも山に関わりたいという執念《しゅうねん》から、自らの経験を生かして、オリジナルのアックスやアイゼンの開発に乗り出した。

そんな弱小メーカーの製品に世間が注目するはずもなく、日本国内では欧米の有名メーカーの陰に隠れてさっぱり売れない。資金はすぐに底を突いたが、銀行は融資に応じてくれない。

そんなとき、たまたまその製品が、ハル・ブラッドレイというアメリカの第一級ミックスクライマーの目にとまった。彼が紹介してくれたアメリカの有力投資ファンドの出資を得て開発したハルのシグネチャーモデルは、日本市場でヒットした。

日本での成功だけでは飽《あ》き足らない山際が、いよいよ本格的に世界に打って出ようとしたとき、注目したのが、まだ無名のクライマーの和志だった。

そのころ和志は、アラスカやヒマラヤで幾つもの初登攀の記録を打ち立て、海外では徐々に注目を集めていた。しかし資金的な壁もあって、まだ八〇〇〇メートル級のビッグウォールの経験がなく、カトマンズをベースに一匹狼《いっぴきおおかみ》の風来坊生活を送っていた。そんな和志とノースリッジの縁を取り持ったのが磯村だった。

和志はそもそも世間と折り合うのが下手《へた》で、それまでも好きな山を勝手気ままに登ってきた。そのため、対象はパーミッションが不要で入山料も低廉《ていれん》な六〇〇〇メートル級の、いわゆるトレッキングピークが中心だった。もちろん一般登山者に開放されたトレッキングピークも、バリエーションルートとなれば困難な未踏ルートの宝庫でもある。

ヒマラヤのオフシーズンとなるモンスーン期や冬季には日本へ帰ってアルバイトに精を出し、プレモンスーン期とポストモンスーン期はカトマンズの安宿を拠点にクライミング三昧《ざんまい》の生活を送る。

ビッグクライムに関心がないわけではなかったが、それに伴《ともな》う煩雑《はんざつ》な人との付き合いに気後《きおく》れする。持って生まれた性格はなかなか直せない。ノースリッジからのスポンサーシップの話が出た当初も、和志の気持ちも引き気味だった。

そのときノースリッジ側の窓口となったのが広川友梨だった。和志より二つ若いが、その年齢でマーケティング室長を担当しているということは、ノースリッジがそれだけ若い会社であり、同時に友梨がそこまで山際の信頼を得ている証《あかし》でもある。

ノースリッジがスポンサーとなって、和志を世界のトップクライマーにする——。そんな思いがけないプロジェクトの提案にも、いまひとつ気持ちが乗らなかった和志の背中を押したのは、クライマーとしての夢の続きを追い求めるように世界に打って出ようという山際の情熱と、その意を体してプロジェクトの推進に全力を傾《かたむ》ける、友梨の親身で闊達《かったつ》なサポートだった。

昨年の夏に、プロジェクトの緒戦として磯村とともに挑んだカラコルムの難壁ゴールデン・ピラーでは、過去最速のワンデイアセント（一日で登頂すること）を達成した。

その経過を、友梨は特設ウェブサイトやSNSを通じて世界に発信した。そのパブリシティ作戦は功を奏し、日本国内はもちろん、世界の山好きの心を惹《ひ》きつけた。

続いてその秋、第二弾として挑んだローツェ・シャールからローツェ主峰への世界初縦走にも成功を収めた。

カズシ・ナラハラの名前とともに、スポンサーとしてのノースリッジの名前も世界に広まり、すでに発売を予告していたカズシ・ナラハラのシグネチャーモデルへの問い合わせが殺到した。

そして満を持して挑戦したのが、ローツェ南壁冬季単独初登攀だった。

世界屈指《くっし》の難壁として、ラインホルト・メスナーを始めとする世界のトップクライマーたちを退けてきたその壁は、一九九〇年にスロベニア（当時はユーゴスラビア）のクライマー、トモ・チェセンが単独初登攀を果たしたが、当時の常識としてはあまりに超人的な偉業に、欧米の登山界は疑惑の目を向けた。

同じソロを志《こころざ》すクライマーとしてトモを敬愛していた和志は、彼とまったく同じルートをたどり、彼が頂上直下に残してきたという三本のピトン（岩の割れ目に打ち込む楔《くさび》状の器具。ハーケンともいう）を見つけたいと願った。

もちろん、それだけでは第二登に過ぎない。究極の目標として目指したのは、そこに「冬季」という新たなハードルを付け加えることだった。

ある縁でトモ・チェセン本人とも対面し、その謦咳《けいがい》に接した。彼の激励を受けて挑んだ冬のローツェ南壁で、生死の狭間《はざま》を縫《ぬ》うような苦闘の結果、和志は冬季単独初登攀を果たし、トモが残したピトンも発見した。

そこまでのプロセスが、自分を大きく変えてくれた。それまでは、クライミングという行為はすべて自分個人の裡《うち》で完結すべきだという思い込みがあった。

クライマーとしてのプライドや哲学といった大袈裟《おおげさ》なものではなく、持って生まれた性分《しょうぶん》としか言いようがない。言い換《か》えれば、自分が一種の山オタクで、世間と積極的に繋《つな》がることに臆病《おくびょう》であることとの裏返しだということに気づいてもいた。

磯村と友梨の強いプッシュ、そしていまも褪《あ》せない山際のアルピニズムへの情熱に煽《あお》られて、ついに大きな目標に到達した。やってみればそれはすばらしい経験だった。

自分一人の喜びではなく、プロジェクトに関わった人々、インターネットを通じてそれを注視し、成功をともに喜んでくれた世界のフォロワーたち――。

それまでの自分が閉じこもっていた場所が狭く暗い巣穴のような場所だったことに気づいた。世界のトップクライマーの一人と認められるようになって、面映《おもは》ゆい気分が残る反面、その巣穴から地球サイズの舞台に飛び出したというのがいまの偽《いつわ》らざる実感だ。

3

薄いベルグラの機嫌を損じないように適度な強さでアックスを打ち込む。その加減が筋肉に直接インプットされたように、刃先は正確に氷を捉《とら》えてくれる。

しかし時刻は午後二時を過ぎている。雲の切れ目からときおり青空が覗《のぞ》くが、風が弱まる気配はなく、頭上からはシャワーのようなチリ雪崩《なだれ》が落ちてくる。

スラブの上には小さな懸垂氷河《けんすいひょうが》があり、その末端《まったん》のセラック（氷塔）がベースキャンプからは極《きわ》めて不安定に見えた。当初のルートのクーロワールをたどっていれば避けられたはずだが、やむなくいまは、ほぼその直下を登っている。

きのうから気温はやや高めで、天候が悪化し始めたいまも、それほど大きくは低下していない。氷が緩《ゆる》み、セラックが崩壊すれば、その直下を登っている和志たちはひとたまりもない。

困るのは確保用の中間支点がとれないことだ。薄く張り付いた氷にはアイススクリュー（氷にねじ込む金属製の釘《くぎ》）はねじ込めない。わずかな氷の切れ目は見つかっても、そこにはピトンを打ち込めるようなリスがない。

中間支点の間隔《かんかく》が開くと、落下したときの衝撃がより大きくなり、支点がそれで破壊されれば、そのぶん墜落《ついらく》距離が長くなる。柏田が踏ん張ってくれたとしても、そのときのダメージは大きく、生死に関わる重大事故となる可能性は高い。

となれば、和志が落ちないことが最大の安全策で、あるかどうかわからないポイントを探して時間をとられるより、中間支点なしでスピーディーに登るほうがむしろ安全だ。

そもそもソロで登るとき、和志は原則的にセルフビレイ（自己確保）はとらない。それは和志に限らずだ。ソロでもセルフビレイは可能だが、その場合、複数人のパーティーなら後続が担当するロープの回収を、自力でやらなければならない。つまり、一度登ってまた下り、ロープを回収しながら再び登ることになる。

回収せずに放置することも可能だが、その作戦をとるなら予備のロープを何本も持ち込む必要があり、装備の軽量化によるスピードアップを宗とするアルパインスタイルのセオリーとは矛《む》盾《じゅん》する。

トップがセカンドを確保するのは技術的に容易だから、和志がこのピッチ（一ピッチはほぼロープ一本分登る距離）を登り切れば、後続する柏田に関しては、とくに不安は感じない。

じりじりと湧《わ》き上がる焦燥《しょうそう》に抗《あらが》いながら、ワンステップずつ、着実に体を押し上げる。眼下千数百メートルには土色を帯びた氷河の蛇腹《じゃばら》模様がのたうつ。

二〇メートルほど下では柏田が、ロープを繰り出しながらこちらを見上げている。ゴーグルで覆われた顔からその表情は読みとれないが、不安を感じていないはずはない。

しかし確保なしのソロなら落ちたらそれで終わりだが、下で柏田がロープを握ってくれるなら、死なずに止まる可能性はある。そう考えれば、中間支点なしでも、ことさら恐怖は感じない。むしろ怖いのはセラックの崩壊だ。気温は下がるどころか、わずかに上がっているようにさえ感じられ、チリ雪崩の頻度も高まってきた。

ベルグラもわずかに緩みだしているようで、アックスでとらえた部分が剝離《はくり》して、慌《あわ》ててバランスを取り直す。より慎重にアックスを振るえば、スピードはさらに落ちてくる。舞い上がる雪煙はブリザードの様相を呈し、前方の視界がときおりかき消される。

4

なんとか二ピッチを登り、懸垂氷河の末端まであと少しというところに達した。ロープはほぼいっぱいに伸びている。セカンドの柏田を確保するためのアンカーポイントを探す。

一メートルほど左に縦に走る凹角があり、そこを埋めるように太い氷柱《つらら》が伸びている。そこならアイスクリューがねじ込めそうだ。慎重にそちらへトラバース（横移動）しようとしたそのとき、頭上でなにかが爆発したような音がした。

周囲が白い帳《とばり》に包まれて、視界が完全に失われた。乾《かわ》いた音を立てて、なにかが傍《かたわ》らを落ちていく。

セラックが崩壊したらしい。恐怖を感じる暇《ひま》もなく、反射的に体を壁に押しつけて、体勢を低くし、アックスを強く握りしめる。

大量の雪が頭上から滝のように降り注ぐ。その圧力に必死で堪《た》える。肩や背中に氷のような固いものが当たる。

壁全体が鳴動する。しがみついているベルグラが剝離したらまさに一巻の終わりだが、保《も》ってくれと祈る以外になにもできない。周囲を流れる雪の奔流《ほんりゅう》で、呼吸することもままならない。

その時間が数秒だったのか数分だったのかわからない。時間の感覚が消え失《う》せて、ただ上からの圧力と、氷塊《ひょうかい》と思《おぼ》しいものが頭や体に当たる衝撃に堪え続けるだけだった。

しばらくして雪のシャワーが弱まった。頭上のセラックが崩壊したのは間違いない。助かったのはその位置がわずかに横にずれていたためか、あるいは崩壊がごく小規模だったのか。

いずれにしても、雪のない急傾斜のスラブだったから助かった。もし斜度の緩い雪壁だったら、誘発された雪崩に巻き込まれ、千数百メートル下の氷河まで流されるか、途中で埋もれて窒《ちっ》息《そく》するかだっただろう。

次第に視界が戻ってくる。とたんに不安が湧き起こる。柏田は無事なのか――。もし直撃を受けていたら、身をかわすことはできなかったはずだ。

下を見ると、雪煙を透《す》かして柏田の黄色いウェアが見える。スラブを覆うベルグラにはあちこち亀裂が入り、いつ崩れ落ちても不思議はない状態だ。ロープは握ったままで、壁に背を凭《もた》せているが、ぐったりと俯《うつむ》いたまま動きがない。

「柏田君。大丈夫か？」

大声で呼びかけても反応がない。

「柏田君。どうなんだ。無事なら手を振って見せてくれ」

柏田の体はぴくりとも動かない。一見すると立っているようだが、よく見るとアンカーからとったセルフビレイ用のロープから吊《つ》り下がっている状態で、両足ともアイゼンは壁から外れている。

大きな氷塊が頭部にでも当たったのかもしれない。もしアンカーが外れていたら基部の氷河まで真《ま》っ逆《さか》さまで、そのときは、ロープで結ばれた和志も同様の運命だった。

その点は不幸中の幸いだったが、こんな場所で柏田が身動きのできないような重傷を負っていたら、果たして生きて下山させられるか。そもそも生きているのかどうかさえ、いまは判断が下せない。いったん柏田のところまで下りるしかない。

先ほど見つけた氷柱のある凹角に向かってトラバースする。亀裂の走ったベルグラが、いつ剥落するかわからない。

結果を見れば、撤退の判断を誤ったと言うしかないだろう。ヒマラヤ初挑戦で敗退はしたくない──。そんな柏田の希望を受け止めてしまった自分にも責任がある。

だからといって後悔していても始まらない。結果は結果として受け入れて、そのうえで全力を尽くす以外に、この状況を乗り切るすべはない。

不安定な氷を刺激しないように、慎重にアックスを打ち込もうとしたそのとき、肩の辺りに激痛が走った。左腕に力が入らない。

落ちてきた氷塊で打ったのだろう。両手が塞《ふさ》がっているので患部は確認できないが、鎖骨《さこつ》を折っている可能性がある。痛みを堪《こら》えながら、ゆっくりトラバースする。凹角の真横に出たところで、アイススクリューをねじ込んでようやく一息ついた。

アノラックのポケットで衛星携帯電話が鳴り出した。取り出してディスプレイを覗くと、磯村からの着信だった。下からこちらの状況が見えたのだろう。不安げな調子で訊いてくる。

「どうなんだ。二人とも無事なのか」

「左の肩を痛めてしまったけど、僕はなんとか動けるよ」

「柏田君は？　下から見る限り、動ける状態じゃなさそうだが」

「声をかけても返事をしない。身振りで応答してくれるわけでもない。これから下りて、状況がわかったら報告するよ」

「ああ。しかし無理はするなよ。おまえ一人だって、生きて還れるかどうか微妙な状況だから」

磯村は厳しい認識を示す。柏田がすでに死亡しているかそれに近い状態で、無理をすれば和志も命の危険にさらされる。場合によっては、辛《つら》い決断を迫られるかもしれないと、暗に言っているようにも受けとれる。その話題を避けるように、気忙《きぜわ》しい調子で和志は言った。

「とにかく、彼のところまで下りないと。また連絡する」

この先、どういう答えが出るにせよ、いまは一刻の猶予《ゆうよ》もならない状況だ。柏田のみならず、自らが生きて還るためにも――。

5

氷柱にねじ込んだアイススクリューをアンカーポイントとし、ロープ伝いに下降する。

頭上のガスが一瞬切れて、セラックの状態が目に入る。やはりその一部が崩壊したようだった。残った部分もいかにも不安定な状態だ。ぐずぐずしていれば、また崩れ落ちる惧《おそ》れがある。ベルグラの状態も悪いから、一気に下降するというわけにはいかない。剝落した氷片が柏田に当たれば、状態をさらに悪化させることになる。

ディッセンダー（下降器）を慎重に操作して、一歩一歩、着実に下りていく。雲底はいよいよ暗くなり、吹きつのる風に交じって粉雪もちらつき出している。

柏田の傍らに降り立って、アンカーからセルフビレイを取る。それだけの作業でも左肩の痛みは堪えがたい。無理に動かさないほうがいいのはわかっているが、後先を考えてはいられない。とりあえず自らの安全を確保したところで、柏田の肩を軽く揺《ゆ》すった。

「柏田君、僕だよ、わかるか？」

柏田はかすかに頷いた。先ほど声をかけたとき反応がなかったのは、脳震盪《のうしんとう》でも起こしていたせいか。ゴーグルを外すと眩《まぶ》しそうに目を開けたが、その眼差《まなざ》しがどこか虚《うつ》ろだ。

体を軽く起こしてみると、ヘルメットの後部が割れている。固い氷塊か、あるいは岩でも当たったのか。後頭部に手を当てると、髪の毛にべっとりと血糊《ちのり》がついている。

怪我の状態はわからないが、頭蓋骨《ずがいこつ》骨折の可能性がある。もし脳挫傷《のうざしょう》を起こしていれば、極めて重篤《じゅうとく》な事態だと言える。

それ以外に外傷は見当たらない。服を脱《ぬ》がせて確認するわけにはいかないが、あってもたぶん打撲《だぼく》程度だろう。柏田の口がかすかに動く。

「すみません――。ご迷惑をおかけして――」

声は弱々しいが、言葉はなんとか聞きとれる。

「君のせいじゃないよ。それより、どんな状態だ？」

「右目が、ほとんど見えないです」

視力に影響しそうな外傷はないので、やはり脳をやられているらしい。

「体は動くか？」

「ええ、動きます」

柏田は両手を軽く揺らして見せた。和志はさらに訊いた。

「足は？」

「動いていないんですか」

柏田は当惑気味に問い返す。

「ああ、痺《しび》れたような感じなのか」

「そうじゃないんです。動かしているつもりなんです。でも、動いていないんですね」

柏田は切ない声で問いかける。外見からはわからないが、頭部以外にも大きな衝撃を受けていて、脊髄《せきずい》が損傷している可能性が疑われる。

「思ったより重傷のようだ。ちょっと待ってくれ」

そう言って、ベースキャンプの磯村を呼び出した。

「どんな状態なんだ？」

磯村は勢い込んで訊いてくる。和志が柏田のところまで下降したのが下から見えたのだろう。状況を伝えると、磯村は唸《うな》った。

「どうする。そこから下るか上に抜けるかだが、柏田君が動けないなら、どっちにしても難儀だな。彼を背負ってじゃラペリング（懸垂下降）だって厳しいだろう」

「風も強くなったし、雪も降り出してるから、この先、どうなるかわからない。距離は長いしね」

ラペリング用のロープはもちろん用意しているが、その場合、下降後に回収できるように一本をループにして使うので、一回で使える長さは半分になり、基部まで下降するのにそれを数十回繰り返すことになる。さらに途中にはラペリングに不向きな緩傾斜の部分もあり、そこは担いで下降せざるを得ないだろう。

こういう状況になるとはそもそも思っていなかったから、用意しているのは八ミリ径のロープのみで、柏田を背負ってとなると強度の面でも不安がある。磯村が言う。

「上に抜けるしかなさそうだな」

「そう思う。セラックの上の懸垂氷河まであと六〇メートルほどで、さっきはそのすぐ近くまで登っている。ロープはそのまま残してあるから、アッセンダー（登高器）を使えば、なんとか彼を担ぎ上げられる」

その先はせいぜい三〇メートルほどで、そこもまず和志が登り、ロープをフィックスしてからいったん下降して、柏田を担ぎ上げればいい。気の遠くなるようなラペリングの繰り返しより、そのほうがはるかに現実的だ。

「ほかに選択肢《し》はなさそうだな。いまはガスで見えないが、あそこまで行けばいいビバークサイトが見つかるだろう。あす天候が回復したらヘリで救出するよ。ネパールの山岳パイロットは、その標高なら飛んでくれると思うから」

　何年か前、アマ・ダブラムの北西壁で救難ヘリが墜落した事故があり、パイロットと乗員の二名が死亡している。要請した二名の登山者は別のヘリで救出されたが、人の命の重さはパイロットもクライマーも変わらない。それを思えば、和志としてはあまり気が進まない。

「ちょっと待ってくれ。いま友梨に替わるから」

　磯村が言い、すぐに心配そうな友梨の声が流れてきた。スピーカーモードで、ここまでのやりとりは聞いていたらしい。

「本当に大丈夫？　柏田君はわりと大柄だから」

「ついこのあいだまで富士山《ふじさん》の歩荷《ボッカ》（人力による荷揚げ）で鍛《きた》えていたから、その点は心配要《い》らないよ。天候の読み違えとかルートを甘く見たこととか、すべて僕の責任だから、なんとしてでも彼を生きて還さないと」

　和志は慚愧《ざんき》を滲《にじ》ませた。ソロだったらもっとスピーディーに登っていただろうという思いはあるが、ここではそれを言い訳にはできない。

「私もそれを願っているけど――」

　友梨はそこで口ごもる。複雑な気持ちなのはよくわかる。誰かを救うためにその救難者自身が犠牲になる――。北西壁でのヘリ墜落事故にしてもそうだが、それは山岳救助に必ずついて回るジレンマだ。そして先鋭的なアルピニズムを目指している限り、だれもが避けては通れない問題でもある。あるいは自分がここまでソロに傾斜してきたことには、そのジレンマから逃れようという無意識の思いもあったかもしれない。

　ソロなら、自分が犯したミスで死ぬのは自分だけで済む。パートナーを巻き添えにすることはあり得ない。もちろん、それがすべてのクライマーに求められるモラルだと言う気は毛頭ない。チームメイトとともに登頂を果たし、ともに生還するために全力を尽くす。そこにこそアルパインスタイルのあるべきモラルがあって、そこから人の心を打つ数々のドラマも生まれてきた。

この先、ぎりぎりの選択を迫られることがないとは言えないが、いまはまだ十分乗り切れる状況だ。自分に言い聞かせるように和志は言った。

「まだギブアップするような段階じゃないよ。難しい部分はほぼ登り終えているし、柏田君も意識はしっかりしているから。いま彼と替わるよ」

そう言って衛星携帯電話を手渡すと、柏田は申し訳なさそうに言う。

「すみません。僕が和志さんの足を引っ張ることになっちゃって」

「そんなことないよ。ヒマラヤ初挑戦にしては上々じゃない。頑張って生還してもらわないと。あなたにはこれからやってもらう仕事がたくさんあるんだから」

友梨は尻を叩くように言う。柏田が和志と一緒に登りたいと言い出したときには、友梨はどちらかといえば難色を示した。彼女にとってはプロジェクトの推進こそが最重要の課題だ。だから本番外のテスト登攀というべき今回のアマ・ダブラムでは、計算しにくい要素はできるだけ排除したいという思いがあったようだった。だからと言って、起きてしまった事態は受け入れるしかない。

「でも、僕がベースキャンプで大人しくしていれば、こんなことにはならなかったのに」

なおも自責の念を口にする柏田に、友梨はぴしゃりと言う。

「悔やんだって仕方がないわよ。いまは生きて還ることがあなたの仕事じゃないの。気持ちを強く持って頑張らなくちゃ」

「そうですね。でも頑張ると言っても、和志さんに頼るしかないですから」

切ない声で柏田は言うが、いまは反省会をやっている場合ではない。柏田から衛星携帯電話を取り上げて、和志は友梨に言った。

「心配しなくていいよ。あとは僕に任せてくれ」

「わかった。でも気をつけてね。またセラックが崩壊するかもしれないから」

「ああ。スピード勝負なのは間違いない。じゃあ、無事にビバークサイトに到着したら、こちらから連絡を入れるから」

そう言って通話を終えて、和志は柏田を担ぎ上げる準備に入った。自分の荷物は先ほどのアンカーポイントに残してきたから、運び上げなければならないのは、柏田の体とその荷物だ。

柏田は背負って登るしかない。手持ちのスリング（捨て縄などに用いる細いロープやナイロンテープを輪にしたもの）を柏田のハーネス（安全帯）に結び、簡易型の背負い子《しょこ》とする。

柏田のザックには食料や燃料の予備が入っているので、いったん彼を運び上げてから、もう一度下り、ロープを回収しながらそれも運び上げることになる。

柏田の体を背中に固定して、ロープにアッセンダーをセットして立ち上がる。アッセンダーを上方向にスライドさせて、ぐいと体を引き上げる。

左腕に負荷がかかると激しい痛みが走る。それでも荷重が腕と足に分散されるから、バランスが悪い点を除けば、想像していたほどの負担は感じない。

しかし、ソロを含むアルパインスタイルが専門の和志は、アッセンダーを使った荷揚げの経験がほとんどない。ロープにぶら下がっての登高は、一見簡単なようで難しい。

アッセンダーを通したロープは、アックスや岩壁のホールドとは違い、体の動きとともにゆらゆら揺れる。そのうえ背負っているのは柏田で、人間の体は登山用のザックのように背負いやすくは出来ていないから、重さはもちろん、バランスもすこぶる悪い。

体重は七〇キロ近くありそうだ。日本国内での歩荷では一〇〇キロ以上を運んでいるが、それは普通の山道での話。ここは標高六〇〇〇メートル超のヒマラヤの壁で、空気も希薄だ。体質的に高所に強いシェルパでも、高所ポーターが一度に運ぶのは三〇キロ前後であることを思えば、厳しい条件なのは言うまでもない。

しかしいまはロープがフィックスされているから、ベルグラの崩落はさして危険ではなくなった。それを惧れず大胆にアイゼンを蹴り込む。不安定な氷なら、いっそ落としてしまったほうが安全だ。

五センチほどの厚さのベルグラが砕けて、カラカラと音を立てて眼下の谷底に落ちていく。剝き出しになった岩のわずかな凹凸《おうとつ》をアイゼンの爪はがっちりと捉える。大胆な動きで体を持ち上げる。

風は耳元で唸りを上げて、雪の礫《つぶて》が頰《ほお》を打つ。気温はさほど下がっていないが、体感温度は風の強さに比例して低下する。体温を維持するには運動量を増やすしかない。

しばらく登ると、手足の筋肉が強《こわ》ばってきた。酸素が希薄だからもちろん息も上がる。一方で、あまり得意ではないアッセンダーの扱いにも慣れてきた。

無理やり動かしているうちに、左腕の動きはいくらかよくなったが、骨や靱帯《じんたい》に損傷があるとしたら、基本はあくまで安静のはずで、予後を考えれば、必ずしもいいことではないだろう。

「柏田君、調子はどうだ?」

荒い息を吐きながら問いかけると、いかにも申し訳なさそうに柏田が言う。

「すみません。ご迷惑をおかけして。僕は大丈夫ですから、ご心配には及びません」

その声が小刻みに震えている。和志は登っているからいいが、ただ背中に括《くく》りつけられているだけの柏田に、いまの体感温度は厳しいだろう。励ますように和志は言った。

「もうしばらくの辛抱《しんぼう》だ。懸垂氷河上に出ればビバークテントが張れる。必要なら雪洞《せつどう》も掘れるはずだよ」

「ええ。本当に申し訳ありません。もしどうしても難しいようなら、僕のことは気にしないでください」

柏田は切ない言葉を返す。どやしつけるように和志は言った。

「馬鹿なことを言うなよ。一緒に生きて還って、初めてアルパインスタイルなんだ」

「でも、僕自身の力でできることがなにもないのが辛いんです。和志さんにご迷惑をおかけするばかりで」

気力が萎《な》えているのか、寒さで体力が落ちているのか、その声がさっきより弱々しい。宥《なだ》めるように和志は応じた。

「そんなこと、お互い様だよ。山ではいつ立場が逆転しても不思議はない。いまはたまたまこういう巡り合わせになっているだけで、状況が違えば、僕が助けてもらうことになっていたかもしれない」

「もし生きて還れたら、世界一のクライマーに命を救われたことが、僕の人生の勲章《くんしょう》になるでしょうね」

柏田は自らに気合いを入れるように言う。世界一は言い過ぎだが、もし脊髄損傷という診立《みた》てが当たっていれば、回復の見込みは決して高くない。現に山際は、アルプスでの事故で脊椎《せきつい》を損傷し、現在も足が不自由だ。

山際はそれを勲章にしているわけではないが、その逆境をバネに現在のノースリッジを築き上げた。もし予後が悪くても、柏田にもまたこの不運を、そんな新たな人生を見つけるきっかけにしてほしい。

6

アンカーポイントまで登り返すのに三十分かかった。しかし仕事はまだ終わらなかった。そこに柏田を残し、下にある荷物とロープを回収するためにもう一往復し終えると、和志もさすがに疲労困憊《こんぱい》した。

しかし懸垂氷河の上に出るまで、ここからさらに三〇メートルほど登らなければならない。その行程の半《なか》ばまではベルグラの張り付いたスラブが続く。

心配なのは柏田の容態《ようだい》だ。呼びかけに対する反応が悪くなった。また意識が朦朧《もうろう》としてきているらしい。

頭を打ったせいなのか、あるいは低体温症の兆候か。激しい運動をしていた和志と違い、柏田は体を動かすことなく強風にさらされていた。あるいは高所障害の疑いもある。いずれにしても柏田が長時間、最悪の条件下に置かれていたのは間違いない。

運び上げたザックからシュラフを取り出して、ダウンスーツに重ねて着せた。雪はだいぶ激しくなって、いよいよ吹雪の様相を呈してきた。いまは午後三時をだいぶ過ぎており、これから夕刻に向けて気温も下がることだろう。

　ここでビバークに入りたい気分だが、急傾斜のスラブではテントを張るのは不可能だ。テントをハンモック状にして簡易ポータレッジ（吊り下げ式の小型テント）にしようかとも考えたが、氷柱に打ち込んだ支点だけで二人の体重を支えるのは厳しい。そのうえ頭上には先ほど崩壊したセラックが不安定なかたちでまだ残っている。

「これからあとワンピッチ、ロープを延ばして、懸垂氷河上にアンカーをとって戻ってくる。気持ちをしっかり持って待っていてくれ」

　耳元でそう言うと、柏田は虚ろな眼差しで頷いた。その眦《まなじり》に涙が光って凍りつく。心配ないというように軽くその頬を叩いて、磯村に状況を報告する。起きている事態は想像がついていたようで、言葉少なに磯村は応じた。

「くれぐれも気をつけてな。飛んでくれそうなヘリ会社と搬送先の病院は、いまから当たっておくから」

「天候の見通しは？」

「今夜からあすにかけてかなり荒れそうだな。そのあとは気圧の谷が通り過ぎて高気圧に覆われるそうだから、回復するのは間違いないが、いつになるかはよくわからない」

「早い時間に回復するのを祈るしかないね。じゃあ行ってくるよ」

　そう応じて、ふたたび登攀を開始する。ダウンスーツを貫《つらぬ》いて寒気は鋭く染《し》み込むが、痛めた左肩は逆に火照《ほて》っている。腕を動かせば堪えがたい痛みが走る。だからといって片腕では登れない。

　あちこち亀裂の入ったベルグラに、腫《は》れ物に触るようにアックスを打ち込む。スラブの傾斜はやや緩んできて、いくらか登りやすくはなっている。しかし肩の痛みに加え、柏田を担ぎ上げ、さらに荷物を運んでの往復で、筋肉は伸びきったゴムのように消耗《しようもう》している。

柏田を生きて下山させる――。いまやそれだけが目標だ。こんな登攀は和志にとって初めてだ。初登攀記録だけでなく、単に自分が初めて登るルート、初めて使う道具やテクニックまで、これまで「初」のつくものならなんでも歓迎という姿勢でやってきた。初めてパートナーを組む柏田についても、登攀を開始したときは、不安より興味が勝《まさ》っていた。

しかしいま経験していることはなぜか虚《むな》しい。命を救えたとしても、おそらく柏田にクライマーとしての未来はない。それどころか、大きな肉体的ハンデを負って生きることになるだろう。

すでに周囲はホワイトアウトで、見えるのは目の前数メートルのスラブだけだ。その上にあるセラックの状態は確認できない。

疲弊《ひへい》した筋肉、騙《だま》し騙し使うしかない左腕。張り付いた氷の状態は不安定で、崩落しないように慎重に登れば、スピードも落ち、体力もさらに消耗する。

和志の体を引き剝がそうとするように、猛烈な風が吹きつける。今夜半、嵐はピークに達するはずで、十分安全なビバークサイトを見つけなければ、柏田共々、とても生きては乗り切れない。

不安定に張り付いたベルグラには、思い切って体重をかけられない。頼れるのは技術より運だ。しかし氷の機嫌は和志にはわからない。

幸い、ベルグラが崩落した箇所が目立つようになり、そこを選んで進めば、多少はリスクを低減できる。そんな箇所にはピトンを打ち込めるリスもときおり露出していて、比較的強固な支点も確保できる。

しかし痛めた左肩はすでに限界に達しているようで、左手に握ったアックスは添え物程度にしか使えない。

登るに従って、不安定なセラックが頭上に迫る。その悪相を見る限り、いつ崩壊してもおかしくない。かといってそれを避けようとすれば長い距離のトラバースを強《し》いられるし、柏田がセラックの直下にいる以上、そうしたところで彼を救うことには結びつかない。

風音《かざおと》の合間を縫って、セラックから不気味な軋《きし》みが聞こえてくる。周囲は濃いガスに包まれて、眼下にいるはずの柏田の姿もいまは見えない。

三十分ほどの悪戦の果てに、ようやくセラックの基部にたどり着いた。崩壊の傷跡がまざまざと残る正面を避け、右手に少し移動すると、比較的安定した氷の傾斜路がセラックの上まで続いている。

そこを慎重に登り切り、懸垂氷河上に出てようやく一息吐《つ》いた。

しかしゆっくり休んでいる暇はない。雪面に刺したアックスにロープの末端をセットして、ザックもそこに固定する。

柏田を担ぎ上げるために、また空身《からみ》で下降しなければならない。そのあとまた荷物を引き上げるためにもう一往復。そう考えれば気が遠くなるが、それをやり切ることが、いま二人が生き延びるためにできる唯一《ゆいいつ》のことなのだ。

雪田の斜度は四〇度ほどで、斜面を少し削《けず》れば十分ビバークテントが張れる。停滞が長期化するようなら雪洞も掘れる。

時間はないが、現状についてはベースキャンプに報告する必要がある。電話を入れると、待ちかねていたように磯村は応じた。

「いまどこにいる？　下からはガスで見えないんだよ」

「なんとか懸垂氷河の上に出た。これから柏田君を拾いにまた下へ下りるよ」

「おまえはどうなんだ。肩の痛みは？」

「だいぶひどい。もうほとんど力が入らない。ただ、このあとはアックスを使う必要がないから、たぶんなんとかなると思うよ」

努めて楽観的に和志は応じた。普通に考えれば体力はすでに限界を超えている。しかし、ここで自分が動かなければ、柏田が死ぬのは間違いない。和志自身が生死の境《さかい》に立たされたことは何度もある。そんなとき、自らが思いのほか恬淡《てんたん》としていることに驚いたものだった。

しかし他人の命となれば話は別で、この事態を招いた責任の一端は自分にもある。救える可能性があるのなら、なんとしてでもという気持ちになる。

「無理はするなと言いたいところだが、見捨てるという選択はあり得ないしな。厳しい条件なのは間違いないが——」

磯村は口ごもる。命を懸《か》けても、とまでは彼も言えない。ぐずぐずしていればリスクは増すだけだ。悩むでもなく和志は言った。

「じゃあ、行ってくるよ。またあとで連絡する」

そう答えて和志は立ち上がった。そのとき足元の雪田が激しく揺れた。なにかが爆発したような、激しい雪煙が舞った。ガスの切れ目を透かして、懸垂氷河の末端の雪田がスローモーションの映像のように陥没《かんぼつ》するのが見えた。

鋭い恐怖が背筋を貫いた。惧れていたことが起きてしまった。セラックが再び崩壊したらしい。柏田はその真下にいる。

第二章　パートナーの死

1

アマ・ダブラムの頂《ちょう》稜部《りょう》は濃いガスにすっぽり覆《おお》われているが、セラックの崩壊で舞い上がった雪煙は、強風によってすぐに吹き散らされた。しかし陥没《かんぼつ》した雪田《せつでん》の末端はいまも不安定なはずで、そこまでは迂闊《うかつ》に近寄れない。

柏田のいるポイントと雪田を結ぶロープは、アンカーにしたアックスとともに残っていた。そのロープに手を触れたとたん、背筋を冷たいものが駆け抜けた。

軽く引いても、なんの抵抗もない。慌《あわ》ててたぐり寄せると、一〇メートルほどのところでロープは切れていた。その末端の外皮はほつれ、芯《しん》は鋭利な岩角で断ち切られたような状態だ。

クライミング用のロープは、引っ張り強度は高いが、横方向からの剪断《せんだん》力《りょく》には弱い。上から落ちた鋭利な氷塊《ひょうかい》か岩が当たったものと考えられた。

柏田が無事かどうかは視認できない。断ち切られたロープの一方は氷柱に打ち込んだアンカーと結ばれ、そのロープによって柏田の体も繋《つな》ぎ止められているはずだ。しかしその氷柱の強度は心許《こころもと》ない。

それ以上に、先ほどのセラック崩壊で重傷を負《お》った柏田が、二度目の崩壊を受けてなお無事にいられるかどうか。

とにかくそのポイントまで下りるしかない。ダウンスーツのなかで衛星携帯電話が鳴る。ポケットからとりだして応答すると、不安を露《あら》わに磯村が問いかける。

「なにか起きたのか。おまえたちがいる場所はガスに呑《の》み込まれてここからは見えないが、六〇〇メートル付近まで雪崩《なだれ》が落ちるのが見えた。二人とも無事なのか」

「僕は無事だけど、柏田君が──」

「どういう状況なんだ。ロープを引いても反応がないのか」

「そのロープが途中で切れているんだよ」

「厳しい状況だな」

それだけで起きていることが想像できたように、暗い声音《こわね》で磯村は応じる。和志は言った。

「これから下りて確認するよ」

「ちょっと待て。セラックはまだ落ち着いていないだろう。いま動けば二重遭難になる」

「だからといって、放っておけば死んでしまう」

「そうは言っても、いますぐじゃ危険すぎる。もう少し様子を見てからにしろ」

「セラックの崩壊は予測なんかできないよ。時間が経《た》てば落ち着くとは限らない」

強い調子で和志は言った。下降中にまた崩壊が起きたら、和志も生きてはいられまい。そんな幸運が続くと信じるほど、山を甘くは見ていない。しかし崩壊するかどうかは、やってみなければわからない。柏田が生きているとしたら、ここで自分が躊躇《ちゅうちょ》すれば、それがそのまま彼の死に繋がりかねない。磯村は悲痛な声で言う。

「それじゃ命が幾《いく》つあっても足《た》りないぞ」

「彼にも命は一つしかないよ。救える可能性が少しでもあるならやってみたい。そんなぎりぎりの可能性に賭《か》けて、僕は何度も苦境を乗り切ってきた」

「それはおまえ自身の目標のためだろう。人の命を救うにしても限度というものがある」

「彼に死なれたら、僕は一生後悔することになる」

「おまえはこれまでずっと独《ひと》りで登ってきたから、パーティーの仲間が死んだ経験はまだなかったな。おれは何度かそういうことがある。救えずに死なせてしまった経験が――」

磯村は思いがけないことを言う。

「ああもできたこうもできたとそのときは思ったけど、しかし仮にその選択でおれやほかの仲間が死ぬようなことになったら、相手だって堪《たま》らないだろう。おれがそいつの立場だったら、絶対にやめてほしいと願っただろう」

言いたいことはよくわかる。もし自分が柏田の立場だったら決してそれは望まない。なぜなら死は登山というゲームに織り込まれたルールだから。それが嫌なら山に登るべきではないと、自分に関しては納得していた。

しかし磯村の言うとおり、和志は山でのパートナーの死を経験したことがない。自分の死に関してだけでなく、他人の死にもそこまでの冷徹《れいてつ》さが求められるとは、これまで想像さえしていなかった。それでも和志に言った。

「やっぱり行くよ。それがいま僕にできる唯一《ゆいいつ》のことだから」

常軌《じょうき》を逸《いっ》した決断かもしれない。しかし、きょうまでやってきたクライミングそのものが、そんな決断の積み重ねだった。自分の記録のためなら挑み、他人の命のためにはそれをやらないという理屈が、和志の頭のなかでは整合しない。

ノースリッジのプロジェクトとして成功したローツェ南壁冬季単独初登攀《とうはん》を通じて、自分のなかのなにかが変わった。たとえソロであろうと、それが自分一人の力でなし得るものではないことを、そして自分一人のための行為ではなかったことを知った。

しかしいま心を動かしているのは、そうした思いとはまた別だ。目の前に命の危機にさらされている者がいて、救える可能性がゼロではないのなら、そのためのアクションを起こす。それが人としての本能だとも思える。

成功するかどうかはわからない。二重遭難で自分も死ねば、愚《おろ》かな判断だったと、世間はむしろ冷ややかな目で見るだろう。

そして自分にもしものことがあれば、きょうまで進めてきたノースリッジのプロジェクトそのものが破綻《はたん》する。しかしいまの和志には、そういう合理的な判断が、むしろ嘘《うそ》のようにしか聞こえない。

そもそもこんな高所の壁を登ること自体が命を賭《と》した行為である以上、ここで臆《おく》する理由が和志の頭では理解できない。どんな困難な対象でも、やれるという自信があるから挑んできた。

「これから出発する。危険そうなら、途中からでも引き返すから」

そう応じて和志は通話を切った。いまこれ以上、長話をしている余裕はない。

2

アンカーにしていたアックスを抜き、スノーバー（雪面でのアンカーとして用いるアルミ板を

L字形にした用具）を二本、雪面に打ち込む。下降中になにが起きるかわからないから、アックスは絶対に必要だ。

スノーバーにラペリング用のロープをセットして、先ほど登ってきた傾斜路をしばらく下る。そのあたりは幸いにしてセラック崩壊の影響を受けていない。

風はいよいよ強まってきた。下にいる柏田に何度も声をかけるが、風音《かざおと》にかき消されてその声が自分の耳にも聞こえない。

傾斜路を下り終えたところからラペリングを開始する。周囲を巻くガスはいよいよ濃密になり、下に投げ下ろしたロープは風に煽《あお》られて蛇のようにのたうつ。

ガスのせいで崩壊したセラックの状態が視認できない。しかしいい状態であるはずがない。精神衛生上はこのままのほうがよさそうだ。

登っているときはよかったが、下りとなると急速に体温が下がる。下でアンカーに括《くく》りつけられている柏田の状態はさらに悪いだろう。

登りであれほど苦労させられたベルグラはほとんど剝落《はくらく》している。一つタイミングが違っていれば、あのセラック崩壊で自分の命はなかったはずだ。

そもそもその前の崩落で、二人が生き延びたこと自体が奇跡と言える。虫がよすぎるかもしれないが、いまはその奇跡がふたたび起きることを期待する。

下降するにつれて、眼下のガスが薄まってきた。その向こうにうっすらと黄色いものが見える。

スピードを上げてさらに下降する。柏田の傍《かたわ》らに降り立ったとき、全身から力が抜け落ちた。ヘルメットはどこかに飛ばされ、体はアンカーからただ吊《つ》り下がっているだけで、吹きつける風に振り子のように揺《ゆ》れている。

「柏田君。大丈夫か。返事をしてくれ」

切ない思いで呼びかけるが、反応はない。口元に手をかざしても、呼吸している気配はない。頸動脈《けいどうみやく》に触れてみても、拍動はまったくない。瞼《まぶた》を開けてみても、瞳孔《どうこう》は開いたままだ。体は氷のように冷え切って、生の兆候はなに一つない。

それでもその顔に、苦悶《くもん》の表情は見つからない。霧氷に覆われたその顔は、うたた寝をしているように穏《おだ》やかだ。

あるいはセラックの崩壊以前に、すでに事切れていたのかもしれない。アンカーをとっていた氷柱が壊れていたら、柏田は千数百メートル下の氷河まで墜落《ついらく》していただろう。そんな無残な姿をさらすことなく、ここに止まっていたことが唯一の幸運だったと、自《みずか》らを慰《なぐさ》めることしかいまはできない。

衛星携帯電話で磯村を呼び出した。

「いま、柏田君のところまで下りたよ」

そう言う和志の声の調子で、磯村はすべてを了解したように言う。

「駄目だったんだな」

「ああ。心肺停止状態と言うんだろうか――」

見たままの状況を説明すると、強い調子で磯村は言った。

「だったら、そのまま帰ってこい。いますぐだ」

「しかし、彼をここには放置できない。せめて上の雪田まで運ばないと」

戸惑《とまど》いを覚えて応じると、磯村はさらに強い調子で言う。

「生きているんならそうすべきかもしれないが、彼はもう死んだんだ。その遺体のために、おまえが命を懸《か》ける理由がどこにあるんだ。エベレストの頂上近くには遭難者の死体が幾つも残っている。それがヒマラヤのルールであって、その死体を回収するために、新たな死体をつくることを遺族も望まない」

それはエベレストに限らず、和志もヒマラヤで、そんな死体を何度か見てきた。宗教観の違いもあるだろうが、欧米人は死体の回収にさほど拘《こだわ》らない。しかしその考えに和志はまだ馴染《なじ》めない。ここはたかだか六〇〇〇メートル台の山だ。回収は可能だし、せめて麓《ふもと》に降ろして荼毘《だび》に付してやりたい。そんな思いがわかってでもいるように磯村は続ける。

「遺体の回収については山際社長と相談するよ。エベレストのデスゾーン（八〇〇〇メートル以上の高所）とは違う。多少金はかかるだろうが、やってやれないことはない。しかしいま肝心《かんじん》なのは、おまえが無事に生還することだ。早く動かないと三度目のセラック崩落があるかもしれないだろう。それでも助かるほど、おまえが強運の持ち主だとは思えない」

そう言われて、否定する理屈は思い当たらない。

「わかったよ。これから上に向かう。山はだいぶ荒れてきたから、今夜は雪田でビバークして、下山はあすにする」

そう応じて通話を終えると、堪《た》えがたい寂寥《せきりょう》が襲ってきた。静かに眠るような柏田の顔が、ぼやけて滲《にじ》む。

もし生きて還《かえ》れたら、世界一のクライマーに命を救われたことが、僕の人生の勲章《くんしょう》になるでしょうね――。

柏田が最後に残した言葉が胸に迫る。世界一にはまだほど遠いが、そんなささやかな勲章でも、彼の人生にいくばくかの輝きが与えられるなら、その願いを叶《かな》えてやりたかった。

周囲のベルグラはほとんど剝《は》げ落ちて、露出した岩肌を走るリスが見つかった。アンカーをとっている氷柱はいつ崩壊するかわからない。そのリスにピトンを二本打ち込んで新しいアンカーとし、柏田のハーネスを繫ぐ。

無事でいろよと励ますように、冷え切った頰《ほお》に手を当てる。すでに柏田は生きてはいない。せめてこれ以上身体に損傷を受けず、五体揃《そろ》って還ってほしい——。そんな切ない願いに過ぎない。

ラペリングしてきたロープにアッセンダーを取り付けて登高を開始する。緊迫した状況のせいで忘れていた肩の痛みがまたぶり返し、ほとんど片腕しか使えない。

それよりも、これまで経験したことがないほど気力が萎《な》えている。自分に責任がないとは言わないが、天候の急変やセラックの崩壊を予測できなかったのは、必ずしも和志の過失ではない。

しかしそう自分に言い聞かせることが、なにかから逃げようとする虚《むな》しい努力のような気がして、気分は一層落ち込んでいく。

アッセンダーを使っても、ほぼ右腕だけの登高でひどく時間がかかる。もし柏田が生きていたとしたら、彼を背負《せお》って果たしてここを登り切れたか、いまとなっては確信がない。

その意味で、磯村の判断は正しかったと言うしかない。しかも二重遭難の危険はまだ去っていない。ここでもう一度セラックが崩壊し、和志が動けなくなるような負傷をしたら、磯村はなんらかの救助の手段を講じるだろう。

ヘリが使えなければ、自分の伝手《つて》で救助隊を組織するかもしれない。その結果、さらに新たな犠牲者が出るようなら、まさしくそれは和志の責任ということになる。

ソロを主体にやってきた自分にとって、そんな成り行きはすべて想定外だ。というよりほとんど考えずに済ませてきたことだった。山に挑むのは自分の責任で、その結果としての死も甘んじて受け入れる。そう割り切ってやってきたこれまでの考えが、じつはいかに甘いものだったか、いまつくづく思い知らされる。

三十分の悪戦苦闘でたどり着いた雪田は、すでにブリザードが吹き荒れて、視界は周囲数メートルしかない。右腕だけでアックスを振るい、斜面に狭い平地を切り出して、ようやくビバークテントを張り終えた。

3

テントのなかに倒れ込むように横になると、そのまままうとうとしてしまい、磯村からの電話で目が覚《さ》めた。

「どうなんだ。連絡がないから心配していたんだ」

「すまない。ついさっき着いたんだけど、テントのなかでそのまま寝込んでしまった。きょうはこのまましばらく休むよ」

「疲れたようだな。無理もないよ」

「遺体はほとんど損傷していなかった。なんとか回収してやれないだろうか」

「実力のあるシェルパを雇《やと》えば、そのくらいはやってくれると思うけど、彼らもいまは繁忙期だから、すぐに手配がつくかだな」

「いまいる雪田まで運び上げれば、あとはそう難しいルートじゃない」

「そこまでヘリで行くのはちょっと厳しいけど、頂上を踏んで南西稜の六〇〇〇メートルくらいまで降ろせば、あとはヘリで下まで運べる。そこから日本へ搬送するか現地で荼毘に付すかは、遺族の考え次第だな」

「もう連絡は行ってるの」

「東京の本社には連絡したけどな。そこから知らせが行ったかどうかはまだわからない」

「知れば落胆するだろうね」

「そりゃそうだろうが、おまえはベストを尽くしたんだから、気に病むことはないんだぞ」

磯村は叱咤《しった》するように言う。彼自身がいまや死期を予告されている。膵臓癌《すいぞうがん》で余命半年の診断を受けたのが昨年の八月だった。すでにその半年が過ぎたが、誤診でもあったかのように、いまも元気で活動している。

診断を受けたときすでに手術は手遅れで、抗癌剤による治療を勧《すす》められたが、彼はそれを断った。抗癌剤で延ばせる余命はせいぜい数カ月。それに伴《ともな》う苦痛によって、QOL（クオリティ・オブ・ライフ。生活の質）が著《いちじる》しく損《そこ》なわれる。どうせ治せないのなら、余命をフルに生ききりたい――。

もちろん高価な代替医療も受けていない。しかし最近の検査の結果、癌は治癒《ちゆ》してはいないものの、なぜか進行はほぼ停止して、むしろわずかに縮小してさえいるという。幸運なことに転移も見られず、インスリンの分泌《ぶんぴつりよう》量低下で血糖値の上昇が見られるが、それは飲み薬で抑えられる。

それ以外の点では日常生活にほぼ支障はなく、ヒマラヤの高山に登ることは無理にしても、ベースキャンプまでのキャラバンくらいは難なくこなす。

しかしそんな幸運がいつまで続くかわからない。その限られた時間を、本人が納得できるように生きさせることが、山際も含めた周囲の人々の願いでもある。

「人間というのは、いつか死ぬことに決まってる。おれだっておまえだって、柏田君だって同じだよ。それは運命の神様が決めることで、おれたちにはどうにもできない。それに山で死ねるなんて、いまのおれからすればむしろ贅沢《ぜいたく》な死に方だよ」

不謹慎ともとれるそんな言い草も、磯村の口から出ると自然に心に染《し》みる。柏田との付き合いは短かったが、ローツェ南壁登攀の直後から、改良を加えた製品のテストのために、八ヶ岳《やつがたけ》や北アルプスの壁を幾つも一緒に登った。

これまではヒマラヤのオフシーズンに帰国しても、国内の山に登ることはほとんどなく、もっぱらアルバイトに精を出していた。ノースリッジのスポンサーシップを得たお陰で、長年遠ざかっていた日本の山に登れたのは和志にとって思わぬ副産物でもあった。

アラスカやヨーロッパアルプスで磨《みが》いたという柏田の技量はなかなかだった。磯村に引きずり回されて、ヨセミテの大岩壁に挑み、アラスカの氷の壁を次々制覇したころの自分を思い出し、つい熱を入れて指導したものだ。

経験を積めば八〇〇〇メートル級の壁にも挑めるだろうと、そのときは大いに期待した。素直な性格で、和志からのアドバイスもすぐに呑み込む。だからこそ生きる時間をもっと与えたかった。切ない思いで和志は言った。

「山で死ぬことはあって当たり前で、べつに特別なことだと思っていなかった。ただそれは自分に関しての話で、パートナーに死なれるのはやはり辛《つら》いよ。生き延びた自分がなんだか疎《うと》ましくてね」

「馬鹿か、おまえは。そんなことにまで責任を感じていたら、クライマーなんて商売は誰もやれない。みんなそれがわかったうえで山に向かう。だからって、死のうと思ってじゃないけどな。生きて還ることが登頂に勝《まさ》る目標には違いないが、山はそんなことまで保証はしてくれない」

「自己責任という言葉は嫌いだけど、でも、そう言わざるを得ない部分は確かにあるよ」

「登山はスポーツじゃない。とくにアルピニズムの対象となるような困難な山に登る行為は、冒険と言うしかない特別な領域だ。言い換《か》えれば命を失うリスクと引き替えにしか得られない特権なんだ」

「そうなんだろうね。そんなこと、とくに意識もしてこなかったけど」

「おれも最後は山で死にたいよ。いまとなっては贅沢な望みだけどな」

「だめだよ。まだまだ生きてもらわないと。磯村さんには、いま奇跡が起きているじゃない」

「ああ。年貢《ねんぐ》の納めどきが来るまえに、ぜひともおまえにマカルーの西壁を制覇させたいもんだな」

「そう言われるとなんとかしたいと思うけど、いまの僕にとっては荷が重いよ」

思わず和志は弱音《よわね》を吐いた。頂上直下にオーバーハングした巨大なヘッドウォール（頂上直下の岩壁）を擁《よう》するマカルー西壁は、イェジ・ククチカ、山野井泰史《やまのいやすし》、ヴォイテク・クルティカ、マルコ・プレゼリ、スティーブ・ハウスといった世界の錚々《そうそう》たるクライマーが挑んだが、すべて退けられている。ヒマラヤに残された最後の課題とも言われている難壁だ。

「のんびりしてると、誰かに先を越されるぞ。八〇〇〇メートル級の未踏《みとう》の壁なんて、もうほとんど残っていないからな」

「厳しい注文だね。何度見ても、あのヘッドウォールの攻略法を思いつかない。それもソロでとなるとね」

萎えた気分で和志は応じた。次のターゲットとしては、マカルー西壁以外にも、K2の北壁や東壁、ダウラギリの南壁が候補に挙がっている。

K2北壁は、日本隊が北西稜を登り、上部で北壁に抜けて登頂した例があるが、基部からダイレクトにはまだ登られていない。東壁に至ってはまだ試みさえされていない。ダウラギリ南壁は、核心部分は登られているものの、まだダイレクトに頂上に達するルートは拓《ひら》かれていない。

そんななかでも、マカルー西壁の困難さは群を抜いている。標高七八〇〇メートル付近から始まる、部分的に九〇度を超す壮大なヘッドウォールは、落石の巣窟《そうくつ》でもあり、これまで挑んだパーティーのほとんどは、技術的難度以上に、その落石に阻《はば》まれて敗退していると言っていい。

「なんにしても、次のターゲットは早く決めないとな。今年の秋か来年の春にはチャレンジしてもらわないと、おれの命が保《も》つかどうかわからない」

ほとんど脅迫《きょうはく》と言っていいような言い草だが、それに関しては、むろん和志も応《こた》えてやりたい。いつもならとりあえず前向きな答えを見つける努力はするが、しかしそういう気持ちにいまはなれない。

「もうしばらく考えてみるよ。まだ心の整理がつかないから」

そう応じると、電話の声が前触れもなく替わった。流れてきたのは友梨の声だった。

「和志さんは最高の仕事をしたじゃないの。結果が伴《ともな》わなかったのはあなたのせいじゃないわ。こんなことで次の計画が頓挫《とんざ》するようなことになったら、柏田君だって浮かばれないわよ。なにしろ和志さんあってのプロジェクトなんだから」

スピーカーフォンで二人の会話を聞いていたのだろう。しっかりしろと叱咤する口振りだ。磯村にしても友梨にしても、切り替えの早さには恐れ入る。

いや、おそらく彼らにしても、痛切なものは感じているだろう。友梨にとっては会社の同僚でありチームメイトで、技術部門とプロジェクトチームを結ぶキーパーソンとしての柏田の役割は大きかった。

一方で今回の遠征では、ときおり体調を崩《くず》すこともある磯村をサポートし、キャラバン中のポーターの差配や、現地での食料調達といった雑用もこなしてくれた。頑固で言い出すと聞かない面もあったが、和志にとってはもちろん、友梨にとっても磯村にとっても、柏田は短期間のうちに心の通い合う盟友となっていた。

「わかっているんだけど、せめて一度、彼を八〇〇〇メートル峰の頂《いただき》に立たせたかった。磯村さんと会ったころの自分を見ているような気がしてね。そもそも、いつまでもあんな場所には置いておけないし」

エベレストの頂上近くなら、寒冷な上に細菌もいないから、遺体はほとんど腐敗しないが、いま彼がいる標高ではそうはいかない。晴天になれば日射は強く、腐敗は急速に進むだろう。この標高ならカラスも上がってきて、デポした食料を食い散らかされたという話はよく聞く。むろん死体も彼らの格好の餌《えさ》になる。

「心配しないで。そのくらいのお金はプロジェクトの予算から出せるわよ。それより、いまは自分のことを考えなくちゃ。肩の調子はどうなの」

訊《き》かれて左腕をわずかに動かすと、飛び上がるほどの激痛が走った。骨折にせよ靭帯《じんたい》損傷にせよ、受傷直後は安静が鉄則だが、やっていたことはその逆だった。

「ほとんど使えない感じだね。ただここから先は、あまり腕を使う場所はないから」

「早く治療を受けたほうがいいけど、この天候だとビバークするしかなさそうね」

「一泊で済めばいいんだけど。とにかく下りて、ペリチェかナムチェ・バザールの診療所で診《み》てもらうしかないね」

「そんなことしてられないわよ。ヘリでカトマンズに直行して、ちゃんとした治療を受けないと」

「それほどの怪我《けが》でもないよ」

「でもプロジェクトのスケジュールが大幅に遅れるのはまずいのよ」

友梨の頭のなかでは、柏田の死はすでに過去のことのようだ。

「すべてがスケジュール優先じゃ、僕のほうがついていけないよ。僕自身のモチベーションを尊《そん》重《ちょう》してくれるというから、プロジェクトに参加したんだ」

覚えず強い口調で応じた。友梨は慌てて取りなす。

「ご免なさい。そういう意味で言ったんじゃないのよ。治療が長引いて、次の挑戦まであまり間が空《あ》くようだと、あなたのモチベーションも低下してしまうかと思って。それに柏田君のことも――」

和志がそれを精神的な負い目と感じているのはお見通しだと言いたげだ。和志はむきになって言い返した。

「彼のこととは関係ないよ。ただ――」

「ただ、なんなの？」

友梨は遠慮なく問い返す。そう訊かれると返答に困る。今回のようなパートナーの死を、和志は運よく経験してこなかっただけで、これからもヒマラヤに挑み続ける限り、絶対に避けては通れない。そのくらいのことはわかっていたつもりだったが、それが精神的にここまできついとは、きょうまで思ってもみなかった。そこに自分の弱さがあるとしたら、クライマーとしての自分には、今後ソロの道しか残されていないということだ。

いまも師と仰《あお》ぐトモ・チェセンのことを考える。彼は初めて登った八〇〇〇メートル峰のヤルン・カンでパートナーの死を経験している。それ以来、わずかな例外を除いて、ほぼすべてをソロで登っている。そして四年後のジャヌー北壁、その翌年のローツェ南壁で、トモは前人未到のソロ登攀を成し遂《と》げた。

しかしローツェ南壁については、そのあまりに驚異的な達成に対し、登山界からは疑義が噴出し、挙句《あげく》はジャヌー北壁までも虚偽だと非難されるに至った。それを最後に、トモはヒマラヤはおろか、アルピニズムの世界そのものに背を向けて、故郷スロベニアでロッククライミングやその指導に明け暮れている。

その疑義を晴らすべく挑んだローツェ南壁冬季単独登攀で、和志はトモが証拠だと主張していた残置ピトンを発見した。だが、だからといってそこはまだ頂上の手前で、登頂の証拠にはならないと難癖《なんくせ》をつける連中は少なからずいて、なかには和志自身の登頂まで虚偽だと主張し、トモと結託した詐欺《さぎ》師《し》の片割れだとまで言い出す者もいた。

幸い世界の登山界でその手の勢力はごくわずかで、トモに対する認識はいまでは大きく変わり、和志を詐欺師呼ばわりする声も、いまは賞賛の声にかき消されている。

しかしヤルン・カン以後の彼がひたすらソロを志向したことに、そのときのパートナーの死が関係していなかったとは思えない。そんな経験を乗り越えて、ソロクライマーとしての境地を極《きわ》めたトモのような強さが自分に果たしてあるかどうか、和志はなかなか自信が持てない。

「僕の判断ミスが幾つもあった。天候の読み違えもそうだし、思った以上にスピードが稼《かせ》げなかった。きのうの時点で撤退すべきだったと思う。それに、僕が選んだルートの先に、あのセラックがあることは知っていた。崩落はしないと勝手に期待してしまった。これまでの成功で気が緩《ゆる》んでいたのは間違いない。驕《おご》りがあったとも言える。そのせいで彼は――」

「どうしてそんなふうに考えるの？　ミスを犯さない人間なんていないのよ。成功すればベストの選択で、失敗すればミスと言われる。登山に限ったことじゃない。私だって何度もそんなことがあったわよ。でも悔やんでいたら切りがない。反省は必要かもしれないけど、自分を責めたっていいことなんかなにもない。大事なのは割り切って前へ進むことよ」

友梨は訴える。言葉は強いがその声は切ない。柏田の死が悲しいのは彼女も同じなのだ。磯村も山際も、そして彼の肉親も同様だろう。

自分一人がそれを背負い込み、悲劇の主人公を気どるのはおこがましい。そしてそれを乗り越えることこそが、柏田を弔《とむら》うただ一つの道だということもよくわかる。

それでもなお自分のなかで、なにかが大きく欠落してしまったような思いが拭《ぬぐ》えない。やはりそれは、自分が気づいていなかった精神面での脆《もろ》さなのかもしれない。そのことにいまはこれ以上踏み込みたくないので、話題を切り替えた。

「左肩は鎖骨《さこつ》が折れているかもしれない。完全にじゃなくても、亀裂が入っているのは間違いない。以前やったことがあるからね。たぶん靭帯も損傷しているはずだから、完治するには数ヵ月はかかりそうだよ。ポストモンスーンまでには、なんとかなると思うけどね」

「さっきは発破《はっぱ》をかけておいて矛盾《むじゅん》しているようだけど、焦《あせ》ることはないのよ。来年のプレモンスーンだって遅すぎることはないんだから。ただ次の目標を早く決めたかったのよ。キャンペーンのこともあるから」

気を遣《つか》うように友梨は言う。そんな事情はよくわかっているが、これまで候補に挙がっていたルートのいずれにしても、いまは登れるような気がしない。あと一歩の距離に見えていたものが、いまははるか彼方《かなた》に遠ざかっている。あのローツェ南壁の成功にしても、まぐれだったのではないかという思いが湧《わ》いてくる。

もちろんこれまでも、絶対に登れると確信して挑んだ山はない。しかし登っている自分がつねにイメージできたのだ。いまはその壁の下で、絶望的な気分で上を見上げる自分しか想像できない。アマ・ダブラムにさえここまで手こずった自分が、マカルー西壁やK2の北壁を狙《ねら》うなど思い上がりもいいところだと、裡《うち》なる声が自分を責める。

「下山してから、みんなと相談するよ」

この場はそう濁《にご》しておいた。親身な調子で友梨は応じた。

「そうね。とにかくいまは体を休めて。天候はこれからさらに崩れそうだけど、あすの午前中には回復しそうよ。私たちはそのあいだに遺体の回収やヘリの手配をするから。和志さんは一人で下りてこられるの」

「この先、難しいところはほとんどないから、心配は要《い》らないよ」

「じゃあ、あとのことは私たちに任せて。なにかあったらまた連絡するから」

そんな通話を終えて、テントの周囲に積み上げた雪の壁の一部をコッヘル（組み合わせ式の鍋）で掻《か》き取り、それを融《と》かすためにストーブに点火した。狭いビバークテント内の温度は急速に上がり、ダウンスーツを着ていれば肌が汗ばむほどになる。

その上半分をはだけて、フリースのジャケットと肌着もめくって、左肩の状態を観察する。

肩から二の腕の一部まで、真っ赤に腫《は》れ上がり熱を帯《お》びている。骨折しているのは間違いなさそうだ。冷やすのが応急処置の鉄則だとは知っているが、いくらテント内の気温が上がっていても、雪で冷やせば体温が奪われ、逆に低体温症のリスクが出てくる。

やむなく応急処置用の湿布薬を貼っておく。あとは動かさずにいる以外にできることはない。雪が融け、お湯が出来たところでティーバッグを抛《ほう》り込み、十分色が出たところでたっぷりの砂糖を入れて、ゆっくりと喉《のど》に流し込む。

体が芯から温まってくる。考えてみれば、けさビバーク地点を出発してから、ほとんど食事をとっていない。調理までする気にはなれず、とりあえずチョコレートとビスケットを口にすると、ようやく人心地《ひとごこち》がついた。

テントの外は猛吹雪《もうふぶき》だが、極力軽量化を進めたノースリッジのビバークテントは、しなやかに撓《たわ》んで風を受け流す。やや撓みすぎるきらいはあるが、そのデザインを担当したのは柏田で、最新の流体力学の成果を生かし、軽量化と強度の両立を目指した意欲作だ。

今回、アマ・ダブラム西壁登攀への同行を希望した理由の一つに、その成果を実践の場で確認したいという気持ちもあっただろう。

その狙いがほぼ成功したのは間違いなさそうだ。しかし柏田は成果を実感することもなく、岩壁の途中で強風と低温にさらされている。回収に向かうときには彼の体は凍結して、運び上げるにも難渋することだろう。

付き合った期間は短かったが、その内容は濃密だった。これから先も技術面のパートナーとして、彼は和志たちのプロジェクトで、大きな役割を担《にな》ってくれるはずだった。

4

翌朝も外は暴風雪だった。たっぷり休ませようという心遣《こころづか》いからか、夜のあいだは連絡はなく、磯村から電話が入ったのは午前六時過ぎだった。おかげで昨夜はぐっすり眠れ、疲労がとれて、気持ちもいくらか前向きになっていた。

「肩のほうはどんな調子だ」

磯村は心配げに訊いてくる。落ち着いた調子で和志は答えた。

「鎖骨を骨折しているのは間違いないね。安静にしていたせいか、痛みはいくらか治まったけど、腫れがだいぶひどいんだ」

「そうか。早く治療したほうがいいのはたしかだが、この状況じゃな。こちらはきのうのうちにヘリの手配をつけた。おまえが六〇〇〇メートルくらいまで下降したら、そこでピックアップしてカトマンズまで運ぶ。いったんそちらの病院で診てもらって、重傷なら日本に帰って治療するということで、山際社長とは話をつけておいた」

「遺体のほうは？」

「なんとかなりそうだ。付近の村のシェルパはほとんど出払っていたんだが、南西稜のベースキャンプに知り合いのオルガナイザーが組織した商業公募隊がいてね。お客さんはいま高所順応中で、腕のいいシェルパが何人か手が空いている。その分の料金さえ払ってくれればいつでも動いてくれるそうだ。隊長のほかにプロフェッショナルのガイドも何名かいて、そちらはボランティアで手伝ってくれる。体調が万全ならおれが率先《そっせん》して動くべきなんだが、向こうもそこは了解してくれた」

「それはありがたいね。ご両親にはもう連絡はしたの？」

柏田は和志と同様まだ独身だった。妻子を残して死んだのではないから、そのぶん悲しむ人間が少なかった点は救いだが、息子を失った両親にとって堪えがたい悲しみなのは間違いない。

「両親はヘリを使ってでもこちらに来たいと言ってるんだが、場所が場所だけに難しい。高所順応していない体でこんなところに来たら、まさに二重遭難になりかねない。けっきょく遺体とはカトマンズで対面して、そこで荼毘に付して、遺骨を日本に持ち帰ることにするそうだ」

「それがいちばん合理的かもしれないね」

「山際社長は会社の経費で日本に空輸してもいいと提案したんだが、それにはえらく金がかかることを知っていて、向こうから遠慮したらしい。憧《あこが》れのヒマラヤの麓《ふもと》で荼毘に付してやったほうが息子は幸せだろうと言ってね」

「彼のデザインしたテントは十分及第点だった。今回の登攀中にもアックスの改良点についていろいろアイデアが浮かんだようで、帰ったらすぐに改良に取りかかって、次の遠征に間に合わせると張り切っていたんだ」

「もっと成果を出させてやりたかったな」

「クライマーとしても、まだまだ伸びしろがあったよ」

「いろんな意味で惜《お》しい命を失ったよ。いや、それでおまえが自分を責めるような話じゃないぞ。天候の読みが甘かった点に関してはおれだって同罪だし、そもそも高い金をとって適当な予報を流す気象予測会社がふざけてやがるんだから」

磯村は苦々《にがにが》しげに言う。和志にとって今回のアマ・ダブラム西壁は、決して困難すぎるというほどのターゲットではなかった。しかし山は天候次第でなにが起きるかわからない。

今回が第何登になるかは知らないが、いまはプレモンスーン期で、山野井泰史が一九九二年に単独登頂を果たしたのは冬季。そのときよりはずっと条件がいいはずだった。

ローツェ南壁でも天候の悪化で長期のビバークを余儀なくされたが、セラックの崩壊や雪崩のような不慮の事態は起きなかった。言い訳にしかならないが、今回は気温の高さが災《わざわ》いしたとも言える。そのせいでセラックが緩んでいたのは間違いない。ローツェのときも危険なセラックに何度か遭遇したが、むしろ寒さのせいでそれが崩壊するような事態からは免《まぬか》れた。

「逆に言えば、天候予測のプロでも読み切れないほど、ヒマラヤの気象予測は難しいということだね。そのうえそれが吉と出るか凶と出るかは、神のみぞ知るといったところだから」

たっぷり睡眠がとれたせいか、きのうよりも前向きな気分で和志は応じた。磯村が唐突に言う。

「ところで、おまえが下山したら、リズが話を聞きたいと言ってるぞ」

「今回の登攀のことを、もう知ってるの？」

和志は当惑した。クライマーのあいだではリズで通っているエリザベス・ホーリーは、ヒマラヤ登山の年代記を編纂《へんさん》しているヒマラヤの生き字引とも言われるジャーナリストで、九十歳を超えた現在もカトマンズに在住し、下山してきた登山家たちをくまなくインタビューする。逆に言えば、彼女のインタビューを受けないとしたら、その登攀が記録に値《あたい》するほどのものではないことを意味している。

しかしそれ以上に恐ろしいのは彼女の眼力だ。頂上からの景観がどうだったか、そこにはなにがあったか、さらにはそこに至るルートやコースタイムまでとことん質問し、わずかでも矛盾があれば、彼女は成功とは認めない。

リズ本人は山には登らないが、数十年にわたり世界の一流登山家にインタビューし、その登頂の記録をデータベース化してきた。そこで得た該博《がいはく》な知識には、どんな登山のプロも及ばない。

あくまで彼女の私的な活動であって、なんらかの公的機関によってオーソライズされているわけではない。しかしその権威は世界の登山界が認め、ネパール政府も彼女が編纂した記録を、ネパールヒマラヤにおける事実上の公式登頂記録と見なしている。

「友梨が発信するツイッターやフェイスブックの情報をフォローしているようでね。事故のことも知っていたよ」

「でも、まだ登頂はしていないし、そもそも初登攀でもないから」

「予定外とはいえ登ったのは新ルートだ。登頂すれば、十分記録に残すに値する成果だと言ってるよ」

「それに事故の件もあるしね」

おそらくその点について、根掘り葉掘り訊かれるのは間違いない。彼女が関心があるのは登頂成功の話だけではない。そのプロセス全体を記録に残したいという執念《しゅうねん》のようなものがあり、当然、死者が出たような事故については強い興味を持つだろう。

もちろんクライマーの過失を裁くためではない。ただ真実を知りたいという飽《あ》くなき興味に駆られてのもので、それによって蓄《たくわ》えられた膨大《ぼうだい》な記録が、ヒマラヤを目指す数多くの登山家にとって、ある種のバイブルとして役立ってきた。

和志もこれまで何度となくリズのインタビューを受けてきたし、その仮借《かしゃく》ない質問も、悪気があってではなく、逆にヒマラヤを目指す登山家への愛ゆえだと感じられたから、いつでも協力を惜しまなかった。

しかし今回は、やはり気持ちが乗らない。パートナーの死という初めての体験について、果たして冷静に語れるかどうか自信がない。

「逃げれば不審に思われるぞ。会ってすべてを話すほうがいい。そうじゃないと口さがない連中が騒ぎ出す。現に欧州には、トモの初登はおろか、おまえの冬季単独もインチキだと言っている連中がわずかだがいる」

「マルク・ブランたちが、またぞろ騒いでいるらしいね」

苦い気分で和志は言った。マルクは、トモのローツェ南壁初登攀は虚偽だと主張した急先鋒の一人で、グループ・ド・オート・モンターニュ（パリに本拠を置く一流クライマーだけが参加できるクラブ）の重鎮でもあったラルフ・ブランの息子だ。父の死後、彼もその衣鉢《いはつ》を継ぐかのように、トモの実績の否定に執念を燃やしている。

和志のローツェ南壁挑戦の際にも、父親の築いたコネクションを使ってパーミッション取得を妨害したり、挙句はノーマルルートから先回りをして、トモが登攀の証拠だとしていた残置ピトンを処分しようと画策《かくさく》した形跡さえ窺《うかが》えた。磯村は吐き捨てるように言う。

「相手にしたくもないが、嘘も百回言えば真実になるとでもいうように、連中はしつこくそれを繰り返す。今回のことは誰からも非難されるような話じゃないが、マルクが新しい攻撃材料にしてくる可能性は否定できない。それを未然に防ぐためにも、リズにはきちんと真実を伝えておいたほうがいいと思うんだよ」

「まさかそこまではと思うけど、でも用心に越したことはなさそうだね」

「一匹狼《いっぴきおおかみ》の風来坊《ふうらいぼう》だったときは、そんなの無視してりゃよかったんだろうけど、いまやノースリッジの社運がおまえの肩に懸かっているわけだから」

和志にとって、それがプレッシャーになるのを百も承知で磯村は言う。

「そんな役割を背負わされたら、かえって萎縮《いしゅく》しちゃうよ」

「おまえは気にしなくていいんだよ。本番になったら、ただ黙って登って下りてくればいいんだから。しかし前回のことを見ても、陰でなにを仕掛けてくるかわからない。まあ、予防の意味でリズの信頼を得ておくほうが得策だな」

「わかったよ。カトマンズで手当てを受けたら、そのあと日本へ帰るにしてもしばらくは時間があるはずだから、着いたら電話をすると言っておいて」

「彼女は地獄耳だから、着いたとたんに向こうから寄越すんじゃないのか」

「そうかもしれないね。いずれにしても、マルクには新しい攻撃材料を与えないようにしないと」

気持ちを引き締《し》めて和志は応じた。

5

悪天は明け方まで続いたが、午前十時を過ぎたころには風が収まり、雲の切れ目から日が射《さ》してきた。

頂上までの斜面は、きのうの降雪でだいぶ雪が深い。登頂は断念して南西稜にトラバースし、そこから下ることもできるが、この先は腕を使うような場所がほとんどない。それならとりあえず頂上は踏んでおきたいと伝えると、磯村も友梨も反対しなかった。

きのう磯村が言っていた、南西稜の途中でヘリにピックアップしてもらう案にしても、登頂から下山まで第三者の手助けを受けないのがアルパインスタイルのルールだからと、ベースキャンプまで自力で下山することにした。

柏田は死んでしまったが、彼にとってもアマ・ダブラム西壁登頂はぜひとも叶えたい目標だったはずで、その魂《たましい》を背負って完登することが、彼にしてやれる唯一のことのように思えたからだ。

肩から腕にかけての腫れはいくらか治まって、痛みもだいぶ軽くなった。テントを撤収し、ザックを背負い、迷うことなく頂上に向かう。雲の切れ目が次第に広がり、あちこちに青空が覗《のぞ》いてきた。

膝《ひざ》までのラッセル（深雪を踏み固めながら進むこと）だが、軽い新雪だからさほどの労力は要らない。新雪雪崩の危険はあるが、雪の状態はいまのところ落ち着いている。

雲底が上昇し、エベレスト街道の衛兵のようなカンテガとタムセルクの鋭利な頂稜部が天を突く。エベレストやローツェ、マカルーは、アマ・ダブラムの山体の陰に隠れて見えないが、ギャチュンカンとチョー・オユーが高くなった雲底の下に純白の山肌を覗かせる。

希薄な空気にあえぎながら、ようやく頂上に着いたのは一時間後だった。空はすっきりと晴れ渡り、隠れていたクーンブ・ヒマール（エベレスト山域）の巨峰群が姿を見せた。

研《と》ぎ澄《す》まされたナイフの刃のようなローツェの鋭い稜線の奥には、黒々とした岩肌の南西壁を正面にしてエベレストの堂々たるピラミッドが立ち上がり、その東にはマカルーが難攻不落のヘッドウォールをこれ見よがしにそそり立たせる。雲海を隔《へだ》てたそのはるか向こうには、無数の氷河を張り巡らしたカンチェンジュンガが膨大な量感で横たわる。

風は穏やかで、日射しは肌を焼くように強い。あのセラックの崩壊がじつは昨夜見た夢で、傍らに柏田がいるような気がして思わず周囲を見渡したが、もちろんいるはずもない。

カメラをとりだして、まずエベレストとローツェ、さらにマカルー、チョー・オユー、カンテガと、四囲の峰々をバックに自撮りする。さらに手持ちのピトンにバンダナを巻き付けて雪面に刺しておく。登頂の証明はそこまで徹底しないと、ローツェ南壁のトモのケースのように疑惑の種を残すことになる。

しかしこんな無風状態で、周囲の山が見渡せるときに登頂すること自体、ヒマラヤではそもそも稀《まれ》で、周囲の山がガスで見えず、写真が証拠にならないこともある。強風と極寒のなかでの登頂となれば、一刻も早く下降しないと命にも関わる。

本人が登ったと言えば周囲がそれを信じた、牧歌的なアルピニズムの時代もかつてはあった。いまではそれがある種の商業主義と結びつき、不正申告も横行する。トモに対する疑惑もそんな風潮の産物と言え、あらゆる登頂者に証拠を出せと迫るのもやむを得ないことかもしれないが、和志はそれが好ましいとは思わない。

和志にとって登山は競技ではない。スポーツでもない。そこにそれらと同様のフェアネスを求めることが、果たして文化としての登山のあるべき姿かと、いつも疑問を感じている。それによってアルピニズムの本質である信頼というモラルが崩れることを危惧《きぐ》しているのだ。

衛星携帯電話で登頂の報告をすると、磯村は喜んだ。

「おめでとう。写真はちゃんと撮ったんだな」

「撮ったし、バンダナを目印にピトンを一本刺しておいたよ」

「それなら、だれも文句は言えない。だったらすぐに下りてくるんだな」

「ああ。四時間くらいで下りられると思う。肩の痛みもだいぶ治まったから、ヘリはきょう呼ばなくても大丈夫だよ」

「だめだ、だめだ。手当てが遅れるとリハビリに時間がかかる。なんとかヘリが飛べる時間までに下りてくるんだ。おれたちは南西稜のベースキャンプに移動して、そこでおまえを待っている」

「わかったよ。それで、遺体の搬出の段どりは?」

「あすの早朝から動き始める手はずになっている。シェルパ三名に向こうのガイド一名と隊長も手伝ってくれる——」

磯村はそこから先の手順を手際《てぎわ》よく説明する。

アマチュア主体の公募登山隊ならC1、C2、C3の三つのキャンプを経て頂上を目指すが、シーズン中はルートの要所に固定ロープが張ってあり、シェルパを含むプロの足なら、ベースキャンプから一日で現場に行けるという。遺体を回収したら六〇〇〇メートルのC2まで降ろす。そこまでは十分ヘリが飛べるとのことだった。

遺体はそのままヘリでカトマンズに運ぶ。その頃には、両親もカトマンズに到着している。磯村と友梨もそのヘリに同乗して直接カトマンズに戻る。

火葬するには、日本大使館に死亡診断書を提出し、埋葬《まいそう》許可証を受けとる必要がある。そのため和志がこれから運ばれる予定の国立病院に遺体もいったん搬送し、医師に診断書を書いてもらうことになる。和志とはそこで落ち合えばいいと言う。

磯村はかつて大きな登山隊に参加して、死亡した隊員を現地で火葬したことがあると言い、その後もヒマラヤでの公募登山やトレッキングツアーを本業にしてきたから、そのあたりの手順はしっかり頭に入っているようだ。

「じゃあ、これから下山するよ。午後四時前には南西稜のベースキャンプに下りられると思う」

「わかった。おまえの姿が見えたらヘリを呼ぶ。ルクラの空港に待機しているから、すぐに飛んできてくれるよ」

肩の荷を降ろしたように磯村は言って通話を終えた。

6

アマ・ダブラム頂上からは、ほぼ予想したように四時間と少しで駆け下りた。ノーマルルートといっても厳しい箇所は幾つかあるが、そこには商業公募隊のための固定ロープがある。登頂から下山まで第三者の力は借りないというアルパインスタイルの原則からは逸脱《いつだつ》するが、ここはやむを得ないと、それを使わせてもらうことにした。

打ち合わせどおり、ベースキャンプから和志の姿が見えたところで、磯村はエベレスト街道の入り口のルクラの飛行場からヘリを呼んだ。

カトマンズまでは直行で一時間足らずだ。到着したタメル地区の国立病院はすでに診療時間を過ぎていたが、磯村が強引にねじ込んだようで、待機していた医師がすぐに診察してくれた。

やはり鎖骨を亀裂骨折していたとのことで、靭帯も一部損傷していたようだが、必ずしも重篤《じゅうとく》ではなく、手術は必要ない。しっかり固定しておけば二、三週間で骨折部位は治癒するが、その後のリハビリを含めれば全治二カ月という診断だった。

それならモンスーン期のあいだに治療に専念すれば、ポストモンスーン以降は再びクライミングが開始できそうだ。しばらくは安静にしたほうがいいとのことなので、その日は入院することにして、磯村たちの到着を待つことにした。

そのことを報告すると、磯村も友梨も喜んだ。アマ・ダブラム周辺はあすも好天に恵まれそうなので、柏田の遺体回収は問題なく行なえるだろうと磯村は言う。

「怪我が思ったより軽かったのは不幸中の幸いだったよ。山際社長もそこをいちばん心配していた。あの人も怪我で引退を余儀なくされたから、身につまされるところがあるんだろう」

「でも、今回はいろいろ迷惑をかけちゃったね」

「山をやる以上、避けられない事故はある。今回はまさにそれだよ。それより山際社長は、よくやってくれたとおまえに感謝していたよ」

「でも彼の命は救えなかった」

「それは結果だ。おまえはそのために最善を尽くした。それはスポンサーであるノースリッジにとっても誇りだと言っている。夜にでも向こうから電話をするそうだ。ああ、いま友梨と替わるから」

磯村はそう応じて、すぐに友梨の声が流れてきた。

「SNSでも、今度のことには好意的な声が多いわよ。柏田君を救出できなかったのは残念だけど、あなたはそのためにベストを尽くしたって」

そんな話がすでに世界に拡散しているのは意外だったが、考えてみれば遠征に出発した日から、友梨は折々に日本語と英語で情報を発信していた。本番に備えたテスト登攀ということで、本格的なウェブサイトは立ち上げていないが、ツイッターやフェイスブックには、ローツェ以来のフォロワーがいまも少なからずいると聞いている。

「それは嬉《うれ》しいけど、批判的な声もあるんじゃないのか」

この状況で、和志の耳に入れたくない情報は伏せているのではないかとつい勘《かん》ぐると、案の定、友梨は渋々《しぶしぶ》それを認めた。

「ちょっとはあるけど、気にするほどのものじゃないから」

「どういう内容なの？」

「ごくありがちな批判よ。天候の読みが甘かったとか、ルートの選択を間違えたとか」

「ほかには？」

まだなにかありそうな気がして、和志はさらに問いかけた。友梨は言いにくそうに切り出した。

「ノーマルシーズンのアマ・ダブラムで失敗するようなクライマーが、冬のローツェ南壁を単独で登れるはずがない。あの記録もトモと同じく、虚偽だったことの証明だって言っている人たちがいるわ。出どころは大体想像がつくけど」

「べつに登攀に失敗したわけじゃない。トモを否定したいがための批判としか思えない。発信したのはマルクじゃないのか」

「彼のアカウントじゃないのよ。でも彼に近い連中だと思うわ。いまあなたは心理的に辛い状況にいるから、できれば耳に入れたくなかったんだけど」

友梨の言葉に憤《いきどお》りが滲む。苦い気分で和志は応じた。

「やってくるだろうとは思っていたよ。それにしても動きが速いね。でも心配は要らないよ。そんな言いがかりに騙《だま》されるほど、いまのアルピニズムの世界は腐っちゃいないから」

そうは言ったものの、和志としてはやはり油断できない。トモに対する疑惑にしても、当初はまともなクライマーたちは相手にしない言いがかりに過ぎなかった。しかしそこにトモの不手際も手伝って一気に火が点《つ》いた。

「そうね。あなたのローツェでの達成については、マルクだってけっきょくクレームの付けようがなかったわけだから」

自分を納得させるように友梨は言った。そんな通話を終えてベッドに横になったところへ、また着信があった。ディスプレイを見ると、エリザベス・ホーリーの名前が表示されている。

「病院に着いたそうね。具合はどうなの？」

かくしゃくとした声で訊いてくる。どこから情報が入るのか、いつもながらの地獄耳だ。

思っていたより怪我は軽かったようで、ポストモンスーン以降の復帰は可能だと応じると、それはよかったと答えてから、リズは唐突に声を落とした。

「もう、あなたの耳に入っているかしら。カトマンズに滞在しているクライマーたちのあいだで、悪い噂《うわさ》が流れているのよ」

「僕についての噂ですか」

またマルク一派による中傷だろうと、不快感を滲ませて問い返した。リズはさらに声を落とす。

「あなたがパートナーを見殺しにして、自分だけ登頂した疑いがあるというのよ。まさかそんなことあるはずがないと、私は信じてるけど」

想像もしていなかった卑劣な言い分に、和志は思わず息を呑んだ。

「彼が死んでいたのは間違いありません。呼吸も脈拍も止まっていたし、瞳孔も完全に開いていました」

当惑を露わに応じると、深刻な調子でリズは言った。

「ところが彼らは言うのよ。蘇生《そせい》は可能だったかもしれない。でもあなたはその場で蘇生術を施《ほどこ》さずに、置き去りにして上へ向かった。そのとき、彼が生きていたとしたら殺人だ。遺体が回収されたら、解剖して死因を突き止めるべきだと声高《こわだか》に言っている人たちがいるのよ。発見時に死体と誤認された低体温症の患者が病院で息を吹き返した事例が幾つもあると言うの」

第三章　アルピニズム

1

翌日の朝早く、エリザベス・ホーリーは病院にやってきた。

和志の病室はネパールでは数少ないＶＩＰや富裕層向けの個室で、マネージャーの友梨はその経費を惜《お》しまなかった。

骨折した肩はギプスで固定され、一晩安静にしたせいか痛みはだいぶ治まっていた。

「あなただって一つ間違えれば生きては還《かえ》れなかった。できる限りのことはやったのよ。誰もあなたを非難できないわよ」

一通りのインタビューを終えて、得心したようにリズは言った。下山中に固定ロープを利用した点についてはコメントを付記する必要があるものの、今回の登攀《とうはん》は間違いなくアマ・ダブラム西壁の新ルートからの登頂だと認定した。

柏田の蘇生《そせい》を試みず、彼を置き去りにして登頂を果たしたという疑惑に対して、和志はそのときの状況を詳細に説明した。

現場は斜度が七〇度以上で、上から体重をかける胸部圧迫による蘇生術は物理的に不可能だった。

　そのとき登っていたスラブについて、リズはかつて同じルートを試みて敗退したクライマーから話を聞いていて、和志の言うことに矛盾《むじゅん》がないことを認めた。

　和志にしてみれば、まったく悔いが残らないわけではない。彼を背負《せお》って最後のピッチを登っていれば、雪田《せつでん》に張ったテントのなかで蘇生術を施《ほどこ》せた。もちろん間に合った可能性は小数点以下のパーセンテージだっただろうけれど。

「僕には、自分が最善を尽くしたと主張することしかできません。それを証明することもできない。結果として彼を救えなかったのは事実だし、彼を現場に残して登頂を果たしたことも間違いないんですから」

　切ない思いを嚙《か》みしめるように和志は言った。強い口調でリズは応じる。

「私はこの人生で、何百人もの一流登山家の話を聞いてきたわ。そのほとんどが登山中に仲間を失った人たちよ。でもみんな、その悲しみを乗り越えて新たな目標に挑んできた。その結果、自《みずか》らも命を落とした人は数え切れないくらいよ」

「僕は、それだけの器《うつわ》じゃないのかもしれません」

「なにを言ってるの。山で死ぬことを英雄的な行為だと賞賛する気持ちはないけれど、でもそのリスクに果敢に挑んで、人間にできることの限界を押し広げてきた人たちに、私は敬意を表さざるを得ないの。あなただって、それができる一人なのよ」

「アマ・ダブラムに手こずるようなクライマーにローツェ南壁のソロなんてできるはずがない、あれは虚偽かフロックだと言っている人たちもいます」

「いつの時代も、そんな人たちはいるものよ。ナンガ・パルバットに初登頂したヘルマン・ブールについてさえ、四十六年後に日本の登山家が頂上に残したピッケルを発見するまでは嘘《うそ》だと主張する人たちがいたんだから。トモ・チェセンにしたって、嘘だという人たちの声が大きかっただけで、あなたのように彼の成功を疑わなかった人たちも大勢いたのよ。もっと気持ちを強く持たなくちゃ」

叱咤《しった》するようにリズは言い、さっそく今回の記録をデータベースに登録しておくと張り切って帰っていった。

そのあと東京の山際から電話が入った。リズから聞いた疑惑についてはゆうべ友梨や磯村に伝えておいたが、彼らは彼らでツイッターから情報を拾っていたようだった。すでに友梨を経由してその情報が耳に入っていたようで、山際はさりげなく触れてきた。

「妙な雑音が入ってきているようだが、気にする必要はないぞ。辛《つら》い決断だったかもしれないが、私だって、君の立場だったら同じ選択をしただろう。あまりふざけた話が出るようなら、うちが費用を負担して遺体を日本へ搬送し、病理解剖をしてもらってもいい。もっとも、ご両親がそれを許せばだが」

そう言ってもらっても、すでに心に抱え込んでしまった暗澹《あんたん》たる思いは拭《ぬぐ》いようがない。

「そこはご両親の判断にお任せするしかないでしょう。ただ、僕はあまり気が進みません。真実を明らかにすることから逃げたいわけではなく、クライマーの一挙手一投足に疑惑の目が向けられる、いまのアルピニズムの風潮に絶望しているんです」

「君がトモの後継者として、アルピニズムの極限を追求することを疎《うと》ましく思っている勢力が少なからずいるのは間違いない。そういう連中を相手にすること自体が虚《むな》しい。そんな思いは私にもあるよ。しかし一方で、アルピニズムの新しいヒーローとして君に期待してくれている大勢のファンがいる。結果としてそんな人たちの思いを裏切る事態になるのは避けるべきだよ。トモが強《し》いられた不幸な道を、君は決して歩むべきじゃない」

「でも、柏田君が死んだという事実は変えられません。その責任が、まったく僕にないとは言えませんから」

「厳しい言い方をするようだが、私に言わせれば、それは思い上がりというものだ。そんなことにいちいち責任を感じていたら、高所登山なんて誰もできない。生きて還れなかったのは残念だが、彼は人生のなかで最高のクライミングをしたと思う。誰に強制されたわけでもなく、彼自身の意志によってだ。そのことを君が悔やんだりしたら、むしろ彼が可哀想《かわいそう》だとは思わないか」

山際の言葉が胸に響く。もっともだと頷《うなず》かざるを得ない。しかし折れた心にはただ痛いだけだ。

山際は口にしないが、スポンサーとしての立場も彼にはある。あらぬ濡《ぬ》れ衣《ぎぬ》で和志の評価が地に墜《お》ちれば、きょうまで進めてきたプロジェクトの先行きも怪《あや》しくなる。それを思えば心苦しいが、和志にすれば、その疑惑を晴らすこと自体が限りなく虚しいことにしか思えない。アルピニズムの世界がそういう人々との闘いなしに生きられない場所なら、いますぐそこを立ち去りたい。

トモがローツェ南壁を最後にアルピニズムの世界を見限った気持ちもいまはわかる。それでもいったんは闘った。しかしそれによって、彼はなに一つ報《むく》われなかった。

巨大な未踏《みとう》の壁なら全力を尽くして挑むに値《あたい》する。しかしそのまえに、そういう連中との闘いに勝たねばならないのだとしたら、自分はいつでも尻尾《しっぽ》を巻いて退散したい。

「すみません。でも――」

反論しようと思っても言葉が続かない。リズからその話を聞いて以来、生きるモチベーションそのものが消えてしまったような気がするのだ。そんな気分が伝わったように、穏《おだ》やかな口調で山際が続ける。

「もちろんすべては君の気持ち次第だ。かつてアルピニズムの世界に身を置いた一人として、私だって不快きわまりない。しかしどんな分野でも、一頭地《いっとうち》を抜く存在になれば必ず毀誉褒貶《きよほうへん》がついて回る。私もヨーロッパアルプスで記録を重ねだしたころ、そういう雑音にずいぶん悩まされたものだ。シャモニーのある壁を初登攀したとき、日本人に登れるはずがないと、地元のガイド組合に初登記録を否定されたりね」

その話は以前、山際から聞いていた。そのときの組合の有力者が、和志のローツェ南壁への挑戦を妨害しようとしたマルク・ブランの父、ラルフ・ブランだった。

「社長は闘ったんですね」

「最初はね。しかしけっきょく虚しくなった。人が認めようと認めまいと、大事なのは自分の心の真実だけだと割り切ったんだよ」

苦い口調で山際は言う。その考えはむろん和志も同様だ。しかし今回の話はそれとはやや違う。

「問題は殺人の疑いをかけられていることなんです」

「いや、根っこの部分は似たようなものだろう。伝統的なエスタブリッシュメントによる一種の排外主義だよ。いま君を非難しているのも、その系譜に繋《つな》がる人たちじゃないかと思うがね」

「たぶんそうだと思います。しかし彼らは、トモ・チェセンという卓越したクライマーをアルピニズムの世界から締《し》め出すことに成功しました」

「そのトモの復権のために君は闘った。だったらどうして君は、自分のために闘わないんだ？」

山際は厳しいところを突いてくる。弱気を隠せず和志は応じた。

「社長に対しても申し訳ないと思っています。でも、モチベーションが湧《わ》いてこないんです。自分が人生を懸《か》けようとしていたアルピニズムの世界がそういう人たちによって汚《けが》されているとしたら、果たしてそれは追い求めるに値するものなのかどうか」

「いやいや、今回のような声が出てきたこと自体、君が世界に認められた証《あかし》だと考えるべきだよ」

「世界に認められようとして山に登っているわけじゃないんです。それが僕にとって、自分の心を燃え立たせるたった一つの道だっただけで」

「柏田を君と一緒に登らせたのは私だ。そのせいで君に重い荷物を背負わせることになったとしたら、君に対して申し訳ないのは私のほうだよ。しかし、身勝手な言い草だが、君の才能は私にとってかけがえのないものだ。それだけじゃない。ローツェ・シャールのときもローツェ南壁のときも、世界中の人々が君に声援を送ってくれた。それに応《こた》えられるのは君しかいない」

「トモが受けたような攻撃に堪《た》えてまで、アルピニズムは挑むに値するものなのかどうか」

「まだSNSの世界の話に過ぎないじゃないか。炎上というにもほど遠い。そこまで心配することはないよ」

「トモのときも、最初に浴びた賞賛が、その後の流れで一転しました」

「それは杞憂《きゆう》だよ。柏田のことで辛い気持ちなのはわかるが、ご両親も君の尽力には感謝している。私だってそうだ。君にしても命の危険を冒《おか》しながらの行動だったことはよくわかっている。それに、いますぐどうこうという問題じゃない。まずは怪我《けが》の治療に専念することだ」

温かい口調で山際は言った。

2

午後二時を過ぎたころ、磯村から連絡があった。南西稜ルートのベースキャンプにいた商業公募隊の隊長とガイドやシェルパたちは、きょうの午前三時に柏田の遺体の回収に向かった。上部でも雪の状態が安定していたので、頂上は経由せず、途中から雪田をトラバースし、直接事故現場に向かった。遺体は無事回収され、つい先ほど六〇〇〇メートル地点にあるC2まで運び終えたという。

ヘリの運航会社と相談したところ、そこまでなら飛ばせるという話なので、さっそくフライトの依頼をし、まもなく到着するとのことだった。

磯村と友梨もそのヘリに同乗してカトマンズに向かい、当初の予定どおり、死亡診断を受けるため、和志のいる国立病院に遺体を搬入する。

柏田の両親はあすの朝、カトマンズに到着する予定で、遺体と最後の対面をしたのち荼毘《だび》に付すことになるが、その許可をとるのに意外に手間どるから、数日は滞在してもらうことになりそうだという。

救助に動いてくれた公募隊の隊長の話では、最初の崩落で受けた頭部の傷以外にとくに身体的な損傷はなく、和志があの場所を離れたときと同様、眠るような穏やかな死に顔だったらしい。

磯村が言う。

「隊長が写真を送ってくれたよ。こんな言い方はおかしいが、彼は自分の死を納得して受け入れた。ある意味、幸福な死だったという気さえしたな」

和志の心の負担を和《やわ》らげようという思いからなのだろうが、そんなことは死んだ本人にしかわからない。というより、その本人もなんの自覚もなく死んでいったはずで、それをどう解釈しようと、生きている者の気休めという以上の意味はない。

「でも、もっと生きてほしかった。彼には、まだまだたくさんの可能性も夢もあったはずなのに」

「おまえが悔やんだってしようがないだろう。おれだって、そう先が長いわけじゃない。人生の最後は誰だって同じだ。生きているあいだになにがあろうと、いいことも悪いこともすべて無に帰する。あの世に持って行けるものなんてなにもない。だからおれはきょうを全力で生きることにしたんだよ。この世で生きていられる時間を、一分一秒でも無駄にしたくないからな」

磯村の口から出るそんな言葉がかえって心に重くのしかかる。自分は柏田を救うために、本当にすべてをやり尽くしたのかと、自責の念がまた湧き起こる。

もしあの雪田まで担《かつ》ぎ上げ、蘇生を試みていれば、彼は生きて下山できていたかもしれない。彼を現場に置き去りにして登頂を果たしたのは自分のエゴに過ぎなかったのではないか。

彼の魂《たましい》を背負って完登することが彼にしてやれる唯一《ゆいいつ》のことだなどときれいごとを言いながら、その果実はあくまで自分一人のもので、死んだ柏田と分かち合う術《すべ》はない。

しかし、柏田の遺体回収に全力で取り組んでくれた磯村にいまそんな愚痴《ぐち》を聞かせても、ただ気持ちを挫《くじ》くだけだろう。

「ああ、そのとおりだね。リズや山際社長とも午前中に話したよ。いまは前に進む気持ちが大事なのはよくわかるよ」

「リズは、おまえの行動に批判的なわけじゃなかったんだろう」

それが当たり前のことだとでもいうように、磯村は訊《き》いてくる。

「ああ。僕らが登ったルートのことも、彼女はよく知っていたよ。以前、途中まで登ったクライマーにインタビューしていて、現場の状況は理解してくれた」

「きょうになって、ネットのほうがだいぶ賑《にぎ》やかになってな。まだ炎上というには程遠いが、おまえの行動を非難するツイートがだいぶ目立つようになったよ。出どころはヨーロッパのようで、どれも文言がよく似ているうえに、それが盛《さか》んにリツイートされている。誰かさんのグループが組織的に仕掛けているのは間違いないな」

「またマルクたちが？」

「ほかにはいないだろう。おまえのローツェ南壁は疑いの挟みようがないから、今回のことを材料に、そっちはフロックだったという話に持っていきたいんじゃないのか」

「どうして彼らは、そこまで執念《しゅうねん》深いんだろうね」

「いまだに、ヨーロッパが世界のアルピニズムの中心であるべきだと頑《かたく》なに信じている連中がいるんだよ。失礼だがトモだって、ヨーロッパ人とはいえスロベニアという片田舎《かたいなか》の登山家だ。しかしいまどき、そんな伝統になんの意味もない」

山際と似たような感想だ。苦い気分で和志は言った。

「たしかに、アルピニズムという言葉の現代的な意味を、本家本元がまだ勘違《かんちが》いしているような気がするね」

「日本のマスコミはほとんど報道しないが、おまえを含め世界のバリエーションルートを制覇している日本人クライマーは大勢いるし、昨今のクライミングシーンで主流になっているミックスクライミングはアメリカ人が考案した技術だ。ヨーロッパの連中も、いまはその恩恵に与《あずか》っている」

「もちろん、そんな連中ばかりじゃないけど、インターネットの時代は、数は少数でも声の大きい人たちが勝つからね」

「だから、いま起きていることにあまり過敏になる必要はないんだよ。良識ある多数派は、ネットやマスコミを通じて大騒ぎしない。ヘリが来たようだ。もうじきそっちへ着くから、そのときいろいろ話をしよう」

磯村はそう言って通話を終えた。みんながいろいろ気を遣《つか》ってくれている。そんな人たちと話をしていれば、それを通じてなにがしかのエネルギーが注がれるのか、いくらか明るい気分になっていた。

3

一時間後にはトリブバン国際空港にヘリが到着し、これから車で病院に向かうという連絡が磯村からあった。

あのとき崩落したセラックは、不安定な部分はすべて落ちてしまって、新たな崩落の危険はなかったという。

遺体は死後硬直しているうえに半《なか》ば凍結していたが、ロープとカラビナを使った滑車システムで比較的スムーズに雪田上に引き上げることができ、そこからはフライシート（テントの外張り）とトレッキングポールを組み合わせた即製の橇《そり》でトラバース気味に下降してＣ２に達した。

天候は朝から安定していて、回収に向かったチームに負傷者も出なかったと聞いて、和志は胸を撫《な》で下ろした。

風もなくヘリの飛行には最適で、機体もロシア製の最新型だったから、標高六〇〇〇メートルの飛行を難なくこなした。C2は尾根上の狭い場所のため着陸はできず、ホバリングしながら遺体をホイスト（巻上機）で吊《つ》り上げ、いったんベースキャンプに下りてから機内に収容し、装備をまとめて待機していた磯村と友梨が同乗して、そのままカトマンズへ向かったようだ。

磯村はきのうのうちに市内の葬儀業者の手配を済ませていたらしい。待機していた車が遺体を乗せていま出発したところで、磯村たちはタクシーでこちらに向かっているという。

空港から市内までは六キロほどの道程《みちのり》だが、有名なカトマンズの渋滞を考えれば、到着するのに三十分ほどはかかるだろうとのことだった。友梨が替わって電話に出て、さらに報告する。

「ご両親はこれから羽田《はねだ》を発《た》ってバンコクに向かうそうよ。急だったので接続のいい便がとれなくて、今夜はバンコクで一泊して、あす早朝にカトマンズに向かうそうなの。遺体が無事に回収されたと伝えたら、とても喜んでくれたわ」

「それはよかった。生きて対面させられなかったのは残念だけど」

複雑な気分で和志は応じた。彼らの悲しみに接したとき、自分はどんな言葉をかけられるか――。本音を言えば、会わずにどこかへ逃げ出したい。そんな思いを察したように、友梨が慌《あわ》てて付け加える。

「和志さんが彼を救うために命懸けで頑張ってくれたことに、ご両親は本当に感謝しているの。怪我が軽かったと聞いてとても喜んでいたわ」

「例の噂《うわさ》については、まだそちらには話していないんだね」

和志は不安を覚えて問いかけた。当然だというように友梨は言う。

「もちろんよ、そんなくだらない話――。勝手に言わせておくしかないでしょう」

「でも、いずれ耳に入るかもしれない。そのときどう釈明するか――」

「現場で起きたことをちゃんと話せばいいだけよ。というより、もう私からも社長からもしっかり説明しているわ。リズだってあなたに落ち度がないことを認めてくれたんでしょう。彼女は世界でいちばん権威のある証人じゃないの」

「ただ、僕がもうちょっと頑張っていれば、彼の命を救えたのかもしれない。その可能性がゼロだったとは断言できない」

「でも、そのあいだにまたセラックが崩落したらあなただって死んでいた。そのとき彼が間違いなく生きていたのならともかく、常識的に見て蘇生の可能性はほとんどなかったはずよ。そのために自らの命を危険にさらせという権利は誰にもないわ」

友梨の言い分は当を得ている。しかしあのときの現場の状況は和志しか知らない。嘘だと決めつけられれば反証はできない。ローツェ登頂を否定されたトモの場合と同様に。そしてそれ以上に、ためにする彼らの難癖《なんくせ》に、いちいち抗弁すること自体が切なく虚しい。

「そうだね。僕が彼らと闘わない限り、山際社長や友梨にも迷惑をかけることになるし、磯村さんの最後の夢も叶《かな》えてやれなくなるかもしれないし」

嫌みを言ったつもりはないが、友梨は鋭く言い返す。

「それじゃ私たちが無理強いしているみたいじゃない。どうしても嫌なら勝手に尻尾を巻いて退散したっていいのよ。でも、あなたは本当にそれでいいの」

「そんなつもりで言ったんじゃないよ。ただ、その噂の背後にマルクがいるとしたら、彼らはとことん攻撃してくる。一つ間違えれば、僕にとってもノースリッジにとっても致命的な結果になるかもしれない」

「そんな心配しなくていいのよ。そのときは私たちが前面に出て闘うから。場合によってはマルクを名誉毀損《きそん》で訴えるって社長は言ってるわ」

「でも、悲しい話だね。アルピニズムの世界に、そんな俗世間の諍《いさか》いが持ち込まれるなんて」

「その気持ちは私だって同じよ。でもそんな低レベルの言いがかりをつけられて黙って引き下がっていたら、あなたが愛するアルピニズムの世界が、声だけ大きい少数派が支配する無法地帯になってしまう」

「ああ。やはりそういう連中とは闘わなくちゃいけないね」

そうは応じてみたものの、ではどうやってと考えると途方に暮れる。真実は自分の心のなかにしかない。そして他人は誰も心のなかを覗《のぞ》けない。

4

それから三十分ほどして、いま病院に着いたところだと磯村から連絡があった。柏田の遺体は死体安置室に搬入され、これから医師による診断が行なわれる。ついては現場の状況について質問することもあるから、すぐに出向いてほしいとのことだった。

安置室に向かうと、磯村と友梨が廊下のベンチで待機していた。いま担当の医師が遺体の確認をしていて、まもなくそれが終わるという。

電話ではいかにもタフなところを見せていたが、磯村はさすがに憔悴《しょうすい》していた。こんなことで病状が悪化すれば、和志の次のチャレンジを見届けるという彼の切なる夢も叶わなくなる。

「ご苦労様。ぜんぶ磯村さんに頼っちゃったね。体調はどうなの？」

訊くと磯村は気丈に応じた。

「元気いっぱいというわけじゃないが、もともとがそういう状態だから気にするほどのもんじゃない。それよりおまえの怪我のほうはどうなんだ」

「痛みはもうほとんどないよ。骨折自体は二、三週間で治る。大事なのはそのあとのリハビリだね」

「そうか。だったら急いで次の目標を決めないとな。マルクのような有象無象《うぞうむぞう》の雑音をかき消すにも、早めにでかい花火を打ち上げることだ。ああ、そうだ。回収に向かってくれた隊長が、現場の写真を撮ってきてくれた。これはくだらない言いがかりへの反証になるはずだ」

言いながら磯村はポケットからスマホを取りだし、現場近くから撮影したと思《おぼ》しい写真をディスプレイに表示して手渡した。

事故の当日はガスに巻かれて現場周辺の様子はほとんど目視できなかったが、この日のアマ・ダブラムは雲一つない快晴で、柏田を残してきたスラブの状態もよくわかる。

広範囲にわたって剝落《はくらく》したベルグラが、セラック崩落の衝撃の大きさを物語っている。斜度七〇度を超す磨《みが》き抜かれたようなスラブは、遠目にはほとんど垂直の壁に見える。

その上部にはアンカーから吊り下がった柏田の姿が映っている。別の角度からの写真には、麓《ふもと》の氷河まで一気に切れ落ちた西壁の偉容が捉《とら》えられている。

「その写真を見れば、どんな素人《しろうと》だって蘇生術を施せるような場所じゃなかったことがよくわかる。それにおまえは、最初の遭難現場からそこまで柏田君を担ぎ上げたんだ。それも肩を骨折した状態でな。ふざけたことを言う連中がいたら、それを世界中に公表してやればいい」

憤《いきどお》りを滲《にじ》ませて磯村は言う。その目にうっすら涙が浮かんでいる。そのとき安置室のドアが開いて、四十代くらいの温和な物腰の医師が半身を覗かせて手招きした。

足を踏み入れた安置室は身震いするほど冷房が効《き》いていて、幾《いく》つかある診察台の一つに柏田の遺体が横たわっていた。別れたときと同様の穏やかな死に顔だった。溢《あふ》れる涙を拭いもせず、頭《こうべ》を垂《た》れてしばし黙禱《もくとう》し、顔を上げると医師が現場の状況について説明を求めた。

隠すことも飾ることもなく、あのとき起きたありのままを語った。ギャルツェンという医師はときおり細部について質問をしながらすべてを聞き終えると、カルテを手にして所見を述べた。

落石もしくは落氷によるものと考えられる後頭部の傷は頭蓋骨《ずがいこつ》骨折を伴《ともな》っており、脳挫傷《のうざしょう》の可能性を強く疑わせる。脊髄《せきずい》損傷の所見もあり、そのとき本人が訴えた視力障害と下肢《かし》の運動機能麻痺は、それが原因の機能障害によるものとみられる。ただしそれが死因となったとは考えにくく、死亡したのはその後、寒冷下で長時間過ごしたことによる凍死だとほぼ断定できる。

最後に和志が確認した心臓拍動停止、呼吸停止、瞳孔《どうこう》散大という死の三兆候は、専門の医師でも通常はその段階で死を認定する。直後に設備の調《ととの》った病院に搬送できれば、人工呼吸器により心肺機能が蘇生するケースもあるが、現場の状況からそれが不可能だったことは明らかで、和志になんら過失はないと言い切った。

後段の部分は死亡診断書に記載する必要のない話で、どうしてそこまで言及するのか、訝《いぶか》しい思いだったが、語り終えてギャルツェン医師は言った。

「ミス・ホーリーから、午前中に電話があったんです。私は彼女とは長年の付き合いでしてね。いまもかくしゃくとしてはいますが、やはり高齢ですから、たまに体調を崩《くず》すこともある。それで、いわばかかりつけ医のような親しい関係にあるんです――」

そのときリズから柏田のことを相談されたという。ギャルツェン医師は続けた。

「私の父はシェルパ族で、若い頃から世界各国の登山隊に参加し、自身も八〇〇〇メートル峰へは十数回登頂しています。その父のお陰で、私は国立医科大学に入り医師になることができた。そんな関係もあって、私自身は登山はやりませんが、ヒマラヤを目指すクライマーに対するリスペクトはつねに持っています」

「いまSNSで取り沙汰《ざた》されている疑惑のことを、リズから聞いたんですね」

友梨が問いかける。医師は頷いた。

「彼女に頼まれたのは、遺体を見た上で、どちらに与《くみ》するでもない本当の答えを見つけてほしいということでした。彼女は虚偽の登頂報告だけではなく、他者を貶《おとし》めるためのデマや偽《にせ》情報にも厳しい目を向けます。どんなかたちであれ、ヒマラヤ登山の歴史に虚偽が紛《まぎ》れ込むことを嫌っています」

和志は戸惑《とまど》いを覚えて問いかけた。

「彼女とはけさ会いました。そのとき、いま先生に説明したのと同じことを話しているんですが」

「それは私も聞いています。リズはあなたの説明を疑っているわけじゃないんです。ただ彼女の立場とすれば、どんなデマに対しても、きちんと反証できる根拠が欲しいんでしょう。もし必要なら、私はいつでも証人になる用意があります」

穏やかな口調でギャルツェンは言った。

5

とりあえず死亡診断書は書いてもらったので、その後の手続きは遺族が行なうことになるが、すでに日本大使館には死亡の事実を伝えてあり、火葬や遺骨の持ち帰りに関する事務処理については適宜《てきぎ》アドバイスしてくれるとのことだった。現地での火葬は地元の葬儀業者に委託してあり、役所関係の手続きも代行してもらえる。

古来ネパールでは死者は火葬にするのが一般的で、カトマンズでは観光地としても有名なパシュパティナート寺院の火葬場でほとんどの死者が荼毘に付される。川に沿った火葬場には幾つもの火葬台が設《もう》けられ、そこで火葬された遺灰は川に撒《ま》かれるが、最近はそれに隣接して電気式の火葬炉が設置されているらしい。屋外で薪《まき》を使って行なわれる従来の方式より、そのほうが日本人にとって馴染《なじ》みやすいのは言うまでもない。

和志は骨折の痛みがほぼなくなり、医師も、あとは部位を安静にしているだけでいいというので、病院にほど近いホテルに部屋をとり、磯村たちとともにそちらに移動した。あす到着する柏田の両親の部屋も友梨が予約しておいた。

チェックインを済ませ、荷物を解《ほど》いた三人は、午後六時過ぎにホテルのレストランに集まった。

「あれから、SNSのほうはどんな動きになってるの?」

訊くと明るい表情で友梨は応じた。

「さっきもチェックしてみたんだけど、和志さんを非難する人たちの声はずいぶん下火になってるわ。逆に彼らを批判する声が高まっていて、あなたの行動を賞賛する人のほうが多いくらいよ」

「そりゃそうだろうよ。あの手の難癖は誰が聞いたって不快に決まってる。世間はマルクのような連中ほどは腐っていなかったということだよ」

磯村はそら見ろと言いたげな表情だ。先ほどのギャルツェン医師の話とも合わせて、和志の心の負担はだいぶ軽くなった。

「そうだとしたら嬉《うれ》しいね。なによりアルピニズムの世界で、信頼といういちばん大切なモラルがいまも生きているということがね」

心強いものを覚えて和志は言った。磯村も頷く。

「登山にだってフェアプレイの精神は大切だ。しかし審判を連れて八〇〇〇メートル峰に登るわけにはいかないし、すべてをルールでがんじがらめにしたら、アルピニズムのブレークスルーになるような新しい挑戦の芽を摘《つ》んでしまう。ラインホルト・メスナーが、ＩＯＣ（国際オリンピック委員会）が授与すると申し出た金メダルを辞退したのは、登山を一般のスポーツと同列に扱おうという発想への抵抗だった。おまえだって、これから上に行けば行くほど毀誉褒貶は喧《かまびす》しくなる。そんな声に耳を傾けている暇《ひま》があったら、さらに次の高みに登って、そいつらの声をねじ伏せてやることだな」

身を乗り出して友梨も言う。

「私もそう思う。和志さんとノースリッジの関係には、もちろんビジネスの部分もあるけど、それは損得勘定に基づいたものじゃない。社長や私の和志さんへの信頼があってこそのものなのよ」

磯村も友梨も、ともすれば塞《ふさ》ぎこんでしまう自分を心配して、気持ちを前向きにしようとしてくれているのがよくわかる。

テーブルに前菜が並んだところで、柏田の死を改めて悼《いた》み、そして彼が心血を注いだ新装備を使ってアマ・ダブラム西壁新ルートの登攀に成功したことを祝って献杯する。ただ落ち込んでいても仕方がない、柏田だってきっとそう言ってくれるさと、磯村はさっそく身を乗り出す。

「次の目標なんだが、そろそろ決めておかないと準備が間に合わなくなるぞ。どうするつもりだ」

「怪我のほうは、ポストモンスーンまでには十分回復すると思うけど、未踏のルートとなると数が限られるね」

和志は慎重に答えた。

単に花火を打ち上げるだけならどこでもいい。しかしやるからには、成功しないと意味がない。だからといって思いつくのは、いずれも簡単に登らせてくれるルートではない。それにそもそも、いまは気持ちに火が点《つ》かない。焦《じ》れたように磯村が言う。

「マカルーの西壁は、やはりまだ早いか」

「早いとか遅いとか言う以前に、そもそも人間が登れる壁なのかどうかだね。下から見上げただけで帰ってくることになりそうな気がするよ」

「だからいまでも未踏で残っているんだけどな。神様はよくあんな壁をつくったもんだよ。ただローツェの南壁だってナンガ・パルバットのルパール壁だって、誰かが登るまではみんなにそう言われていた」

「ヒラリーがエベレストに登った当時、八〇〇〇メートル級のバリエーションルートを登るなんて発想は誰も持っていなかった。しかしけっきょくエベレストだって、南西壁、北壁、北西壁を含め、バリエーションルートのすべてが登られたね」

「どれもアルピニズムに不可能はないと信じた物好きたちによって成し遂《と》げられたものだ。メスナーがエベレストに初めて無酸素で登ったときも、初めて単独登頂したときも、やって見せるまでは無謀な試みだと世間から非難されたよ」

「それでも彼はやれると確信したんだね」

「おまえだってそうだろう。ローツェ南壁は一《いち》か八《ばち》かの博打《ばくち》じゃなかったはずだ」

「確信というのとはまた違うんだけどね。登りたいという気持ちが高まるんだ。自分が頂上に立っている姿がはっきりとイメージできるんだよ」

「わかるよ。おれだってそうやっていろいろな山を登ってきた。結果として敗退したことも少なくはないが、そもそもそういうモチベーションの高まりなしには挑戦すらしなかっただろうな」

「そういう意味で、まだあの壁に対しては心の準備が出来ていない。この先、誰かが登れるとも思えない。ましてソロではね」

「ボルトを打ちまくって固定ロープをべた張りして、土木工事みたいにやればなんとかなるかもしれないが、いまの時代、そんなのはアルピニズムとは言えないからな」

「もしそれをやったって、あのヘッドウォール最大の障害の落石には打つ手がない。ルート工作に時間をかければかけるほど、そのリスクは高まるからね」

　極力消極的に応じたが、磯村はさらにアグレッシブなアイデアを捻《ひね》り出す。

「だったら、ローツェ同様冬を狙《ねら》ったらどうだ。春より雪は多いし、それが寒さで凍結するから浮き石も固定される。壁が西向きなのも悪くない。午前中は日が当たらないから、夜中に登高を開始すれば一日の行動時間がたっぷりとれる」

「いままであの壁を冬に登ったケースはないよね。ローツェのときも同じ作戦だったけど、あっちはマカルー西壁みたいな落石の巣は抱えていなかったから、同じ考えが通じるかどうかはわからない」

「この冬、偵察してみるか。だとしたら、それでやれそうだとしても登るのは来年の冬だな。おれが生きているかどうかわからないが、そのときは草葉の陰で応援するから」

あすの天気の話でもするように磯村は気楽な調子だが、友梨が切ない表情で割って入る。

「そんなこと言わないでよ。もし最初のお医者さんの話が本当なら、もうとっくに死んでるはずじゃない。手術も抗癌剤《こうがんざい》治療も受けないという選択は、磯村さんにとっては大正解だったのよ。治せない治療で体を痛めつけるから寿命が縮《ちぢ》まるという考え方もあるそうよ。現に磯村さんのお客さんで、余命三カ月の宣告を受けた人がいたそうじゃない。それが治療を中止して好きな山を登ることに決めたら、そのあと三年も生きられたというんでしょ」

「そうなんだよ。じつはおれもけっこうしぶとく生きそうな気がしてるんだ。この先何十年も、とまで欲をかいちゃいけないとは思うけどね」

磯村は他人事《ひとごと》のように言う。和志としては複雑な気分だ。自分を世界のトップクライマーにするのが恩師である磯村の夢なら、生きているあいだに叶えてやりたいのは山々だ。しかし、山はこちらの都合には合わせてくれない。それに本音を言えば、ここでしばらく休みたい。山に登ることの意味を、いまは納得いくまで考えてみたいのだ。

これまではただがむしゃらに登ることが喜びの源だった。ところが柏田のことがあってから、その源泉が涸《か》れようとでもしているように、気持ちが前に向いていかない。

高所登山はいまや和志の生活の糧《かて》で、すでに自分はプロフェッショナルなのだ。そしてリズも言っていたように、世界の第一線に名を連《つら》ねるクライマーに、山で仲間を失った経験のない者はほとんどいない。自分もついにその仲間入りをしたというだけで、単に来るべきときが来たというだけのことなのだ。

しかしそのことでこれほどまでに気持ちが萎《な》えている自分が、果たしてその一角に名を連ねる器なのかと考えれば、やはり自信を失う。そんな思いも重ね合わせて和志は言った。

「マカルー西壁は、当分誰も成功しないんじゃないかな。最後に残るのはあの壁だという気がする。少なくとも、あそこを登るのはたぶん僕じゃない」

「情けないことを言うなよ。むしろ登れるのはおまえだけだとおれは信じてる」

「勝手に信じられても困るよ。僕より技術が優《すぐ》れたクライマーはいくらでもいるけど、ここ最近もそんな人たちがみんな敗退している。それもほとんど歯が立たずにね」

「おまえの場合は、テクニックというより勘の良さと度胸だよ。こんどのアマ・ダブラムだって、あのベルグラの張り付いたスラブは、おれだったら敬遠していた。しかしのんびりほかのルートを探していたら、嵐に掴《つか》まって進退窮《きわ》まっていただろう。いま考えてもあれが最速で、結果的にいちばん安全なルートだった」

「でも、セラックの崩壊は避けられなかった。それで柏田君は命を失ったわけだから」

「そのことはもう言うな。柏田とペアを組んで、おまえがルート初登に成功した事実は変わらない。それにもしその決断をしていなかったら、おまえだって生きて還れなかったかもしれないだろう」

うんざりしたように磯村が言う。傍《かたわ》らで友梨も頷く。

「そうよ。あなたが負うべき責任なんてなにもないわ。柏田君もあなたと同様に自分の意志で登ったんだから、その結果に不満はないと思う。それどころか、あなたの登頂を喜んでいるはずよ。セラックの崩落で死んでいた可能性はあなたにもあったわけじゃない。あなたの行動に問題があったなんて言っているのはマルク一派だけよ。そんなことをいつまでも気に病んでいたら、まさに彼らの思うつぼじゃない」

「そうだね。こういうことはこれからも避けて通れないし、それが嫌なら山登りなんてやめるしかない」

和志は頷いた。しかし、気持ちにいま一つ芯《しん》が通らないのはいかんともしがたい。磯村が言う。

「まあ、少し時間をおけば気分も変わる。おれだって、登山中に仲間が死んだときはずいぶん落ち込んだもんだ。あっけらかんと次の目標に向かえるとしたら、それも病気の一種だろうしな」

「申し訳ない。わかってはいるんだよ。次の遠征のターゲットを決めておかないといけないのは。友梨のほうだっていろいろ準備する必要があるわけだから」

ついロにした言葉に、気をよくしたように友梨が応じる。

「だったらマカルーはともかく、やはりなにか記録を達成できる山がいいわね」

そこだというように、磯村が身を乗り出す。

「だったら、冬のK２があるな」

――冬のK２。

二〇一三年にブロード・ピーク、二〇一六年にはナンガ・パルバットと、冬季未踏の八〇〇〇メートル峰が相次いで登られ、残るはK２だけになっている。

エベレストに次ぐ世界第二位の高峰は登攀の困難さでも群を抜く。一般ルートとされる南東稜――別名アブルッツィ稜でさえ、他の八〇〇〇メートル峰のバリエーションルート並みに困難で、死亡率で見れば、最も高いアンナプルナに次ぎ、人食い山の異名を持つナンガ・パルバットと肩を並べる。

「マカルーと違って、世界の登山隊がいま虎視眈々《こしたんたん》と狙っているようだね」

あまり気乗りせずに応じると、秘密めかして磯村が言う。

「この冬は、アンジェイ・マリノフスキが率《ひき》いるポーランド隊が狙っているらしいな」

冬季登攀はポーランドのお家芸で、過去、エベレスト、カンチェンジュンガ、ローツェ、ガッシャーブルムⅠ峰、ブロード・ピークなど、九つの八〇〇〇メートル峰の冬季初登攀に成功している。隊長のマリノフスキは、そのほとんどを率い、自らも幾つかの頂上を踏んでいる世界有数の登山家の一人だ。一九九六年には世界で五人目の、八〇〇〇メートル峰十四座の完登を果たしてもいる。

「先にやられちまう可能性はなくもないが、おまえだったらソロという手があるからな」

磯村はまたも難題を持ちかける。慌てて首を横に振った。

「K2は山全体が雪崩《なだれ》の巣で、いくらポーランド隊でもそう簡単にはいかないと思うけど、どのルートを登るの？」

「まだはっきりした情報が入っているわけじゃないんだが、どうも南南東リブを狙っているらしい」

南南東リブは、メインルートの南東稜から派生する急峻《きゅうしゅん》な側稜で、日本の山野井泰史がソロによる初登頂を果たしたルートだ。急峻な稜線のため、距離的に短く雪崩リスクも少ないと言われ、トモ・チェセンも、登頂はできなかったが、南東稜と合流するショルダー（肩）までは単独登攀している。

「アグレッシブなアイデアだね。気象条件次第ではやれるかもしれない。ポーランド隊はすでに何度か、冬のK2にチャレンジしていたと思うけど」

「北稜と南東稜だな。どっちも八〇〇〇メートルの手前で敗退しているけど、それなりのノウハウは蓄積しているだろう」

「もしソロなら、僕も南南東リブが狙い目だと思うけど、それじゃバッティングしそうだね」

そういう話を聞けば、つい反応してしまう。そこを見透《みす》かしたように磯村は言う。

「やれる自信があるんだろう」

「天候や雪の状態、僕自身のコンディション。すべての要素が揃《そろ》えばね。でも今回のように、山は登る人間の注文にはそうは応えてくれないから」

「それが揃ったら、やれないことはないと言うんだな」

磯村はさらに気をそそるように問いかける。やむなく和志は頷いた。

「そういう意味でなら不可能な山はないよ。でも、人間が山を思いどおり操《あやつ》ることも、やはり不可能だから」

「だとしてもやってみる価値はある。ポーランドの連中があれだけ実績を積み重ねたのは、誰も挑まない冬を狙ってひたすら攻め続けたからだ。しかしおまえにだって勝ち目がなくはない。向こうは基本的に大人数の極地法で、ルート工作に時間をかける。そのぶん悪天候や雪崩に遭《あ》う確率も高い。しかしおまえなら、三日だけ晴れれば登って下りられる」

「その三日の晴天が、冬のカラコルムではそうは簡単に来てくれない。たまたま晴れたからって、それが続いてくれる保証はないからね」

「そこは賭《か》けだよ。それに南南東リブはひたすら一本道で、ローツェの南壁みたいに複雑じゃない。天候が崩れても下降は容易だ」

「でも高さという壁がある」

「だからって、ローツェより一〇〇メートル弱高いだけだ。一時的に崩れたとしても、ショルダーで天候待ちすれば、次の晴れ間で一気に頂上に行ける」

ショルダーの標高は七九〇〇メートルだ。ノーマルルートを登る場合の最終キャンプになるポイントで、たしかにそこで一日晴れてくれれば、十分頂上を往復して戻れるだろう。磯村は続ける。

「ローツェじゃおまえは、八〇〇〇メートルを超えたところで三日間ビバークしているじゃないか。常人より高所に強いのは間違いない」

「あのときは、たまたま風が避けられる洞穴でビバークできた。でも、K2のショルダーは吹きさらしで、テントが飛ばされるケースもよくあると聞いてるよ」

「そこはノースリッジの力でなんとかカバーしてもらいたいところだな。今回使ったビバークテントは、その点でかなり成功していたんだろう」

「そうだね。あれは柏田君の傑作だよ。ただフレームの強度に少し不安があった。軽量化と強度はトレードオフの関係にあるから」

「そこはノースリッジもう一工夫してくれるだろう。それに南南東リブは日当たりがいいから、暖かいシーズンは雪が腐って（融《と》けて）ラッセルが大変だそうだ。むしろ冬なら、降雪直後じゃなければ雪は締まって硬いから、はるかに登りやすいと思うがな」

磯村は楽観的な見通しを並べたてる。マカルー西壁で問題となるような落石の心配はさほどないし、ソロを含む短期速攻向きのルートなのも間違いない。しかしポーランド隊とバッティングした場合、問題になるのはタクティクスの違いだ。

彼らはおそらくフィックスロープの設置や途中のキャンプへの荷揚《にあ》げなど、時間をかけてルート工作を行なうはずで、細い一本道の南南東リブを同時に登れば、こちらの行動が大きく制約されるだろう。

かといって彼らのあとから登ればそのフィックスロープを使ったと疑われ、ソロ登攀と認定されない可能性も出てくる。

逆に先に登ろうとすれば日程的にあとがなくなり、拙速《せっそく》で挑んで失敗する可能性が高まる。そんな危惧《きぐ》を口にすると、磯村は軽く笑い飛ばした。

「遠慮することはないよ。マリノフスキといえば大物中の大物だが、おまえだって、ローツェ南壁冬季単独登攀という世界に誇る記録を打ち立てた。おれと組んでのシャールと主峰の縦走《じゅうそう》だって、世間の度肝《どぎも》を抜いたのは間違いない。そのおまえが冬季単独初登攀を目指すと言ったら、正々堂々、受けて立つくらいの度量はあるだろう。下手に邪魔立てすれば自分の名誉に関わる。そのあたりはマルク・ブランみたいな三流クライマーとは絶対に違うはずだ」

「だからといって、お先にどうぞと先に行かせてくれるほど太っ腹にもなれないんじゃないの。隊長ともなれば隊員の気持ちにだって配慮しないといけないから」

なお不安を口にすると、他聞を憚《はばか》るような調子で磯村は言う。

「いまの話はまだ噂の段階で、向こうは公式にアナウンスしているわけじゃない。だったらこっちが、先に名乗りを上げちまえばいいんだよ。ルートは南南東リブだと宣言するんだ。パーミッションは日本へ帰ったらすぐに取得する。そうなると、向こうだってバッティングは嫌だから、ルートを変更するんじゃないかと思うんだよ」

「どのルートへ？」

「彼は八八年の冬に南東稜からの登頂を試みて敗退した。しかし、九六年のノーマルシーズンには成功している。たぶん八〇〇〇メートル峰十四座登頂記録の数合わせだったと思うが、慣れ親しんだルートなのは間違いない。常識的にはそこを登ると思うんだよ。冬季初という記録がかかっている以上はね」

「理由はそれだけ？」

「ほかにもある。向こうは十人近いパーティーだと聞いている。そのくらいの人数でルート工作しながら進むとなると、向いているのはむしろ南東稜のはずなんだ。南南東リブには、それほどの大人数のキャンプを設営できる場所がほとんどないから」

「だったらどうして、南南東リブをやるという噂があるの？」

「おそらく本人が流しているんだろうが、アルパインスタイルやソロで登ろうとするおまえみたいなライバルを牽制《けんせい》するためじゃないのか」

「アルパインスタイルなら、南南東リブは可能性が高いと、彼も見ているわけだね」

「だろうな。トモ・チェセンやイェジ・ククチカのような例外もあるが、ロシアを含む旧東側の国は伝統的にアルパインスタイルを好まない。資金集めの関係からも、国威発揚型の大登山隊のほうが有利なんだろう」

穿《うが》ち過ぎとも言える磯村の見解に、友梨がすかさず反応する。

「それ、いいじゃない。東京へ帰ったらすぐにホームページを立ち上げるわ。和志さんも興味津々《しんしん》みたいだし」

「勝手に決めつけないでほしいな。まだやるともやらないとも言っていない」

和志は反発したが、友梨は意に介《かい》さない。

「和志さんは、これからゆっくりモチベーションを高めてくれたらいいのよ。ほかのことはすべて私たちがやるから」

「冬ならパーミッションもとりやすい。近ごろはノーマルシーズンのK2ベースキャンプにはテント村が出来るけど、冬となると数は限られる。閑散《かんさん》期だから、パキスタン政府も気前よく出してくれるよ」

磯村も完全にその気のようだ。彼が元気なうちに挑戦してやりたいのは山々だが、それに急《せ》かされて心の準備もなしに挑むには、冬のK2はあまりに困難なターゲットだ。いや、それがK2だからではない。六〇〇〇メートルクラスのショートルートでも、半端な気持ちで挑戦すれば必ずしっぺ返しを食らう。山とはそういうものなのだ。複雑な思いで和志は言った。

「先にスケジュールが決まっちゃったら、それを意識しないわけにはいかなくなる。ゆっくりモチベーションをと言われたって、すでにそれ自体が僕にとってはノルマになってしまう。そもそもこの先、これまでみたいなハードクライミングをやるかどうかだって、まだ答えを出しているわけじゃない」

「だったら山をやめたあと、おまえはなにをして生きるんだ。山なしで、生きていけるのか」

磯村が鋭い口調で問いかける。

――山なしで、生きていけるのか。

そう訊かれるとなおさら答えが浮かばない。いまはたまたまノースリッジから給料をもらうかたちだが、それはあくまでクライマーとしての活動を支えるスポンサー料で、一般のサラリーマンの給与とは意味が違う。そしてそれ以前に、和志はサラリーマン生活を経験したことがない。

自分の意志で登れる山があったから、アルバイトでかつかつ食いながらでも、プライドを持って自らの人生を歩むことができた。その山に対するモチベーションがこのまま失《う》せてしまったとき、自分にとって世界はなお生きるに値するものであり続けるだろうかと自問する。

少なくとも、それはいまよりはるかに色あせたものになるだろう。しかし山に代わる新しい人生の目標が、いまはなに一つ思い浮かばない。今年三十歳になる和志にとって、その先の人生はきょうまでよりもはるかに長いだろう。友梨が真剣な顔で言う。

「和志さんの行動を縛《しば》ろうというわけじゃないのよ。これまでだって、登るか登らないかの最終的な決断はあなたに委《ゆだ》ねられていたんだし、私たちはあくまでそれを尊重するわ。そのときになってあなたが無理だと判断したら、遠征はそこで終わり。それはどこの登山隊でも同じことのはずよ」

「じゃあ、答えを出すのはもう少し待ってくれないか。無理ならやめればいいといっても、そこまでの準備だけで人手も資金もかかる。最初から気乗りがしないのにそれをやらせたら詐欺《さぎ》になる」

「そんな大袈裟《おおげさ》な話じゃないのよ。ホームページを立ち上げたりSNSに情報を流したりするくらい、大したコストはかからないもの。本格的な準備を始めるのは秋に入ってからで、それまでは一種の情報戦だから、それまでに和志さんが結論を出してくれればいいのよ」

「馬鹿正直なおまえにすれば不本意かもしれないが、そういう陽動作戦は登山の世界じゃ珍しくもない。おれだって、そういう作戦に引っかけられて、みすみす初登頂のチャンスを逃したことがある。高所登山も世界のトップレベルとなると、いまや情報戦だ。誰でもやっていることだから、それをアンフェアだというやつもいない」

磯村が言う。たしかにいまはSNSという情報手段がある。和志たちもそれを大いに使いこなして、それが和志を世界的クライマーの一角に押し上げて、ノースリッジの世界的な知名度も向上させた。ノースリッジのスポンサーシップで、かつての自分には手の届かなかったビッグクライムに挑めるようになったことは、クライマーとしての和志にとって最大の転機となった。

もちろん、その話に乗るまではさんざん悩んだ。かつてはパーミッションを取得する資金もなく、それなしで登れる六〇〇〇メートル前後の山のバリエーションルートを漁《あさ》り、ときには知り合いのパーティーのパーミッションに便乗させてもらうこともあった。

しかしそれではいつまで経《た》っても世界のトップに肩を並べられない。しかし他人の財布に依存しないそんなスタイルには、ほかのなにものにも代えがたい自由があった。

大企業のスポンサーシップを受ければ、その自由は束縛される――。惧《おそ》れたのはそれだったが、友梨や磯村の熱心な勧めと社長の山際の人柄に魅せられて活動を始めてみれば、それが杞憂だったことはすぐにわかった。

日々の暮らしと登山の費用を稼《かせ》ぎだすためのオフシーズンのアルバイトから解放され、すべてのエネルギーを登攀活動に注ぐことができる。だから、いま友梨と磯村が画策《かくさく》している作戦に、悪意がないことはよくわかる。

けっきょく、いま和志が抱え込んでいる問題は、自分の人間としての弱さゆえのものなのだ。それを克服できなければ、これから先、世界の先鋭クライマーに伍《ご》してアルピニズムの可能性を追求することもできず、そんな自分がノースリッジからのスポンサーシップを受けるに値するとも思えない。しかしいかんせん、いまは次を目指そうという意欲が湧いてこない。Ｋ２は、その意欲なしに登れるような山ではない。

「登れるか登れないかは、いまはわからない。ただ、次のターゲットとしてＫ２が有力候補だということは認めるよ」

　和志はやむなく言った。してやったりというように友梨は応じる。

「じゃあ、進めていいのね。いま社長に電話して承諾《しょうだく》をとるわ」

　そう言って友梨がポケットから携帯を取り出したとたんに、着信音が鳴り出した。

「お疲れさまです、社長。広川です。いまこちらから連絡しようと思っていたんですが——」

　慌てて耳に当て、そう言いかけたところで、友梨は言葉を呑《の》んだ。ときおり相槌《あいづち》を打ちながら話を聞き終え、あとでかけ直すと応じて通話を終えると、不安げな表情で和志たちを振り向いた。

「ついさっき、柏田君のお父さんから電話があったそうなのよ」

「こちらへ向かう途中で、なにかトラブルでもあったのか」

　磯村が問い返す。硬い表情で友梨は続けた。

「いまバンコクのホテルにいるそうなんだけど、遺体の扱いを変更したいという申し出があったそうなのよ」

「変更って、どうするんだ」

「現地で荼毘に付すのは中止して、日本に搬送したいというの」

「どうして気が変わったんだ」

　磯村はいかにも厄介《やっかい》な話になったと言いたげだ。重い口振りで友梨が言う。

「死因に納得のいかない点があるから、日本で病理解剖をしたいと言い出しているらしいのよ。その結果によっては警察に相談したいと――」

和志は手にしていたナイフをとり落としかけた。磯村が慌てて問い返す。

「きのうまでは、現場で起きたことは理解してくれていたじゃないか」

「なぜか考えが変わったようなの。マルク一派が流している噂が耳にでも入ったんじゃないかしら」

友梨は唇を噛みしめた。

第四章　バッシング

1

翌日の午前十一時に、柏田の両親はトリブバン国際空港に到着した。和志たちは到着ロビーで待ち受けて、病院まで二人を案内した。

二人は息子の遺体回収に力を尽くしてくれた磯村と友梨に感謝の言葉をかけ、和志にももちろん謝意は示したが、その言葉はおざなりに感じられた。

病院に向かう車のなかでも二人は言葉少なで、どこか気まずい雰囲気が漂った。磯村がこの日の午後に予定していた茶毘《だび》をキャンセルしたことを伝えると、父親は素っ気《そけ》なく礼を言い、自分たちで業者を手配したから、もう手を煩《わずら》わせることはないと続けた。遺体を日本に運ぶのなら、費用はノースリッジが負担すると友梨は申し出たが、それは遠慮すると父親はきっぱり応じた。

どちらも病理解剖の話には触れなかった。ネパールは原則的に国外との遺体の搬出入を認めていない。もちろんそこは、然《しか》るべきルートで役人に金を渡せば融通《ゆうずう》が利《き》く。そのあたりを確認したところ、二人もそれはわかっていて、すべて業者がクリアしてくれるという。

いまは国際的な遺体搬送サービスというのがあって、二十四時間体制で相談や申し込みを受け付ける。父親はすでにそんな業者と話を進めているようだった。それにしても、昨夜連絡をもらうまでは現地で荼毘に付す方向で話が進んでいたことを思えば、いくらなんでも動きが速い。

カトマンズに遺体を搬送するまでの経緯については、すでにノースリッジの総務から伝えてあり、そこに瑕疵《かし》があったとは考えにくい。にもかかわらず、遺体を日本に搬送し、病理解剖をしたいということであれば、それ以前の和志の行動になんらかの疑念を抱《いだ》いているであろうことは想像に難《かた》くない。

和志は事故の顚末《てんまつ》を自分の口から語りたかったが、ノースリッジの総務からは、現場での和志の対応についてはすでに詳細に報告しており、これ以上話をしても屋上屋《おくじようおく》を重ねるだけで、逆に今後、訴訟でも起こされた際に不利な材料にされかねない。とくに詫《わ》びるようなニュアンスの言葉はできるだけ口にしないようにと指示されていた。

磯村も友梨もとくに父親の態度の変化には不審なものを感じていて、二人からもその指示に従うよう釘《くぎ》を刺されていた。和志としては、あのときの柏田との会話や、彼に対する自分の思いを伝えたかった。しかしそれをすれば、向こうは逆に言い訳がましいと解釈すると磯村は言う。割り切れない気持ちではあるが、今後の成り行きが読めない以上、その判断に従うしかない。

磯村は空港へ向から車中から電話で、死亡診断書を書いてくれたギャルツェン医師にも相談していた。病理解剖をしても低体温症以外の死因は特定できないし、多額の費用をかけて日本へ搬送し、解剖をする意味がわからないと、彼は不快感を隠さなかったらしい。

病院の霊安室で、母親は柏田の遺体に取りすがり泣き崩《くず》れた。父親は哀しみを嚙《か》み殺すように歯を食いしばっていた。冷え冷えした霊安室で、和志の心はなお冷え込んだ。

もともと口下手《くちべた》だから、その場の気まずさを取り繕《つくろ》うような言葉は思いつかない。両親もここでは腹の内を見せないほうが得策だと考えているのか、必要最小限の言葉しか口にしない。死亡診断書と柏田のパスポートを手渡すと、もう用はないとばかりにそそくさと病院を立ち去った。遺体搬送サービス会社が別のホテルを手配したというので、友梨が予約していたホテルはキャンセルしていた。そのほうが業者との連絡に好都合だという理由だが、それもノースリッジ側のサポートは一切《いっさい》受けないという意思表示としか受けとれず、そんな頑《かたく》なな態度の意味はやはりわかりかねる。

柏田はノースリッジの社員としてネパール入りしている。社長の山際も、必要なら遺体の搬送も会社の経費で行なう腹積もりだった。両親はいったんはそれを固辞し、現地で荼毘に付すことを望んでいた。それが突然ひっくり返った上に、病理解剖などという穏《おだ》やかではない言葉が飛び出した。その背後でなにかが起きたのは間違いないが、それを明かせば作戦上不利だとでも言いたげに、父親はなにも語ろうとしなかった。

2

「嫌な感じだったな。息子が死んで辛《つら》いのはわかるが、なんだか、こちらに問題があったように決めつけているとしか思えない」

両親と別れ、タメル地区のネパール料理店に腰を落ち着けると、磯村は苦々《にがにが》しげに切り出した。

「ゆうべ連絡をもらうまではそんなことはなかったのに、突然豹変《ひょうへん》したようなのよ」

友梨も困惑を隠さない。磯村は猜疑《さいぎ》を滲《にじ》ませる。

「誰かが余計なことを吹き込んだんじゃないのか。海外のSNSには、和志を誹謗《ひぼう》中傷するデマがずいぶん流れているようだから。親父《おやじ》さん、それを見たのかもしれないし、それを知った馬鹿な日本人がご注進に及んだのかもしれない。そうだとしたらマルク一派の思惑どおりだよ」

「もちろんそのときは、ノースリッジが正面に出て闘うわよ。言いがかり以外のなにものでもないんだから。場合によっては名誉毀損《きそん》で訴えることになるかもしれないわ」

友梨は意気盛《さか》んだ。やりきれない思いで和志は応じた。

「でも、そんな方向に行くのは極力避けたいよ」

両親がなにを考えているのかはわからない。しかしあのときの柏田の気持ちを、和志はたしかに受け止めていた。自分の不運を嘆くでもなく、それが高所登山のルールだと承知して彼は自《みずか》らの死を受け入れた。命が尽きるときまで山を愛していたはずだと和志は確信できる。それは彼の人生の最高到達点のはずで、和志も自分の命が終わるとき、そうありたいといつも願っている。

柏田の死を美化することで責任を回避しようとしているのではない。生きて還《かえ》らせることができなかったことに悔いは残るが、それが人の心の裏を探《さぐ》り合う猜疑の応酬《おうしゅう》の火種になるようなら、柏田の魂《たましい》にとっても救いであるとは思えない。

「そんなのおれだって同じだよ。だからといって大人しくしていたら、おまえが柏田を見殺しにした人でなしにされてしまう。彼を救おうとしておまえも命の危機にさらされた。そのことは十分伝わっているはずなのに、あの両親の対応はあんまりじゃないか」

磯村は憤懣《ふんまん》やるかたない口振りだ。やるせない思いで和志は言った。

「なにか誤解があるんだよ。最初はわかってくれたんだから、僕自身の言葉で気持ちを伝えれば、理解はしてもらえると思うんだ」

　友梨は深刻な顔で首を横に振る。

「そう願いたいのは山々なんだけど、本社の法務担当者の考えは違うのよ。社員である以上、遺体の搬送はこちらの負担でやると言ったのにそれを断った。搬送費用はかなり高額らしいのよ。それをあえて自己負担すると言っている。それ自体がすでに争う姿勢を示していると考えざるを得ないと言うのよ」

「争って、なにか得することがあるの？」

「それがわかればいいんだけど、いまのところなにかを要求されているわけじゃないから、皆目見当がつかないらしいのよ」

「山際社長の考えはどうなんだろう」

「慌《あわ》てて動いても仕方がないので、いまは粛々《しゅくしゅく》と対応するだけだと言ってるわ。これから死亡退職金や弔慰金《ちょういきん》の支払いの件も含めてご両親とは接触する機会があるし、葬儀にも出席することになるわけだから」

「労災扱いにしろなんて言い出すんじゃないのか」

　磯村が言う。友梨は首を傾《かし》げる。

「それはあり得ないわね。ネパール入りまでは社命だけど、登ったのは彼個人の意志で、社長はOKを出しただけだから。もちろん国が認定してくれるなら、それはそれでけっこうなことだけど」

「でも、もし社命でヒマラヤの壁を登らせたなんて話になったら、まさにブラック企業ということになる。逆に慰謝料や賠償金請求の根拠にされかねない」

「そうだよね。そこはこちらも対応をきっちりしておかないと」

気持ちを引き締《し》めるように友梨は言った。

3

遺体の搬送はすべて先方任せになったので、予定を早めて、こちらは二日後に帰国することにした。

別便で送る装備や撮影機材の梱包《こんぽう》を済ませ、あとは運送業者に引き渡すだけにして、一息ついたところへノースリッジの総務から連絡が入った。日本のあるニュースサイトに、和志たちの事件についての記事が出ているという。

友梨が送られてきたURLをクリックすると、そこにあったのは北川《きたがわ》 彰《あきら》という某有名国立大学医学部の教授による署名記事だった。

自分は登山歴四十年あまりのベテラン登山家で、八〇〇〇メートル級を含むヒマラヤやヨーロッパアルプスの高峰に何度も登頂し、高所登山に関しては日本の第一人者だというような書き出しで、冒頭のかなりな分量をその自慢話で埋めている。医学界ではそこそこ知られた人物なのかもしれないが、和志はもちろん、磯村もそんな名前は聞いたことがない。

登ったという山も、辛《かろ》うじて八〇〇〇メートルを超えるのはチョー・オユーだけ。ほかの山は六〇〇〇メートル前後のいわゆるトレッキングピークで、アマチュア向けの商業公募登山に参加しただけのようだ。アルプスでの登攀《とうはん》歴にしてもすべて一般ルートからで、ガイドを雇《やと》えば誰でも登れる。しかし記事の内容は、いまの和志たちには看過できないものだった。

自分は高所医学や低体温症についても造詣《ぞうけい》が深く、SNSにアップされた和志たちの報告から今回のアマ・ダブラムでの事故を分析すると、不審な点が幾《いく》つもある。まず、いくらマイナス数十度の寒気にさらされたとしても、ダウンスーツにさらにダウンの寝袋を着せた状態なら、わずか一時間足《た》らずで死に至ることは考えにくいという。

さらに低体温症の場合、死亡と仮死状態の区別が付けにくい。脈拍は極度に遅くかつ微弱で呼吸も浅く、場合によっては瞳孔《どうこう》散大も起きる。だから和志が確認した死の三兆候が必ずしも当てにならない。

そんなケースでは、その道のプロの救急救命士でも判断を誤ることがあり、死体として搬送されてきた患者が、病院で通常温に戻されたとたんに蘇生《そせい》するようなケースは決して珍しくないと言う。

北川はさらに穿《うが》った見解を披瀝《ひれき》する。二度目のセラック崩壊のあと、柏田を残していた場所まで和志が戻り、死亡を確認したとされているが、それを目撃した者はいない。果たしてそのとき柏田に本当に死の兆候があったのか、そもそも和志がそこまで本当に下降したのか、証明できる者は誰もいないと指摘する。

磯村と友梨は、あのとき衛星携帯電話で和志と会話を交《か》わしている。そのときの和志の心理状態もわかっている。そもそも上部の雪田《せつでん》まで柏田を担《かつ》ぎ上げる気だった和志をやめるように説得したのは磯村で、下山後にインタビューしたリズも含め、それを疑う者はいなかった。

理屈だけならそう勘《かん》ぐる者がいても不思議はないが、そんな話になれば、どんな登山もフィクションにされかねない。登頂したことは写真で証明できても、どのルートを登ったかを知っているのは本人だけで、あらゆるバリエーションルートからの登攀が、捏造《ねつぞう》だと主張されれば反論できなくなってしまう。

しかし登山を知らない一般の人々は、なるほどと思うかもしれない。登山中に起きたことの大半が、第三者に対しては証明が不可能で、どうしてもそれが必要だと言うのなら、あらゆるクライマーがビデオカメラを持った第三者の記録チームを伴《ともな》って登るしかない。

もちろんそんなことは到底無理だが、昨今のメディアの世界では、スポーツであれなんであれ、ほとんどのイベントが映像と音声で記録され、視聴者はそれが当然のことだと思っているだろう。登山の世界だけは例外だという主張を、そんな世間が認めてくれるかどうかはわからない。

「なんだよ、この藪《やぶ》医者は？　突然出しゃばってきてくだらない言いがかりをつけて。ひょっとして、こいつが柏田君の両親に余計なことを吹き込んだんじゃないのか」

磯村は吐き捨てるように言う。北川が藪医者かどうかは知らないが、ある部分に関しては和志も反論しがたい点がある。あのとき柏田が心肺停止状態だと自分は判断したが、それが厳密な意味で正しかったかと問われれば、自信を持ってそうだとは言い切れない。

「でも、なにか意図があってこんなことを言っているのは間違いないわよ。ひょっとして、この人、マルクの友達だったりして」

友梨もいかにも胡散《うさん》臭いという口振りだ。うんざりした気分で和志は言った。

「もうどうでもいいよ。信じてくれない人間がいるならそれでいい。こんな争いをするために僕は山に登っているわけじゃない。それにあのときの僕の判断が、絶対に正しかったと主張する気にもなれないし」

「なにを言うんだよ。もしその時点で蘇生の可能性があったとしても、それは速《すみ》やかに病院に運んで集中治療をした場合に限ってだ。あの嵐のなかでヘリは飛べない。おまえが雪田まで担いで登ったところで為《な》す術《すべ》はなかった。重度の低体温症は素人《しろうと》の手に負えるもんじゃない。むしろ下手にテントで温めれば、ウォームショックなどで死に至ることもある」

　磯村は強い調子で訴える。友梨も真剣な表情で身を乗り出す。

「和志さんだって、もう一度セラックが崩壊していたら命を落としたかもしれないのよ。あなた自身が急いでその場を離れないといけない状況だったの。無事に雪田に戻れたのは、ただ運がよかっただけじゃない」

「たしかにそうかもしれない。でもその医師は、彼が心肺停止状態だったかどうかさえ疑っている。僕が元気な彼を放置して頂上を目指したと受けとられるような書き方になっている。どういう意図があってか知らないけど、そういうことを言われること自体、不愉快だし、それは結果的に柏田君の魂をも踏みにじる行為だ。そんな連中とは闘おうという気さえ起きないし、これからもそんなことがついて回るんだとしたら、僕は世界のトップクライマーになんかならなくてもいい」

　和志は苦い思いを吐き出した。いきり立つように磯村が言う。

「おまえはそのときそう判断した。たぶんおれだって、ほかの誰だって、そこにいたら同じ判断をしたはずだ。それを嘘《うそ》だというようなやつに登山を語る資格はないんだよ」

「そうよ。クライマーの心がわからないから、そんなふざけたことが言えるのよ。そういう話になったら、山でパートナーを失ったクライマーには、すべて殺人の疑惑があることになるじゃない」

　友梨も憤懣やるかたない口振りだ。そう言ってもらえるのはありがたいが、それは北川の見解への反証にはなっていない。というより、そもそも反証のしようのない難癖《なんくせ》で、言った者勝ちとしか言いようがない屁理屈《へりくつ》だ。虚《むな》しい思いを噛みしめながら和志は言った。

「そっとしておくしかないんじゃないかな。少なくとも僕は、そういう人と議論する気にはなれないよ」

「いや、この先生、ただの出しゃばりだとは思えない。なにか裏があるに決まってる。親父さんの突然の態度の変化とも関係があるかもしれない」

磯村までいかにも胡散臭いと言いたげだ。そのとき友梨の携帯が鳴った。東京の本社からのようだ。慌てて応じ、いまその記事を読んだばかりだと告げて、ときおり相槌《あいづち》を打ちながら、友梨は相手の話に聞き入った。

話は十分ほど続き、友梨の表情が次第に険《けわ》しくなった。通話を終えて向き直り、不快感を滲ませて友梨は言った。

「その北川という人、社長は知っているというのよ」

「本当なのか。何者なんだ」

磯村が驚きを露《あら》わに問いかける。友梨はわずかに声を落とした。

「社長がアルプスでクライマーとして活動していたときに、何度か会っているそうなの」

「彼もクライマーだったのか」

「サマーシーズンにシャモニーやツェルマットにやってきて、ガイドを雇ってモンブランやマッターホルンの一般ルートを登る程度だったんだけど、なぜかフランスの登山界に顔が利いて、グループ・ド・オート・モンターニュのサロンにもよく顔を出していたそうなのよ。社長も会員じゃなかったけど、次々新ルートを開拓して注目されていたから、たまにゲストとして招待されることがあって、そんなときに会ったことがあるそうなの」

「ひょっとしてマルクの親父さんと知り合いだったんじゃないのか」

「ラルフ・ブランね。ええ、どうもそうらしいわ。ラルフは昔、日本に来たことがあって、遊びがてら登った谷川岳《たにがわだけ》で滑落して足を骨折したらしいの。そのとき入院した病院の主治医がその北川という人で、もともと彼も山歩きが好きだったから、以来、ラルフに誘われてアルプスに通うようになったらしいわ」

「しかしラルフはもう亡くなってるんだし、いまさら義理立てして和志に逆恨《さかうら》みしたってしょうがないだろう」

「普通に考えればそうだけど、その息子が父親に輪をかけて変わった人でしょう。いまSNS上を行き交っている怪《あや》しげなメッセージの大半は、たぶん彼のグループによるものよ。でも大丈夫よ、いまは和志さんを擁護《ようご》したり賞賛するメッセージのほうが圧倒的に多いから」

「それで業《ごう》を煮やして親父のコネを使ったとも言えそうだな。日本国内で火を点《つ》ければ、和志を完全に潰《つぶ》せるという読みだろう。だとしたら、柏田君の親父さんにも接触しているかもしれないぞ。そう考えれば、突然考えが変わった点も納得がいく」

磯村は得心したという顔つきだ。和志は事情は呑《の》み込めても得心がいかない。

「そうだとしても、しつこすぎない？　ローツェ南壁のときは、トモが残したピトンが発見されるのを妨害しようという意図があった。でもそれはもう見つかったんだし、いまさら僕を潰したって、なにも得るものはないはずだけど」

「そもそも親父の遺志を継《つ》いでトモの疑惑を追及し続ける執念《しゅうねん》自体、一種の病気だからな。世間には心のなかに仮想敵がいないと生きていけない人間がいて、マルクもその一人なんだろう。トモが登山の世界に背を向けてしまってもう相手にもしてもらえない。そこでその衣鉢《いはつ》を継いだおまえに、いまは矛先《ほこさき》を向けているわけだ」

「一種のストーカーね」

友梨は深刻な顔で頷《うなず》いた。落ち着きの悪いものを覚えて和志は言った。

「そこまでは言い切れないと思うけど。だいたい、僕はまだまだ世界のトップじゃないし」

「おまえは馬鹿がつくほど人が好《い》いから、そういうのんびりしたことが言えるんだよ。おまえがトモのためにやったことで、マルクは自分が恥をかかされたと思っているんだよ」

「だったら、どう対応したらいいんだろう？」

「和志さんは心配しなくていいのよ。私たちがしっかりガードするから」

友梨がきっぱりと言うと、磯村も力強く請《う》け合った。

「そうだよ。おまえは次の目標に集中することだ。クライマーは登ってみせることで雑音を断ち切るしかない。帰国したら、さっそく冬のＫ２のパーミッションを取得するよ」

「難しい目標だけどね。考えてはみるよ」

和志は慎重に応じた。まだやると決断したわけではない。しかしいま自分を巡って起きている異様な事態が、思いがけないかたちで背中を押していた。

もし生きて還れたら、世界一のクライマーに命を救われたことが、僕の人生の勲章《くんしょう》になるでしょうね——。

柏田はあのときそう言った。彼の命を救えなかったうえに、自分がいまここで挫《くじ》けたら、彼の魂さえも救えないことになる。もし可能なら、冬のＫ２は、自分にできる柏田への精いっぱいの手向《たむ》けになるだろう。

「お、いよいよやる気になったか。だったらまずリハビリだな。厄介《やっかい》ごとはおれたちに任せろ。

そもそもおまえは世間と渡り合うのが下手だから、表に出たら却《かえ》って事態を面倒にしかねない」

磯村は張り切った。友梨も気合いを入れてくる。

「もしこっちの読みどおりだったら、社長だって本気になるわよ。シャモニー時代にラルフ・ブランに煮え湯を飲まされた恨みはいまも消えていないはずだから」

「初登記録を否定されたんだったな」

「不思議な因縁《いんねん》ね。社長とラルフの確執が息子のマルクに引き継がれて、このままリベンジ・マッチになだれ込みそうね」

「そこにトモの疑惑の件も絡《から》んでいるから、構図はかなり複雑だな」

「今後の動きにもよるけど、社長は絶対に逃げたりしないわよ」

二人は勝手に戦闘モードに入ってしまう。困惑を隠さず和志は言った。

「そういう場外乱闘は避けたいよ。トモのケースを考えたって、あれだけ世間を騒がせて、けっきょく不毛な結果しか残らなかった。トモ・チェセンという類《たぐ》い稀《まれ》なクライマーが世界の登山シーンから姿を消しただけだった。今度のことだって、受けて立てばきっとそういう闘いになる」

友梨は大きく首を横に振る。

「心配は要《い》らないわよ。和志さんとノースリッジはいまや一心同体なんだから。社長が闘うのは、和志さんのためというより、ノースリッジという会社のためなのよ。商品価値なんて言ったら気を悪くするかもしれないけど、和志さんは、いまやノースリッジにとってなくてはならない資産なのよ」

そう言われると反論はできない。磯村と二人で達成したゴールデン・ピラーとローツェ・シャール、それに続くローツェ南壁の冬季単独登攀も、ノースリッジのスポンサーシップがあって初めて実現できたことで、いまいくらかは前向きな気持ちになってきたＫ２の冬季単独登攀も、それなしには挑戦することすら不可能なターゲットだ。

山での事故でクライマー人生との決別を余儀なくされ、絶望の淵《ふち》から這《は》い上がり、いまは日本を代表する登山用品メーカーのオーナーとして世界の市場に打って出ようとしている山際は、歩む道こそ違えど、和志にとって人生の師とも言うべき存在だ。山際にとっては和志の夢を叶《かな》えることが、和志にとっては山際の野心をアシストすることが、いまやかけがえのない目標だ。その本来の目標とは無関係のいざこざで、ノースリッジに負担をかけるのは心苦しい。

「ご両親は、僕が話せばわかってくれるんじゃないかな。きょうはなんだか取りつく島もなかったけど」

複雑な思いで和志は言ったが、磯村は即座に断じる。

「あれはおまえの話は聞きたくないという意思表示だよ。親父さん、仇《かたき》に会ったとでも言いたげな顔をしてたぞ。多少の疑惑は抱いていても、ギプス姿のおまえを見たら、もう少し気の利いた言葉をかけたっていいだろう。おざなりな挨拶《あいさつ》だけはしたが、言いたくないけどしようがないという気分がありありと見えた。誰かがあることないこと吹き込んでいるに決まってる」

「社長だって争いごとを望んでいるわけじゃないけど、今回のご両親の動きに関しては、腑《ふ》に落ちないものがあるようなのよ。法務担当者も警戒していてね。とくに病理解剖を望んでいるのが怪しいと言うの」

深刻な口振りで友梨が言う。和志は問いかけた。

「どう怪しいの？」

「そう言ってプレッシャーをかけているんじゃないかと見てるのよ。病理解剖をやったって凍死以外の答えは出ないはずだけど、こちらになにかやましいことがあれば、それで動揺するんじゃないかと考えているんじゃないかって」

「つまり、どういうことなんだ」

「殺人罪で刑事告訴してくるかもしれないわ。未必の故意による殺人というのがあるんでしょ？」

「まさか、そりゃないだろう」

磯村は呆《あき》れたような顔で言う。不安げな口振りで友梨は応じる。

「でも、最初のセラック崩壊で頭部に損傷を受けてから死亡するまでの時間を把握できれば、二度目の崩壊のあとで和志さんが現場を離れた時間に、すでに死んでいたかまだ生きていたか、推定できると考えているのかもしれないそうなの」

「そんなの、わかるはずがない」

「ご両親が病理解剖の話をしてきたとき、法務の担当者が不審に思って知人の医師に訊《き》いてみたらしいのよ。死亡日時の推定は時間が経過するほど幅が広がって、何時何分だと特定することはそもそも不可能なんだけど、逆にそこが曖昧《あいまい》だから、どんな結論を出されても反論はしにくいというの」

「ずいぶん強引な話だな。そんな告訴、警察が受理するはずがない」

「もちろん法務の担当者もそう見てるんだけど、ただそんな話をマスコミを通じて流されたら、こちらのダメージは決して小さくはないわ」

「やっぱり、裏でマルクが動いているんだよ。嫌がらせができればなんでもいいわけだ」

磯村は納得したというように大きく頷く。友梨が続ける。

「刑事告訴は無理でも民事訴訟なら争えるかもしれない。警戒すべきはむしろそっちだと、法務担当者は見ているわ」

「柏田君は立派な若者だった。本当に山が好きだという思いが、言葉の端々《はしばし》、一挙手一投足から伝わってきたよ。ご両親には、その顔に泥を塗るようなことをしてほしくはないんだがな」

しみじみとした調子で磯村が言う。それは和志がまさに感じていたことだった。

「そんなことになったら困る。僕みたいな素人は足手まといかもしれないけど、もし必要なら法廷にでもどこにでも出るよ。山は、アルピニズムは、僕にとっても柏田君にとっても夢の舞台だった。それを土足で踏みにじるようなことは絶対にやらせたくない」

思いを込めて和志は言った。胸を叩《たた》いて友梨が応じる。

「大丈夫よ。もしそんなことになったら、ノースリッジが全力をかけて闘うから。私たちにとってもアルピニズムは夢の舞台なのよ」

4

日本に戻って二日後の夕刻、山際は銀座《ぎんざ》のレストランに席を設《もう》けて、和志たちの労をねぎらってくれた。

柏田の両親からは、まだなにも連絡がないという。山際はさして気にしているふうでもなく、むしろ関心は、次の和志の目標である冬のK2に向かっているようだった。

「狙《ねら》いとしてはいいんじゃないのか。ポーランド隊はたしかに冬が得意だが、和志君は彼らとはタクティクスが違う。それに、先んじられたとしてもソロという記録は確保できる。それを考えれば、プレッシャーは彼らのほうが大きいはずだ」

　山際は楽しげに言う。アンジェイ・マリノフスキとはクライマー時代にヨーロッパアルプスで何度か会っていて、一緒に登ったことはないが、互いにリスペクトする間柄だったらしい。

「しかし狙う以上は、こちらも冬季世界初ですよ。向こうは十人近いパーティーで、狭い一本道の南南東リブよりメインルートの南東稜のほうがキャンプ設営のポイントが多い点で向いています。南南東リブを狙うような噂《うわさ》を流しているのは、たぶん和志のようなライバルが出てこないように牽制《けんせい》するためだろうと思います」

　磯村は自信満々に持論を披瀝する。同感だというように山際も頷く。

「私もそんな気がするよ。マリノフスキはフェアな男だが、ビジネスの世界にだって、そういう駆け引きはあるからね」

「だったら早めに南南東リブを放棄してもらうために、これからどんどんパブリシティをしていかないと」

　友梨は気負い込む。山際が和志に向き直って問いかける。

「とは言っても、登るのは和志君だ。どうなんだね、モチベーションは？」

「まだイメージが湧《わ》かないんです。もうしばらく時間が必要な気がします」

「そうだろうな。君にとってはいろいろなことが起こりすぎた。しかし柏田君は、君を恨んでなんかいないはずだよ」

「でも、生きて還らせたかった。その悔いは残ります」

「私だって彼を失ったのは無念だよ。ノースリッジにとっても大事な人材だった。しかし、君が自分を責めることはない。クライマーにとって、死は決して不幸な出来事じゃない。君と比べればまだ未熟だったが、彼も心においては本物のクライマーだった」

「社長も、山でパートナーを失ったことはあるんですか」

「残念ながらあるよ。それも二度」

「辛い思いはされなかったんですか」

「平気でなんかいられない。自分を責めることもたびたびあったよ。しかしそれじゃ誰も報《むく》われない。自分だけではなく、一緒に頂上を目指したパートナーの夢も踏みにじることになる――」

直截《ちょくせつ》な質問を続ける和志に怒ることもなく、山際はワインを口に含んでさらに続けた。

「生き残った私には未来という時間が与えられていた。しかし、それは私がたまたま幸運だっただけで、自分の力で勝ち取ったものじゃない。だからパートナーのためにも、その時間を精いっぱい生きなきゃいけないと、そのたびに自分に言い聞かせたんだ」

あのとき柏田が口にした言葉をまた思い出す。彼にもアルピニズムに懸《か》ける夢があった。その思いを自分はたしかに受け取った。山際の言葉は和志の心を叱咤《しった》した。

「僕も、彼の夢を背負《せお》って登るべきなんですね」

「そう思い詰めるような話じゃないよ。しかし、あらゆるクライマーにとって、現在の達成は、すべて過去のクライマーの夢の延長線上にあるものだと私は思う。勝手に相乗りさせてもらって申し訳ないが、私だっていったん挫折《ざせつ》したクライマーとしての夢を、いまは君に託しているわけだから」

山際は微笑《ほほえ》んで言う。磯村もここぞと割って入る。

「おれだってそうだよ。これからはおまえの背中におれの夢も乗せてもらって、一緒に世界の檜《ひのき》舞台に躍《おど》り出るんだ。いつまでやれるかわからないが、生きている限り全力でおまえをサポートする。いや、死んでもあの世からおまえをサポートし続ける」

　そう言われれば、和志のほうも逃げようがない。しかし頭では納得できても、メンタルの領域まではなかなかコントロールできない。表に出る必要はないと言われても、殺人罪で告訴されるような話を聞けば、気持ちはどうしても萎縮《いしゅく》する。そんな思いを表情から見てとったのか、穏やかな調子で山際が言う。

「いやいや、あくまで君がベストと感じるタイミングで挑戦してくれることが私の願いでね。ノルマを課そうというような話じゃないんだよ。登るのは我々じゃない。そしてK２は決して容易《たやす》く登れる山じゃない」

　しかし磯村は、なおもプレッシャーをかけてくる。

「そうは言っても、登山というのは勢いだからな。トモだってメスナーだって、キャリアのピークになるようなビッグクライムは短期間で集中的に成し遂《と》げている。おれの都合で言うわけじゃないが、おまえにとっても、いまはハットトリックをやってのける絶好のチャンスだと思うんだよ」

「ハットトリック？」

　驚いて問い返すと、当然だという顔で磯村は応じる。

「ローツェ南壁に続き、K２の冬季単独登攀。その次に控《ひか》えているのはマカルー西壁だ。おまえがやり遂げるのを、おれは見届けて死にたいんだよ」

　冬のK２もマカルーの西壁も、ヒマラヤに残された最後の課題と言われている難関だ。和志にとってそれ以上きついノルマはない。不治の病を伝家の宝刀にされているようで気が重いが、できれば応《こた》えたい気持ちはむろんある。

だからといって、自分に世間との軋轢《あつれき》への耐性がないことは、和志自身がいちばんよく知っている。これから柏田の件であらぬ容疑をかけられたとき、果たして逆風に抗《あらが》ってその困難な目標に挑むことができるのか。

「だったら僕は焦《あせ》らないよ。磯村さんはあと十年も二十年も生きると思うから」

和志は言った。磯村が勝手にノルマを課してくるのなら、こっちもそのお返しだ。というより、それは和志の切なる願いでもある。そもそもいま元気で生活できていること自体が、医師にしてみれば、すでに奇跡が起きていると言うべき事態らしい。

「おれは仙人じゃないからな。そうは生きてもいられない」

「でも、体調はよさそうじゃない」

「ああ。日本の山なら登れそうな気がするよ。どうだ。肩の具合が良くなったら、小手調べに八ヶ岳にでも行ってみるか」

アマ・ダブラムではベースキャンプまでのトレッキング中にペースが遅れるようなことはなかった。いまの時期の八ヶ岳なら鼻歌交じりで登れるだろう。和志は喜んで応じた。

「いいね。日本の山は久しぶりだよ。これまでは帰国してもアルバイト漬《づ》けで、普通に山登りする時間がほとんどなかったから」

「だったら私も連れてって。昨年のゴールデン・ピラーでは高所順応に付き合わせてもらったけど、あれからだいぶ経《た》って、体がなまっているような気がするから」

友梨もさっそく手を挙げる。山際は残念そうに言う。

「できれば私も加わりたいが、まだ登山ができる歩行補助具は開発されていないからね。最近は義足でエベレストに登頂する人間も出てきているようだが」

「だったらノースリッジで開発したらどうですか。ヒマラヤでも使えるパワーアシストスーツとか」

磯村が真面目《まじめ》な顔で言う。まんざらでもない顔で山際も応じる。

「パラリンピックを見ていると、身障者向けの装備は日進月歩のようだからね。登山のほうも負けちゃいられないな。そういう装具ならこれから開発する余地はある。次の技術テーマとして考えてみるよ」

「そうか。だったら私も忙しくなるわね。そのためにも足腰を鍛《きた》えておかないと」

友梨は張り切るが、そっちの仕事でなぜ足腰の鍛錬《たんれん》が必要なのかよくわからない。和志を振り向いて山際が問いかける。

「肩の調子はどうなんだね。そこがいまはいちばん大事だが」

「再来週くらいにはギプスは外せそうです。靭帯《じんたい》のほうが少し時間がかかりそうですが、八ヶ岳の一般ルートを登るぶんには問題はありません。むしろいいリハビリになると思います」

とくに不安もなく和志は言った。帰国した翌日、磯村が紹介してくれたスポーツ医学の専門医の診察を受けた。カトマンズの医師の診断どおり、左鎖骨《さこつ》の亀裂骨折で、靭帯も一部損傷しているとのことだった。

カトマンズでの処置は正しく、骨折は比較的短期間で回復するが、靭帯の損傷のほうが厄介で、完全に治るまでには早くて二カ月はかかると、その点もカトマンズの医師の診立《みた》てどおりだった——。そんな説明をすると、山際は顔をほころばす。

「それはよかった。ミックス中心のいまのクライミングでは、腕の重要度が我々のころと比べて格段に高くなっているからね」

率直《そっちょく》な思いで和志は応じた。

「そんなクライミングスタイルの進化を、先頭に立ってリードしてくれているのがノースリッジの製品なんです。世界を制覇できるクオリティにはすでに達しています。これからさらにブランド力を高めるために、多少でもお役に立てるなら僕も幸せです」

「ああ。その意味で我々は一心同体だ。私も損得抜きでクライマーとしての君の成功を願っている。私の夢の続きを、いま君が追ってくれているんだからね」

大きく頷く山際に、和志は付け加えた。

「そこには技術者としての柏田君の夢もあります。今回のアマ・ダブラムでは、アックスもアイゼンも素晴らしくブラッシュアップされていました。ビバークテントもまた改良の余地はありますが、これまで使ったなかでは最高でした」

山際は力強く応じた。

「そのとおりだよ。彼の夢を引き継ぐのも、我々の大事な仕事だね」

5

帰国して三週間後、和志の左肩のギプスは外れ、あとは入念にリハビリするようにと医師から指示された。

多少痛みがあっても動かすほうがいいとのことで、安静にしていたあいだに落ちてしまった体全体の筋肉を回復させるために、腕に負担のかからない程度の登山は有効だという。それなら と、先日話に出た八ヶ岳の登山計画を、さっそく実行に移すことにした。

ゴールデンウィークはすでに過ぎ、山はふたたび静かになっている。八ヶ岳はまだ残雪が消えておらず、和志にとっては久しぶりに堪能《たんのう》する日本の春山になりそうだった。

心配していた柏田の家族のほうにとくに新しい動きはない。しかし気になるのは、先方の態度が相変わらず頑なな点だった。

和志たちが帰国した直後にノースリッジの総務から葬儀の日程を問い合わせると、内輪《うちわ》だけで行なうから参列はご遠慮願いたいと謝絶された。

さらに退職金の支払いは受けたが、弔慰金に関しては受け取りを断った。社内の規定で決まっていることだと説明しても、父親は固辞すると言って聞かないらしい。

弔慰金には、慰謝料や損害賠償金の意味が含まれることがあり、それで疑惑に決着がついたと見なされるのを警戒しているのではないかと法務担当者は見ているようだ。

そんなやりとりがあったあと、先方からはなんの接触もなくここまで過ぎている。その静寂が不気味だが、民事訴訟に打って出るつもりならそれなりに準備期間が必要だ。警察や検察に刑事告訴しても、事故の際の状況を考えれば受理される可能性は極《きわ》めて低く、そちらの心配はとくに要らないだろうという話だった。

北川という医師のネット上の記事にしても、とくに世間の注目を集めたわけではなく、週刊誌や他のメディアも後追いはしなかった。

そもそもアマ・ダブラムという山の名を知っている日本人は、一部の登山家やトレッキング・マニアを除けば皆無に近いはずで、事故のニュースは新聞の片隅《かたすみ》で小さく報じられただけで、新ルートからの登頂成功に関しては触れられもしなかった。

登攀の目的も新開発の装備のテストだったから、友梨もこれまでのビッグ・プロジェクトのような大々的なパブリシティはやっておらず、SNSによる発信を随時《ずいじ》行なっていただけだった。

海外のSNSでは怪しげなメッセージが行き交ったが、その内容はいずれも似たようなもので、出どころは概《おおむ》ね一緒だろうと推測できた。さらにノースリッジのシステム担当者が解析したところ、事故の一報に対するネガティブな反応の大半は、同一人物が複数のアカウントを使ってツイートとリツイートを繰り返したものだと判明した。

日本国内では、いまのところマスコミでもネット上でも、北川の記事以外には、あの事故に対する悪意あるバッシングは見られない。というより、タレントがマスコミのバックアップでエベレストに挑戦するようなエンターテインメントとしての登山には関心が集まるものの、幸か不幸か、アルピニズムの王道を行くヒマラヤ登山そのものに、メディアを含めて日本人はほとんど関心を持たないようだ。

昨年のゴールデン・ピラーやローツェ・シャール、今年の冬のローツェ南壁への挑戦に多大な関心が集まったのは、ひとえに友梨が進めたパブリシティ作戦の成果だったとも言え、もし北川の記事の裏で画策《かくさく》したのがマルク・ブランの一派だとしたら、そこを大きく読み違えたということだ。

「このまま立ち消えになっちまうんじゃないのか。いくらなんでも北川の難癖には無理があるし、ああいうインチキ臭い男の言うことを、日本の山岳界が相手にするはずもない。なんにせよ後味の悪い結果になったけどな」

朝十時に新宿《しんじゅく》を出発し、中央高速を茅野《ちの》方面に向から車のなかで磯村がぼやく。車は磯村の愛車のオフロードタイプ。磯村は体調が万全とは言えないし、和志も肩の調子が完全ではないので、運転は友梨が引き受けた。ドライブは趣味だとのことで、本格的なオフロード車を一度運転してみたかったと、張り切ってハンドルを握っている。

空はすっきり晴れ渡り、きょうとあす、関東甲信越一帯は高気圧に覆《おお》われるとのことで、天候のほうは心配がない。きょうは南八ヶ岳の内懐《うちぶところ》の赤岳鉱泉《あかだけこうせん》に向かい、そこで幕営して、翌日、硫黄岳《いおうだけ》、横岳《よこだけ》、赤岳とその核心部を縦走《じゅうそう》し、その日のうちにテントを撤収して帰京する。

日本の三〇〇〇メートル近い山で、こんな速攻登山ができるのは八ヶ岳くらいだ。茅野側からのルートは一七〇〇メートルを超す高所まで車で入れるし、日本海に近い北アルプスなどと比べて積雪も少ない。そのため厳冬期でも、似たようなスケジュールで登ることができる。

冬場なら上部には氷結した壁や滝が豊富にあって、ミックスクライミングのゲレンデとしても重宝《ちょうほう》されていて、いま海外で活躍している日本の先鋭的なクライマーの多くがここで修業を積んでいる。和志は早い時期に渡米して、当初からアラスカの氷壁に親しんでいたが、そんな環境に恵まれない日本のクライマーにとって、なくてはならない研鑽《けんさん》の場にもなっている。和志も最初の登山の師だった山好きの叔父《おじ》に連れられて、今回と同じルートを縦走したことがあり、心のどこかに懐《なつ》かしい記憶がある。

「とりあえずいまは、そういうことは忘れましょうよ。ヒマラヤではいつもベースキャンプまで一緒だけど、和志さんと同じ頂上に立つのは今度が初めてだから、なんだか浮き浮きしてるのよ」

弾《はず》んだ調子で友梨が言う。すでに彼女は七〇〇〇メートル級のバルンツェの頂《いただき》に磯村の公募隊の一員として立っている。それと比べれば自慢にもならないはずの登頂だが、そんな言葉で、落ち込みがちな和志を奮《ふる》い立たせようとしてくれているのがよくわかる。いまはそんな気持ちに甘えるしかない。

和志の気持ちにしても、少なくとも春の八ヶ岳を楽しめる程度には前向きになっている。しかし冬のK２への単独登頂に関しては、まだイメージが湧いてこない。

帰国してから、南南東リブのみならず、ノーマルルートのアブルッツィ稜についても過去の記録を精査した。南南東リブに関しては、一九八六年に初登を果たしているトモにも意見を聞いてみた。

ストレートに稜線を踏破するのは困難だが、側壁の雪壁ルートをたどれば比較的容易だろうと彼は言う。ただしその場合、雪崩《なだれ》のリスクは逆に高まる。そのあたりのリスクのバランスをどうとるかが、勝負の分かれ目だとのことだった。

ただし彼が登ったのはアブルッツィ稜と合流するショルダーまでで、その先は未経験だし、冬となるとなおさら予測がつかない。しかし和志が挑戦するというのなら、決して不可能ということはない。自分が登頂を果たせなかったのは急激に悪化した天候のせいで、そのときは十七時間登り続けてショルダーに達している。もしあと半日天候が保《も》てば、十分頂上に達することができたはずだとトモは言う。

アンジェイ・マリノフスキ率《ひき》いるポーランド隊の情報も彼の耳には入っていて、そちらもこの冬、登頂に成功する可能性は高いと言う。しかし大規模なチームによる極地法のため、ルート工作に一、二カ月を要する。不意の天候悪化は彼らにとって大きなリスクではないが、高所での滞在が長引けば隊員の体力も落ちてくる。逆に三日以上の好天を捉《とら》えられれば、アルパインスタイルで挑む和志に勝機があるとの見解だった。トモは言った。

「君なら、冬でも二十時間以内でショルダーに到達できる。そこから頂上までは標高差にして七〇〇メートル余りで、あとはそう難しい箇所はない。南南東リブは、じつはK２のあらゆるルートのなかでいちばん容易なルートかもしれないと私は思っている。マリノフスキはアブルッツィ稜と二股かけるようなことをいまは言っているが、本番ではこちらを狙ってくるかもしれないね」

「アルパインスタイルと極地法では相性が悪いから、同時に行動すると混乱しかねない。そこが気になるところですね」

和志が指摘すると、トモは心配ないという。

「マリノフスキは大規模な登山隊の隊長として名を成しているが、じつはアルパインスタイルの名手でもあって、ソロ登攀の記録だって幾つも持っている。アルパインスタイルに偏見を持つ古いタイプの登山家じゃないし、登山に対してフェアな考えの持ち主だ。必要なときは道を譲るはずだよ」

「それなら安心です。僕としては、冬季初登頂は彼に譲って、こちらは冬季単独初登頂でもいいんです」

「だめだよ、最初から弱気なことを言っちゃ。なにがなんでも冬季初だという思いがないとソロ登攀の成功も覚束《おぼつか》ない。君にはそれをやってのける力がある。なにかと雑音も多いようだが、まったく気にすることはない。誰がやっているかわかっているから、こちらの山岳ジャーナリズムも相手にしていないよ」

和志からはとくに触れなかったが、アマ・ダブラムの件で起きた一騒動を、トモもすでに知っているようだった。心強い思いで和志は言った。

「あんな話が語られること自体、アルピニズムに対する冒瀆《ぼうとく》です。僕に対してだけではなく、死者に対する侮辱《ぶじょく》でもあります」

「同感だよ。そこには私のことが影を落としているわけで、君には申し訳ないと思っている。だからといって、ああいう連中はいつまで経っても湧いて出てくる。無視する以外に手はないね」

匙《さじ》を投げるようにトモは言った。

6

小淵沢《こぶちさわ》ＩＣ《インターチエンジ》に差し掛かると、左手に摩利支天《まりしてん》の岩峰を従えた甲斐駒ヶ岳《かいこまがたけ》がそそり立ち、右手には広大な裾野《すその》の上に雪を頂いた鋭鋒を連《つら》ねる、八ヶ岳のダイナミックなパノラマが広がった。友梨が声を弾ませる。

「正面に見えるのが権現岳《ごんげんだけ》ね。主峰の赤岳はここからはまだ見えないわね。ヒマラヤは別格としても、日本の山だって素敵よね。高いばかりが山の値打ちじゃないのよね」

八〇〇〇メートル級の難壁を登れ登れと尻を叩くくせに、自分が登るとなると話はまた別のようだ。もともと友梨は筋金《すじがね》入りの山ガールで、和志と出会ったバルンツェ以外にも、北米最高峰のデナリにも登頂したことがあり、八ヶ岳もすでに何度も登っているという。

「病気持ちのおれとリハビリ中の和志が一緒じゃ、いちばんタフなのが友梨かもしれないな。万一のことがあったら頼りにするから」

磯村はいかにも弱気な口振りだが、こちらに軽く目配せをするところを見れば、本音ではまだまだ負けてはいないと言いたげだ。

「でも、磯村さん、最近また太ってきたみたい。背負って下りるにしても限度があるからね」

友梨はさらりと切り返す。言われてみれば、ネパールからの帰国後、顔がいくらかふっくらしてきた。病状とどんな関係があるのかわからないが、見た目にはすこぶる健康に見える。磯村は明るく笑い飛ばす。

「二、三キロ太ったようで、気にはしてるんだよ。癌《がん》じゃなく、心筋梗塞《こうそく》で早死にしたんじゃ世話はないから」

車が茅野に差し掛かると、八ヶ岳の眺望はさらに開け、権現岳から主峰赤岳、その手前に阿弥《あみ》陀岳《だだけ》、さらに左に横岳、硫黄岳と南八ヶ岳を代表する鋭鋒が連なって、北八ヶ岳の優美な稜線がさらに北へと続いている。昼近くの陽光を浴びて、斑《まだら》模様の残雪が目映《まばゆ》く輝く。

ヒマラヤの景観とはまた違う、人の心を包み込む不思議な優しさが日本の山にはある。ヒマラヤを登り尽くしたと感じたとき、自分はきっとここに帰ってくる――。そんな思いがふと湧いてきて、なぜか幸せな気分になる。

昨年、トモの故郷スロベニアを訪れて、一緒に登ったジュリアアルプスの山々も、標高は最高でも二八〇〇メートル台で、緑豊かな山麓《さんろく》の風景は日本の山を彷彿《ほうふつ》とさせた。ローツェ南壁の騒動以来、彼はそこに引きこもってしまったが、そのときの彼の満ち足りた表情には正直、驚かされたものだった。

いま、和志にはその気持ちがわかるような気がした。いみじくも友梨が言うように、山の値打ちは高さだけではない。そこを登る人にどんな幸福を与えてくれるのか。そんな尺度で測られる山の値打ちがあってもいい。

冬のK２を目指すことが、いまの自分にどんな幸福を与えてくれるのか、いまはまだ納得のいく答えが見つからない。イメージが湧かないと登れない――。和志が常々そう言っているのはそのことだ。技術的な意味での確信ではなく、その頂に立ったときの幸福な自分をイメージできたとき、それがすべてのモチベーションの源泉となる。

「僕が、いまいちばん立ちたい頂はあそこだよ」

主峰の赤岳を和志は指さした。そこに登れば、その次が見えるような気がした。その頂に立つ幸福のなかでしか見えない新しい目標が——。

「おいおい、突然、レベルを下げないでくれよ。それじゃ死んでも死にきれない」

おどけた調子で磯村は応じた。そんな彼が死の宣告を受けているということが、和志にはいま、まったく実感できない。


諏訪《すわ》ICで中央高速を下り、茅野市街に出て、スーパーで食料を仕入れてから、登山口の美濃《みの》戸《と》に向かう。

美濃戸の駐車場に着いたのが午後一時少し前で、スーパーで買ってきた弁当で腹ごしらえをし、一時過ぎには赤岳鉱泉を目指して出発した。

赤岳鉱泉は通年営業の山小屋で、一般の登山者のベースであると同時に、冬は赤岳西壁や大同《だいどう》心《しん》、小同心《しょうどうしん》の氷壁登攀、ジョウゴ沢の氷瀑《ひょうばく》登攀と、アイスクライミングを志《こころざ》すクライマーにとっては天国のような場所でもある。

北沢《きたざわ》に沿った登山道に入ると少しずつ雪が出てくるが、まだアイゼンは必要ない。口では弱音を吐いてみせるが、アマ・ダブラムでもベースキャンプまでのキャラバンを難なくこなした磯村の足どりは軽快だ。

友梨もほとんど呼吸が乱れることはなく、山ガールというよりヒマラヤガールとでも言うべき健脚ぶりを見せている。和志もトレーニング不足の影響がなくはないが、全体に傾斜の緩《ゆる》いこのルートなら、エベレスト街道のトレッキングよりはるかに楽だ。とくに急いでいるわけではないが、知らず知らずに先行者をごぼう抜きにする。

三十分も登るとルートは雪道に変わり、そこでアイゼンを装着する。大勢の登山者が行き交うせいで、雪はコンクリートのように踏み固められていて、アイゼンなしでは滑って歩きにくい。

ルートは傾斜を増してきて、わずかに息が弾み、肌が汗ばむ。それでも樹林帯の空気は冷え冷えとして、その兼ね合いがすこぶる心地《ここち》よい。

赤岳鉱泉には午後二時過ぎに到着した。小屋の前のキャンプ場にテントを張って、夕食までの時間をのんびり過ごすことにした。

空は相変わらず晴れ渡り、コメツガの樹林の向こうには、残雪をまとった大同心、小同心の岩峰が覆い被《かぶ》さるようにそそり立つ。見ているだけで登高欲を掻《か》き立てられるが、リハビリ中の身ではそれは叶わないし、そもそも厳冬期を過ぎたいまの時期、八ヶ岳の壁は氷が緩んでクライミングには向いていない。

夜は磯村がシェフを務め、メニューはスーパーで仕入れた肉や野菜、しらたき、焼き豆腐を使ったすき焼きだった。料理の腕は抜群で、次の遠征では隊長兼コックとして雇いたいほどだった。

磯村とも友梨とも、ヒマラヤでのキャンプ生活はさんざんやってきたが、それは三人にとっていわば仕事であって、いつもなにかに追われる気分だった。そんな切迫感とは無縁な、ただ楽しむためだけの登山から、ずっと離れていた自分に和志は気づかされた。

翌日は朝四時に出発した。硫黄岳までの登りに難しいところはなにもない。磯村も友梨も快適な足どりで、アイゼンとストックの雪面を刺すリズミカルな金属音が耳に心地よい。

樹林帯の急登が終わり森林限界に出ると、眺望が一気に開けた。鋸歯《のこぎりば》のような横岳の岩稜を隔《へだ》てて主峰赤岳が威風堂々と天を突く。さらにそこから阿弥陀岳に向かうダイナミックな稜線の起伏は、スケールこそ異《こと》なれ、ヒマラヤの巨峰の連なりを彷彿とさせる。

アップダウンのほとんどない雪原状の硫黄岳を過ぎて、向かった横岳の岩稜帯は岩と雪がミックスした手強《てごわ》いルートだが、友梨はこなれたアイゼンワークで楽々悪場《あくば》を乗り越えていく。そんな姿を見て磯村が言う。

「やるじゃないか。友梨もこれから八〇〇〇メートル級のバリエーションルートを目指したらどうだ。和志とアベック登攀というのもおつなもんだぞ」

「そんなの無理よ。和志さんの足手まといになるだけだから」

友梨はむきになって否定する。和志もあり得ないとは思いながらも、そんなイメージがふと立ち上がるのを抑えられない。友梨の頬《ほお》がかすかに赤いのが、冷たい風のせいだけとも思えない。

横岳の難所を過ぎて、いよいよ赤岳の急登に差し掛かる。高所には順応しているはずの和志でもさすがに息が荒くなる。その山のいちばんの高みを目指す一歩一歩には、どんな山でも変わらない価値がある。頂上が誘《いざな》う。魂がそれに感応《かんのう》する。そんな神秘な時間を堪能するようにひたすら登る。

頂上に立つと、南アルプスの三〇〇〇メートル級の雄峰群が雲海の向こうに広がった。すぐ手前には東ギボシと優美な吊《つ》り尾根で結ばれた権現岳。その左手には、奥秩父《おくちちぶ》の山塊を前景に、ぽっかり顔を覗《のぞ》かせる純白の富士山――。

西の雲海上には雪を残した中央アルプスと御嶽山《おんたけさん》、さらに乗鞍岳《のりくらだけ》から槍《やり》・穂高《ほたか》連峰まで、中部山岳地帯の名峰群が揃《そろ》い踏みする。

「凄《すご》いね。ここって、日本でいちばん贅沢《ぜいたく》な展望台よ。日本を代表する三〇〇〇メートル峰のほとんどが見えるもの」

友梨は息を弾ませる。その笑顔が少女のようにあどけない。彼女がここまで山が好きだとは知らなかった。それが和志には思いがけなく嬉《うれ》しいことだった。モチベーションとまではまだいかないが、次の目標への一歩を踏み出せそうな、小さな勇気が湧いてきた。

第五章　ターゲット

1

五月下旬に入って、和志は本格的なトレーニングを開始した。

奥秩父山塊西部の瑞牆山《みずがきやま》や小川山《おがわやま》は、日本有数のロッククライミングのゲレンデだ。距離は短いが難度では国内最高クラスのルートがひしめき合っていて、和志も中学、高校時代に足繁《しげ》く通い、クライミングの基礎はほとんどここで習得した。

久しぶりに触れる壁の感触は、アマ・ダブラムの事故以来鳴りを潜《ひそ》めていたクライマーとしての本能を刺激した。

負傷した左肩の動きはいま一つだが、それでも高難度のルートを幾《いく》つもフリーでこなし、回復は思っていた以上に順調なようだった。

「夏になれば完璧なコンディションを取り戻せそうだな。去年はゴールデン・ピラーで腕試しをしたけど、今年もカラコルムのどこかを登ってみたらどうだ。これから冬までだいぶ間がある。いつまでも日本でのんびりしてると勘《かん》が鈍《にぶ》るぞ」

屋根岩の岩峰群が頭上に覆《おお》い被《かぶ》さる小川山山麓《さんろく》の廻《まわ》り目平《めだいら》キャンプ場で、夕飯の準備をしながら磯村が言う。遠征中は登山隊長だが、いまはコーチを自任して、和志のトレーニングにつきっきりだ。

といっても現地への車の運転とキャンプ地での調理が主な仕事で、なにもしなくていい和志はまさにＶＩＰ待遇だが、自《みずか》らも何度かは和志に付き合って、歯応《はごた》えのある上級グレードをなんなくこなしてみせた。

友梨は東京で、冬季Ｋ２プロジェクトに向けたウェブサイトの構築に余念がない。冬のＫ２のパーミッションは磯村がすでに申請してあり、そちらは問題なく取得できる見込みだという。磯村も友梨も、難しいと思ったらいつでも止《や》めていいと口では言うが、和志にすればすでに外堀を埋められた気分だ。和志は問いかけた。

「いまからでも、夏のパーミッションの取得は間に合うの？」

「Ｋ２は満員御礼で難しいけど、周辺の山ならいくらでもとれるよ。難しいところを狙《ねら》う必要はない。リハビリの仕上げという意味なら、ちょうどいいのがいくらでもある」

「たとえば？」

「六〇〇〇メートル級ならカテドラル、トランゴ・タワー、パイユ、ウリ・ビアフォ・タワー、七〇〇〇メートル級ならムスターグ・タワーやマッシャーブルム、八〇〇〇メートル級がお望みならガッシャーブルムやブロード・ピークもあるぞ」

和志の登高欲をそそろうとするかのように、磯村は東部カラコルムの名峰を満漢全席《まんかんぜんせき》のように並べてみせる。名前や概要は知っているが、まだ現物は見たことがない。

「どれもＫ２へのルートから眺められるね。トレッキングをするには楽しそうだ」

「そういう気の抜けたことを言うなよ。登るのはおまえだから強制はできないが、人間というのは、ほっとけば怠《なま》け癖《ぐせ》がつきやすい生き物だ。クライマーだってそうだよ。一度落ちた体力やモチベーションを取り戻すのは簡単じゃないし、休んだ期間が長ければ長いほど時間がかかる。丸一年も休んでたら、ただの人になっちゃうぞ」

磯村は脅《おど》すような言い草だが、それは和志もよくわかっている。瑞牆山や小川山のゲレンデで岩と戯《たわむ》れるのは楽しいが、それはヒマラヤでのクライミングとは世界がまったく異《こと》なる。

「磯村さんの言うとおりだと思う。ポーランド隊のような大きな登山隊なら、たっぷり準備期間をとって、徐々にモチベーションを高めてといった考え方でもいけると思うけど、僕のようなスタイルだと、絶えずスタンバイの状態でいないとワンチャンスを捉《とら》えられないからね」

「わかってるじゃないか。昔の流儀で高所順応に一カ月も二カ月もかけていたら、アルパインスタイルなんてとてもやれない。年に二、三回、高い山に登っていれば、順応効果はある程度維持できる。その意味でも体を怠けさせちゃ駄目なんだ」

磯村は盛《さか》んに発破《はっぱ》をかけてくる。柏田の両親は、あのあと、とくに動きはみせていない。人間の心にはある種の自己修復作用があるようで、柏田の死の直後はどん底まで落ち込んでいた和志のモチベーションも、友梨たちと八ヶ岳に登ったあたりから持ち直してきた。けっきょく自分にできるのは山に登ることだけで、それが柏田から託された夢に応えることでもあるのだと、心の折り合いが自然についてきた。

いまもSNS上には、アマ・ダブラムでの出来事を批判するようなメッセージが散見されるが、同調する動きはほとんど見られず、あの北川彰という医師にしても、期待していたであろうマスコミの反応が得られず、いまは鳴りを潜めている。

冬季K2プロジェクトの広報活動が本格化すれば、マルクたちと組んでふたたびアンチ・キャンペーンを張ってくる可能性もあるが、和志自身にやましいことがないのだから恐れる必要はない。法的手段に出てくるようなら、ノースリッジが粛々《しゅくしゅく》と対処すると山際は請《う》け合う。

そこまで言われれば、自分にできるのは、山際の期待に応えて冬季K2初登攀《はつとうはん》を成功させることだけだと、気持ちは次第に固まってきた。

なんの取り柄もない自分にも、唯一《ゆいいつ》登山でなら、なんとか人並み以上のことができる。その世界で自らの限界を絶えず超えていきたいという、かつての自分を突き動かしていたあの情熱が蘇《よみがえ》るのを感じ始めていた。

「どれも魅力的だけど、どうせやるならK2を試登したいね。なんとかならないかな」

和志が切り出すと、満面の笑《え》みで磯村は言った。

「いよいよ本気になったか。それを待っていたんだよ。いやなに、できないわけじゃない。夏のK2なら国際公募隊を含めて相当数の登山隊が入山するはずだ。すでにパーミッションをとっている隊に話を付けて、潜《もぐ》り込ませてもらうという手がある」

磯村が言う国際公募隊は、エベレストなどで話題になっているアマチュア対象の商業公募隊とは違う。経験豊富な登山家がオルガナイザーとなり、世界のトップクラスのクライマーを公募して遠征隊を組織する新しい登山スタイルで、国の威信を懸《か》けた大型登山隊とも、ソロや少人数での短期速攻を目指すアルパインスタイルとも違う、もう一つの高所登山のスキームだ。

参加料を支払えば装備や食料、ポーターの手配など、すべてオルガナイザーに任せられるので、個人で遠征の準備をするより経済的にも作業負担の点でも有利なうえに、アルパインスタイルでは対処しにくいロングコースや、ルート工作に手間のかかる難ルートにも対応できる。

和志はこれまでそうした公募隊に参加したことはないが、六、七〇〇〇メートル級のピークを目指す商業公募隊に相乗りし、単独でバリエーションルートに挑んだことはたびたびある。友梨と最初に出会ったのも、磯村が主宰《しゅさい》したバルンツェ商業公募隊に便乗し、未踏《みとう》の南西壁から登頂したときだった。ノースリッジとの関係はそのとき始まった。

難峰の代名詞ともいえるK2となると、さすがに商業公募隊の対象とはならないようだが、磯村が言うように、国際公募隊なら何隊か入るのは間違いない。人数が増えればメンバー一人一人の負担が減るので、よほどスケジュールが差し迫っていなければ途中参加は歓迎されるし、極地法による遠征隊とは異なり、参加者個々人の自由度は極《きわ》めて高いと聞いている。

「たしかにその手はあるね。僕はベースキャンプを使わせてもらえるだけで十分だ。山の大きさは数字だけじゃわからない。自分の力量を物差しにして、自分の体を使って把握しないと、本当のところはわからないから」

そんな和志の言葉に、いかにも嬉《うれ》しそうに磯村は応じる。

「だったら任せておけ。東京へ帰ったらさっそく情報を集めるよ。間借りするだけだと言っても、問題のある大家だとトラブルのもとになるからな。とりあえずショルダーまで登ってみれば、大体のポイントは押さえられるだろう。そこから頂上まではノーマルルートで、過去の情報も蓄積されている。冬だからって山のかたちが変わるわけじゃない」

「いや、試登だからといって、途中まで登って帰ってくるんじゃもったいない。初登じゃなくても頂上は狙うよ」

和志が覚えず口にした言葉に、慌《あわ》てたように磯村は応じた。

「ああ、そりゃそうだ。おまえならたぶん軽くこなすだろう。世界第二の高所がどういうものか、一度体験しておくのもいい。おまえはエベレストがまだ未踏だから」

「高さに関しては敬意を表するけど、アルピニズムの対象としてのエベレストはメスナーの時代で終わったような気がするね。記録として価値のあるルートはすべて登られちゃったから」

「ああ。悲しいかな、いまは金持ちの道楽やタレントの売名行為の舞台に成り下がっちまった。そもそもおまえは八〇〇〇メートル峰全山登頂の記録になんか興味はないだろうから、当面は気に懸ける必要はないよ。そのまえに、やってのけなきゃいけないターゲットがまだ残っているからな」

　磯村は満足げに言った。

2

　善は急げとばかりに磯村は奥秩父でのトレーニング終了を宣言し、二人は翌日、東京へ戻り、その足でノースリッジの本社に向かった。事前に連絡をしておいたので、友梨と山際は会議室で待ちかねていた。

「国際公募隊への相乗りの件は、なんとかなりそうなの？」

　友梨がさっそく訊《き》いてくる。磯村はもちろんだというように身を乗り出す。

「ゆうべ、付き合いのあるパキスタンのエージェントに問い合わせてみたんだよ。この夏は四隊が入る予定らしい」

　海外からの遠征隊は、空輸した資材の受け取りや食料の買い付け、ベースキャンプまでの輸送手段の確保といった下準備を地元のエージェントに依頼する。結果的に、彼らは現地情報の集積点になるのだ。

「だったら選《よ》りどり見どりね」

「そのうち三隊がノーマルルートのアブルッツィ稜からで、あと一隊が南南東リブからだそうだ。ただし、そっちはちょっと具合が悪いけどね」

「どうして？　和志さんの狙いも南南東リブなんでしょ？」

怪訝《けげん》な表情で友梨が訊く。困惑気味に磯村は応じる。

「国際公募隊は個人の自由度が高いのが魅力だけど、そうは言っても、同じルートを登るとなると、やはり制約される部分が出てくると思うんだよ」

「どういうことなの？」

「和志はワンチャンスを狙って一気に登るタクティクスだけど、彼らは幾つかキャンプを重ねて、必要に応じてルート工作もする。同じルートを登るとなると、荷揚《にあ》げやロープのフィックスを手伝わないわけにいかないからね」

「なるほど、そうだよね。まるまるただ乗りじゃ印象が悪いわね。じゃあアブルッツィ稜を目指す隊に相乗りして、和志さんは一人で南南東リブを登るということになるのね」

友梨は納得したようだが、山際が口を挟む。

「南南東リブにばかり拘《こだわ》ることもないんじゃないのか。たとえば南南西稜は、私の印象だとなかなか魅力的だ。別名、マジックラインと呼ばれているそうだね」

和志が冬に登る話が出てから、Ｋ２については山際もいろいろ研究しているらしい。慌てた様子で磯村が応じる。

「ラインホルト・メスナーが命名したルートですが、そのとき彼は登頂を断念しています。初めて登ったのはチェコスロバキア人一名を含むポーランド隊で、その後スペイン隊が第二登をしていますが、アブルッツィ稜や南南東リブと比べると、格段に難度は上がりますね」

「それだけ登られてしまったんじゃ、あえて挑む意味はないか」

「まあ、本来の狙いが冬季初登でしかもソロと、それだけでも十分すぎるほどアグレッシブですから、夏季はあくまでも試登と割り切って、南南東リブで十分だと思いますね」

磯村は山際が覗《のぞ》かせた期待をあっさり却下する。たしかに、最終目標が冬のK２ということであれば、もっとも成功率が高いのが南南東リブだ。

しかしそのとき、和志は山際の発言に気持ちが動くのを抑えられなかった。というより、すでに心は決まっていたようにさえ思われた。

磯村の言うように、冬季に単独というだけでも十分冒険的だが、夏ならハンデはずっと少ない。冬のK２の話が浮上して以来、和志はK２南面の写真を大きくプリントして壁に貼り、毎日子細に眺めていた。

可能性の問題は別として、南面の中央やや左寄りを一気に頂上へと突き上げる南南西稜は、ルートとしてじつに風格があった。それはかつて磯村と登った北米最高峰――デナリの南面を頂上へと突き上げるカシン・リッジを彷彿《ほうふつ》とさせた。

カシン・リッジはイタリアを代表する大登山家、リカルド・カシンが一九六一年に初登攀に成功した古典的ルートで、いまではデナリのバリエーションルートのなかでは容易な部類だが、当時の登攀技術では、おそらく現在の技術でK２の難ルートに挑む以上の挑戦だっただろう。

冬季であれソロであれ、「初」の冠《かんむり》がつくような登攀に際しては、もっとも容易なルートを狙うのが当然の戦略で、その意味ではアブルッツィ稜や南南東リブが常識的な選択肢《し》だとはわかっている。しかし、モチベーションの面から言えばそれが正解とは限らない。自分が率直《そっちょく》に登りたいと感じるルートを登ることが、逆に成功への近道になることもある。最初は単なる興味で眺めていただけだったが、そのうち南南西稜から冬のK２に挑む自分のイメージが膨《ふく》らんできた。

言えば磯村に反対される。それがわかるから胸に仕舞っていたが、そんな思いを抱《いだ》くようになって、あれほど落ち込んでいた新たな挑戦への意欲がふたたび湧《わ》き上がったのは間違いない。

その心変わりを言葉で説明することはたぶん不可能だ。そもそも、ときに命を危険にさらしてまで挑むアルピニズムそのものが、理屈では説明不可能な行為だとしか言いようがない。

「どうしてエベレストに登るのか」と問われたジョージ・マロリーは、「そこにそれがあるからだ」と答えた。「そこに山があるからだ」という言葉のほうが一般に流布《るふ》しているが、そちらはどうも誤訳ないし意訳らしい。

「なぜ」と問われれば、いろいろ理屈は付けられる。しかしそのいずれも、おそらく和志の心の的《まと》を射ることはない。マロリーと同様、「そこに南南西稜があるからだ」としか、和志には答えようがない。

「じつは僕も、南南西稜を狙いたいと思っていたんだ」

和志は思いきって言ってみた。磯村が目を丸くする。山際と友梨も驚いたように身を乗り出す。

「待てよ。そんな話、初めて聞いたぞ。本気なのか」

「どうせやるんなら、納得できるルートで挑戦したい。もちろん冬季単独という条件でやれるかどうか、僕もまだ確信はない。でも、少なくとも夏ならなんとかいけそうな気がするし、本番もそっちでいけるかどうか、登ってみれば答えが出ると思うんだ」

「しかし南南西稜は、たしかまだ、ソロでは登られていない。そこを狙うとしたら、試登どころの話じゃなくなるだろう」

さすがの磯村も腰が引けたような口振りだ。和志は言った。

「中途半端なターゲットだとモチベーションが高まらないんだよ。アブルッツィ稜も南南東リブも、冬を除けば何度も登られているし、ソロの記録だってある」

「それじゃ物足《た》りないと言うんだな。そんな生意気な口を利《き》くクライマーは、たぶん世間でおまえだけだぞ」

いかにも皮肉な言い草だが、磯村の顔には興味の色がありありと見える。和志は頷《うなず》いて言った。

「冬のK2という話にいまひとつ乗り切れなかったのは、やはりあの事件があったからなんだ」

「柏田君の件か。そのことにいつまでも拘ってたら、彼の夢にも応えられないと、自分で言ってたじゃないか」

「そうなんだけど、そこを乗り越えるためになにが必要か考えていて、それは自分がいちばん登りたいルートに挑むことだと、改めて気づいたんだよ」

「それが南南西稜だというんだな」

「アラスカで、磯村さんに初めてデナリに連れていってもらったとき、麓《ふもと》から一目見て登りたいと思ったのがカシン・リッジだった。南南西稜の写真を見ていたら、あのときと同じ気持ちになったんだ」

勢い込んで話す和志に、当時を思い出したらしい磯村が苦笑交じりに言う。

「デナリはおまえにとって初見参だったから、とりあえずノーマルルートのウエストバットレスから登るつもりだったのに、急に駄々《だだ》をこね始めたよな」

「とにかく心をそそられたんだ。あのころの僕の技術じゃ難しいのはわかっていたけど、ただ登りたいと思った」

「けっきょく、その当時の最速記録で登っちまった。あのときはおれも驚いたよ」

「自信があったわけじゃないけど、モチベーションの点ではそのくらいがいい。登れるとわかっているルートじゃ気持ちが燃え立たなくてね。僕はきょうまで、ずっとそういうやり方だった」

「南南東リブなら、冬でも軽く登れると思っているわけね」

友梨が声を弾《はず》ませる。磯村は複雑な表情でため息を吐《つ》く。

「南南東リブは、困難というより、アブルッツィ稜の陰に隠れて長いあいだ日の目を見なかっただけだからな。上部で合流するからあくまでアブルッツィ稜の支稜という扱いで、記録としては中途半端だ。最近、割合登られるようになったのは、ショルダーまでの近道と認識されだしたからで、いまは準メインルートというイメージが強いのは確かだよ。それじゃ物足りないと言いたい気持ちもわからなくはないが、冬という条件は決して舐《な》めてはかかれないぞ」

「もちろん、舐めてはいないよ。でも、ローツェ南壁みたいに複雑じゃない。急峻《きゅうしゅん》だけど一本道の雪と氷のリッジで、磯村さんもいちばん可能性が高いようなことを言っていたじゃない」

「そりゃもちろんそうなんだが、おまえはあのとき、あまり自信がなさそうだった」

「あのときは、そもそも冬のK２を目指すこと自体、やれるという実感が湧いてこなかった。でも、やってみようという気になったら、マジックラインという、また別の可能性があることに気づいたんだよ。それにポーランド隊とのバッティングのこともある」

「最初から道を譲ってやる必要はないだろう」

「磯村さんはブラフとみているようだけど、彼らだって慎重に可能性を見極めた結果かもしれない。僕があとから割り込んだせいで彼らが南南東リブを諦《あきら》めて、そのせいで敗退するようなことになったら後味が悪いよ」

「おまえは本当にお人好しだな。冬のK２の初登というだけで十分歴史に名が残るのに、みすみすそのチャンスをくれてやろうというわけか」

磯村は納得しがたいという口振りだ。さっき口にするまでは明確ではなかったのに、いまは自分でも驚くほど和志の気持ちは揺《ゆ》るがない。

「歴史に名を残したくて登るわけじゃないんだよ。僕にとっては、挑戦することに意味がある。だから失敗することは怖くない。それにマリノフスキのポーランド隊が最初に冬のK２に挑んだときは北稜からで、それだって決して容易じゃなかった。南南西稜から冬季登頂を目指すのが、そんなに突飛《とっぴ》なことだとは思わない」

「やれる自信があるんだな」

「まだそれはわからない。ただやってみたいという気持ちが強いんだ」

強い調子で和志は訴えた。大きく頷いて、山際が口を開く。

「和志君がそうしたいんなら、私は反対しない。じつは私も仕事をサボってK２の研究をいろいろやってたんだよ。それで得た結論は、けっきょくどこから登ってもK２は難しいということだった」

「じゃあ、冬季単独初登頂そのものが無理な課題だというんですか」

友梨が不満げに問いかける。山際は首を左右に振った。

「そういう意味じゃない。しかし南南東リブだってアブルッツィ稜だって、よほど天候に恵まれなければ夏でも登れない。技術や体力だけでは解決できない難題が幾つも待ち構えている。例のブラックサマーの大遭難の例もある――」

一九八六年の夏、Ｋ２では十三名の死者が出た。天候悪化が主な原因だったが、そのほとんどが下山中の遭難で、Ｋ２が登ること以上に下ることが難しい山だという認識が高まった。以後の四年間、Ｋ２への登頂者は途絶え、アブルッツィ稜に関しては、その後さらに二年にわたり登頂者がいなかった。

しかし一方で、その年は南壁と南南西稜の二本の新ルートが拓《ひら》かれ、過去最高の二十七人という登頂者が出た。トモが南南東リブをソロでショルダーまで往復したのも同年で、明暗のコントラストがじつに強烈な年だったとも言える。

「どこを登っても同じかどうかはわからないが、成功が保証されているようなルートはおそらく一つもないし、私も成功だけを望んでいるわけじゃない。意味があるのは挑戦することなんだよ。私だって失敗した経験はいくらでもある。しかし、成功した登攀も失敗した登攀も、私にとっては人生のもっとも貴重で充実した時間だった」

そう言って、山際は和志に顔を向けて微笑《ほほえ》んだ。和志は率直な思いを口にした。

「僕もそう思います。もちろんやる以上は冬季初登を目指します。でも結果以上に大事なのは、そこに挑戦できる自分の幸福なんです。単なるエゴイズムかもしれませんが、僕は誰かに頼まれて登山を始めたわけじゃないですから」

我が意を得たりというように山際は身を乗り出す。

「だからノースリッジは君を応援するんだよ。大事なのはこれから君が描くクライマーとしての軌跡だ。人生というのはやり直しの利かない一筆書《ひとふでが》きのようなもので、君のようなソロクライマーの生き方がまさしくそれだ」

「その結果、ご期待に応えられないこともあると思います」

「そこを勘違いしないでほしいんだよ。我々が君にああしろこうしろと指示したら、それは君の夢の実現ではなくなってしまう。ノースリッジも、君のお陰でいい追い風を受けているが、ビジネスの世界では紙一重《かみひとえ》の決断で望まない方向に転ぶこともある。しかしそれを惧《おそ》れて人の言うことばかり聞いたところで、誰が成功を保証してくれるわけでもない。失敗の責任をとるのはこの私で、それは誰のせいにもできない。だから君にも自分の夢を追い続けてほしいんだ。それをサポートするのは私の勝手で、君が責任を感じる理由はなにもない」

山際は力強く言い切った。磯村が慌てて口を挟む。

「社長はそう仰《おつしや》るけど、より可能性の高いルートを狙うことがずるいということにはならないぞ。今回の狙いはあくまで冬季初で、どこを登るかは二の次だ。南南東リブならおれもある程度は計算が立つが、南南西稜に関してはデータが少なくてよくわからない。隊長のおれの意見にも、ちょっとは耳を貸してほしいんだが」

きっぱりとした口調で和志は言った。

「心配は要《い》らないよ。自分が登りたいところを登るのがあくまで挑戦のモチベーションを保つ肝《きも》だけど、自分の満足だけのために登ろうと思っているわけじゃない。いま僕が、たくさんの人の期待を背負《せお》っていることはよくわかっている。磯村さん、山際社長や友梨、そして栂田君。昨年のローツェ・シャールやローツェ南壁で僕を応援してくれた世界じゅうの人々――。そんなみんなのお陰で、僕は一つ上のステージに立つことができた。南南西稜を目標にするのは、僕にとってその期待に応えるいちばんの近道だと思えるからで、決して無謀な挑戦を企《くわだ》てているわけじゃないから」

一つため息を吐いたあと、さばさばとした調子で磯村は応じた。

「おまえが自信があると言うんなら、おれは信じるしかないな。社長が言うように、Ｋ２はどこから登ったって難しい。そもそも冬にやろうと言いだしたのはおれで、おまえはそれを受けてくれた。やれると信じてそそのかしたのはおれだから、これ以上注文を付けたら贔屓《ひいき》の引き倒しになっちまう」

興奮を隠さず友梨が言う。

「和志さんがいよいよ本気になってくれたんだから、私も気合いを入れていかないとね。まずはこの夏の南南西稜ね。それだけでも凄《すご》い挑戦なんだから、冬のＫ２の前哨戦《ぜんしょうせん》として、大々的にパブリシティを仕掛けないと」

「いや、あんまり派手にはやれないよ。今回は国際公募隊への相乗りだから、そこは控《ひか》えめにしておかないと、こっちが主役になっちまう。それじゃ現地でトラブルが起きかねないから」

磯村が慌てて抑えにかかると、山際も同調する。

「たしかにそうだね。柏田君のご両親の件もある。いまは向こうの出方を見ている時期で、いたずらに刺激するようなことになっては面倒だ。あまり大っぴらにはしないほうがいいと思うよ」

「ああ、そうか。だったら隠し球にしておいて、成功したとき、どーんと発表するほうが効果的かもしれませんね」

友梨は飲み込みが早い。和志もそこは気になっていたところだった。

「そうしてもらえるとありがたいよ。それなら僕もプレッシャーがかからない。今回はあくまで試登で、登頂そのものには拘らないつもりだから」

「でも、きっと和志さんは登っちゃうわよ。それだって、ソロとしては初登になるんでしょ。メダルの数は多いほどいいわよ」

友梨は相変わらず無邪気に発破をかけてくる。ついこのあいだまでだったらさぞや気が重くなっていただろう。しかしいまは気持ちが吹っ切れて、そんな言葉がむしろ耳に心地《ここち》よい。心と体の歯車が徐々に噛《か》み合いつつある自分を和志は感じた。

3

磯村はさっそく相乗りの手配を開始した。何隊かと連絡を取り合って、いろいろ事情を訊いてみたところ、南南東リブを目指している国際公募隊が、辞退者が何人か出て人集めに苦慮しているとのことで、渡りに船と乗ってきた。

厳密に言えば、一つの隊に属していても、別ルートで登る場合は追加のパーミッションを要求されるが、実際には一つのパーミッションで複数ルートを登るのはよくあることだ。それに、そもそも標高が五〇〇〇メートル強で片道一週間前後のキャラバンを強《し》いられるK2ベースキャンプまで、付き合ってくれるリエゾンオフィサー（連絡将校）はまずいない。もしそういう物好きに当たったとしても、わずかの金を握らせれば不問に付すのが現地の常識らしい。

オルガナイザー兼隊長はニック・チャンベルというアメリカの登山家で、磯村が単身渡米して武者修行していた時期に、何度かパーティーを組んでアラスカやカナダの氷壁を登った間柄だという。

分担金さえ支払えばこちらが準備することはなにもなく、基本装備を携《たずさ》えて現地に赴《おもむ》くだけだ。彼らが現地入りするのは七月上旬とのことで、登攀期間は八月末まで。カラコルムに雨期はないが、九月になると気温が下がり始め、一般的な意味での登山の好適期ではなくなる。

それまでのあいだ、和志は体力の回復に励むことになる。肩の状態はすでに八割がた治癒《ちゆ》しており、アックスを振る動作にもほとんど支障は感じない。ときおり、トモとも連絡を取り、相談に乗ってもらった。

トモはこの冬のターゲットを南南西稜に変えたことに驚いたが、むしろそのチャレンジ精神を賞賛してくれた。

ただし、夏に一度登っておくことは賢明な作戦だが、無理に登頂を目指すことはない。困難なポイントを確認し、適切なビバークポイントを選定しておくことで、冬の本番で有利な作戦が立てられる。あくまで試登と割り切って、無理をしないことが重要だとアドバイスされた。

たとえ夏でも、南南西稜をソロで登ればそれだけで十分偉大な達成で、トモが心配しているのは、それによって冬の挑戦への意欲が薄れることだった。頂上を踏みたいという願望はクライマーにとってメンタルな面での最も重要なリソースで、試登と位置づける夏の登攀で、それを使い尽くすべきではないと言う。

そうは言われても、登れると感じたところでお預けという気にはやはりなれない。そこもすべては成り行きだ。

南南西稜は、サヴォイア氷河に突き出た島のようなエンジェルという小ピークとのあいだにあるネグロットのコル（鞍部《あんぶ》）から頂上に突き上げる岩と氷の急峻な稜線だ。核心部には困難な氷壁や岩場が待ち構えているとともに、ネグロットのコルまでのルートに危険なクレバスが多く、そこに転落して死亡した者も少なくない。

写真で見ただけでもいかにも荒々しいその様相は、登ろうとする者への敵意さえ感じさせる。しかし、K2ベースキャンプからはその全容がほぼ見渡せる。楽に登れるルートではないが、ネグロットのコルから上は標高差で二〇〇〇メートル強だから、スケール感から言えばアルパインスタイルに向いている。

南南東リブのようにシンプルではないぶん、十分な休息がとれるビバークポイントは幾つもありそうだ。世界第二位といってもローツェより一〇〇メートル弱高いだけで、和志はすでにローツェを無酸素で登っているから、その点でも心配することはない。

ソロではまだ登られていないと思っていたが、よく調べたら、二〇〇四年の夏にスペインのクライマーが達成していた。それならソロで登ることが不可能ではないことがすでに実証されているわけで、和志としては落胆することもない。

こちらの最終目標は世界初の冬季登頂で、成功すればそこにもう一つソロという冠がつくことになる。目的は記録ではないと磯村たちに言いはしたが、実際に登るとなれば、それも重要な目標になる。

この夏にK2の南南西稜を登る話は、友梨のSNSでの発信でカトマンズのエリザベス・ホーリーにも伝わっていて、つい最近、メールをもらった。

ヒマラヤの生き字引と言われるリズだが、守備範囲はあくまでネパール国内で、彼女のデータベースに記録できないことを残念がったが、冬に同じルートで単独登頂を目指すことを伝えると、ぜひ成功してほしいという激励の返信があり、さらに自分が生きているあいだに、次の目標のマカルー西壁もと催促された。

マカルー西壁は和志の意識のなかでいまも彼方《かなた》の目標だが、九十歳を超えるリズにそう言われては、なんとかしたいものだとつい欲が出る。磯村といいリズといい、和志にプレッシャーをかけてくる点では双璧だ。

4

和志たちがパキスタンに向かったのは七月一日だった。ニック・キャンベルの国際公募隊は現地集合ということで、世界各国から集まるメンバーは、それぞれ自力でK２ベースキャンプへ向かい、そこで落ち合うことになる。

食料や燃料、共用のテントなど、基本的な資材はすべてニックが手配してくれるので、参加者は身一つで現地に向かえばいいが、そうはいっても和志の個人装備に加え、友梨が持ち込む通信機材や撮影機材もある。磯村もいまは元気だが、病を抱えた身ではいつなんどき体調が崩《くず》れるかわからないから、キャラバンのスタート地点のアスコーレでポーターを雇《やと》うことにした。食事も気をつけたほうがいいという山際のひと言で、ニックの許可を得て、専属のコックも雇うことになった。

カラコルムはいまハイシーズンで、そう簡単に手配はつかないが、そこは昨年まで自身も商業公募隊のオルガナイザーをやっていて、カラコルム方面にも人脈がある磯村がなんとか手配をつけて、これまで何度か付き合ったという腕のいいコックのハサンも雇うことができた。

東部カラコルムの玄関口のスカルドまでは、イスラマバードから空路で一時間ほどだ。乗ってしまえばあっという間だが、天候不順で欠航が多いことでも有名で、なんとか出発できたのはイスラマバードに到着して三日後だった。

陸路を行く手もあったが、悪路で名高いカラコルム・ハイウェイ経由だと、三日はかかる。磯村が大きな遠征隊に参加してカラコルムにやってきた頃は、経済的な理由もあって車で移動したらしいが、周囲の山々の景観が楽しめる一方、体力の消耗《しょうもう》も甚《はなは》だしく、いまはトレッキングツアーであれ商業公募隊であれ、空路が主流になっているらしい。

スカルドでは予約してあったホテルに一泊し、翌日、チャーターした四駆でアスコーレへ向かう。このルートはいつ落石が来るか、いつ路肩が崩落して谷底に転落するかというスリル満点の悪路で、カラコルム登山でいちばん危険な箇所がここだと本気で言うクライマーもいるらしい。

体じゅうの関節が外れそうな思いで到着したアスコーレでは、磯村と親しい村の顔役が待っていた。

その自宅に、今夜は泊まっていけという。村にはホテルがなく、普通はここで一泊目のキャンプになるが、このあたりは磯村の人徳というべきか。

手配を頼んでおいたポーターとコックのハサンともそこで対面し、料金の交渉もその顔役がうまくまとめてくれた。肉や野菜などキャラバン中に使う食材を、ハサンに手伝ってもらって村内で調達し、ポーターに運んでもらう資材を荷分けしてから、顔役の家での心づくしの晩餐《ばんさん》となった。

心配していた磯村の体調もいまのところ問題はないようで、羊肉のケバブやパキスタン風のカレーに舌鼓《したつづみ》を打っていた。和志も友梨も本格的なパキスタンの家庭料理は初めてだったが、思いのほか口に合う。

ハサンは日本料理もこなすというが、郷《ごう》に入っては郷に従えで、現地の料理に馴染《なじ》むことが長期の遠征を楽しむ秘訣《ひけつ》でもある。日本の味に拘れば、インスタントラーメンや缶詰中心の食事になりがちで、味覚も単調になり、栄養の面でも不利なのは間違いない。

食事のあとで磯村がニック・キャンベルと連絡を取ると、彼らは一昨日ベースキャンプに入り、メンバーの三分の二ほどがすでに到着しているという。K2周辺の天候は良好で、すでに高所順応のための軽い登攀を始めているメンバーもいるらしい。そんな話を聞けば気持ちは焦《あせ》る。あすからベースキャンプまで一週間のキャラバンが待っている。ベースキャンプ入りするころまで好天が保《も》つとは期待できないが、予定している登攀期間はあと一カ月半ほどある。和志のほうはじっくり腰を落ち着けてチャンスを待つしかない。

いまは日中の気温が高く、雪崩《なだれ》が頻発《ひんぱつ》していることを、むしろニックは心配していた。南南東リブはストレートな稜線のため、雪崩のリスクは比較的少ないとみていいが、それは困難な箇所の多い尾根通しのルートを登った場合で、比較的登りやすいとされる側壁を登るとなると危険は大きくなる。寒さや悪天も大きなリスクだが、好天もまた別のリスクの要因となる。

その点がヒマラヤの難しさで、チャンスを狙うと言っても、針の穴に糸を通すようなデリケートな判断が要求される。和志が登ろうとしている南南西稜について言えば、ベースキャンプからネグロットのコルに至る序盤のルートが急峻な雪面で、そこが雪崩の巣になる可能性がある。

その先は岩と氷の稜線で、ミックスクライミングを得意とする和志の独壇《どくだんじょう》場だから、そこさえクリアすればあとは技術と体力の勝負になる。

「悪天候はある程度予測ができるけど、雪崩ってのは予測のしようがないからな。寒いからって起きない保証はない。むしろいま盛大にやってくれれば、登るほうもそれだけ用心するし、落ちるだけ落ちてしまえば、あとは落ち着く可能性もある。そう悲観的に考えることもないだろう」

磯村は至って楽観的だ。いずれにしても、現地に着いて考えるしかない。K2が誰にとっても安全な山ではないことはわかりきっている。腹を括《くく》って和志は言った。

「好きこのんでそんなところを登ろうと言うんだから、贅沢《ぜいたく》な注文はできないね。ベースキャンプに着いたらK2と相談してみるよ」

「ああ。慎重にかつ楽観的にな。K2だって、おまえを殺そうとして手ぐすね引いているわけじゃない」

磯村は穏《おだ》やかに言う。彼もK2は未経験だが、八〇〇〇メートル級なら和志よりずっと場数を踏んでいる。その意味で、彼がいてくれるのは、和志にとってこの上なく心強いことなのだ。ローツェにしてもローツェ・シャールにしても、そうした山の大きさを経験値として蓄《たくわ》えている磯村への信頼感が有形無形の支えになっていたことを、和志はたしかに感じていた。

5

ウルドゥカスに到着したのは、キャラバンを開始して四日目だった。そこが最後の土の上のキャンプ地で、ここからK2ベースキャンプまでは、すべてバルトロ氷河の上を行くことになる。

周辺に高山植物が咲き誇る心和《なご》むキャンプサイトだが、植物の緑を目にできるのはここが最後だ。

岩屑《がんせつ》に覆われた氷河とそれを取り囲む茶褐色のモレーン（氷河の堆石《たいせき》）。その背後にそそり立つカテドラルやパイユの針峰群。そしてはるか前方にはブロード・ピーク――。

「凄いところに来ちゃったね。エベレスト街道にはあちこちに村があったけど、アスコーレからここまで、なにもなかったもの」

そう言う友梨の声がどこか切なげだ。たまに行き交《か》うトレッカーや登山者の姿を除けば、まさにここには文明のかけら一つない。去年登ったゴールデン・ピラーのある西部カラコルムは、桃《とう》源郷《げんきょう》とも言われるフンザの谷にあり、春には杏《あんず》の花が咲き乱れる村々が散在していた。しかしこちらは、人智を超えた岩と氷の巨人が支配する異世界の趣《おもむき》だ。

「トレッカーや登山者が来なかったら、南極より人気《ひとけ》の少ない土地かもしれないな。ここと比べたら、エベレスト街道なんて歩行者天国みたいなもんだよ」

磯村が言う。しかし和志にとって初見参の東部カラコルムは、ひたすら冒険心を刺激するテーマパークのようにさえ見えた。

いまいるウルドゥカスも、ゴシック建築の尖塔《せんとう》のような針峰が連《つら》なるカテドラルやパイユ山群、怪異な様相で天を突くトランゴ・タワーやウリ・ビアフォ・タワー、そのほか六〇〇〇メートル級の鋭峰が群れをなして取り囲んでいる。

そのすべての壁を登るには、いったい何年かかるだろう。しかしそれが、まだここでは序の口なのだ。本格的な東部カラコルムの巨峰で、いまここから見えるのは、わずかに顔を覗かせているブロード・ピークだけだ。

「ネパールヒマラヤとはずいぶん雰囲気が違うんだね。いまの季節は、いつも日本でアルバイトばかりしていたから、夏がベストシーズンのカラコルムはつい敬遠していたんだけど、ずいぶん損をしていたのかもしれない」

そんな思いを口にすると、さらに煽《あお》るように磯村が言う。

「あすはゴレだよ、そこまで行くと、チョゴリザやマッシャーブルム、ガッシャーブルムも拝《おが》めるぞ」

チョゴリザは「花嫁の峰」とも呼ばれる美しい山で、かのヘルマン・ブールがブロード・ピークを初登頂した数週間後にアルパインスタイルで挑み、雪庇《せっぴ》を踏み抜いて転落したことでも有名だ。その遺体はまだ見つかっていない。

マッシャーブルムはカラコルムでもっとも早く測量された山で、そのためカラコルム1号峰、すなわちK1とも呼ばれるが、いまは現地名のマッシャーブルムのほうが一般的だ。チョゴリザ同様八〇〇〇メートルには満たないが、三角錐《さんかくすい》の鋭い山容には隙《すき》がなく、初登頂はK2に遅れること六年だった。

ガッシャーブルムはⅠ峰からⅥ峰まであり、うちⅠ峰とⅡ峰が八〇〇〇メートル峰で、Ⅰ峰はバルトロ氷河側からは見えないためヒドゥンピーク（隠れた峰）とも呼ばれている。いずれも五〇年代後半に初登頂されているが、一九八四年のラインホルト・メスナーとハンス・カマランダーによるⅠ峰とⅡ峰の縦走《じゅうそう》は世界を驚かせた。

ガッシャーブルム山群の一峰でもあるブロード・ピークは、八〇〇〇メートル級としては決して困難な部類には入らないが、二〇一三年までK2、ナンガ・パルバットと並んで、冬季未踏の三つの八〇〇〇メートル峰の一つに数えられていた。

それら八〇〇〇メートル峰のすべてがバルトロ氷河沿いに集まっている点も東部カラコルムの特色で、八〇〇〇メートル級のピークハンティングというと、はるかに多くの八〇〇〇メートル峰を擁《よう》するネパールヒマラヤよりもカラコルムのほうが印象が強い傾向があるのはそのせいかもしれない。

しかしそれ以上に、カラコルムが世界の注目を集めるのは、やはりK2が存在するからだとも言えるだろう。

高さではエベレストに劣っても、その困難さと、氷河上から一気にそそり立つ荘厳《そうごん》ともいうべきピラミッド状の山容は、山の風格からすれば世界一かもしれないと和志は思っている。

「K2はいつ見えるの？」

友梨が問いかける。自分の宝物を自慢するような口振りで磯村は応じる。

「まさしく大トリといったところで、いちばん奥に鎮座しているからな。コンコルディアで左に曲がると、真正面に姿を現すよ」

コンコルディアはバルトロ氷河とゴドウィン・オースチン氷河の合流点で、K2を含むカラコルムの四つの八〇〇〇メートル峰すべてがそこを取り囲んでいる。これから目にするであろうその壮麗な景観への期待に、和志の心も躍《おど》っていた。

6

コックのハサンが夕食の準備を始めたころ、東京から衛星携帯電話に連絡が入った。友梨が応答する。

「あ、社長。ずいぶん遅い時間ですが、まだお仕事ですか」

いまこちらは午後五時過ぎだが、東京は午後九時を過ぎている。なにか急ぎの用事でも出来たのか。友梨は山際の話に耳を傾ける。その表情に困惑の色が滲《にじ》む。ときおり相槌《あいづち》を打ちながら話を聞き終え、現在のこちらの状況を手短に報告して通話を終えると、友梨は和志たちに向き直った。

「柏田君のご両親が動き出したようなの。きょう会社に訴状が届いたそうよ」

「ということは、民事訴訟に打って出たわけか」

磯村が唸《うな》る。和志は確認した。

「被告は僕じゃなくて、会社なの？」

「そのようね。さすがに和志さんを未必の故意による殺人で告訴することはできなかったんだと思うけど」

「訴状の内容は、どうなっているんだ」

磯村が身を乗り出す。不安げな口振りで友梨は言う。

「主な論点は、柏田君が会社の業務として行なった登山の過程で死亡した責任は会社側にあり、使用者が安全配慮義務を怠《おこた》ったことは明白で、それに対して一億円の損害賠償を求めるというものなんだけど、ただその安全配慮義務の部分で、現場での上司の行動に疑問の点があり、救出に全力を尽くさず、拙速《せっそく》に死亡の判断をした可能性があると付け加えているそうなのよ」

「上司って、つまり僕のこと？」

「そういうことになるんでしょうね。和志さんは形式的にノースリッジの社員で、しかも係長待遇だから」

「だったら、僕を被告に訴訟を起こせばいいんじゃないの？」

「そうなると、民事訴訟じゃなく刑事告訴のほうが馴染むでしょ。もし病理解剖をしていたとしたら、そのあと刑事告訴をしてるんじゃないかとうちの法務のほうは見ているの。でも容疑不十分で受理されなかった。それで会社に矛先《ほこさき》を向けてきた――」

「というより、そもそも最初から刑事事件にして、それで有罪を勝ち取ってから民事で会社に損害賠償を要求しようという二段構えの作戦だったのかもしれないぞ。和志が素寒貧《すかんぴん》だってことくらいは想像がつくから、金をとるんだったら被告は会社にしたほうがいいと見たんだろう。なんだか、たちの悪い弁護士がついている感じがするな」

磯村は猜疑《さいぎ》を剝《む》き出しにする。そういうことがいずれあるかもしれないと覚悟はしていたし、そのときは堂々と受けて立つ腹も決めていた。しかし、これからK２に挑もうというこのタイミングで、狙い澄《す》ましたように訴訟が起こされたことに和志は当惑した。

「また僕の登攀に対する妨害の意図があるんじゃないのか。そうだとしたら、背後にはマルクがいる可能性が高いよ」

「その心配はないそうよ。まだ訴状が受理されただけで、公判が始まるのはだいぶ先のはずだし、民事訴訟の場合、被告が出廷する必要はほとんどなくて、代理人、つまり弁護士にすべて任せられるそうなの。和志さんは一度くらいは証人として出廷を要求されるかもしれないけど、それは何カ月か先になるし、裁判の成り行きによっては、それも必要ないかもしれないし」

「でも勝てるだろうか。わざわざ訴訟に打って出た以上、向こうにはなにか勝算があるんだと思うけど」

「そもそも、柏田君が業務命令でアマ・ダブラムに登ったなんて話、常識のある裁判官なら通じるはずがないわよ。そんなの、私や磯村さんがしっかり証言すればいいんだし」

友梨はにべもなく否定するが、和志はなおも不安を指摘した。

「僕の責任を立証しようとして、例の北川という教授を証人に引っ張り出してくるかもしれない」

「そのときは、こちらもそれ以上の証人を用意するわよ。そんな怪《あや》しげな教授より、もっと登山に造詣《ぞうけい》が深くて、あのときの状況をちゃんと理解してくれる人はいると社長も言っているのよ」

「そもそも労災認定が受けられなかったから、そういう訴訟を起こしたんじゃないのか。ということは、国は会社の業務で登ったという主張は認めなかったんだろう」

磯村が言う。友梨は頷いた。

「おそらくね。ただ、労災認定と会社の責任を追及する民事訴訟のあいだに法的な関係はないから、そのことが裁判に影響することはないそうなの」

「気にするほどの話じゃないよ。山際社長が本気でかかれば、負けるはずのない裁判だよ。しかしあの両親も、誰にそそのかされているのか知らないけど、息子の顔に泥を塗るようなことはやめてほしかったな」

しみじみとした調子で磯村は言った。そこは和志も同感だった。

7

ウルドゥカスを出発してからもずっと好天続きで、カラコルムの八〇〇〇メートル峰のすべてが一堂に会するコンコルディアの景観は、まさに壮麗の一語に尽きるものだった。

そのなかでも、ゴドウィン・オースチン氷河の奥にそそり立つK2の雄姿は和志の心を圧倒した。ブロード・ピークの裾《すそ》を巻くように氷河上を進んでいくにつれ、K2はぐいぐいとその量感を増していく。

山全体のシルエットは端正なピラミッドでも、和志たちと相対する南面は、複雑に入り組んだ壁やリッジ、クーロワールで構成された荒々しい様相を見せている。

右のスカイラインをかたちづくるアブルッツィ稜は、ゴドウィン・オースチン氷河からいったん一気に伸び上がり、ショルダーで一拍呼吸を置いて、再び急角度で頂上に達する。そのショルダーに向かって南南東リブの雪と氷のリッジが鋭いラインを描く。

その左手を、一気に頂上から駆け下る巨大な雪と岩の緞帳《どんちょう》が南壁だ。その氷雪の斜面には、ニックの言葉を裏付けるように、無数の雪崩の爪痕《つめあと》が刻《きざ》まれている。

さらにその左手には和志が目指す南南西稜──通称マジックライン。途中に巨大な懸垂《けんすい》氷河を覗かせて、黒々とした岩の迷路のような稜線が、天に向かってのたうつように這《は》い上がる。そしてその左奥には、岩と氷の鎧《よろい》をまとった西稜が、これも厳しい角度で頂上へと突き上げる。

一つの方向からの眺望のなかに、これだけ多くの難ルートを詰め込んでいる山はそうはない。そしてその向こう側には、北東壁、北東稜、北壁、いまも未踏の東壁と、K２はその頂《いただき》を目指すクライマーに、さらに惜《お》しみない課題を与えてくれている。

到着したK２ベースキャンプでは、ニックたちの国際公募隊がすでに小さなテント村を形成していた。

ほかにも世界各地からやってきた大規模な登山隊や少人数のパーティーが、ゴドウィン・オースチン氷河上のキャンプサイトに色とりどりのテントを張っていた。キャラバン中、山肌の褐色と雪の白、そして空の青以外の色彩が目に入ることはほとんどなかった。

そんな荒涼とした地の果てのような場所に、突然出現した色彩豊かで人の匂いの横溢《おういつ》する別世界──。それに戸惑《とまど》ってしまう自分がどこか可笑《おか》しい。そんな意味でもここは不思議な異世界なのだと、妙なところで納得させられる。

食堂用の大型テントに招かれて、隊長のニックを始め先着していた隊員たちがビールやスナックを持ち寄って歓迎してくれた。高所での缶ビールの開け方に慣れていない友梨は、顔じゅう泡

K2南壁

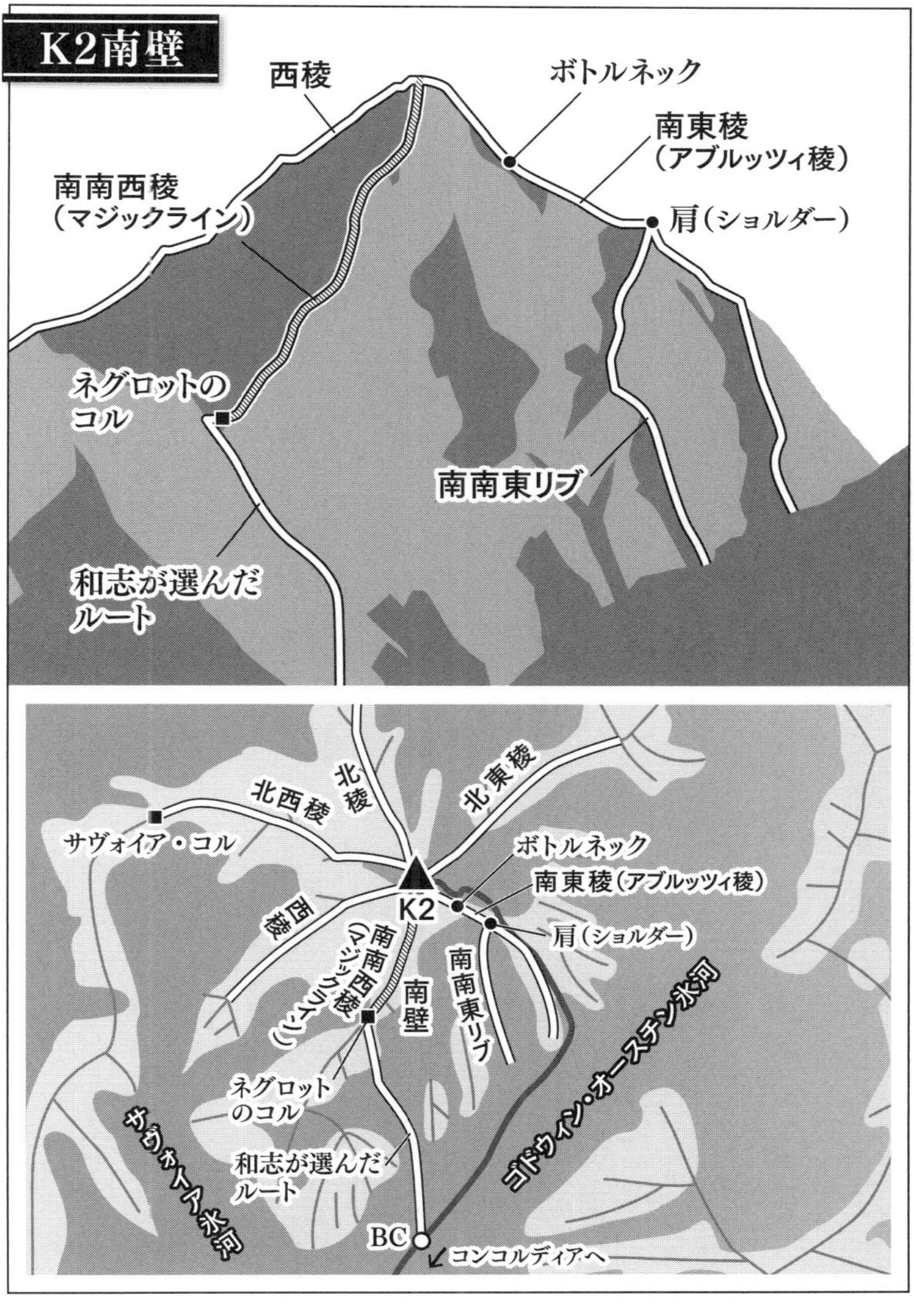
西稜
ボトルネック
南東稜
（アブルッツィ稜）
南南西稜
（マジックライン）
肩（ショルダー）
ネグロットの
コル
南南東リブ
和志が選んだ
ルート
北稜
北東稜
北西稜
サヴォイア・コル
ボトルネック
南東稜（アブルッツィ稜）
K2
西稜
肩（ショルダー）
南南西稜（マジックライン）
南壁
南南東リブ
ゴドウィン・オースチン氷河
ネグロット
のコル
和志が選んだ
ルート
サヴォイア氷河
BC
コンコルディアへ

だらけにして慌てふためく。長いキャラバンの疲れも見せず、磯村は上機嫌でニックと旧交を温めた。

ローツェ・シャールで磯村が倒れ、癌《がん》で余命宣告を受けていると聞いたとき、正直に言えばここまで元気でいてくれるとは想像さえしなかった。東京にいるときもとくに体調の悪さは感じなかったが、五月の八ヶ岳にしても、そのあとの奥秩父にしても、山にいるときの磯村はむしろ体調がよさそうだった。

冗談めかして磯村はよく言う。もし周りが寄ってたかって病院に閉じ込め、したくもない治療を受けさせられていたら、自分はとっくに死んでいたと――。

医師の診立《みた》てが間違っていたのか、それとも磯村に奇跡が起きたのか、それは和志にはよくわからないが、キャラバン中の歩きっぷりにしても食欲にしても、不治の病を患《わずら》う人間とは思えなかった。山にいることが最良の治療だと磯村は言い張るが、事実こういう状態を目の当《ま》たりにしていると、それをでまかせだと否定はできない。

ニックや隊員たちはもちろん和志にも興味津々《しんしん》で、ローツェ南壁ソロ登攀の詳細について様々な質問をしてきた。マルクのように、その成功に難癖《なんくせ》をつける者はいない。アマ・ダブラムでの事故についても、パートナーを救うための和志の決死の行動とその後の登頂成功を賞賛する声はあっても、そこに不審を抱くような声はまったく出なかった。

「カズシのローツェ南壁冬季単独登頂は、ピオレドール（金のピッケル賞）に値《あたい》するのは間違いないのにノミネートさえされなかった。グループ・ド・オート・モンターニュには、いまもトモ・チェセンに憎しみを抱いているメンバーが大勢いるようだね」

皮肉な口調でニックは言う。マルクの暗躍については、今回の件で磯村と連絡を取り合ったとき、すでに話題に出ていたのかもしれないが、あの事件のあと初めての海外遠征で、磯村に近い一部の人々の考えとはいえ、自分に対する逆風をほとんど感じないことに和志は安堵《あんど》した。

「あんな賞はどうでもいいんだよ。クライマーにとってはそこに登ったという事実がいちばんの勲章《くんしょう》だからね。それさえあれば、パリのサロンのお偉方のお墨付きなんてただ邪魔なだけだよ」

登山界のアカデミー賞と言われるピオレドールも磯村にかかっては形無《かたな》しだが、その言葉は和志の気持ちを間違いなく代弁してくれている。ニックが和志に問いかける。

「それで、本気なんだね、冬のK2をソロで登るという話？」

「やるかどうかは、これから登ってみて答えを出すつもりです。できれば世界初を狙いたいですが、強力なライバルもいることだし、容易《たやす》いターゲットじゃないこともわかっていますから」

慎重に答えを返すと、ニックは頷いて言った。

「南南西稜という選択はなかなかいいと思うよ。君はミックスクライミングの名手だと聞いている。あのルートの核心部は岩と氷で、ネグロットのコルに達してしまえば雪崩のリスクはほとんどなくなる。問題はコルまでの雪の斜面だが、技術的には難しくないし、君は夜間登攀が得意なようだから、十分切り抜けられると思うよ」

「そのつもりです。ローツェ南壁でも、雪崩や落石のリスクが大きいところは可能な限り夜間に通過しましたから」

「じつは先日、マリノフスキーと話をしたんだよ。彼の隊は南南東リブを第一候補に挙げていて、君とのバッティングを気にしていた。彼らと君はタクティクスが違うから、好むと好まざるとにかかわらず足の引っ張り合いになりかねない。君が今回、我々の隊に相乗りして南南西稜を狙うという話をしたら、冬もぜひそっちで行ってほしいと期待していたよ」

意外な情報が飛び込んできた。和志は慌てて問い返した。

「彼とも知り合いなんですか？」

「旧《ふる》い付き合いだよ。何度か一緒に登ったこともある。今回は年齢のこともあるから、彼自身はベースキャンプで指揮を執《と》ると言っているが、チームを統率《とうそつ》する力は抜群でね」

「強敵なのはわかっています。僕も当初は南南東リブを考えていたんですが――」

「彼に譲ったわけか」

「譲るなんて、そんな偉そうな話じゃないんです。バッティングを避けたかったという部分もたしかにありますが、それ以上に、南南西稜をどうしても登りたくなったんです。惚《ほ》れてしまったと言っていいかもしれません」

「それを聞いて、君の強さの理由がわかったような気がするよ。小賢《こざか》しい計算は抜き。周囲の雑音に耳を傾けず、これだと信じる道を進む。過去の偉大なクライマーは、みんなそうやって新しい境地に挑んできた。ブールもメスナーも、君が敬愛するトモもね。それは私程度のクライマーにはなかなかできないことなんだ」

ニックは穏やかに微笑んだ。

第六章　アブルッツィ稜

1

ベースキャンプに到着して三日目から山は荒れ始めた。早朝から強い南風が吹き始め、ブロード・ピークやガッシャーブルムの峰を越えて夥《おびただ》しい雲が押し寄せた。

午前九時過ぎには、K2も中腹から上が鉛色《なまりいろ》の雲に呑《の》み込まれ、ゴドウィン・オースチン氷河の回廊を吹き抜けた南からの風が南面に突き当たり、複雑に入り組んだ稜線や雪壁から盛大な雪煙が舞い上がる。

ベースキャンプを吹き渡る強風の唸《うな》りに混じって、雪崩《なだれ》の音がひっきりなしに聞こえてくる。つい先ほどはキャンプサイトのすぐ近くにまで達する巨大な雪崩が南壁を駆け下り、その地鳴りで食堂兼会議用テントのテーブルが揺《ゆ》れたほどだった。K2はいま、生あるものすべての接近を拒絶する巨大な「NO」とでも言うべき存在と化している。

テント内に貼りだされた天気図を見ると、中国側に深い気圧の谷が出来ていて、アラビア海方面から湿った空気が流入して、ネパール地域でのモンスーン期に似た気圧配置になっている。

気圧の谷は停滞気味で、ニックの隊が契約している気象予測会社のレポートでは、悪天はあと三日は続きそうだという。こんなことはカラコルムでは珍しく、これも地球温暖化の影響だろうと磯村もニックも口を揃《そろ》える。

こういうときには慌《あわ》てず騒がず、ひたすら気力と体力の温存に努めるしかない。晴れているあいだ、友梨が持参した超望遠レンズ付きのカメラで、マジックラインの全容を撮影した。それをパソコンの画面に表示して、和志たちはルートの細部にわたって検討した。

ベースキャンプから見えない部分もあるにはあるが、全体としてはほぼ正面からのアングルで、その弱点と難関はほぼ洗い出せた。それにしても、厳しいルートであることに変わりはない。

ルートの初登は一九八六年。ヤヌシュ・マイェールを隊長とするポーランド人六名にチェコスロバキア人一名のチームによるものだった。

登攀《とうはん》開始から二カ月と十日ほどをかけ、四つのキャンプと二度のビバークを経て頂上に達したのち、アブルッツィ稜を下降している。記録を調べると、かなりの量の固定ロープを使っており、いわゆる極地法による登攀と考えていいだろう。このときは登頂した隊員の一人が下山中に転落死している。

同年、イタリアの著名なソロクライマーであるレナート・カーザロットがソロで挑戦しているが、八二〇〇メートルに達したのち、下降中にクレバスに落ちて死亡した。

第二登は二〇〇四年のスペイン隊によるもので、三人のメンバーのうちの一人、ジョルディ・コロミナスが他の二名が退却したのち、八一〇〇メートルの第四キャンプから単独で頂上に達している。このときも、退却した二名のうち一名が、下降中に高所障害で命を落とした。

海外の文献を調べても、その後、マジックライン登頂の記録はなく、この夏、和志が登頂に成功すれば第三登になる。その場合、コロミナスの記録は純粋なソロではないから、本来の意味での単独初登は和志が達成したことになるだろう。

「ネグロットのコルまでの氷河と氷壁のルートが意外にリスキーだな。いまの季節だととくに氷河の部分だ。カーザロットは華々《はなばな》しい経歴を誇るアルパインクライマーだったが、なんとも切ない死に方だった」

磯村が言う。ベースキャンプにいた妻と、無線で交信しながら死んでいったという彼の話は、K2での夥しい数の死のなかでも、もっとも記憶に残るものの一つのようだ。和志は頷《うなず》いた。

「クレバスに関しては、夏のほうが危険だろうね。ぱっくり口を開けていて、たまに雪が降るとそれが隠れてしまうから」

いわゆるヒドゥン（隠れ）クレバスだ。かつて和志がホームグラウンドにしていたデナリに代表されるアラスカの山は、アプローチにクレバスの発達した氷河が多く、そこを通過するとき、登山者たちはチームを組んで、決して一人では歩かない。和志ももちろんそうだった。ロープで結び合った仲間がいれば、落ちても助かる可能性が高いが、カーザロットの場合のように、ソロではそれがまったく期待できない。磯村が提案する。

「ベースキャンプから氷壁基部までの氷河は、おれと友梨がロープを結び合って付き合うよ。純粋なソロじゃないと文句を付ける輩《やから》も出てきそうだが、あくまで試登なんだから、あまり厳密に考えることはない」

「それがいいわ。コルまでの氷壁は雪崩のリスクがあるから、またいつものように夜間に登るわけでしょう。ライトが頼りの登高では、ヒドゥンクレバスを踏むリスクが大きいからね」

友梨もまったく異存がないようだ。

「たしかにそうしたほうがいいかもしれないね。ソロで通過しようとするのは、地雷原に足を踏み入れるようなものだから」

和志もそこは妥協した。冬の本番の前にクレバスに落ちて死ぬわけにはいかない。冬なら開口部にしっかりしたスノーブリッジが出来るから、比較的安全に通過できるはずだ。

「コルから上もなかなか厳しいな。過去に登頂した二隊は四つのキャンプを設営し、固定ロープも使った、かなり長期の登攀だった。おまえの場合はそういうタクティクスじゃないから、なにかと知恵を絞《しぼ》る必要がありそうだぞ」

画面に映し出されたマジックライン核心部の写真を眺めて磯村が言う。ため息を吐《つ》いて和志は応じた。

「知恵と言われても、決定的な答えはないね。一つ一つの課題はなんとかクリアできるかもしれないけど、その数がとても多い。気を抜けるところがほとんど見つからないよ」

「ビバーク三回は覚悟しないとな。ただし、初登のチームが使った四カ所のキャンプ地と、その上の二カ所のビバークポイントはどれも悪くない。その点は心配なさそうだ」

「そうだね。ローツェ南壁もビバーク三回で済ませた。マジックラインがそれ以上の難関だとは思えない。ビバークテントは当時と比べてはるかに軽量だし、コルから上は雪崩や落石のリスクも少なそうだしね」

「メスナーがどうしてマジックラインと名付けたのか知らないが、正真正銘の核心部はネグロットのコルから上で、標高差はローツェ南壁の三分の二ほどだ。最初は案外、登りやすいルートと考えたのかもしれないぞ」

「でもそのときは、撤退してアブルッツィ稜を登ったんじゃなかったの」

「大規模な国際隊を組織して挑んだんだが、下部の氷河でポーターがクレバスに転落して死亡し、これはやばいと登頂優先でアブルッツィ稜に転進したようだな。そのとき、あくまでマジックラインからの初登頂に拘《こだわ》ったのが、レナート・カーザロットだった」

「その彼が、八六年にソロで挑戦して還《かえ》らぬ人になったわけか」

「そういう意味では因縁《いんねん》のルートでもあるが、そもそもK2自体が、ノーマルルートでも普通の山のバリエーションルートに匹敵する難度だから、誰もあえて難しいルートからの三登、四登は目指さない。成功者が少ないのは、マジックラインがとくに困難だからではなく、K2そのものが困難なせいだと思うがな」

磯村は言う。そんな話を聞けば、妙に気持ちが高ぶってくる。トモからはあくまで試登と割り切って、無理をする必要はないとアドバイスされたが、当初考えていたより頂上は近いようにも思えてくる。

柏田がデザインしたビバークテントの性能は、アマ・ダブラムで確認済みだ。強風で撓《たわ》む欠点はあるが、それは単に居住性だけの問題で、軽量化と保温性に関しては、かつてないレベルをクリアしていた。

アックスとアイゼンに関しても、彼はさらにブラッシュアップしたいと言っていたが、すでに欧米の一流メーカーの製品を凌駕《りょうが》するレベルに達していて、それは和志のミックスクライミングの力を一割方底上げしてくれている実感があった。

そんな彼の努力の成果を実証してやれるという点でも、今回の登攀は和志にとって特別の意味がある。確信ありげに磯村が言う。

「おれが登るわけじゃないから無責任なことは言えないが、夏という条件なら、ローツェ南壁より易《やさ》しいのは間違いないな。そこをおまえは厳冬期にやってのけたんだから、案外こっちも軽くいけるんじゃないのか」

友梨も弾《はず》んだ声で言う。

「ぜひそうあってほしいわね。今回だって、ほぼ完全なソロとしては初になるわけだから、私だって期待しちゃうわよ」

2

そのとき衛星携帯電話を手にしたニックが、慌てた様子でテントに駆け込んできた。

「アブルッツィ稜からの登頂を目指していたオーストリアのパーティーが、まずいことになっているようだ。いまベースキャンプのテントキーパーから救難要請の連絡が入ったんだが――」

彼らは六月中にベースキャンプ入りして高所順応を進めてきたが、ここ最近の好天続きをチャンスとみて、いち早く登攀活動を開始していたらしい。

順調にルートを延ばし、四日前に七九〇〇メートルのショルダーに達して、翌日頂上を目指したが、八二〇〇メートル付近のボトルネックと呼ばれる難関に達したところで天候が急変したため、登頂を断念し、ショルダーのテントまで退却したという。

しかし嵐は激しさを増すばかりで、天候が回復するまでそこに留《とど》まる選択をしたものの、やがて強風でテントが破損し、やむなくきょう、下降を開始した。

ところが、六五〇〇メートルの第二キャンプに向かうあいだに隊員一名が転落し、消息を絶った。残る三名が先ほど第二キャンプに到着したが、全員が手足に重度の凍傷を負《お》っていて、さらに一名には肺水腫《はいすいしゅ》の症状が出ているようだという。

肺水腫は重度の高山病の症状の一つだが、Ｋ２登頂を目指したほどのクライマーが、わずか六五〇〇メートルで、しかも下山中に重篤《じゅうとく》な高山病に陥《おちい》るというのが意外だった。

しかし、磯村曰《いわ》く、二〇〇四年のスペイン隊によるマジックライン第二登の際にも、一度は八〇〇〇メートルに達したのち登頂を断念して下降した隊員の一名が、六三〇〇メートルのネグロットのコルで肺水腫で死亡しているという。珍しいケースかもしれないが、今回の状況もそれとそっくりだ。

食料と燃料の大半はショルダーの第四キャンプに残してきたため、いまは寒さを凌《しの》ぐこともままならない。別の一名にも低体温症の兆候が出始めており、なんとか最小限の食料と燃料を届けてもらえないかという要請だった。

「急がないと、肺水腫の隊員の命は救えない。低体温症も悪化する。厳しい状況ではあるんだが——」

ニックは苦しげに言う。同じヨーロッパから来ている幾《いく》つかの隊にも声をかけたようだが、どこも動こうとはしなかったらしい。やむなくこれまであまり付き合いのなかったニックの隊にも救難を要請してきたらしいが、この状況で動かない他の隊の考えも決してわからないではない。

嵐が収まればともかく、いまこの状況で救助に向かえば、二重遭難の危険性が極《きわ》めて高い。テントにいたニックの隊のメンバーも、微妙な表情で顔を見合わせる。

現在の山の荒れようを見れば、六五〇〇メートル地点での嵐は、この春のアマ・ダブラムで遭遇したものでさえ穏《おだ》やかといえるほど激しいだろう。和志は冬のローツェ南壁でも嵐に襲われているが、あのときは幸運にも崩落した岩の隙間《すきま》に居心地《いごこち》のいいスペースが見つかって、そこをビバークサイトに大きな不安もなく嵐をやり過ごせた。

しかし、それはごくまれな例で、アルパインスタイルによる速攻をタクティクスの基本としてきた和志は、どちらかと言えば登攀中に悪天に見舞われた経験が乏《とぼ》しい。そうなる惧《おそ》れのある場合は基本的に動かず、短い好天を捉《とら》えて一気に登るやり方だからだ。

遭難したオーストリアのパーティーは、少人数ではあるが着実にキャンプを重ねていくスタイルで、ベースキャンプから一気に頂上を狙《ねら》う和志のスタイルとは違い、悪天に巻き込まれる確率は高い。

テントのなかは静まり返った。磯村が和志に顔を向け、余計なことを言うなとでもいうようにさかんに目配せする。切ない口振りでニックが言う。

「普通に登るだけでも命を削《けず》り取られるような山だ。人の力でできることは限られる。さらに言えば、これからそんなリスクを負っておれたちが行動したとしても、彼らを救出できる保証はない。そのために命の危険を冒《おか》せとは誰も言えない。おれにしたってそうだからな。国に残した家族のことを考えたら、とてもそこまでは踏み切れない」

やや年配の隊員が声をかける。

「考えるまでもないよ、ニック。ここは普通の場所じゃない。おれたち自身が、この先いつそういう目に遭《あ》うかわからない。それを覚悟でこの山に来ているんだから、おれが彼らだったら、命の危険を冒してまで他人に助けてくれと言う気にはなれない」

いかにも冷淡な物言いに聞こえるが、それがこの場の全員の正直な気持ちだろうし、道義的に誤った考えだとは和志も思わない。

しかし一方で、もし助けることが可能でなにもしなければ、それが罪だとは言わないまでも、重い自責の念を背負《せお》ってその後の人生を生きることになるだろう。

柏田のことで降りかかった汚名を雪《そそ》ごうという思いからではない。むしろ自分がやむにやまれず行動した、あのときと同じ気持ちに、いま和志は突き動かされていた。

磯村に言えば、馬鹿なことを考えるなと叱《しか》られるだろう。これから先、こんな事態に遭遇することはまだ何度でもあるはずだ。そのたびに自分の命をすり減らす選択をしていたら、いったい誰のためのクライマー人生なのか——。

そんな理屈は和志にもわかる。しかし、最初から無理だと決めつけるのではなく、なにがやれるか考えるくらいはできるはずだ。

「ニック。アブルッツィ稜のルートの状況は、いまどうなっているのかな」

和志は問いかけた。テント内の隊員たちがかすかにどよめいた。磯村が止《や》めろというようにフリースの袖《そで》を引っ張る。

「あ、ああ。先週、高所順応のために七〇〇〇メートル付近まで登ってみたんだが——」

困惑した様子でニックは説明する。

「要所には過去の登山隊の固定ロープが残っている。やや傷《いた》んではいるが、慎重に扱えば使えないでもない。上にいるオーストリア隊も要所にはロープをフィックスしているはずで、そちらは比較的安心して使えるだろう。五七〇〇メートル地点に彼らの第一キャンプがある。そこが中継点として使えそうだな」

「六五〇〇メートルのキャンプまで、時間はどのくらいかかりますか」

「固定ロープが使えれば、君のようなエキスパートの足で五、六時間といったところだね。ただし、それは天候が安定している場合の話で、いまの状況では、そもそも生きてたどり着けるかどうかもわからない」

　ニックは悲観的だ。単に腰が引けているからではなく、それが現実的な判断だということは、和志も納得せざるを得ない。もし最短時間でそこに達することができたとしても、肺水腫の症状が出ている隊員を生きて下山させられるかどうかも定かではない。

「高山病による肺水腫なら下降させることがいちばんの特効薬だが、それが無理なら十分な酸素を供給する必要がある。そのパーティーは酸素ボンベは持っていないのかね」

　声を上げたのはグラハムというニックの隊のドクターだった。高所医学に造詣《ぞうけい》が深いのを見込んでニックが声をかけたと聞いている。クライマーとしてかなりのキャリアがあり、今回は参加料が無料という条件で、専属医師として公募隊に参加したらしい。困惑した様子でニックが答える。

「そのようだ。無酸素での登頂を狙っていたらしいな」

「我々も酸素は使わないが、ベースキャンプには使う予定のパーティーもいるだろう。それを拝借して上に持っていくのが、唯一《ゆいいつ》考えられる対応策だね」

　ドクター・グラハムが言う。しかし、酸素ボンベは標準的なもので一本が四キロほどあり、治療効果が出るまで吸わせ続けるには数本を必要とするだろう。加えて他のメンバーのための食料と燃料も運ぶとなると、馬鹿にできない重さになる。

「ニック。酸素ボンベを持っている隊を当たってもらえませんか」

　和志は声を上げた。磯村はやれやれという様子で天を仰《あお》ぐ。ニックは一瞬渋い顔をしたが、拒否する理由は思いつかないようで、すぐに衛星携帯電話であちこち連絡を入れる。いまはＫ２も無酸素が普通の時代に入ったのか、なかなか期待した答えは得られないようだ。

五つ目の隊に電話を入れ、カザフスタンから来ている隊から、ようやくボンベがあるという返事があった。しかしよく話を聞いてみると、彼らは数日前にアブルッツィ稜の七〇〇〇メートル地点に設《もう》けたキャンプにすべてのボンベを荷揚げしたところで、いまは全員がベースキャンプに戻っているという。下には緊急用に一本を残しているだけだが、それは提供してもいいとのことだった。

一般的な四リットルのボンベで十時間は保《も》つとされるが、肺水腫の治療となるとより大量の酸素を必要とし、その場合、保つのはせいぜい四、五時間だろうとグラハムは言う。

上にある分も予備を考慮してあるので、うち数本なら提供できるとカザフスタン隊は言うが、そのためには六五〇〇メートル地点に達したのち、さらに五〇〇メートル登ってまた下りることになる。

一本のボンベを使い切るあいだに患者がある程度回復し、かつ気象条件が許せば、五七〇〇メートル地点にある第一キャンプまで下降できる。一〇〇〇メートル近く高度を下げれば、肺水腫を含む重度の高所障害に対しても劇的な効果があるとグラハムは言う。

しかしそのあいだに患者が回復しなければ、さらに五〇〇メートル登って追加の酸素ボンベを取ってくるしかない。和志は覚えず言っていた。

「僕が行きますよ。固定ロープが使えれば、決して困難ではないですから。やってみて無理ならそこで断念するしかないけど、やる前から不可能だと決めつける必要はないでしょう」

「たしかにそうだが、君一人でか」

ニックは困惑を隠さない。パーミッションに便乗した間借り人に過ぎない和志一人にそれをさせては、隊長として示しがつかないという思いがある一方で、隊員たちはすべて彼のクライアントであって、そんな危険な仕事を命じることのできる立場にはない——。それがニックの偽《いつわ》らざる気持ちだろう。そのときグラハムが立ち上がった。

「だったら、私が付き合うよ。六五〇〇メートルのキャンプまで登って、できる限りの治療を試みる」

思わぬ味方が現れた。弾んだ声で和志は応じた。

「助かります。二人なら心強いですよ。結果がはかばかしくないときは、僕が上に向かい、酸素ボンベを何本か担《かつ》ぎ下ろします」

「私は君のような天才クライマーじゃないが、アブルッツィ稜は五年前に登った。頂上に達することはできなかったが、ショルダーまでのルートはだいたい頭に入っている。途中で迷わないように案内するくらいはできるよ」

力強い口調でグラハムは言う。年齢は五十代前半くらいだが、大柄で頑健な体格で、いかにも頼りになりそうだ。

「だったら僕も付き合うよ。頭の上で人が死にかけているというのに、ベースキャンプで昼寝してたんじゃ、あまりにも情けない。ショルダーまでロープがべた張りなら、そんなに難しいとは思えないから」

立ち上がったのはイタリア人のジャンニだった。意欲に満ちた若いクライマーで、和志のローツェ南壁登攀に関して、もっとも鋭い質問を浴びせてきたのが彼だった。トモと和志がクライマーとしての自分の目標だと言われれば面映《おもは》ゆいが、自分も彼のような若手に追われる立場になったかと思えば感慨深い。

さらに数名手を挙げる者が出たが、それ以上はかえって混乱の元になる。そこはニックもわかっていて、人員は和志を筆頭とする三名ということで話をまとめた。

「のんびりはしていられない。すぐに出掛ける支度《したく》をしよう」

グラハムはそう言って食堂用テントを出た。ジャンニもそれに続き、和志も急いで個人用テントに走った。磯村と友梨が追ってくる。

「言い出すんじゃないかと心配していたら、やっぱりな」

苦々《にがにが》しげに磯村が言う。友梨も不安を隠さない。

「本当に大丈夫？　他のパーティーは誰も動かないのに、そこまでやる必要があるの？」

「必要があるとかないとかの問題じゃなくて、やらないと大事なものをなくしてしまう気がするから」

反発するように和志は言った。友梨が問い返す。

「大事なものって？」

「上手く言えないけど、山があるからこそ生まれた人の繋《つな》がりがある。トモや磯村さんや友梨、山際社長、リズ――。世間との付き合いが下手《へた》くそで、山がなかったら単なる引きこもり人間だったはずの僕が、そんな心の繋がりを持てた。山そのものは冷酷で無慈悲で、登ろうとする人間になんの関心も示さない。それでも登りたい変わった人間がいて、そこに不思議な絆《きずな》が生まれる。それがアルピニズムのいちばん大事な部分だという気がするんだ。単に頂上に達することよりはるかに大事ななにかが、そこにあるような気がしてね」

「登頂よりも大事ななにか？」

「うん。それを忘れたら、頂上を目指す意味もなくなってしまう。そんななにかだとしか言えないんだけどね」

伝わるかどうかわからない。しかし、和志にはそうとしか言えなかった。そんな和志の目をじっと見つめていた友梨がこくりと頷くと、表情を明るくして口を開いた。

「私なんかが言うのはおこがましいかもしれないけど、少しはわかるような気がする。山をただ単に征服する対象とみる考えには違和感があるものね」

ほっとしたように和志も笑顔を浮かべる。

「山の頂《いただき》に達するためだけなら、いまはヘリコプターでエベレストの頂上にも着陸できる。でもそれに感動する人はいない。その大事なものをなかなかうまく言葉にできないんだけど」

そう語りながら個人用テントに潜《もぐ》り込み、ダウンスーツを着込んで、高所靴にアイゼンをセットした。条件は厳しいが、いずれ高所順応のために七〇〇〇メートル台までは登っておく予定だったので、それが早まったと割り切れば好都合だと言えなくもない。

食堂兼会議用テントに戻ると、グラハムとジャンニも身支度を調《ととの》えてやってきた。自分たちもしばらくキャンプに留まることになるかもしれないので、ニックはやや多めの食料と燃料、予備も含めて二台の衛星携帯電話と三人用の軽量テントを用意してくれた。

別の隊員がカザフスタン隊のキャンプに出向いて、酸素ボンベ一本を借りてきた。グラハムは携帯用の医療キットも携《たずさ》えている。それらの荷物を三人が均等に分担する。

ニックが衛星携帯電話で、上にいる三人に直接連絡を入れた。肺水腫の疑いのある隊員は咳《せき》がさらにひどくなり、呼吸が困難で、顔色が悪くなっているようだ。テント内で半身を起こす程度の動作も難しく、会話にもときおり意識混濁の兆候が出ているらしい。

他の一人もひどい悪寒《おかん》に襲われているらしい。悪寒を覚えているうちはまだ大丈夫だが、低体温症の症状が本格的に出てくると、寒さも感じなくなるという。

「おまえの場合、冬のローツェで寒さはたっぷり経験しているから、そう心配することもないだろう。しかし風は舐《な》められない。ちょっとバランスを崩《くず》すと横に飛ばされるからな」

磯村はもう止める気はないようで、観念したようにアドバイスする。アブルッツィ稜では南からの強風を横から受ける。微妙なムーブ（体重移動）が要求される場所では危険この上ないが、そういう箇所にはロープがフィックスされていると信じたい。

「よろしく頼むよ。もう少し若ければ私が先頭に立って行くんだが、いまの状態だと足手まといになりかねない。ただし、無理をすることはないぞ。助けられなかったとしても、君たちのせいじゃない。大事なのは、なにより君たちが無事に還ることだ」

ニックは祈るように言う。冷静な口調で和志は応じた。

「心配しないでください、まずは六五〇〇メートルを目指します。そこまで行ければ、ドクターの手で応急処置ができます。あとのことはそこで考えます」

3

ゴドウィン・オースチン氷河を北東に進み、アブルッツィ稜の末端に取りついたのは午後一時を回った頃だった。天候は好転する様子もなく、Ｋ２の巨大な山体を呑み込んだ雲底もさらに低くなったような気がした。

アブルッツィ稜は、ベースキャンプからはすっきりとした直線的なスカイラインを見せているが、実際に登ってみれば岩と氷の複雑な構造物だった。

ほとんどの登山隊がショルダーまで四つのキャンプを設ける。和志の感覚では多すぎるように思えていたが、実際に取りついてみれば、たしかにそれだけの規模と困難さを併《あわ》せ持つルートだと納得できた。

古い固定ロープの多くは、硬い雪に埋もれていたり日照で傷んだりしていたが、オーストリア隊にしてもカザフスタン隊にしても、先行して動き出していた隊は、使い物にならない箇所を新たに張り直していたようだ。

登り始めると周囲はまもなくガスに巻かれ、加えて吹きつける強風によるブリザードで視界はときに数メートルにまで狭《せば》まる。比較的容易な箇所はロープがフィックスされておらず、そのためルートファインディングに苦労する。アブルッツィ稜を登った経験のあるグラハムの適切な指示がなければ、あらぬ方向に進んで進退窮《きわ》まり、命さえ失っていたかもしれない。

登るにつれて気温は低下し、やがてマイナス三〇度を下回った。そこに強烈な風を受けるから、体感温度はマイナス六〇度以下だろう。固定ロープを頼りに登っても、風圧で体ごと煽《あお》られて、登高は思ったほどにはかどらない。ロープが凍《い》てついているため、アッセンダーの動きも悪い。

それでも和志のスピードが速すぎて、グラハムたちがつい遅れがちになる。彼らを待っていれば吹きつける寒風にひたすら体温を奪われる。といってグラハムとジャンニがのろくて足手まといなわけではない。彼らもこの条件ではベストと言っていいスピードでついてきており、要は和志が速すぎるだけなのだ。

五七〇〇メートルに設置されたオーストリア隊の第一キャンプは、稜線からわずかに下った窪地にあり、強風に飛ばされることもなく無事だった。昼食をとる暇《ひま》もなくベースキャンプを出てきたので、持参したテルモスのお茶とチョコレートやクッキーで軽く腹ごしらえをした。

冷えきった体もなんとか温まり、衛星携帯電話で状況を報告すると、ニックもとりあえず安心したようだった。

「君たちが救助に向かったと聞いて、上の連中は、切り詰めていた燃料で温かい飲み物をつくったようだ。ストーブを燃やせばテント内も暖まる。それで体力が温存できれば結構なんだが」

「いまのペースだと、あと三時間くらいで到着できそうです。節約はもう無用ですから、体を温めて、なるべく元気でいてもらうほうがありがたいですよ」

和志は応じた。そうしてもらわなければ、自分たちがいま動いている意味がない。こちらが着くまえに彼らが体力を消耗《しょうもう》しきれば、せっかく差し伸べた救助の手が空を切ることになる。

「そうだな。肺水腫の隊員はともかく、他の二人が自力で下降できれば希望が出てくる。上に着いたときの状況にもよるが、その隊員一人なら担ぎ下ろせるかもしれない」

「それができたら、上に酸素ボンベを取りに行く必要がなくなる。僕ら三人で交互に背負ってクライムダウンすればいいですから」

もちろんそうできるかどうかは患者の状態による。高度を下げることはたしかに高所障害の特効薬だが、一方で肺水腫の症状に関しては寒さがもう一つの敵で、いまの天候で長時間外気に晒《さら》せば、それが症状悪化の要因にもなるという。

そこはグラハムの判断に任せるしかない。通話を終え、そんなやりとりを説明すると、グラハムもジャンニもその考えに同意した。

風は収まる気配がない。いったん体が温まってしまうと、ふたたび寒気に身を晒すのはさすがに気後《きおく》れする。自《みずか》らに気合いを入れるように和志は言った。

「じゃあ、行きましょうか。あと一〇〇〇メートルです」

「ああ。もうひと頑張りだね。Ｋ２の名前に押されて、出発したときは決死の覚悟だったが、なんとか無事にここまでこられた。古い固定ロープもなんとか使えたからね」

グラハムは安心したような口振りだ。

「技術的な問題はほとんどありませんから、闘う相手は寒さと風ですね。でもヨーロッパアルプスでも冬に荒れればこのくらいですから、十分乗り切れますよ」

ジャンニにも不安げな様子はない。ここからは自分がトップを行くという。場合によっては、和志が六五〇〇メートルからさらに上を目指すことになる。そのために体力は温存したいから、ここは任せることにした。

稜線に出たとたんにドライアイスの塊《かたまり》のような烈風が顔を殴《なぐ》りつけてくる。このあたりから固定ロープは大半が雪に埋もれ、掘り起こすのに手間を食う。そのうえ掘り出しても、古いから全幅の信頼がおけない。かといって現在の状況で、それなしではあまりにリスクが大きい。

ジャンニは器用にアックスを振るい、掘り出したロープにアッセンダーを滑らせながら、着実に高度を稼《かせ》いでいく。

アブルッツィ稜の難しさが語られるとき、ボトルネックに代表される難所のあるショルダーから上が注目されるが、じつは死者がより多いのがいま登っているショルダーから下のあたりで、それも下降中の事故が多い。その意味では、いまよりも救出の際の困難さが気にかかる。

時刻は午後三時少し前。ペースは思った以上に順調だ。先のことはそのときに考えることにして、いまはひたすら急ぐしかない。時間の経過とともに危険が増すのは、上にいるパーティーだけではない。嵐を突いて行動している和志たち自身が、いつ遭難しても不思議ではない状況なのだ。

いま登っているルートも決して容易ではない。落石や雪崩のリスクのあるクーロワールもあれば、横風にまともに晒されるナイフエッジ（ナイフの刃のように鋭角的な稜線）もある。

おそらく、アブルッツィ稜そのものはアルパインスタイルには向かない。他のルートと比べて必ずしも困難ではないにしても、クライマーに時間をかけることを強《し》いるだけのスケールがあり、それゆえに天候悪化のリスクがつきまとう。

このルートに挑むほとんどの登山隊が幾つものキャンプを重ねるスタイルをとるのはそのためだろう。手の付けようのないボトルネックのような難所を除けば、夏場のハイシーズンには大部分の危険箇所にロープがフィックスされ、古くなったものも順次張り替えられる。

その意味ではエベレストの南東稜ルートと似たようなところがあるが、それでもいわゆる商業公募隊がいまだビジネスの対象にしていないところを見れば、その難度はいまもエベレストの比ではないと言えそうだ。そのＫ２に真冬にソロで登るという目論見《もくろみ》が、なにやら誇大妄想にも思えてくる。

しかしその一方で、長らく困難なバリエーションルートと見られていた南南東リブの例がある。そこからの初登頂は一九九四年のスペイン隊によるものだが、八六年にはすでにトモ・チェセンがソロで挑み、悪天で登頂は逃したものの、七九〇〇メートルのショルダーまで十七時間で到達している。

二〇〇〇年には日本の山野井泰史がソロによる初登頂を果たしており、最近では、メインのアブルッツィ稜に対して効率的なバイパスルートと見なされる傾向がある。

そう考えれば、いま目指しているマジックライン——南南西稜が、ソロ、アルパインスタイルに向いていないとは必ずしも言えない。むしろノーマルルートのアブルッツィ稜が、アルパインスタイルとは相性の悪いルートだという見方も成り立つ。

ポーランド隊による初登攀の同年に、レナート・カーザロットはソロでの登攀に挑戦しており、二〇〇四年のスペイン隊も、純粋なアルパインスタイルではなかったものの、それに近い小規模なパーティーで、最後の五〇〇メートルはジョルディ・コロミナスがソロで登っている。その点から言えばマジックラインは、南南東リブと同様に、アルパインスタイルと相性のいいルートにも思えてくる。

ルートは急峻《きゅうしゅん》な雪稜から雪と岩がミックスしたクーロワールに変わる。傾斜がきつく、雪の付きはそれほどではないが、そのぶん浮き石が多く、落石には十分気をつける必要がある。ジャンニもそこはわかっているようで、慎重に足場をとらえてはいるようだが、人為的な落石は防げても、緩《ゆる》んだ岩は自然に落ちることもある。

原因は主に気温の上昇で、そちらはいまは心配はないが、これだけ風が強いと、微妙なバランスで止まっている小さな浮き石が飛ばされて、それがさらに大きな浮き石に当たり、ドミノ倒しのように岩雪崩を引き起こすこともある。

クーロワールは南に向かって開いていて、風はまともに吹き込んでくる。体は壁に押し付けられるから、横殴りの風よりはバランスがとりやすい。

ガスは薄まる気配がなく、上を行くジャンニの姿がその幕の向こうにときおりかき消される。最後尾を登ってくるグラハムもかすかにシルエットが確認できるだけだが、固定ロープを伝わってくるアッセンダーの動きから、どちらも順調に登っているのがわかる。

そのとき風音《かざおと》を縫《ぬ》うように、頭上からジャンニの声が聞こえてきた。

「ロック！」

落石だ。からからと乾《かわ》いた音がそれに続く。覚えず体が強張《こわば》るが、上の様子が見えないから、どうかわしていいかわからない。

「ロック！」

グラハムに聞こえるように、和志も下へ向かって声を張り上げた。固定ロープにショックが伝わる。ジャンニになにかあったのか。続いてガスのなかからこぶし大の岩が何個か落ちてきて、和志の傍《かたわ》らをかすめていく。ぎりぎりで助かり、ほっと息を吐く。うっすら見えるシルエットを見れば、下にいるグラハムも無事なようだった。

「ジャンニ、無事なのか？」

和志は声を張り上げた。上から元気な声が返ってきた。

「大丈夫です。ザックに当たって体を飛ばされましたが、なんとか止まりました」

アッセンダーを介《かい》して固定ロープに繋がっていたため、落下が食い止められたようだ。

「カズシ、あなたは？」

「大丈夫だ。石は当たらなかった。ドクター・グラハム、そちらは大丈夫ですか」

グラハムも元気な声を返す。

「私は無事だよ。早くこのクーロワールを抜けないと、また落ちてきかねないぞ」

「わかりました。ジャンニ、登攀を続けてくれ」

声をかけると、ジャンニはすぐに登り始めた。その動きが固定ロープを介して伝わってくる。和志もスピードを速めてそれに続いた。

クーロワールを抜けると、こんどはやや緩傾斜の広い山稜に差し掛かる。そこには固定ロープが張られていないから、限られた視界ではルートが定まらない。ここは経験のあるグラハムにトップを代わってもらい、ジャンニ、和志の順でコンティニュアス（ロープを結び合って同時に動く方法）で進む。

稜線ではブリザードが荒れ狂い、横殴りの風に体はついつい風下側に押されてしまう。一つ間違えば雪庇《せっぴ》を踏み抜く。アブルッツィ稜に挑むのは二度目だというグラハムも、足どりはやはり覚束《おぼつか》ない。万一の落下の際にはすぐ確保に入れるように、うっすらとしか見えないグラハムの動きに注意を払う。

ようやく幅の広い稜線を抜けて、風下側のランペ（傾斜路）に入ったところでベースキャンプに電話を入れる。待ちかねていたようにニックが問いかける。

「いまどのあたりなんだ」

「高度計で見ると、六三〇〇メートル付近です。このペースなら、あと二時間もあれば到着できそうです。上のほうはどんな状況ですか」

「肺水腫の患者はだいぶ容態《ようだい》が悪いらしいんだが——」

「待ってください。いまドクターと替わります」

衛星携帯電話を手渡すと、グラハムは真剣な表情で矢継《やつ》ぎ早《ばや》に質問を重ね、通話を終えて携帯を和志に戻した。

「だいぶ進行しているようだ。燃料は尽きてしまったらしくて、低体温症の症状も出ているらしい」

「先に低体温症の症状が出ていたもう一人は？」

「そちらは軽度だったようで、温かい飲み物を飲ませ、テントを暖めたらいったんは落ち着いたようだが、もう燃料がないからそれもできない。なんにしても急がないと」

グラハムは深刻な口振りだ。手遅れになればここまでの苦労が無に帰する。とりあえずカロリーの高いチョコレートとナッツを口に抛《ほう》り込み、テルモスに残っていたぬるいお茶で水分を補給して、ふたたびロープを結び合って上に向かった。

4

嵐は収まる気配もなく、和志たちの体力も限界に近づきつつあった。

グラハムとジャンニは、すでにある程度の高所順応が済んでいると聞いていたが、和志はベースキャンプに着いてまださほどの日数が経過しておらず、それが十分とは言えない状態だ。

昨年から今年にかけて八〇〇〇メートル級の登攀を間を置かず行ない、春には七〇〇〇メートル弱のアマ・ダブラムにも登っている。国内の施設での低圧訓練もやっているので、順応効果は維持されているはずだが、高所障害の出現はそのときどきの体調にもよる。

いまのところ視野狭窄《きょうさく》や頭痛といった高所障害の兆候は出ていないが、固定ロープの助けを借りていつも以上のスピードで高度を稼いでいるから、それが悪いほうに作用する惧れがないとは言えない。

いま登っているあたりは、ショルダーから上の核心部よりも斜度があり、他のバリエーションルートと比べても急峻だ。たまたま初登頂したのがアブルッツィ稜だったため、以降、ノーマルルートとして定着しただけで、必ずしも容易なルートだからではなかったことが、実際に登ってみればよくわかる。

約二時間の悪戦で、ようやく到着した六五〇〇メートルのキャンプ地は、急勾配《きゅうこうばい》のリッジの途中、そこそこの広さのプラトー（台地）にあった。風除《よ》け用に雪のブロックが丹念に積み上げられていて、この強風でも破れたり飛ばされたりはしなかったようだった。

和志が外から声をかけると、憔悴《しょうすい》した様子の若い隊員が顔を覗《のぞ》かせ、安堵《あんど》の笑みを浮かべた。

「ありがとう。僕はクルツです。無理なお願いに応《こた》えてもらえて言葉もありません」

「二人の状態は？」

グラハムが問いかけると、隊員はすがるような調子で訴えた。

「どちらも危険な状態です。肺水腫が疑われる隊員は頻繁《ひんぱん》に心肺停止に陥り、そのたびに心臓マッサージでなんとか心拍が戻っていますが、いまはそれ以上、手の施《ほどこ》しようがありません」

「低体温症の人は？」

「そちらもときどき意識を失います。ただ、あまり寒さを訴えなくなって、いくらか良くなったのかと思うんですが」

それを聞いたグラハムが口を挟む。

「いや、むしろ悪い兆候だね。低体温症が進行すると、逆に寒さを感じなくなる」

「だったら、急いでテントを暖めないと」

慌てるクルツに、今度は諭《さと》すようにグラハムが言う。

「いや、急速に体を温めるとウォームショックなどを起こす危険性がある。いまは肺水腫の治療が優先だ。ジャンニ、酸素ボンベの用意を頼む」

「わかった。ちょっと待って」

ジャンニは風除けのブロックの陰に身を隠し、降ろしたザックのなかから酸素ボンベを取り出した。しかしその表情が冴《さ》えない。

「ドクター、ちょっと変だよ。ボンベが軽すぎる。残量を確認してくれないか」

すでにテント内に入って、聴診器を使って患者の容態を確認しているグラハムにジャンニが声をかける。グラハムは怪訝《けげん》な表情でボンベを受け取り、持参したレギュレーターをセットしようとしたがうまくいかない様子だ。グラハムは力なく首を左右に振った。

「バルブが歪《ゆが》んできっちり閉まらなくなっている。この重さからすると、中身はすべて放出してしまっているよ」

「じゃあ、さっきの落石でやられたんだ。ベースキャンプで受け取ったときにはしっかり中身が詰まっていたし、バルブも傷んでいる様子はなかったから」

ジャンニは切ない表情だ。辛《かろ》うじて繋いできた希望は絶たれたらしい。和志はグラハムに問いかけた。

「酸素なしで、彼はどのくらい持ち堪《こた》えられますか」

「わからない。心拍はだいぶ弱っているし、顔色が青紫色に変わっている。チアノーゼという症状で、血中の酸素濃度が極端に低下していることを意味している。この状態がさらに続けば脳浮《のうふ》腫《しゅ》を引き起こす懸念もある」

脳浮腫も肺水腫と並んで重度の高山病の症状だ。一般には併発するケースが多いとも聞いている。

「下のキャンプまで下ろせますか」

訊《き》くと、グラハムは首を捻《ひね》る。

「この寒気のなかを動かすのは、決していいことだとは思えないね。高度を下げるのはたしかにプラス要素だが、それを差し引いても、トータルではマイナスの可能性が高いと思う。かといって、酸素がなければそれを試みる以外に打つ手はないが」

「低体温症の隊員は、どうなりますか」

クルツが問いかける。

「そちらだって、本当ならいますぐ適切な医療機関に移送するのが鉄則だよ。おそらく肺水腫の患者も低体温症にかかっている可能性が高い。その点から言えば動かすほうがリスクが高い。ただ低体温症に関しては、まだ重症という段階じゃないし、燃料は潤沢《じゅんたく》に持ってきたから、ゆっくりと体温を戻せば自力での下降もできるかもしれない」

グラハムは慎重な口振りだ。和志は確認した。

「しかし肺水腫の患者については、やはり時間との闘いということですね」

「そういうことになる。酸素があればいますぐ治療に入れた。それである程度まで回復すれば、下のキャンプまで下ろせたかもしれないんだが」

グラハムは苦しげな表情で和志の顔を見る。言いたいことは明らかだ。そしていまできることもただ一つ。

「これから上に向かいます。酸素ボンベを取ってくるまで、なんとか保たせられますか」

「私が約束できることじゃないが、希望があるとしたらそれだけだ。しかし、大丈夫なのか」

「ここまでのペースでいければ、二時間以内に戻ってこられます」

「しかし、もう午後七時を過ぎている。まもなく夜になる。危険すぎないか」

「ガスで視界が限られている点は昼も夜も一緒です。夜間登山は得意ですから」

和志は自信を覗かせた。この先の五〇〇メートルがどういうルートかわからないが、ここまでの固定ロープの状態は想定していたよりだいぶよかった。

「ここからカザフスタンのキャンプのある七〇〇〇メートル地点までは急傾斜の岩稜帯で、雪はあまり付いていないからラッセルに悩まされる心配はない。下降時にはラペリングが使えるから、そのぶんスピードアップも可能だろうね」

期待を隠さずグラハムが言う。まだ体力は十分残っているから」

「だったら僕も行くよ。まだ体力は十分残っているから」

「いや、君はここに残ってほしい。患者の容態が悪化したら、急遽《きゅうきょ》、下に下ろす必要があるかもしれない。ドクターとクルツだけじゃ、それは無理だから」

和志はやんわりとそれを退けた。本音を言えば、自分一人のほうが速いだろうという思いがあった。

「でも、万一のこともあるでしょう。単独じゃ、なにかあったときにフォローできない」

「むしろ、僕と君が還ってこられなくなったら、そっちのほうが致命的だよ」

強い調子で和志は言った。いずれにしても、いま必要なのは十分な量の酸素で、そこに一刻の猶予《ゆうよ》もない。一方で、肺水腫の隊員と低体温症の隊員のケアは、グラハム一人では手が足《た》りない。

「わかった。あなたたなら、もちろんやってのけるよ。僕がついていけば、むしろ足手まといになるかもしれない」

和志の思いにジャンニも気づいたようだ。和志は大きく首を横に振った。

「いや、むしろ君のパワーに期待しているんだよ。もし僕が還れないようなことになったら、頼れるのは君だけだから」

それもまた偽らざる思いだった。なにごとにも絶対はあり得ない。いちばん可能性の高い選択をする一方で、それが失敗した場合の備えは不可欠だ。ジャンニが残ってくれれば、それがぎりぎりの命綱になるかもしれない。グラハムも言う。

「スピード登攀だったら、カズシはいまや世界のトップクラスだ。私もいまはそれに賭《か》けたいね。それに、ジャンニにはやってもらわないといけないことがいろいろあるから」

「じゃあ、これから出発します。ここのことは、ドクターとジャンニにお任せします」

信頼を込めて和志は言った。

5

ジャンニが用意してくれたお茶をテルモスに詰め、水分とカロリーを十分にとって、和志はふたたび登り始めた。周囲はすでに宵闇《よいやみ》に包まれて、ヘッドランプの光芒《こうぼう》も渦巻くガスに遮《さえぎ》られて、周囲数メートルを照らすだけだ。もっとも、日中の視界もその程度だったから、夜だといって不利なことはなにもない。

雪も激しく降り出して、すでに吹雪《ふぶき》の様相を呈しているが、大半が強風に飛ばされて、急峻な稜線にほとんど雪が付かないのは幸いだった。

寒気はいよいよ強まって、分厚いダウンスーツを突き抜けて全身に悪寒を走らせる。体温を上げる方法はただ一つで、ひたすら登り続けることだった。

平均斜度は四〇度から五〇度で、高度を稼ぐにはむしろ都合がいい。難しい部分には、ほぼ固定ロープが張られている。それに思い切って体重を預け、アッセンダーを駆使して高度を上げる。多少怪《あや》しいロープでも和志一人の体重ならなんとか支えてくれる。

ルート工作がここまで出来ていれば、天候が落ち着いてさえいたら、和志にとってはアスレチック施設で遊ぶようなものだ。しかし天候次第では、命をやりとりする修羅場《しゅらば》に変貌《へんぼう》する。エベレストに代表されるヒマラヤの商業登山は、まさに天国と地獄が表裏《ひょうり》一体なのだと改めて納得させられる。

こちらの状況はグラハムがニックに報告していた。磯村には出発前に和志が電話を入れた。やれやれという調子で磯村は言った。

「やるなと言ったって、おまえは聞いちゃくれないからな。だけど、やれるよ、おまえなら。冬のK2のリハーサルだと考えればちょうどいい。友梨は心配するどころか、日本男児の心意気を世界に示すチャンスだと一人で盛り上がってるよ」

三十分余り、休む間もなく登り続けた。ここまでくるとさすがに高所の影響が出始めたようで、ときおりひどい頭痛に襲われて、視野狭窄も始まっている。しかしそれはローツェで経験していることで、まだ高所障害というほどのものではない。

高度計で確認すると、いま六八〇〇メートルで、三〇〇メートルを三十分で登ったことになる。固定ロープを使って本格的な山を登る経験は初めてだが、エベレストではベースキャンプから頂上まで八時間十分という最速記録があるらしい。もちろん事前に用意された固定ロープや梯子《はしご》を利用してだが、嵐という悪条件があるにせよ、それと比べれば自分のスピードもまだまだだ。

呼吸はもちろん苦しいが、それが高所では普通のことだと体も心も納得しているから、とくに不安は感じない。アッセンダーに頼る登攀のせいで、足より腕に疲労が溜《た》まる。左肩の調子はまだ完全ではないが、アックスを振るうのとは違い、肩に負担はかからない。

持ってきた予備の衛星携帯電話でグラハムに連絡を入れると、事態は切迫しているようで、患者はあのあと何度も心肺停止に陥り、心臓マッサージで辛うじて命を保っている状況だという。いまやっていることは、あるいは無駄な苦労に終わるのかもしれない。しかし一縷《いちる》の望みが絶たれていない以上、ここで諦《あきら》めるわけにはいかない。

「息ある限り希望がある」という、ネパールでよく聞く格言がある。まさしくいまはそんな状況だ。患者が呼吸を続けている限り、その希望を絶つことは自分にはできない。

和志は登攀の動作を速めた。希薄な酸素を求めて、体全体がふいごになったように横隔膜《おうかくまく》が激しく動く。

ふと気がつくと、耳元を列車が通り過ぎるようだった風音がだいぶ静かになっている。登り始めてから風が弱まったのは初めてだ。周囲を見回すと、先ほどまでは分厚いガスの壁に遮られていたヘッドランプの光芒が、はるか先まで届いている。一時的なものかもしれないが、天候が回復に向かっているのは間違いない。

なにか魔法が働きでもしたように、風はほとんど微風に変わっている。希望は辛うじて繋がったのかもしれない。

カザフスタン隊のキャンプは風が遮られる岩陰にあり、嵐の強風にも堪《た》えていた。

そこにあった十数本の酸素ボンベのなかから三本を拝借し、休む間もなく下降を開始した。ボンベの総重量は一〇キロを超えるが、ラペリングを多用しての下降で、体力面での負担はほとんどない。

六五〇〇メートル地点のキャンプでは、グラハムが待ち焦《こ》がれていた。患者はあれからも何度か心肺停止を起こし、和志が持ち帰る酸素ボンベだけが唯一の希望だったという。

天候はその後も落ち着いていて、一過性の回復ではないことを窺《うかが》わせた。グラハムは間を置かず、患者に通常の二倍の流量で酸素を吸わせた。計算上は、それだけで一〇〇〇メートルほど低地に移動したことに匹敵するが、理論と現実は必ずしも一致しない。

低体温症の隊員はすでにグラハムの処置で回復に向かっていて、このまま天候が保ってくれれば、自力での下山も可能だという。

ジャンニが隣接して設置したテントのなかで、和志は祈るような思いで結果を待った。

午前三時を過ぎたころ、グラハムから連絡があった。肺水腫の患者の回復がここ一時間ほどで急速に進み、つい先ほど意識が戻ったという。会話も可能で、咳もなく、聴診器を介して聞こえる肺水腫特有の水泡音もだいぶ収まっているらしい。

「酸素の効果は覿面《てきめん》だったね。あとしばらく、水分補給と薬剤による治療を続ければ、あすのうちには五七〇〇メートルのキャンプに下れるだろう。そこまで下りれば、あとはヘリで直接病院に運べるはずだ」

グラハムは声を弾ませた。ここまでの努力は無駄ではなかった。和志は言葉にしがたい喜びを覚えた。出発前に友梨に語った、単に頂上に到達することよりもはるかに大事ななにか――。少なくともこの体験で得たのが、それに近いものだという実感があった。

グラハムの診立《みた》てどおり、肺水腫の患者は翌日の午前中には自力での下降ができるところまで回復した。低体温症の隊員も同様で、クルツも含め三人が負っていた凍傷も、グラハムの応急処置でそれ以上の悪化は免《まぬが》れた。とりあえず第一キャンプまでの下降には堪えられるという。最終的に指の何本かは失うかもしれないが、それは命には代えられない。

ニックからの報告を受け、オーストリア隊のベースキャンプに待機していたテントキーパーはさっそくヘリを手配した。ギルギットに常駐している民間の救助ヘリがあすの午前中に飛来することになり、第一キャンプから直接患者をピックアップして、イスラマバードの病院に運ぶ手はずだという。

6

翌日の昼過ぎ、和志たちは大任を果たしてベースキャンプに戻ってきた。ニックの隊のメンバーはもちろん、K2ベースキャンプの他のパーティーも、祝福と感謝の思いを伝えてきた。彼らには、あのとき上の三人を見捨てるしかないと思ってしまったことへの後ろめたさがあるはずで、和志たちのおかげで、多少なりともその呵責《かしやく》から救われたという思いもあるだろう。

オーストリアの登山協会からも感謝のメールが届いた。世界第二の高峰での事件とあってか、今回の救出行には世界のメディアが注目し、ヨーロッパの大手通信社やアメリカのテレビ局からも電話インタビューを受けた。

「なんとかやり遂《と》げたな。上へ行くだけなら問題ないと思っていたが、きっちり命も救うことができた。おれも最初は反対だったけど、あのまま上で死なせていたら、さぞかし寝覚めが悪かったはずだよ」

和志たちが持ち込んだチーム専用の食堂兼会議用テントに戻ると、肩の荷を下ろしたように磯村は言った。友梨も大満足といった表情だ。

「私のほうはとくに動かなかったんだけど、今後の営業にプラスになるとみてか、ニックは抜け目なく情報を発信していたようね。ついさっき、日本のメディアのウェブサイトを覗いてみたら、和志さんの活躍ぶりを紹介する記事がいっぱい出ているのよ。たぶんテレビのニュースでもやってるんじゃないかな。いまや日本が誇るヒーローといった扱いよ。もちろん海外メディアも奇跡の救出行として大きく取り上げていて、うちにとっては期せずして一大PRになった感じよ」

「ノースリッジの名前が出たわけじゃないけどな」

「そんなの関係ないわよ。和志さんとノースリッジのブランドはセットなんだから、シナジー効果が十分期待できるもの」

そのとき友梨の携帯電話が鳴った。ディスプレイを見て、友梨はどこか不安げな表情を見せた。

「お疲れさまです、社長。またなにかまずいことでも?」

山際には救難行の結果について、つい先ほど和志のほうから報告しておいた。そのときは山際も大いに喜んでくれた。

やや深刻な調子で友梨は問いかけたが、話を聞くうちにその表情が緩んだ。通話を終えると、友梨は晴れやかな顔で和志たちに向き直った。

「柏田君のお父さんから、いましがた電話があったそうなの。例の民事訴訟、取り下げることにしたというのよ」

「向こうにとって、なにか都合の悪い事実でも出てきたのか」

怪訝な表情で磯村が問いかける。友梨はゆっくり首を横に振った。

「そうじゃないの。今回の和志さんの救出行のニュースに接してなにか感じるものがあったらしくて、考えを改めたと言っているそうなのよ」

第七章　柏田《かしわだ》ノート

1

救出されたオーストリア隊の三名が無事にイスラマバードの病院に運ばれた翌日、ニックの隊を始め、ベースキャンプにいた各隊の隊員が総出でアブルッツィ稜下部の谷筋を捜索したが、転落した隊員の遺体は見つからなかった。一帯は天候が回復したいまも雪崩《なだれ》の危険性があり、オーストリア隊が所属する地元の山岳会も危険を冒《おか》してそれ以上捜索することは望まなかった。

天候はきのうから落ち着いていて、マジックラインを狙《ねら》うには絶好のコンディションに見えたが、ネグロットのコルに至る氷壁では頻繁《ひんぱん》に雪崩が発生していた。先日までの長期の好天に続く、その後の急激な荒天で、Ｋ２全体の雪と氷の状態が不安定になっているようだ。

好天が続いていたときのような大規模な底雪崩はほぼ落ちきったと見られるものの、アブルッツィ稜や南南東リブの上部では小さな表層雪崩が頻発している。ベースキャンプにいる各隊はもう少し様子を見ることにしているようで、この好天を生かして登攀《とうはん》活動に入る気配はない。

和志も同じ考えだ。そのうえ救出行での疲労もある。ニックたちが予定している登攀期間には一カ月半以上の余裕があり、それまでにはまだ何度かチャンスが訪れるはずで、ここで焦《あせ》る必要はないというのが磯村とも一致した結論だった。

　山際の話によれば、柏田の父親は、名前については口をつぐんだが、病理解剖をすることにしたのは、知人を介《かい》して接触してきたある医師のアドバイスによるものだったことを認めた。おそらくそれはラルフ・ブランと親しかった北川という医師だろう。

　自分は医師であると同時に高所登山の経験も豊富で、ヨーロッパの一流クライマーにも知人がいるという触れ込みで、息子さんの死には重大な疑義があり、未必の故意による殺人の可能性もあるため、病理解剖によって死因を究明するべきだと言われたらしい。

　某有名国立大医学部の教授という肩書もその話に信憑《しんぴょう》性を与えた。父親自身は高所登山はおろか、山については経験や知識がほとんどなかった。そもそも息子がアマ・ダブラムに登るという話は聞いておらず、唐突に飛び込んだ遭難死の連絡にひどく動揺して、その話を鵜呑《うの》みにしてしまったと悔やんでいたという。

　病理解剖の結果は、最初のセラック崩壊時に起きたとされる脳挫傷《のうざしょう》は直接の死因ではなく、死亡したのは低体温症と高所障害の併発による可能性が高いが、死亡時期までは特定できないというものだった。

　しかし北川と思《おぼ》しい医師は、自分の経験から言って、いくら低体温症と高所障害が併発したとしても、最初と二度目のセラック崩壊の間隔《かんかく》は柏田が死に至るほどの長時間ではなく、生きているのを知っていながら、和志が自《みずか》らの生還を優先し、見捨てて立ち去ったと考えるのが正しいと主張したという。

　医師は医療過誤事件に強いという弁護士を紹介した。弁護士は柏田を積極的に救おうとしなかった和志の不作為とともに、社命で危険な登攀行為を行なわせた会社側の管理責任もあることから、賠償請求の民事訴訟を起こすべきだと勧めた。一億円という賠償額はその弁護士が提案したものだという。

そこまではこちらが想像していたとおりだったが、父親はアブルッツィ稜での和志たちの救難活動のニュースを観《み》て考えが百八十度変わったらしい。父親は言ったという。

「山のことはよく知らない私でも、今回の救助がどれほど凄《すご》いことかわかりました。そういうことを命の危険も顧《かえり》みずやってのけた奈良原さんが、息子を見捨てて自分だけ助かろうとしたとは思えない。病理解剖の結果にしても、よくよく考えれば奈良原さんの言っていたことを覆《くつがえ》すほどの材料ではなかった。じつを言えば途中から、なにかのために利用されているような気がしていたんです」

山際はその理由を確認した。父親はそう思わせるなにかがあっただけで、とくに根拠があってのことではないと応じたらしいが、医師や弁護士の話に、どこか強引なところがあったからではないかというのが山際の受け止め方だった。

父親は自宅に残っていた息子のノートをすべて読んだらしい。それは何冊もあり、書かれていたのはアックス、アイゼン、テントなどの装備についてだった。

登山の知識がない父親には理解不能だったが、詳細な図面や計算式のようなものも書き込まれていて、なにかアイデアを思いつくたびに書き留めていたようだった。そしてそのいずれもが奈良原和志という登山家の究極のクライミングを想定したもので、行間には、息子がその登山家に抱《いだ》いていた敬愛の思いが滲《にじ》み出ていたという。

そのノートを読んで、息子がそこまで慕《した》っていた奈良原和志という人が、自分だけ助かるために、その息子を置き去りにするような人間だろうかと、さらに新たな迷いが生じた。そんな矢先に飛び込んできたのが、世界を驚かせたK２での救出行のニュースだったらしい。

父親は、遺品となったそのノートをノースリッジに提供したいと申し出た。息子の山への思いが、そして奈良原和志という登山家への思いが詰まったそのノートが、なにかの役に立てば息子も本望《ほんもう》だろうと父は言ったらしい。

山際はその申し出をありがたく受けた。手元に届いたら、スキャンしたデータをこちらに送る。本番の登攀にとりかかるまでに暇《ひま》を持て余す時期もあるだろうから、和志と磯村にも目を通してもらい、意見を聞きたいとのことだった。

アマ・ダブラムで使用したアックスやテント類は、ローツェ南壁に続く和志の次の八〇〇〇メートル級への挑戦のために開発されたもので、アマ・ダブラム西壁登攀はそのブラッシュアップが目的だった。

その段階でアックスもアイゼンも完成の域に達していると和志は考えていたが、柏田はまだ改良の余地があると言っていた。日本を出発する直前になって、自分も一緒に登りたいと言いだしたのは、そのあたりを自分の体験を通して確認したいという考えもあってのことだったのだろう。

もとよりノースリッジのスポンサーシップを受けている以上、製品の改良のための技術的アドバイスも契約に含まれている。しかし単なる契約上の義務とは別に、柏田のそんな思いを引き継ぐことが、和志にとってこれからの登攀活動のもう一つの大きな目標になった。柏田が書き残したというノートを早く読んでみたかった。そこから彼との新たな二人三脚が始まるかもしれない。

2

「落ち着くべきところに落ち着いたようだな。しかしその医者と弁護士、ラルフ・ブランとの繋《つな》がりで余計なお節介をしたというより、あの事故を利用して一儲《ひともう》けを目論《もくろ》んだのかもしれないぞ」

猜疑心《さいぎしん》を剝《む》き出しに磯村が言う。和志は問いかけた。

「でも、稼《かせ》げるとしたって、勝訴したときの弁護士の成功報酬《ほうしゅう》くらいじゃないの？　医師には一銭も入らないわけだし」

「そうじゃないよ。連中の主張どおりなら訴訟の相手はおまえのはずなのに、ノースリッジを被告にした。ここ最近のノースリッジの躍進を快《こころよ》く思っていない同業者もいるはずだからな。足を引っ張ろうと、そいつらと手を組んだ可能性だってあるだろう」

その考えに、友梨は興味を引かれた様子だ。

「あり得なくはないわね。以前、ノースリッジがヨーロッパに販路を拡大しようとしたとき、製品について悪意のある中傷をばらまかれたことがあるのよ。発信したのはかなり名のあるクライマーたちでね。全員が某大手メーカーとスポンサー契約を結んでいる人たちだった。だとしたら彼らはほかのメーカーの製品は使えないはずなのに、登攀中にノースリッジの製品が破損したという苦情なのよ。まだ向こうではそれほど知名度が高くなかったから、社長も大きな挫折感を味わったわ」

「その話は前に聞いたことがある。駆け出しの日本のメーカーが、アルピニズムの本場に乗り込んでくるなんて生意気だという思い上がりが連中にはあったんだろう」

「私たちが和志さんとスポンサー契約をしたいちばんの理由がそれだったのよ。和志さんと手を携《たずさ》えて世界のアルピニズムの頂点を目指す。それがノースリッジが名実ともに世界に羽ばたく最短の道だと社長は考えたのよ」

熱く語る友梨の言葉を受けて、磯村が続ける。

「和志もいよいよその域に近づいたし、ノースリッジの欧米での認知度も高まってきたようだな」

「ローツェ南壁の成功のあと、欧州での売り上げは飛躍的に伸びたわ。でも、それを面白くないと思っている人たちはいまもいるんじゃないかしら」

「こうなってくると、マルク・ブランにしたって、親父《おやじ》の遺恨を引き継いでトモの盟友の和志に嫌がらせをしたいだけとも思えないな。標的はじつはノースリッジで、その背後でヨーロッパの大手メーカーの金が動いているんじゃないかと勘《かん》ぐりたくもなるよ」

磯村はため息を吐《つ》く。友梨が決めつけるように言う。

「その北川という医師にも、そっちのほうからお金が出ているとも考えられるわね」

和志としてはまさかそこまではという気がするが、北川にしても、生前のラルフ・ブランと親交があったとすれば、その息子のマルクともなんらかの繋がりがあると考えるほうが自然かもしれない。

グループ・ド・オート・モンターニュの重鎮《じゅうちん》だったラルフが、ヨーロッパのメーカーと繋がりがないとみるほうが不自然だし、当然そうした関係は、息子のマルクも継承している可能性が高い。

「もしそうだとしたら、これからもなにかといやな動きがありそうだな。今回はたまたま柏田の親父さんが思いとどまってくれたからよかったようなものの、ローツェ南壁のときと違って、ノースリッジに標的を定めてきたのがやはり怪《あや》しい」

磯村は不安を煽《あお》るようなことを言う。だからといって、とりあえず彼らにできることはいまはないはずで、和志がやるべきことは目の前にあるマジックラインを登ることだ。それだけでも極度の集中力が求められる。余計なことに神経を遣《つか》う余裕はない。意に介することもなく和志は言った。

「気にしたってしようがないよ。この先、どんな言いがかりを付けられようと、けっきょく慣れるしかないんだし」

「ずいぶん度胸がついたな」

驚いたように磯村が言う。さりげない調子で和志は応じた。

「一時は殺人犯にされかかったんだからね。それと比べたら、この先、なにを仕掛けられても怖いものはないよ」

「そうよ。心配することはなにもないわよ。今回の件だって、もし訴訟が取り下げられなかったら、社長は絶対に引く気はなかったから。和志さんとノースリッジはいまや一心同体なのよ。出る杭《くい》は打たれるという立場に関してはどちらも同じだし、それを撥《は》ね除《の》けなきゃ私たちに未来はないからね」

心配は要《い》らないと言いながら、友梨の口調はむしろ悲壮だ。その意味では和志が背負《せお》う責任も大きい。失敗は恐れないが、なによりうしろ指を指されないようなクリーンな登攀を心がけなければならない。そんな思いを胸に秘めながら、気分を切り替えるように和志は言った。

「でも、楽しみだよ、柏田君が遺《のこ》したノート。アマ・ダブラムでは、かなりデリケートなベルグラのスラブを登ったけど、改良版のアックスは、氷を割ることもなくきれいに刺さってくれた。あれなら硬い氷でも軟《やわ》らかい氷でも安心して使えるよ」

「そのあたりはおまえが注文したんだろう。柏田は見事に応《こた》えてくれたんだな」

「ああ。期待どおりの性能を発揮してくれたよ。僕としては、もうあれ以上の製品は考えにくい」

「しかし彼は不安を漏《も》らしていたぞ。切れ味を追求すると強度が落ちる。そこにどう折り合いをつけるか、ずいぶん悩んでいた」

「わかっていたよ。両立はたしかに難しい。ただ問題は使い方で、頑丈だけど刺さりにくいものより、強度は若干落ちても、肝心《かんじん》なときにしっかり刺さってくれるアックスのほうがずっと信頼できる」

「だとしたら、マジックラインでは慎重に扱ったほうがいいな。下から見た感じでは、中間部に岩のルートが多い。そういう場面では、ドライツーリングを多用することになりそうだからな」

　ドライツーリングとは、アイスクライミングから派生した、岩場をアックスとアイゼンで登るテクニックで、アイスクライミングとセットでミックスクライミングと呼ばれ、現代アルピニズムの必須テクニックの一つになっている。

「そこがポイントだね。ドライツーリングで強引に攻めていくと、アックスが壊れる惧《おそ》れはたしかにある」

　和志は慎重に応じた。真っすぐに突き刺すだけのアイスクライミングと異《こと》なり、ドライツーリングでは、細い岩の割れ目にアックスの先端を差し込んで捻《ひね》るような動作を多用する。そのときイレギュラーな負荷がかかるし、鋭く研《と》いだピック（アックスの先端）も摩耗《まもう》する。そのためロングルートをドライツーリングで登るときは、アックスもアイゼンも使い捨てと割り切るしかないし、途中で使用不能になることもある。

そこが不安といえば不安だが、それは事前に計算に入れておくしかない。極力ドライツーリングのルートは避けて、やむを得ない場合にもできるだけ手足を使って登るようにする。八〇〇〇メートル級の高所でも、夏場の晴れた日なら岩も温まり、素手で登ることは十分可能だ。

「柏田君は、現場の技術屋さんとずいぶんやりあっていたわよ。そんなの不可能だと言われると、不可能を可能にするのがアルピニズムだって言い返して」

懐《なつ》かしむように友梨が言う。それでも現場のエンジニアは柏田に一目置《いちもく》いていて、彼の無理難題に、いやな顔をせず付き合っていたという話は山際からも聞いている。楽観的な気分で和志は言った。

「なんにしてもマジックラインは、名前のとおり、見れば見るほどトリッキーなルートだよ。しかし逆に言えば、南南東リブのように一本調子じゃないからラインの選択肢《し》は多いと思う。パズルを解くような気分で楽しめるかもしれない」

3

翌日から、天候はまた不安定になった。救出行の日のような大荒れではないものの、K2の中腹以上は絶えず雲に隠れ、ベースキャンプでは日中はしとしとと雨が降り、夜に入るとそれが湿った雪に変わる。ちょうど日本の梅雨《つゆ》どきのようで、夏場のモンスーン期がないはずのカラコルムでは、予想を裏切る雲行きだ。

しかしカラコルムの経験が豊富なニックによれば、それは必ずしも珍しいことではなく、過去には同様に期待を裏切られて、シーズン中の登山を断念したことが何度かあるという。

マジックラインの尾根筋は雪崩のリスクはさほどなく、むしろこの天候で適度に雪がついてくれたほうが、ドライツーリングに頼る部分が少なくなり、和志にとっては好都合だった。

山際からは、あれから間もなく柏田のノートをスキャンしたデータが送られてきた。天候不順による停滞で、和志はそれをじっくり読む時間が出来た。

柏田は大学で金属工学を専攻し、当然、金属の塊《かたまり》であるアックスやアイゼンに関しての知識は高度なものがある。しかしそうした専門分野以外についても研究心が強く、テント生地《きじ》としての化学繊維やフレーム素材としての炭素繊維やアルミ合金にまで探究の範囲を広げていたらしい。

さらに素材だけでなく、固体力学から流体力学まで、興味の範囲はとどまることがなかったようで、そういう分野に関してはほとんど音痴《おんち》と言っていい和志にも、柏田がレオナルド・ダ・ヴィンチ並みの好奇心の持ち主だったことはよくわかった。

とくにアックスに関してのメモが多く、ヘッド（ピックとブレードを含む金属部分）やシャフト（柄《え》）の素材はもちろん、ピックの角度や刃先の形状について、和志の知らないところで彼が試行錯誤を繰り返し、技術者たちととことん議論をしながら突き詰めた結果がいま使っている製品だということが納得できた。

生前の柏田は、そんなことを和志に語ることはなかった。和志は彼らの努力の賜物《たまもの》を、それと知らずに受け取っていただけだった。そこから生まれたノースリッジ製の装備の一つ一つが、これまでの登攀にどれほどの力を与えてくれたか、和志の心と体がいちばんよくわかっている。

「しかし、このアイデアのなかには、特許が取れるようなものが幾《いく》つもあるぞ」

自分のパソコンでそのメモを読みながら磯村が唸《うな》る。

柏田は、クライマーの道を選ぶか技術者の道を選ぶか、悩んでもいたようだった。それが両立できたらもちろんスーパーマンだが、自らの可能性についてそこまで過信はしていなかったとみえて、自分の才能を考えれば、登山はあくまで趣味や実地検査くらいにとどめて、エンジニアとしての道を歩むことにしたと語ってもいた。

クライマーとして彼が成功したかどうかは和志にもわからない。製品テストで日本の壁を二人で幾つか登ったが、技術面では一定以上の水準はクリアしていた。そもそもそうでなければ、アマ・ダブラムで彼とパーティーを組んだりはしなかった。しかし二兎《にと》を追うのが難しい以上、アルピニズムを裏方として支える道こそ、彼にとってより実りのある人生になっただろうことは想像に難《かた》くない。

山際もそれを期待していて、将来の重役候補に擬《ぎ》していたのではないかと友梨は言っていた。そうだとしたら、柏田の死に際しての山際の落胆は想像に余るものだったはずだ。そのノートのすべてに目を通し、和志もまた失ったものの大きさに気づかされた。

そのノートのなかで柏田は、次の遠征に向けての大きな改良ポイントを二つ挙げていた。ビバークテントとアックスに関してで、前者の場合、改良のポイントは風に対する抵抗力だった。

それについては和志もアマ・ダブラムで感じていた。ヒマラヤで恐ろしいのは、強烈な風で張り布が破けたりテントが丸ごと吹き飛ばされたりという事態だ。それを避けるために彼が追求したのは柔軟で強靭《きょうじん》な炭素繊維製のフレームで、それによって風圧を受け流すという発想だ。

それはたぶん正しかった。しかし初めて試すことになったアマ・ダブラムの嵐では、フレームが撓《たわ》み過ぎ、居住性の点で及第点とは言い難かった。あの嵐はヒマラヤではまだ最大級というレベルではなく、冬場の強烈な嵐に遭遇すれば、なかでお湯を沸《わ》かすことさえ不自由しただろう。

柏田もそのことには気づいていたようで、ノートにはフレームがやや柔軟すぎるかもしれないと危惧《きぐ》する言葉が記されていた。いま流行の炭素繊維に安易に飛びついたことを後悔し、原点に戻って、大学で専攻した金属工学の知識を生かし、従来のものより柔軟でかつ腰の強いアルミ系の合金を探すべきだという結論に達したようだった。

もう一つは和志たちも気になっていたアックスの強度だった。和志の場合は割り切っていて、ミックスクライミングという言葉はあっても、あくまでそれはアイスクライミングの技術を拡張したものだという解釈だ。ドライツーリングはやむを得ない場合に限っての消極的な選択肢だから、使う道具は氷に特化したものであればよく、両方の使い勝手を意識した結果、どっちつかずになるのがいちばん困る。

しかし柏田は、はなから無理だと言うのは技術者としての沽券《こけん》に関わると考える頑固者で、そのあたりは和志とよく似ている。遺されたノートのなかで彼は、アイスとドライのどちらについても妥協せず、極限での両立を目指したいと意気込んでいた。

その答えとして彼が考えていたのは、材料はもちろん、ヘッドとシャフトの接合方法から全体の形状に至るまでまったく斬新《ざんしん》な製品で、実現したら発明といっていいレベルだ。

手描きのイラストが添えてあり、アイデア自体は和志にも理解できた。特筆すべきはヘッドとシャフトをカシメやねじ止めで接合する従来の方式によらず、一体成型するというかつて誰も成し得なかったアイデアだった。

金属製のヘッドを木製のシャフトのほぞに差し込んでカシメで固定するのが、アックスのかつての伝統的なスタイルだった。近年ではシャフトがアルミ合金などの軽量素材に替わっているが、鋼《はがね》やステンレス鋼で出来たヘッドに材料の異なるシャフトを接合するという構造は変わらない。

じつはアックスのいちばん弱い部分がその接合部で、ヘッドにいくら強靭な鋼を使っても、そこがネックになってアックス全体としての強度は上がらない。

そこで柏田が考えたのが、ヘッドとシャフトを一体として加工する方法だった。それなら接合部が存在しないから、そこで強度が落ちる心配はない。しかしシャフトを握るのに不自由のない太さにすれば重くて使い物にならない。だからシャフトの部分は細く薄くし、それを炭素繊維強化プラスチックで包み込んで必要な太さと強度を確保する。要するに、刀を鞘《さや》に納めたような状態になる。

その刀からの連想もあったのか、柏田が想定していたヘッドとシャフトの素材は玉鋼《たまはがね》だった。伝統的なたたら製法でつくられる玉鋼はきわめて純度が高く、それを用いてつくられる日本刀ならではの、「折れず、曲がらず、よく切れる」という特徴は、もちろんアックスにも通じるはずだ。

それが商業的に成り立つとは柏田も思ってはいなかった。玉鋼のことを別にしても、ヘッドとシャフトを一体的に鍛造《たんぞう》するには技術的に克服すべき点が多々あって、プレス機械を使って大量生産することは不可能だ。刀鍛冶《かじ》のような手練《てだ》れの技術者による少量生産では、目玉の飛び出るような値段になるのは間違いなく、不可能は承知の夢だと本人も書き遺しており、社長の山際に提案することもなく、心に秘めたまま彼は死んでしまった。

しかし山際はノートを読んでそのアイデアに着目し、もし可能ならぜひ実現したいと考えたらしい。柏田の口癖《くちぐせ》だった「不可能を可能にするのがアルピニズムだ」という言葉に彼も大いに感ずるところがあり、商業的な成功は度外視してでも、ノースリッジの魂《たましい》を象徴する製品にしたいと意気込んでいる。

和志がそれを使ってローツェ南壁に続くビッグクライムを達成すれば、世界のトップクライマーが注目するのは間違いなく、それはノースリッジのブランドイメージを飛躍的に高めるというのが山際の考えだ。日本の伝統文化の粋《すい》ともいうべき日本刀の技術が、アルピニズムの世界で新たな可能性を切り拓《ひら》く――。そんな山際の思いを聞けば、和志も心が奮《ふる》い立つ。

柏田はアイデアを提示しただけで、設計図を残したわけではないし、正確な強度計算をしていたわけでもない。はっきり言えば思い付きのレベルを出ていない。しかし山際はそのアイデアの実現に、かつてオリジナルのアックスやアイゼンの開発に徒手空拳《としゅくうけん》で乗り出した、ノースリッジの草創期と同じようなモチベーションを感じているのかもしれない。

もし生前、柏田がそのアイデアを聞かせてくれていたら、アマ・ダブラムでの事故がなくても、自分は開発に乗り出していたはずだと山際は悔やみ、社内の風通しを極力よくしようと努力してきたつもりだったが、まだまだ力が及ばなかったと嘆いていた。

これからいくら山際が開発のアクセルを踏んでも、この冬のK２挑戦には間に合わないだろう。しかしそのアックスで究極のクライミングに挑みたいという夢が、和志の胸のなかでも膨《ふく》らみ始めた。

4

不順な天候はそれから二週間続いた。ニックたちが契約している気象予測会社から朗報が届いたのは、けさだった。チベット方面の高気圧が勢力を強め、これからしばらく天候は安定するという。

たしかにゆうべから北寄りの風、いわゆるチャイナウィンドが吹き始めた。カラコルムではそれが好天の証《あかし》で、夕映《ば》えに赤く染まったK２の頂《いただき》からは南西方向に雪煙が伸び、それが一時の気まぐれでないことを、和志たちも祈るような気分で見上げていた。

けさ起きてみると頭上には雲一つなく、ニックたちは早朝から行動を開始していた。まだ高所順応ができていない隊員がいて、本格的なサミットプッシュ（頂上アタック）の段階ではないが、すでに張ってある固定ロープやテントの状態を点検するためのようで、上に向かったのはニックを始め体調が整っている隊員が数名だった。

ほかのパーティーの幾つかも慌《あわ》ただしく登攀の準備に取りかかっている。和志もこのチャンスを生かして登攀活動に入りたいところだが、医者の診立《みた》てと天気予報ほど当てにならないものはないという磯村の持論に従って、きょう一日は様子を見ることにした。一年近く前に余命半年の宣告を受けて、いまも元気にカラコルムに来ている磯村が言うのだから妙に説得力がある。

そのあたりはソロの強みで、準備は常に調《ととの》えてあるから、天候が保《も》ちそうだと判断できればすぐにでも登攀活動に入れる。だったらただ暇潰《つぶ》しをしていてもしかたがないと、クレバスに落下するリスクのあるネグロットのコル直下の氷河を、事前に偵察しようと磯村が提案した。

登攀開始当日に磯村と友梨に付き添ってもらってクレバスへの転落のリスクを回避するというのが、こちらへ来てから話し合っていた方針だったが、それでは完全な意味でのソロとは言えないという問題があった。

もともと夏のマジックライン挑戦は冬の本番のための試登であって、その点にこだわる必要はないと腹を決めてはいたが、こんな状況なら事前に三人でそこを往復し、危険な箇所に目印をつけておけば、当日はベースキャンプから単独でスタートできる。つまらないことでマルク一派に揚げ足をとられるのも癪《しゃく》だから、それには和志も異論がない。

ベースキャンプからコル直下の雪壁の裾《すそ》まで距離は二キロほどで、途中から傾斜がややきつくなるが、ヒドゥンクレバスを踏みさえしなければとくに危険な箇所はない。三人でロープを結び合って進めば、誰かが落ちてもすぐに引き上げられる。

ヒドゥンクレバスがある場所には、目印として予備のテント用ペグ（杭）に目立つ色のナイロンテープを結わえて刺しておく。厳密に言えばそれも事前のルート工作と見なされかねないが、そこまで言うなら、誰かがロープやピトンを残している第二登以降のルートは、ソロはおろかアルパインスタイルとさえ見なせないことになる。

ハサンが用意してくれた朝食をゆっくりととって、午前十時にベースキャンプを出発した。頭上は相変わらず晴れ渡り、南西の空にも天候の崩《くず》れを告げる高層雲は見当たらない。

磯村がトップでセカンドが和志、友梨がラストでコンティニュアスで進む。アラスカの氷河で鍛《きた》えているから、クレバスに関しては鼻が利《き》くというのが磯村の触れ込みだ。クレバスに匂いがあるわけではないだろうが、たしかに犬が探し物を見つけ出すように、彼がヒドゥンクレバスの存在を察知して、危険を回避したことが何度もあった。

氷河の奥に進むと、北東からの風がＫ２の山体に遮《さえぎ》られ、ほとんど無風に近い状態になる。気温は徐々に上がり、肌が次第に汗ばんでくる。それでも嵐が来る前の晴天のときには朝から頻発していた雪崩の音が、ほとんど聞こえない。

「ちょうどいい具合のお湿りが続いたから、かえって雪の状態が落ち着いたのかもしれないな」

頭上にそそり立つ南壁を見上げながら磯村が言う。氷河上にはうっすら雪が積もっているが、開いているクレバスを覆《おお》い隠すほどではない。といって、夏でもヒドゥンクレバスは存在する。むしろスノーブリッジが緩《ゆる》んでいて、クレバスの底に転落するリスクが高い。

「キャラバン中のルートもほとんど氷河の上だったけど、とくに危険なクレバスはなかったわね」

楽観的な調子で友梨が言う。磯村は首を横に振る。

「氷河である以上、あそこだってクレバスはいくらでもあるよ。ただ大勢の人間が歩いて安全なトレース（踏み跡）が出来ているから、そこを通ってさえいれば心配がないだけだ」

「だったら用心に越したことはないわね。本格的な登攀のまえに転落死したんじゃ世話はないから」

「まあ、そう心配することもない。その意味で危険なのはエベレストだよ。一般ルートは南東稜だけど、あそこで最難関なのが、じつはベースキャンプの目の前にあるアイスフォール（氷瀑《ひょうばく》）でね。ハイシーズンには地元のシェルパが固定ロープや金属梯子《ばしご》を取り付けて、料金を取って使わせているんだが、それでも毎年けっこうな数の死人や怪我人《けがにん》が出る」

「磯村さんと登ったときのローツェからの下山では、ルート工作が出来ていてもかなり緊張させられたね。冬はそれが撤去されているから、まさに命懸《が》けだよ。だから南壁単独登攀のときには、あそこを避けて南壁を下ったんだ」

和志は言った。もしそんな状態のアイスフォールをソロで下っていたら、そこで命を落としていたかもしれない。

「あのアイスフォールは私も見たわよ。まるで雪崩がそのまま凍り付いたようなすごい場所だった。固定ロープや梯子があっても、私なら二の足を踏むわ」

友梨が言う。磯村は頷《うなず》いた。

「エドモンド・ヒラリーの最大の殊勲《しゅくん》は、ヒラリーステップを乗り越えたことよりも、あのアイスフォールを突破したことじゃないかとおれは思っているんだよ。もちろん大勢のシェルパを使った人海戦術の成果だがね」

氷河は次第に斜度を増し、大きく口を開けたクレバスが目立つようになるが、そういうものは迂回《うかい》すればいいからとくに危険はない。気をつけなければならないのは小さなヒドゥンクレバスで、磯村はストックを雪面に突き刺しながら慎重に歩を進める。

磯村が突然立ち止まり、強めにストックを突き刺すと、その一角の雪が崩れ落ち、クレバスがぽっかり口を開けた。中の様子が見えるのは上端部分だけで、その先は暗く、どれほどの深さがあるのかわからない。

幅は一メートル弱で、跨《また》いで越すのは簡単だが、落ちた場合に手がつけられないのがこのサイズだ。途中で体が引っかかって身動きがとれなくなることもあれば、幅が狭くてアックスが振るえず、自力脱出ができないこともある。パートナーがいればともかく、ソロの場合は死を覚悟するしかないだろう。

ソロでマジックラインからの登頂を目指し、断念して下山中にクレバスに落ちて、ベースキャンプにいる妻と無線交信しながら息絶えたレナート・カーザロットのことを考える。

極限的なクライミングに挑んだ結果の死なら受け入れる覚悟はいつもある。しかし、そういうかたちの死となると、交通事故とあまり変わりない。どれほどの無念を嚙《か》みしめながら彼は死んでいったのか。

磯村はザックから持参したペグを取り出して、クレバスの近くの雪面に突き刺した。今夜からあすにかけて雪が降る心配はないだろう。ペグが埋もれる惧れはまずないし、ここまでつけてきたトレースが消えることもない。

そのクレバスを慎重に跨ぎ越し、少し進むと、今度は幅三メートルほどのクレバスが行く手を塞《ふさ》ぐ。やむなく一〇メートルほど迂回して、狭《せば》まったところで跨ぎ越す。

登るに従って積雪量が多くなる。踝《くるぶし》からときに脹脛《ふくらはぎ》まで埋まるほどで、ヒドゥンクレバスの発見はより困難になる。そのためか、磯村のスピードも遅くなる。落ちた場合に備えてロープの間隔をやや長めにとり、重心を低くして磯村の動きに神経を集中する。

そのとき、慎重に足を踏み出した磯村の体が、突然雪面に沈み込んだ。

落ちた——。しかし予期していたことだから余裕はあった。ハーネスに結んだロープに荷重がかかる。傍《かたわ》らの雪面にアックスを突き刺し、引きずられないように体を預ける。

ロープへの荷重がそこで緩まった。磯村は雪上に首と両腕を出し、こちらを向いて苦笑いしている。和志はアックスにロープをフックして、磯村のところに駆け寄った。

「大丈夫？」

「ああ。狭いクレバスだったんで、腹が引っかかって止まったよ。日頃の不摂生が幸運を呼んでくれたようだな」

　昨年のローツェ・シャール遠征以来、本格的な登山から離れている磯村は、かつては痩《や》せぎすの筋肉質だったが、本人が言うところの自堕落《じだらく》な生活のせいか、たしかに腹が出てきている。癌《がん》を患《わずら》えば痩せるのが普通で、腹が出ているのはまだしばらくは生きろという神様の仰《おお》せだと言い放つ。

　落ちても引っ張り上げられる自信はあったが、それでも重傷を負う可能性は否定できず、大きな支障がなかったことに和志も胸をなで下ろした。

　磯村は和志の助けを借りながら、両腕で踏ん張ってクレバスから這《は》い出した。よほど落ち方がよかったらしく、とくに負傷しているところも見当たらない。さして不安げもなく磯村は言う。

「おれの嗅覚《きゅうかく》も鈍《にぶ》ったもんだ。この先、あんまり当てにしないほうがいいぞ」

「だからといって、僕じゃまったく役に立たない。ここまでくるあいだだって、磯村さんはヒドゥンクレバスを五つ見つけたけど、僕が言われてわかったのはそのうち二つだけだった。ソロで登っていたら、いまごろ死んでいたのは間違いないよ」

　力ない声で和志は言った。磯村はさっそく自説を披露《ひろう》する。

「微妙なんだが、雪の色が違うんだよ。クレバスを覆っている雪は、積もっては落ちを繰り返しているから、比較的新雪に近い状態だ。しかし氷体の上の雪はずっと積もったままだから、表面がザラメ状になったり土埃《つちぼこり》で汚れたりしている。そこを見極《みきわ》めればなんとなくわかる。ただし、あくまでなんとなくのレベルだから、いまみたいなことも起きるわけだけど」

　終わりのほうは自信なさげになったが、理屈は合っているような気がする。友梨が不安げに言う。

「あんまり当てにならないわね。本番のときも、三人で確保しながら登ったほうがいいんじゃないかしら」

「いや、ベースキャンプからソロでいくよ。磯村さんにはあと何回か落ちてもらって、危険箇所にすべてマークをつけておけば、本番は心配することはなにもないから」

和志がきっぱり応じると、真面目《まじめ》な顔で磯村は請《う》け合った。

「おれもそのつもりだよ。ただし、落ちたらしっかりレスキューしてくれよ。おまえが冬のK2を登るまでは、なんとか生きていたいから」

5

磯村のヒドゥンクレバス判別法の精度は高く、その後は転落することもなく、ネグロットのコルに続く急峻《きゅうしゅん》な雪壁の基部に達した。

壁の斜度は五〇度から六〇度はあり、いまは比較的落ち着いているが、雪崩のリスクは極めて高い。やはり本番では、夜間から早朝にかけて登るほうがよさそうだ。

ただし、それさえ回避できれば、基部からコルまでは単調な雪壁で、技術的に困難な箇所はほとんどない。きょうの偵察で、氷河上のヒドゥンクレバスはほぼ洗い出せた。コルの標高は六三〇〇メートルほどだから、標高差で言えば全体の三分の一はなんなく稼げる。そこから上は侮《あなど》れないが、少なくともコルまでは、このルートならではのアドバンテージだと考えていい。期待を隠さず友梨が言う。

「夏でも完全なソロで登れば、世界が注目するのは間違いないわよ。今回の挑戦については、ニックの隊に対する遠慮もあって派手な広報はしていなかったけど、あの救出行の件でそこにも興味を持たれちゃって、海外からは冬のＫ２についての問い合わせも殺到しているのよ」

「期せずして格好の前宣伝になったわけだ。それは和志の殊勲だな」

あのときは反対していた磯村だが、いまはそれが自分の殊勲ででもあるかのような口ぶりだ。

「そのまえに、この夏にまず一仕事しないとね。近くから見ると、マジックラインのネーミングはやはり伊達《だて》じゃないよ」

武者震いのようなものを覚えながら和志は言った。ほぼ直下から見上げるマジックラインは天空に向かってのたうつ蛇のようで、邪悪とも言いたくなるその様相には、登ってみなければわからない数々の落とし穴が隠されているような予感がする。同感だというように磯村も応じる。

「まあ、けっきょくのところは登ってみないとわからない。最初から答えのわかっている登山なら、わざわざ挑戦する値打ちもないからな」

「事前に考えられるだけのことを考えて、登り始めたら頭を空っぽにしてただ上を目指す。僕はいつもそういうやり方だから、こんども同じだね。頭でシナリオをつくって登り始めると、想定外の状況に陥《おちい》ったとき、混乱して気持ちが萎縮《いしゅく》する。むしろ最初からノーアイデアのほうがいい。本番のクライミングで頼りになるのは、やっぱり本能と直感だよ」

それが和志の、いわば哲学だった。誰かから聞いたり書物で学んだわけではないが、人間には理性では把握できない無意識の力があり、ぎりぎりの状況においては、それにすべてを委《ゆだ》ねることが最良の結果に繋がることが多い。実際、そんな経験がこれまで何度もあった。磯村が頷く。

「それは人生と同じだな。おれだって医者の言うことを真に受けて、手術やら抗癌剤治療やらを受けていたら、いまごろ生きていたかどうかわからない。お情け程度の延命効果に期待するより、いまこの時間を元気に生きたい――。そう割り切ったら体がその心意気に応えてくれて、いまもはるばるカラコルムまでやってきている。これなら冬のK２にも隊長として参加できそうだし、その次のマカルー西壁だって夢じゃない」

和志が言いたかったこととは若干ニュアンスが違うが、体が心意気に応えたというあたりはなんとなく納得できる。そしてこれから先も、その心意気に応え続けてほしい。

クレバスに注意しながらの登高で思っていたより時間がかかり、時刻は午後一時を過ぎていた。雪を融《と》かしてお茶を淹《い》れ、持参してきた軽食で腹ごしらえを終え、すぐにベースキャンプに戻ることにした。

ザックを手にして立ち上がろうとしたとき、磯村が顔を歪《ゆが》めた。腰のあたりに手を当てて、どこか困惑した表情だ。

「急にずきんときた。なんだか気になる痛みだな」

「クレバスに落ちたときに打ったんじゃないの？」

和志が問いかけると、磯村は首を横に振る。

「それならもっと早く痛みが出ていたはずだよ。あそこからここまでなんの問題もなく歩いてきたんだから」

「天候不順でテントで寝てばかりいたから、体が鈍《なま》ってたんじゃないの」

友梨が言う。どこか不安げに磯村は応じる。

「そうならいいんだが、いよいよ来たのかと思ってね」

「来たって、なにが？」

「骨転移《こってんい》かもしれない」

「骨転移？」

不快な慄《おのの》きを覚えて、和志は問い返した。

「間違いないの？」

「医者じゃないからなんとも言えないし、病院でレントゲンやらCTスキャンを受けないと確定的なことはわからないが、数日前から軽い痛みはあって、キャラバンの疲れが出たせいだくらいに思っていたんだが」

「だったらすぐに日本へ帰って、検査を受けたほうがいいよ」

心配する和志に、目を剝くように磯村が応じる。

「冗談じゃないよ。おまえがマジックラインを完登するのを見届けなきゃ、なんのためにここに来たのかわからない」

「でも、冬のK2もあるから。磯村さんにはまだまだ元気でいてもらわないと」

「そうよ。これから社長に相談して、ヘリでイスラマバードまで飛べるように手配するから、日本に帰ってしっかり検査を受けたほうがいいよ」

真剣な口調で友梨が言う。磯村は笑って応じた。

「これだから素人《しろうと》は困る。おれも我が身のことだから、癌についてはそこそこ勉強したよ。骨転移というのは、直接命に関わるもんじゃない。骨折さえしなきゃ生活に支障はない」

一でも、腰骨を折るようなことになったら、寝たきりとか車椅子《いす》生活になっちゃうじゃない」

友梨が真面目な顔で言う。

「脅《おど》かすなよ。まだそこまで心配するような話じゃないよ」

磯村は大袈裟《おおげさ》に首を横に振るが、それでも不安は隠せない様子だ。

「治療法はないの？」

和志は訊《き》いた。あっても受けない可能性があるが、治せる希望があるのなら、なんとかそれを受けさせたい。

「抗癌剤も手術もまっぴらだが、骨転移なら放射線治療が効果があるそうだ。それなら体力が低下することもない。痛みに対してもいい薬があるようで、一度注射を受けると三カ月から半年は効果が保つらしい。まあ、そうやって騙《だま》し騙し、残り少ない人生を生き切るしかないだろうな」

とりあえず、ここは治療拒否の例外にする気のようで、和志もいくらか安心はしたが、問題は現在の状態だ。

「でも、これからひどい痛みが続くことになったら大変だよ。とりあえず歩けるの？」

「そりゃ問題ない。あとは氷河の下りだけで、腰に負担がかかることもない。ベースキャンプに戻ったらグラハム医師に相談して、痛み止めの薬を分けてもらうよ。参加料には薬代も入っているはずだから」

相変わらず顔を歪めてはいるが、弱気は決して見せようとしない。

「じゃあ、ザックは僕が持つよ」

「なに、こんなの荷物のうちに入らないよ」

磯村は鼻を鳴らす。たしかにザック本体を含めても三キロあるかないかだが、八〇〇〇メートル級の高所を登っているとき、その重さですら負担に感じることがある。腰の痛みがどの程度なのかは本人にしかわからないが、腕や肋骨《ろっこつ》と違って体重のかかる部位だから、それがないだけでも多少は痛みが軽減すると期待したい。

「いいから。いま磯村さんになにかあったら大変だから」

そう言って奪うようにザックを受けとり、自分のと一緒に両肩に下げて、和志が先頭に立って歩き出す。トレースはしっかりついているし、ヒドゥンクレバスにはマークをしてあるが、それでも万一のことがあるので、ここでもロープを結び合う。

振り向くと、磯村は普段と変わらない足どりでついてくる。だからといって安心はできない。根が強がりな性格の上に、ここで日本へ帰らされてはたまらないと、平気なふりをしている可能性もある。

「無理はしないでいいからね。辛《つら》かったら言ってくれれば、僕がベースキャンプまで背負っていくから」

「余計な心配をするんじゃないよ。おまえはあすから登攀活動に入るんだから、いまは自分のことだけ考えろ。さっきはあんなことを言ったけど、ただの神経痛かもしれないし、ゆうべ寝違えたのかもしれない」

磯村はあっさり前言を翻《ひるがえ》す。和志は言った。

「それならいいんだけど、でも遠征が終わったら、本当に病院へ行ってよ」

「ああ、もちろんだ。ただし抗癌剤や手術は願い下げだけどな。登るのは無理でも、こうやって山にいられるのが、おれにとってはいちばんの薬だ。完治するっていうんなら話は別だけど、余命半年が二、三カ月延びる程度の話に乗せられて、体を痛めつけられてベッドの上で死ぬんじゃ話にならない。おれの死に場所はヒマラヤ以外に考えられない」

さばさばした口ぶりで磯村は言う。その考えは何度も聞いている。そしてまさしく奇跡が起きたように、いまも元気でヒマラヤにいる。しかしその奇跡は永遠に続くものではない。いつになるかは知らないが、タイマーはすでに動き始めている。

6

登りに三時間かかったルートも、下りには一時間もかからなかった。隊のドクターのグラハムは、幸いベースキャンプに居残っていた。磯村が訪れて状態を説明すると、彼が余命宣告を受けている癌患者だと初めて知って驚いたようだった。公募隊への参加に際しては健康診断書の提出が義務づけられていたが、磯村は自分はベースキャンプ要員だという理由で出さずに誤魔化していた。

「私は整形外科医で、癌は専門じゃないんだが――」

そう前置きしてグラハムは言った。

「癌専門医の言う余命というのは、単に統計的な数値に基づくもので、必ずしも科学的な根拠があるわけじゃない」

「要は確率の問題だね」

我が意を得たりというように、磯村は応じる。グラハムは頷いた。

「言ってみればそういうことでね。平均寿命が何歳という話と変わらない。それより長生きする人も早死にする人もいる。あなたが考えたように、治療によってかえって死を早めたとしか考えられない事例も多いんだよ」

「骨転移しても、寿命はあまり変わらないんでしょう」

「ＱＯＬの問題に限られると言っていい。癌全般には疎《うと》いが、骨に関することなら私にもわかる。骨転移には溶骨《ようこつ》型と造骨《ぞうこつ》型、その混合型の三種類があってね――」

溶骨型とは文字どおり骨が溶けて弱くなるタイプで、骨折のリスクが高まる。造骨型は逆に骨密度が高まるから、問題は痛みだけで、骨折のリスクは少ない。あとは転移した部位に関わるもので、腰や足の骨など体重を支える荷重骨と、肋骨や頭蓋骨《ずがいこつ》のように負荷のかからない非荷重骨があり、後者の場合は、よほど痛みがない限りとくに治療の必要はないらしい。

「腰だともろに体重がかかるけど、造骨型だったらあまり心配は要らないわけだ」

磯村はすがるように問いかける。慎重な口ぶりでグラハムは応じる。

「そうなんだが、ここじゃそれを判定するのは無理なんだ。骨盤というのは人間の骨格の要《かなめ》だから、そこを骨折したらＱＯＬは格段に低下する。なるべく早く帰国して、然《しか》るべき設備のある病院で検査を受けたほうがいいと思うね」

「しかし、ここに戻ってくるあいだ、痛みはあっても、体の動きにはなんの問題もなかったよ。たとえ転移していたとしても、造骨性とかいうタイプじゃないのかな。そもそも骨転移というのがおれの考えすぎで、ただの腰痛かもしれないしね。いまは和志のマジックライン初登攀という大きな仕事があって、そのサポート役としてこの場を離れられない。和志がＫ２の頂上から下りてきたら、すぐに帰国して病院に行くから」

殊勝な顔で磯村は言う。いまはそう言ってはいても、磯村のことだから、日本へ帰ったら市販の痛み止めで済ませて病院には行かない可能性もある。

「じゃあ、とりあえず一週間分渡すから、それで様子を見てくれるかね。もし効《き》かないようならモルヒネもあるが、依存性のある薬物だから、できれば使わないほうがいい。骨折のような痛みの強い怪我に備えて、一応持参してはいるんだが」

「まだそこまでの痛みじゃないよ。普通ので十分だ。和志はあすから登攀活動に入る。おれもテントで眠っているわけにはいかないから」

その発言に反応したグラハムが和志に向き直る。

「いよいよ行くのかね」

グラハムの問いかけに、和志は曖昧《あいまい》に頷いた。

「彼の状態にもよりますよ。登っているあいだに容態《ようだい》が悪化したら、日本へ連れて帰らなきゃいけない。登るかどうかは、しばらく様子を見てから決めようと思います」

「ちょっと待て。いつ気が変わった。おれが足手まといになってせっかくのチャンスを逃すんじゃ死んでも死にきれない。ちょっと腰が痛むだけで、ほかはぴんぴんしてるんだから心配することはなにもない」

磯村は血相を変える。しかし万一、登攀中に容態が急変したら一刻を争う事態になるのは間違いない。そしてそれに、友梨一人で対応するのは難しい。

「君は登るべきだよ――」

睨《にら》み合うような格好になった磯村と和志の間に、グラハムが割って入る。

「安心していい。参加料を支払った以上、君たちは我々のチームの一員だ。参加料には山岳保険の料金も含まれているから、イスラマバードまでのヘリの料金もそこから出せる」

「そうよ。私だって和志さんたちの遠征にずいぶん付き合ってきたから、そういうことにかけては筋金《すじがね》入りよ」

友梨も負けじと声を上げる。グラハムがさらに言う。

「それに癌の専門医ではないが私も医師だ。彼の状態から見て、ここ数日のあいだに容態が急変するとは思えない。門外漢の直感に過ぎないが、私の診立てではあと一年以上は元気でいられる」

　気をよくしたように磯村も応じる。

「ドクターはよくわかっているよ。おれのことなんか心配しないで、おまえはマジックラインのことだけ考えればいい。そうじゃなければ本末転倒だ。おれもなんのためにここまで来たのかわからなくなる」

　そうは言われても、登るのは和志だ。登攀中はわずかな不安も集中力に影響する。真剣な調子で和志は訊いた。

「本当に大丈夫なの？　ローツェ・シャールのときみたいに、具合が悪いのを隠してるんじゃないの？」

　驚いた表情でグラハムが問いかける。

「あのとき、すでに余命宣告を受けていたのかね」

「そうなんだよ。人生最後のビッグクライムとして挑んだんだ。最後は和志の足を引っ張ったけど、おかげでなんとかやり切った」

「だとしたら、カズシはもちろん、あなたもスーパークライマーだよ。ルートは違っても、そんな二人と同じ登山隊でＫ２を目指せて私も光栄だ」

「ドクターもそう言ってくれている。だから余計なことは考えるな。いまだって食欲はありすぎるくらいで、あと一カ月やそこいらはベースキャンプでぴんぴんしている。そのあいだに、おまえなら二回は頂上を踏める」

　磯村が軽口を叩《たた》くように言うと、弾《はず》んだ声でグラハムも応じる。

「それはいいね。我々のアブルッツィ稜ルートにも、ぜひ君を招待したいよ。ほぼ同時期にＫ２

に二度登頂するのは珍しい記録だよ。我々もただ登るんじゃなく、なにか自慢できるような記録に関わりたいからね」

「それは無理ですよ。マジックラインだけでも、命を削《けず》る覚悟がないと登れないくらいタフなルートですから」

和志は即座に否定した。あの救出行で途中まで登った印象では、あながち不可能とも思えないが、それではモチベーションが分散されて、虻蜂《あぶはち》取らずに終わりかねない。

「もちろん冗談だよ。おれの願いは、おまえが冬のK２とマカルーの西壁を登ることだ。それまでは殺されても生き返るから安心しろ」

磯村は屈託なく笑って言った。

7

「いま、磯村さんのことを社長に報告したんだけど――」

あすからの登攀に備えて個人用のテントで装備の点検をしていると、友梨がやってきて耳打ちする。

腰の痛みのことは山際には言うなと磯村は友梨にしつこく念押ししていたが、立場上そういうわけにはいかず、鎮痛剤のせいで磯村が寝入っているのを見計らって、黙って連絡をとったらしい。

「社長はなんて言っていた？」

「好きにさせるしかないと言ってるわ。万一のことが起きた場合はもちろん、無事に登攀活動が終わったときも、帰りに長いキャラバンをする必要はないから、ヘリをチャーターしてイスラマバードへ直行するようにって」

「それはありがたいね。たぶん本人は歩いて帰ると言い張ると思うけど」

「そうは言っても、骨盤を骨折でもしたら、冬のK２遠征には参加できないわけだから、その点を言い含めればきっと言うことを聞くわよ。それより、社長は動きが速くてね」

「動きって？」

友梨がもったいぶるように間をあける。焦《じ》れた和志が口を尖《とが》らせると、笑顔を浮かべながらやっと口を開く。

「例の、柏田君のアイデアよ。あす島根へ飛ぶというのよ」

「島根？　いったいなにをしに？」

「材料になる玉鋼の調達よ。たたら製鉄という方法でつくられるんだけど、いまそれをやっているのは出雲《いずも》市内にある一社だけなのよ。いまはすべて日本刀の材料として使われているんだけど、それをアックス数本分でいいから分けてほしいと言ってこちらの考えを説明したら、そこの責任者が会って詳《くわ》しい話を聞きたいと、かなり乗り気なようなのよ」

「そういうところの人は、いろいろ気難しいんじゃないの」

「社長もそう思っていたんだけど、その人は、ただ伝統の殻《から》に閉じこもっていてはだめだという考えの持ち主らしいの。刀が武士の魂なら、アックスはクライマーの魂だ、日本刀の技術の粋を注ぎ込んだアックスでヒマラヤのビッグウォールを制覇し、世界を驚かせたいと社長が言うと、そういうことはかねがね自分たちも望んでいて、可能なら共同開発したい。材料もさることながら、それを鍛える技術も重要だから、腕のいい刀工も紹介すると言ってくれているらしいわ」

期待を露《あら》わに友梨は言う。高揚を覚えて和志も応じた。

「それは楽しみだね。冬のＫ２には間に合わないと思うけど、次の次くらいには本番で使えるかもしれない」

「社長はあれで気が短いのよ。なんとか冬までに間に合わせたいと言ってるわ」

「でも少量生産だから、コストは相当かかりそうだね」

「最初から量産は考えていないのよ。もちろん儲けも度外視。ノースリッジのいわば象徴になる製品だから、金に糸目はつけないって。最初の一本はイニシャルコストもかかるから、数百万円になるかもしれないって言ってるわ」

「それじゃ畏《おそ》れ多くて、思い切り振り回せないね」

「だめよ。壊すつもりで使ってもらって、その結果を見てさらに改良を加えるわけだから。それを使って冬のＫ２初登に成功したら、ノースリッジの国際的な知名度は一気に上がるわよ。マーケティング室長としては、すごくやりがいのある仕事よ」

友梨は声を弾ませた。

第八章　マジックライン——夏

1

和志がネグロットのコルに達したのは午前七時だった。

ベースキャンプを出発したのが午前二時で、頭上は満天の星だった。気温はマイナス一〇度ほど。風は穏《おだ》やかで、雪崩《なだれ》の落ちる音も聞こえない。

アプローチの氷河は前日にヒドゥンクレバスの位置を確認していたため、コルに続く雪壁の基部までは一時間もかからなかった。

雪壁は硬く締《し》まっていて、ときおり蒼氷《そうひょう》（ブルーアイスともいう。硬く、青く見える氷）が交じるアイスクライミングには絶好のコンディションで、ダブルアックス（左右の手に持ったピッケルとアイスバイルを交互に氷雪壁に打ち込み、アイゼンと併用して雪や氷の壁を登る技術）による登攀《とうはん》はすこぶる快適だった。

もともと今回のルートで、この部分に関してはあくまでプロローグにすぎず、本編というべきそのあとの難ルートに挑むために、ここでは可能な限り体力を温存するというのが和志の目算だった。

柏田がブラッシュアップしてくれたアックスとアイゼンは、硬く締まった雪やブルーアイスにもさくさくと刺さる。すでにアマ・ダブラムでも確認していたが、まさしく和志が注文したとおりの仕上がりで、雪や氷に関しては、これ以上の性能は望むべくもないと感じ入った。

もちろん柏田が温めていたニューコンセプトのアックスには大いに関心があるし、冬の本番でも直面するであろう岩と氷がミックスした複雑なルートでは、柏田が危惧《きぐ》していたドライツーリングへの適応力が期待される。

今回のマジックライン登攀では、そのための技術的なポイントを洗い出すという新しい課題が加わった。こうなると失敗は覚悟してでも、これまでできる限り回避してきたドライツーリングのルートに果敢に挑んでいく必要がある。

あくまで冬のマジックライン挑戦に向けた試登と位置付ければ、必ずしも失敗を惧《おそ》れることはない。むしろいまのアックスの限界を知ることが、柏田の遺志を継《つ》ぐために和志にできる最大の貢献になるはずだ。

目の前には天に向かって這《は》い上がる昇竜のようなマジックライン。その頂点には南西に向かって雪煙をなびかせる王冠のようなK2の頂《いただき》。右手には鉈《なた》で断ち割ったような南壁が威圧するようにそそり立ち、その向こうには肩を怒らせたアブルッツィ稜のスカイライン。その肩に向かって一直線に駆け上がる定規《じょうぎ》を立てたような南南東リブ。その景観には魂《たましい》が震える。標高では第二位でも、この山の壮大さは世界に類を見ない。

標高六三〇〇メートルのネグロットのコルは広々としたプラトーで、ビバークサイトとしては絶好だ。しかしいまはまだ早い時間で、天候もベストで、疲労もさほどではない。ベースキャンプを出てまだ五時間。体力には十分余裕がある。

ローツェ南壁のときもそうだったが、一日十五、六時間の登攀は、和志にとって、というよりあらゆるアルパインスタイルのクライマーにとって珍しいことではない。

いまは快晴といっても、この先、いつ崩《くず》れるかわからない。もちろんここでビバークして体力を温存し、あす一気に一〇〇〇メートル余りを登り、七四〇〇メートルの懸垂《けんすい》氷河まで達する作戦もある。そもそもそれが当初の方針だったが、これだけ好天の大盤振る舞いをされると、和志の考えも変わってくる。

懸垂氷河の上はネグロットのコル以上に広い雪田《せつでん》状のプラトーで、天候が多少悪化しても十分安全なビバークができる。これから上に向かった場合、無理のないペース配分で休息を取るとしたら、コルと氷河の間の急峻《きゅうしゅん》な岩稜でビバークサイトを探すことになり、それは必ずしも容易ではない。

いちばんアグレッシブな選択はいますぐ懸垂氷河を目指すことで、トモが南南東リブを登ったときは、十七時間で七九〇〇メートルのショルダーまで達している。

南南東リブはかつては困難なバリエーションルートとみなされていたが、最近、成功例が相次いで、いまではアブルッツィ稜の効率的なバイパスルートとさえ見られている。全体がすっきりした雪稜で、マジックラインと比べればおそらく容易だ。

トモはけっきょく嵐でショルダーから退却したが、もし頂上を目指していれば、そこから上に、ボトルネックなど幾《いく》つか困難な箇所にあるものの、全体としては容易な尾根ルートだった。

マジックラインの場合、問題なのは、懸垂氷河から上の部分がもっとも困難な登攀を強《し》いられる核心部分であることだ。これから登って懸垂氷河に達したとしても、そこで体力を使い切った場合、果たして頂上を目指すことができるのか。

そのあたりを考えあぐねて、和志は報告がてら、衛星携帯電話でベースキャンプの磯村に連絡を入れた。

「いま、ネグロットのコルに着いたよ。コンディションは凄《すご》くいい。マジックラインは下から見ていた以上に雪が少ない印象だね。雪崩の心配はなさそうだよ」

「そうか。いいペースだな。きょうはそこでビバークするんだろう」

「そこなんだけど――」

ここからの作戦について相談すると、思い悩むように磯村も応じた。

「難しいところだな。おまえなら、一気に懸垂氷河まで行けるかもしれないが、それが登攀全体のペース配分を狂わせることになってもな」

「そうなんだ。これから登って、もし懸垂氷河にたどり着けない場合、あすはそこから出発して、氷河を越えた核心部でビバークすることになる。絶好の休息ポイントのネグロットのコルと懸垂氷河をパスすることになって、体力的にはかなりきつい」

「そこから見た感じはどうなんだ」

「予想していた以上に岩が出ている。そのうえピナクル（尖塔《せんとう》）が幾つもあって、アップダウンが激しい。乗り越えるにしても巻くにしても、技術的な難度は高そうだよ」

「だったら、見かけ以上に登攀距離は長いかもしれないな」

「頂上に行くあいだに、南南東リブの一・五倍くらいは登ることになるかもしれない。マジックラインが困難とされてきた理由がよくわかったよ」

「ああ。過去の登山隊の記録を見ると、見かけの長さのわりにキャンプやビバークの数が多かった。それだけ手間取るルートだったわけだ」

「ピナクルの通過も厄介《やっかい》かもしれない。乗り越えるにしても難しいうえに、登って下りるを繰り返すことになる。巻くとしたら、剝《む》き出しの岩場のトラバースをしないといけない。ドライツーリングはトラバースには向かない技法だし、素手でとなると、岩が温まる日中しか登れない」

「夜間の岩は氷と変わらないからな。あっという間に凍傷だ」

磯村は唸《うな》る。彼にしても、とくにいいアイデアはないようだ。和志は言った。

「ストレートに登るんなら、なるべく氷のある部分を選ぶしかないね。いま使っているアックスのドライツーリングへの適性を確認する意味でなら積極的にチャレンジすべきなんだけど、どうもそれだと命が幾つあっても足《た》りないよ。それでも岩のルートはどうしても避けられないから、いまのアックスの限界点は十分見極《みきわ》められると思う」

「柏田の新アックスが完成して期待どおりの性能を発揮してくれれば、そのあたりがだいぶ有利になるんだがな」

「冬の本番に向けては、そこに大いに期待したいね」

「それで、きょうはこれからどうするかだ。おまえなら、これから日没まで十分行動できるだろうが、そこで消耗《しょうもう》しきるのも考えものだしな」

「これからの天候はどんな具合なの」

「まだしばらくは好天が続くという予報だ。いまはどこの隊も出払って、ベースキャンプは閑散《かんさん》としたものだよ」

「そのあいだに登れるかだね」

「下山はアブルッツィ稜からだから、多少崩れてもなんとかなる。ニックの隊を始め、幾つものパーティーがフィックスロープをべた張りしているからな」

「できれば、それを使わずに下りたいけど、万一の場合は、そんなことにこだわってはいられないね」

他人の助力を一切《いっさい》借りずに登って下りるのが厳密な意味でのソロ登攀だが、それを達成するのは冬に回してもいい。そのときは、いま張られているロープは雪に埋もれたり日射しで傷《いた》んだりして、ほとんど使えなくなっているはずだ。

「まあ、今回はあくまで小手調べと割り切って、最小限のリスクで挑むべきだな」

「とはいっても、リスクはいろいろだからね。時間をかけすぎるのもリスクを増大する要因と言えるし」

「急《せ》いては事を仕損じるとも言うぞ。体力の温存という意味でも、きょうはそこでビバークがいいと思うんだが」

磯村はあくまで慎重に言う。和志は率直《そっちょく》に応じた。

「迷うところだけど、自分の力を過信しちゃいけないかもしれないね。痛めた肩も、まだパーフェクトというわけじゃないし」

「そうだよ。冬に向かって、いまは安全運転がいい。ここで敗退したからって、おまえは必ず冬にリベンジする。冬季初登を成し遂《と》げたら、夏のマジックラインなんて前座もいいとこだ」

「そうは言われても、登る以上は頂上に立ちたいけどね」

「そりゃもちろんだが、とりあえず途中まで登るだけでも、冬に向けての貴重な情報収集になる。一発勝負より、成功の確率ははるかに高まる」

「わかった。じゃあ、これから出発して、登れるところまで登ることにする」

「なんだよ。そっちから勝手に相談しておいて、けっきょくおれの言うことは聞かないわけか」

磯村は鼻を鳴らす。吹っ切れた思いで和志は言った。

「登らなくてもいいなんて言い訳が頭の片隅《かたすみ》に少しでもあったら、クライミングが中途半端になってかえって危険だよ。ところで腰の調子はあれからどうなの？」

「グラハム医師がくれた薬が効《き》いて、痛みはだいぶ治まったよ」

「それはよかった。このまま落ち着いてくれればいいんだけど」

「たぶん骨転移《こつてんい》なんて考えすぎで、寝違えたかなんかだと思うよ。それより、おまえは自分のことだけ心配すればいい」

磯村は屈託がない。心配なことには変わりないが、今回の遠征中に病状が急変するようなことはなさそうだ。和志は言った。

「じゃあ、これから準備をして、先を急ぐことにするよ」

雪を融《と》かして紅茶を淹《い》れ、砂糖をたっぷり入れてマグカップで何杯も喉《のど》に流し込む。高所での体調維持に、水分と糖質の摂取は欠かせない。

ベースキャンプを出る前に測ったパルスオキシメーター（動脈血酸素飽和度の測定器）の数値は九〇パーセント台の後半で、ほぼ平地での正常値だった。現在の高度でもそれがさほど低下しているとは感じられず、とくに息苦しさも覚えない。

さらにチョコレートやクッキー、ナッツ類を腹に入れ、テルモスを熱い紅茶で満たして出発した。

マジックラインは、とっかかりから悪相を呈した。まず立ちはだかったのは三〇メートルほどの垂直のスラブで、ホールドはほとんどない。

幸い幅の狭いクラック（岩の割れ目）が途切れ途切れに上に向かっていて、それが氷で埋まっている。広いところで二〇センチほど、狭いところは五センチにも満たないが、和志にとっては貴重な命綱だ。研《と》ぎ澄《す》ましたアックスのピックを狭い氷の帯に交互に打ち込み、アイゼンの前爪《まえづめ》でスラブのわずかな凹凸《おうとつ》を捉《とら》える。

アックスは硬い氷を砕くこともなく、必要十分な深さに突き刺さり、和志の体重をしっかり支えてくれる。コルまでの登攀で、痛めた肩の靭帯《じんたい》もほぐれたのか、アックスを振るう動作にも違和感を覚えるようなところがいまはない。

眼下はるかには点描されたようなベースキャンプのテント群。その背後を蛇腹のような褶曲《しゅうきょく》に覆《おお》われたゴドウィン・オースチン氷河が悠然《ゆうぜん》と流れる。

その対岸には岩と氷雪の斑《まだら》模様が描かれた屏風《びょうぶ》のようなブロード・ピーク。さらに向こうではガッシャーブルム山群が大地の牙《きば》のように天を威嚇《いかく》する。その怒りを宥《なだ》めるかのように、純白の衣装をまとったチョゴリザが、傍《かたわ》らに優美な姿態を横たえている。なんという景観だと、和志は改めてため息をついた。これほどの名峰がこれだけ密集している山域を、和志はほかに知らない。

最初のスラブを乗り越えると、その先は急峻なナイフエッジ状の岩稜で、雪も氷もほとんどない。ここはドライツーリングで突破するしかない。

アックスやアイゼンがかかる岩角はあるが、脆《もろ》くて崩れやすく、体重を預けるにも神経を遣《つか》う。それに柏田が気にしていたように、和志の注文で雪と氷に合わせてブラッシュアップされたアックスは、岩を叩《たた》いたりクラックにこじ入れたりという動作に関しては、強度面での不安は否《いな》めない。

そのためどうしても騙《だま》し騙しの使い方になり、それはスピードに影響する。マジックラインに関しては、和志のいわばオーダーメイドのアックスが、果たして適しているかどうか自信がなくなってきた。

しかし、このルートにも硬い氷の部分はいくらでもある。そこではこのアックスが存分に性能を発揮してくれるはずだ。二兎《にと》を追う者は一兎をも得ずで、和志自身はそう割り切っている。

柏田が温めていたアイデアには大いに興味をそそられる。氷に対して切れ味鋭く、岩に対しても強靱なアックス――。そういうものはあり得ないと諦《あきら》めていたが、彼の発案による独特の一体構造と素材としての玉鋼《たまはがね》。山際は、それを現代の刀工のノウハウも借りて仕上げるつもりらしい。

アイデア倒れに終わる可能性もなくはない。しかし、柏田の思いの強さと山際の果敢な行動力が相まって生まれる成果に、いまは大いに期待したい。そのために役立つ情報が得られるのなら、今回の登攀は二重の意味で意義がある。

2

八時間登り続けて午後三時には、六九〇〇メートル地点に達した。

気温はマイナス十数度だが、強烈な日射しで行動中はすこぶる暑い。ヒマラヤの高峰でも夏の暑さはクライマーにとって大敵だ。とくにネパールヒマラヤと違い、夏が登山の好適期のカラコルムでは、暑さでバテて失敗することもあると聞く。

ネグロットのコルまでは夜間から午前中にかけての登攀だった。夜が明けてからも陽光はアブルッツィ稜に遮《さえぎ》られ、日射しに悩まされることはさほどなかった。しかし、昼を過ぎると背後からまともに陽光を浴びるようになり、アノラックを着ていられないほどの酷暑にさらされた。

そのうえ、ルートは想像以上に厳しかった。氷雪の部分はなんなく切り抜けたが、岩場でのトラバース気味の登りが何カ所かあった。和志の場合、かなりの難所でもノーロープが基本だが、それでは余りにリスクが高く、やむなくロープを出すことにした。

ソロでのロープワークは極めて厄介だ。複数人のパーティーなら、トップが中間支点をとりながらロープを延ばし、そのあいだ後続者がトップを確保する。次はトップが後続者を確保して、最後にラストがロープと中間支点のピトンやカラビナを回収しながら登ってくる。

しかし、ソロではその回収も自分でやらなければならない。まず空身《からみ》で登り、ロープを延ばし切ったところで末端を固定し、そのロープを伝って最初の地点に戻り、今度は置いてきた荷物を背負《せお》って、ロープと中間支点を回収しながら登り直す。つまり、同じルートを登って下りてまた登ることになる。

それではあまりに効率が悪いから、和志だけではなく、現代のソロクライマーの大半は、ルートの大部分をノーロープで登る。その場合、落ちたら絶対に助からない。それでも、ソロでのノーロープ・クライミングには、リスクを上回るメリットがあるというのが現代のソロクライマーの考えだ。

スピードこそ最大の安全策というアルパインスタイルの発想からすれば、ソロはまさしくその究極と位置づけられる。その真価はノーロープでこそ発揮される。パーティーを組んで登る場合の後続者の確保は待ち時間でしかないからだ。

高所登山の最大のリスクは、本来人間が生きてはいられない場所で肉体的に負荷の高い活動をすることだ。それは素潜《すもぐ》りによるダイビングに似ているかもしれない。できるだけ早く海中の目標に到達し、できるだけ早く海面に戻る。のんびりしていれば、息が続かず命を落とす。

岩場で転落するリスクは技術や沈着さで低減できる。しかし高所に滞在することによる肉体へのダメージは、人間である以上避けようがない。

アップダウンも思った以上にあり、そこでもロープを出してのラペリングを強いられた。

疲労度はいまピークに達しつつあり、七四〇〇メートルの懸垂氷河までというのはどうやら無理なようだった。それでもベースキャンプからきょう一日で一九〇〇メートル登ったことになる。それは決して悪いペースではない。

快適というほどでは決してないが、ぎりぎりビバークテントが張れる広さの雪のテラス（岩壁の途中にある棚状地）を見つけ、きょうの登攀はここまでということにした。

氷河の谷から雲が湧《わ》き上がっているが、頭上に悪天の兆《きざ》しの高層雲はなく、まだしばらく好天が続くのは間違いない。

ビバークテントに潜り込み、さっそく現状を報告すると、磯村はそら見たことかと言いたげに笑う。

「欲張ればいいってもんじゃないんだよ。どうだった、そこまでのルートは？」

「半端じゃないね。なるべく氷のあるところを選んでいるんだけど、ルートがなかなか言うことを聞いてくれなくてね」

「おそらく、Ｋ２ではいちばんじゃじゃ馬なルートなんだろうな。アックスの調子はどうなんだ？」

「氷に関しては、これ以上は望めないけど、岩に関しては、若干華奢《きゃしゃ》な気がするよ。僕が調子に乗って氷のことばかり考えたせいだね。強引な使い方はなるべく控《ひか》えるようにしているけど」

「その考えが間違っていたわけじゃないよ。とにかくおまえは氷が好きで、最高の技術を発揮できるのも氷のルートなんだから。苦手を克服するための努力より、得意なところをさらに磨《みが》き上げるべきだと、おれも昔から言ってきた」

「そうは言っても、このルートに関しては、それが通じない気がするね」

「つまり、気に入らないルートだというわけだ。だったらこの冬は、南南東リブに転進する手もあるぞ」

「気に入らないというより、むしろ気に入ったよ。冬なら雪も氷ももっと張り付くだろうし、変化に富んでいて、たっぷり遊ばせてくれる。さすがにきょうは疲れたけどね」

「やっぱりやるのか」

磯村は当初の考えだった南南東リブに、いまも未練があるようだ。和志は言った。

「できれば柏田モデルの新アックスのデビュー戦にしたい。間に合うかどうかはまだわからないけど、それで冬季K2初登をやり遂げたら、ノースリッジのプロモーションとしても最高の材料になるはずだよ」

「おまえ、なかなか商売っ気が出てきたじゃないか」

「商売っ気というより、夢だよ。僕は山際社長の夢に共感するし、柏田君だってそうだったと思う。僕にとって、いまや冬のK2は是非とも成し遂げたい夢だし、僕がそのアックスを使って登ることで、それぞれの夢が融合して、とてつもないパワーが生み出せるような気がする」

「このあいだまでとことん落ち込んでいたおまえが、なんだか急に前向きな演説を聞かせるようになったな」

傍らで会話を聞いていたのか、呆《あき》れたように言う磯村に代わって、友梨の張り切った声が流れてくる。

「柏田君の新しいアックスの件だけど、さっき社長から連絡があって、島根のたたら製鉄所と話がまとまって、先方は全面協力を約束してくれたそうよ。日本を代表する刀工の先生も技術面でアドバイスしてくれるそうなの」

「柏田君のアイデアを、先方はどう評価してるの？」

「技術的には十分可能だし、玉鋼は、従来の材料の炭素鋼や特殊鋼と比べて、アックスにはるかに向いているはずだと仰《おっしゃ》ってるそうよ。その刀工の先生、ただアドバイスするだけじゃなく、自分で製作してみたいとまで言われているらしいの」

「それは凄いな。まさしく現代の名刀の誕生だね」

「単なる美術品としての刀剣じゃなく、クライミングという実用の世界で、日本刀の技術がどれだけの性能を発揮できるか、非常に興味があるし、その製品でもし冬のK２初登を果たせたら、日本の伝統技術が世界の檜《ひのき》舞台に立つことに通じるって」

「なんだか責任が重くなってきそうだけど、冬のK２となると、そのくらいのプレッシャーがあったほうがいい」

和志は言った。責任の重さというより、大きなリスクも伴《ともな》う。完成したばかりのアックスが期待どおりの性能を発揮してくれるかどうかは、実際に登ってみないとわからない。

しかしそこは山際と柏田、そして島根の製鉄所や刀工の熱意を信じるだけだ。そもそも山際は、和志という世間から見れば海のものとも山のものともつかない無名のクライマーに、望外のスポンサーシップを提供してくれた。その点では山際も和志を信じ、大きな賭《か》けに出てくれたわけだった。そんな思いはわかっているというように友梨は言う。

「なんとか冬までに間に合わせるって社長は言ってるわ。年内には日本の山でテストできるくらいの試作品をつくりたいって」

「だったらありがたい。僕はそれに向けての問題点を、今回の登攀でしっかり洗い出すつもりだよ」

「だからと言って無理はしないで。和志さんに万一のことがあったら、すべてがお終《しま》いなんだから」

「ああ、わかっているよ。今回のマジックラインは最終目標じゃない」

「そうだよね。冬のK2初登頂は、もし成し遂げたらエベレストの初登頂に負けない快挙だと社長は言ってるわ。その成功のために、ノースリッジも社運を懸《か》けるって」

「その期待を裏切らないつもりだよ」

和志はなんの迷いもなく言い切った。かつての自分なら、そんな期待を、むしろ迷惑だと感じていただろう。ノースリッジと出会うまで、山は自分のためだけにあった。スポンサーシップを受け入れたのも、さんざん躊躇《ちゅうちょ》したうえでのことだった。

それまで和志は八〇〇〇メートル級を経験したことがなく、ことさら登りたいとも思っていなかった。遠征に要する経費を工面するために人に頭を下げるより、自分の身の丈《たけ》に合った山を登りたいように登れればそれでいい。世間に名声を轟《とどろ》かせることに興味はない――。

それが和志にとっていちばん心地《ここち》よいスタンスだった。社運を懸けるなどという大袈裟《おおげさ》な話を聞かされたら、その場から逃げ出したくなっただろう。しかし、いまの自分は違っている。

柏田の死によって打ちのめされていた自分を励まし叱咤《しった》し、ふたたび立ち上がらせてくれた磯村や友梨や山際——。そこにいまでは柏田自身の思いが加わった。その遺志を実らせてやることが、和志にとって極めて大きなモチベーションになっている。また電話の声が磯村に替わった。

「そういうわけだから、今回はそれほどがむしゃらに行く必要はないぞ。むしろここであっさり成功してしまうと、冬の初登争いにポーランド隊がしゃかりきになってかかってくる。適当なところで敗退すれば、連中もきっと気が緩《ゆる》む」

「アンジェイ・マリノフスキという人は、そんな甘い登山家じゃないよ。なにがあっても気は緩めない。今回うまく登れれば、僕だって冬の本番に向かって大きな自信がつけられる。むしろプレッシャーを与えてやりたい」

強い思いで和志は言った。磯村は呆れたようにため息を吐《つ》いた。

「おまえが本番に強い理由がよくわかるよ。アマ・ダブラムのあとは青菜に塩だったのに、登り始めると、とたんにポジティブ思考に切り替わる。もっともクライマーなんて商売、そういう能天気な人間だからやれるとも言えるんだがな」

3

午前二時——。和志はいま起きだしたところだった。ゆうべは夕食を済ませてからたっぷり睡眠をとった。筋肉にはまだ多少のこわばりが残っているが、動き始めればほぐれることは経験的にわかっている。
風はやや強まっているが、それも北東の風だから悪い兆候ではない。ビバークテントから顔を出すと、頭上は相変わらず晴れ渡っている。気温はかなり低めで、マイナス二〇度近いと思われる。

それでも日中になれば気温は上がり、きのうと同様、暑さに悩まされそうだが、天候面でこれほど恵まれる機会はなかなかないから、そう贅沢《ぜいたく》も言っていられない。

マジックラインは雪の少ない尾根ルートで、気温が上がっても雪崩の惧れはあまりない。しかし、きのうの暑さを考えれば、日が昇る前にある程度高度を稼《かせ》いでおきたい。すぐに準備をして出発することにした。

テントの周囲の雪をコッヘルに詰め、ストーブにかける。融けてお湯になるのを待ちながら、衛星携帯電話で磯村に連絡を入れた。磯村もすでに起きていたようで、張り切った様子で応答した。

「きょうも上天気じゃないか。もう出発するのか」

「たっぷり寝すぎて、かえって体が重いくらいだよ」

「そうか。ニックの隊はきょうのうちにショルダーに達するそうだ。向こうはすでに固定ロープが張ってあるから、エレベーターで上がるようなもんだよ。あすにはサミットプッシュだ」

「うまくいけば、頂上で会えるかもしれないね」

「まあ、そういう場所に何時間もいられるわけじゃない。そうはタイミングが合わないと思うがな」

「でも、情報が入ったら教えてよ。こちらも励みになるから」

「そうしよう。向こうもおまえの登攀には興味津々《しんしん》で、どんな状況か、ニックがしょっちゅう衛星携帯電話で訊《き》いてくるよ」

「そうか。ニックも登っているんだね」

「ああ。おれもアブルッツィ稜くらいは登りたいところだが、腰の調子がいま一つだからな」

磯村は無念そうに言うが、腰の調子だけが登れない理由ではないことを、本人はもちろん和志たちもわかっている。そんな強がりを口にすることで、磯村は迫りくる死と渡り合う気力を掻《か》き立てている――。そう和志は想像する。そんな切ない思いを腹に仕舞って、和志は言った。

「腰のせいにして逃げちゃだめだよ。僕はもう一度、磯村さんと八〇〇〇メートル級の頂を踏みたい。シシャパンマなんかどうだろう。ノーマルルートだったら軽く登れるんじゃないの？」

「そんなケチな山に、おまえは興味ないだろう」

「そんなことはないよ。僕はいまやノースリッジの表看板で、これからはそれなりの勲章《くんしょう》が必要になってくる。ローツェの南壁やK2の冬季単独登攀を達成したって、世間は大して注目しない。それがどれほど凄いことか、知らない人がほとんどだ。マスコミを始め世間一般の関心は、むしろ七大陸最高峰登頂とか、八〇〇〇メートル峰十四座登頂といった話のほうにばかり向かう」

「そんな勲章、昔のおまえだったら、洟《はな》もひっかけなかったのにな」

「いろいろ考えが変わってね。ノースリッジと僕はいまや一心同体なんだ。ノースリッジの成功に少しでも貢献できれば僕は嬉《うれ》しいし、ノースリッジの支援があるからこそ、いまの僕があることがよくわかっているからね」

「そのために、マスコミ受けする十四座登頂などという、トップクライマーにとっては益体《やくたい》もたい記録にもこだわるというわけか」

和志とノースリッジの橋渡しをした磯村は、和志のその心境の変化を喜ぶかのように笑う。和志は言った。

「ああ、こだわりたいね。そのためにはシシャパンマやブロード・ピークのような、比較的登りやすい山も外せないからね」

「だったら、そんな数合わせのようなことはせずに、十四座の八〇〇〇メートル峰すべてを冬季登攀してみせればいい。そこまでいけば、まさに金メダル級だぞ。おれの冥土《めいど》の土産《みやげ》のために、おまえがつまらないことに貴重な時間とエネルギーを使う必要はないんだよ」

「そういう意味で言ったんじゃないよ。磯村さんには、まだまだやり残したことがあると思うから」

「おれに思い残すことがあるとしたら、おまえがクライマーとして世界の頂点に立つのを見届けられないことだよ」

屈託のない調子で磯村は言う。なんと答えていいかわからない。自分が世界の頂点に立てるクライマーだなどと考えたことはない。

「そんなことを言われても、いまは冬のマジックラインを登ることが僕の大目標で、それだってどうなるかわからない」

「いやいや、そんなの序の口だ。マカルーの西壁だってまだ未踏《みとう》だし、ナンガ・パルバットのルパール壁だって、冬季はもちろん単独もない」

それが余命宣告を受けた人間の権利だとでも言いたげに、磯村は遠慮なしに煽《あお》り立てる。このぶんだと、磯村の人生の残り時間はまだ少なからずありそうだ。十四座すべてを冬にというアイデアには、和志も心惹《ひ》かれる。磯村は続けた。

「冬ないし単独、あるいはその両方という条件がつけば、八〇〇〇メートル級の未踏ルートはまだいくらでも残っている。そんなことができるのは、たぶんおまえだけだ。メスナーだって十四座の大半は、数合わせに近い容易な登攀だった」

もちろん時代ということもあるが、耳目を驚かせたメスナーの登攀記録は、世界初のエベレスト無酸素登頂と、これも世界初のエベレスト単独登頂だった。

ほかにもナンガ・パルバットで達成した世界初の八〇〇〇メートル峰単独登頂。さらにガッシャーブルムⅠ峰とⅡ峰で達成した世界初の八〇〇〇メートル峰縦走《じゅうそう》の記録もある。しかし、それ以外の八〇〇〇メートル峰に関しては、磯村も言うように、必ずしも特筆されるべき登攀ではない。ルパール壁からのナンガ・パルバット初登頂は、ヘルリヒコッファー率《ひき》いるドイツ・オーストリアの大遠征隊の一員としてのものだった。和志は言った。

「それをやるとなると、磯村さんより早死にすることになりそうだよ」

「心配するな。おまえは山では死なないよ」

「どうしてわかるの？」

「おれがそうさせない。危ないときは草葉の陰からロープを出してやる」

「まだ草葉の陰に隠れるのは早いよ。それより、これからなにが起きるかわからないから、そのときは、ぜひアドバイスをお願いしたいね」

「そんなことを言ったって、おれの意見なんて、いつも却下するじゃないか」

「でも、言ってもらえるのともらえないのとじゃずいぶん違うよ。それだけ選択肢《し》が増えるからね」

「まあ、しょうがない。けっきょく登るのはおまえだからな。でも、とりあえずここまで来られたのには、おれのお陰もいくらかあったくらいには思ってくれてるんだろう」

「もちろんだよ。磯村さんに会わなかったら、いまも僕はヨセミテで風来坊《ふうらいぼう》生活を送っていたかもしれない」

「扱いにくい弟子だったな。自分で納得しないと絶対に言うことを聞かない。おれの登り方を批判することもあった」

当時を思い出すように、感慨深げに磯村は言う。

「でも、クライミングの基本はすべて磯村さんに教えてもらった。それまではひたすら我流で登っていて、いま思うと、赤面するどころか背筋が凍るようなことを平気でやっていた。その意味じゃ、いま生きていること自体が磯村さんのお陰だよ」

「そこまで言われるほどのことはしていないがな。とにかく、いまのおまえには、技術面で不安なところがまったくない。おれより先に死ぬなんてことはないから安心しろ」

力強く磯村は応じた。

4

食事を済ませ、出発の準備が整ったのは午前三時だった。

少し登ると、北稜や北西稜を越えてやや強い風が吹いてくる。頭上の星空を見れば、きょうも日中は暑さに悩まされるのは間違いない。火照《ほて》った体を冷やすには、北東からの冷風はむしろありがたい。

垂直の岩場が折り重なるように続く岩稜は、想像していた以上に雪が少ない。日中の強い日射しでベルグラは融け落ちていて、嫌でもドライツーリングを強いられる。

刃物でそぎ落とされたようなすべすべの岩には、ピックで捉えられるような凹凸が極端に少なく、微細なリスにピックをねじ込み、捻《ひね》るようにして刃先を引っかける。

そこに体重をかければ、構造的に無理な負荷がかかる。もちろんドライツーリングはそれを承知で使われるテクニックだが、氷に対して最適化した和志のアックスが、どこまでそれに耐えてくれるかは予断を許さない。

現に、捻りを利《き》かせて体重を預けると、ヘッド全体がかすかに撓《たわ》む。もちろんそのほうがぽっきり折れるよりはるかにいいが、ヘッドとシャフトの接合部に過剰な力が加わるのは間違いない。接合部にはカシメが使われており、使用中にそれが緩んでくることがままある。

もちろんそうなると、思い切って振るったり体重をかけたりはできないから、それ以上壊れないように騙し騙し使うしかなくなる。気づかずに使い続ければ、ヘッドが外れて転落することにもなりかねない。ヘッドとシャフトの一体成型は、それを回避するための柏田のとっておきのアイデアだった。

グローブを外し、素手で登ることも試してみたが、岩は氷のように冷たく、瞬《またた》く間に指先は感覚を失った。やむなくふたたびドライツーリングに戻り、五〇メートルほどの壁をなんとか登り切る。

眼下を見下ろすと、微小な光点の集まりが見える。ベースキャンプのテントの明かりだ。ほとんどの隊がいま行動に入っていると聞いている。テントキーパーもそれに合わせて、早朝から本隊の動きを見守っているのだろう。

頭上には扇《おうぎ》を広げたような月が浮かび、K2南面の壁やリッジやクーロワールが粗彫《あらぼ》りのレリーフのように浮かび上がる。ゴドウィン・オースチン氷河は青ざめた大蛇のようにK2の裾《すそ》を巡り、マジックラインの側稜は約二〇〇〇メートル下の暗い谷間へと一気に駆け下る。

ビバークテントを出たときは歯の根も合わない寒さだったが、いまは体も火照ってきて、痛めた肩の動きにもなんの違和感も覚えない。

やっと垂直の岩場を切り抜けて、一〇〇メートルはありそうな雪稜の基部に出た。左右が鋭く切れ落ちたナイフエッジで、斜度も六〇度近くある。頂稜《ちょうりょう》部は狭く凍《い》てついて、一つバランスを崩せば眼下の谷に転落する。綱渡りのような登攀だが、ここでは柏田がブラッシュアップした切れ味鋭いアックスの威力に期待する。

日中の暑さで融けた雪がいまは硬く凍結しているが、その下は腐った雪のはずで、氷を砕くとアックスの利きが悪くなる。氷に刺すのと軟《やわ》らかい雪に刺すのでは力の加減が大きく異《こと》なり、そのギャップでバランスを崩すこともある。しかし氷雪用に研究し尽くされたピックは、ガラスのような氷を砕くことなく確実に捉える。アイゼンの前爪もさくりと刺さる。単に鋭利なだけではこうはいかないものなのだ。

和志は、これまでのキャリアで培《つちか》ったアイスクライミングの経験知のすべてを柏田に伝えた。それを柏田は深いレベルで理解して、和志が望んでいることを、ピックの角度や刃の厚み、材質に至るまで、技術者としての知見を存分に生かして具体的なかたちにしてくれた。

その意味で、いま使っているアックスもアイゼンも、和志と柏田の共作だという思いが強い。今回の登攀でドライツーリングに手こずっているのは事実だが、それを克服すべく柏田が考案中だった遺作とも言うべき新しいアックスには、ますます期待が膨《ふく》らんでくる。

長い雪稜を登り終えると、休む間もなく氷と岩がミックスした急峻なリッジの登りになる。月明かりに照らされて青白く輝く氷の部分を、可能な限り繋《つな》いでスピードを稼ぐ。

ここまでのところ、ベースキャンプから把握していたルートの読みはほぼ正解で、予期せぬ難所にはまだ出会っていない。想定していたとおりに困難なのは間違いないが、それ以上というものでもない。あとは天候と体調の問題だけだ。

天候は、あと二日は間違いなく保《も》ちそうだ。体調に関しても、とくに不安は感じない。疲労は多少蓄積しているが、活動している以上それは当然だ。呼吸はだいぶ苦しくなって、軽い頭痛が続いてはいるものの、目眩《めまい》や視野狭窄《きょうさく》といった高所障害の予兆はまだ出ていない。

ゆうべはしっかり休息し、水分も十分摂取している。アブルッツィ稜での救難活動には、高所順応の効果もあったはずだ。

リッジを登り切ったところで午前五時を過ぎていた。東の空が明るんで、K2の頂がほんのり赤く染まっている。あとしばらくで日の出だろう。

アブルッツィ稜の黒々としたシルエットが、茜色《あかねいろ》の空を背景に、頂上へ向かって勇壮に駆け上がる。ブロード・ピークやガッシャーブルムの峰々も、背筋を伸ばすように勢いよく立ち上がる。その背後では荒海の波濤《はとう》のような六、七〇〇〇メートル級の峰々が、はるか地平線まで埋め尽くす。

風はだいぶ強まって、着ているアノラックがばたばたはためくほどだが、この程度の風はヒマラヤではまだ微風のレベルだ。

空にはまだ無数の星が残り、月も中天に差し掛かろうとしているが、高層雲はほとんど見られず、足元の氷河の谷は雲海に埋め尽くされて、ベースキャンプは、いまはその下に隠れている。頭上に高層雲がない限り、朝の雲海はいい兆候だ。

5

午前八時を過ぎたころ、七四〇〇メートルの懸垂氷河の基部に到着した。氷河の末端はいかにも不安定なセラックだ。すでに日射しは強まって、氷の表面がてらてらと光る。セラックはかなり緩んでいるとみてよさそうだ。しかし、ベースキャンプからも、ネグロットのコルから登攀を開始してからも、このセラックが崩壊するのはまだ見ていない。

かすかに軋《きし》むような音が聞こえるが、氷河やセラックではとくに珍しいことではなく、ゴドウィン・オースチン氷河上のベースキャンプでも、耳を澄ませば氷河の軋みは絶えず聞こえている。

セラックの高さは二〇メートルほどある。崩壊しそうな亀裂のある部分は避けて、ダブルアックスで登り始める。慎重に、かつスピーディーにという、二律背反《にりつはいはん》する要求を高度に両立することが、こういう場所ではとくに要求される。

大きく腕を上げ、基部から二メートルほどのところに右手のアックスを打ち込む。そのときかすかな違和感を覚えた。微妙な感触の違いだ。しかしアックスはしっかりと氷に刺さっている。さらに左手のアックスをすぐ近くに打ち込んだ。こんどはとくに違和感はない。

二本のアックスに体重を預け、体を引き上げながらアイゼンを蹴《け》り込む。そこまでの動作で不安を覚えることはとくになかったが、和志にとってアックスやアイゼンは道具というより体の一部だ。蚊《か》に刺されれば痒《かゆ》いと感じるように、ほかの人間なら気づきもしない感触の変化も見逃すことはない。とはいえ、それが致命的な事故に結びつくような重大なことではなさそうだという感触もある。

ここに来るまでかなりの距離を、ドライツーリングでこなしてきた。ドライツーリング主体のクライマーの場合、アックスやアイゼンは一回限りの使い捨てという考えが一般的で、今回のルートなら、すでにどこかに異常が生じていても不思議ではない。

しかしいまはその状態を確認していられる状況ではない。ここでぐずぐずしていれば、柏田の事故のときと同様、むしろ命の危機にさらされる。

想像どおり氷は軟らかく、アックスもアイゼンもしっかり利いている。かすかな不安を覚えながらも、リズミカルな動作で体を上に押し上げる。

体重がかかるとセラックは不気味に軋む。しかし、アイスクライマーにとっては耳慣れた音で、そのこと自体にはことさら恐怖を感じない。というより、その手の恐怖には感覚が麻痺しているとでも言うべきか。

経験豊富なクライマーなら、雪崩の発生はある程度予測できる。しかしセラック崩壊の場合はほとんど予測不能で、落ちないほうに賭けて登るしかない。柏田を失ったアマ・ダブラムでのセラック崩壊の恐怖を忘れたわけではないが、あのときはあのとき、いまはいまと、脳内の配線が勝手に切り替わってしまう。それがクライマーの習性らしい。

最後の一登りで二本のアックスに体重をかけたとき、登っていたセラックがぐらりと揺《ゆ》れた。上から下へと、それまでなかった亀裂が走るのが見えた。

崩壊が目前で、セラックはいまぎりぎりのバランスで立っているらしい。頭のなかは空っぽになり、体全体が条件反射で動く。素早くセラックの頂上まで登り切ると、目の前に二〇センチほどのクレバスが出来ている。それを跨《また》いで氷河上の雪田に移る。そこからさらに一〇メートルほど進んだところでようやく一息ついた。

そのとたん、クレバスの向こう側の部分が視界から消えて、直後になにかが爆発したような轟《ごう》音《おん》が轟いた。

アマ・ダブラムに引き続き、ここでもセラック崩壊に遭遇したようだ。今回は間一髪《かんいっぱつ》で巻き込まれずに済んだ。セラックは登らないに越したことはないが、それではルートの選択肢が狭《せば》まるし、崩壊さえしなければ、アイスクライマーにとってセラックほど効率的なルートはない。

雪田にへたり込んで荒い息を吐いていると、すぐに衛星携帯電話が鳴り出した。磯村からだ。応答すると、安心したような磯村の声が聞こえてきた。

「いま、セラックが崩壊するのが見えた。無事だったんだな」

「ああ、ぎりぎりのタイミングだった。どうやら、まだツキがあるようだね」

「肝《きも》を冷やしたぞ。おれより先に死ぬなんて許さないからな」

磯村が、冗談ともつかない口調で言う。

「怪我《けが》もせずに済んだんだから上出来だと思うよ。この先も、ツキの神様に見放されないように、いい心がけで登るしかないね」

「天候や気温の面で夏は有利だと一般に言われているが、そのぶん山が緩んでもいる。その点は十分気をつけたほうがいい」

「そう考えると、マジックラインは、むしろ冬のほうが向いているような気がしてきたよ。この先にも危なっかしいセラックは幾つもあるからね。冬なら山全体ががちがちに凍りついて、そういうリスクは軽減されるはずだから」

和志は言った。その点を考えれば、この先のルートはより慎重に進まなければならない。山が緩んでいるということは、セラックの崩壊以外に落石の危険も高いことになる。磯村が問いかける。

「それで、体調はどうなんだ。だいぶ息が荒いようだが」

「いまのところ万全だよ。高所障害も出ていない。そもそもこういう場所で普通に呼吸できる人間はいないんだから」

「だったらいい。いまのところはまだ序の口だ。勝負どころは八〇〇〇メートルを超えてからだよ。今回はおまえにとって最高点への挑戦でもあるからな」

「心配なのはそこだよね。このルートは頂上目前の最後の部分がいちばん難しい。その点は、アブルッツィ稜よりずっと条件が厳しいからね」

「そこまでは、しっかり体力を温存しないとな。水はたっぷり飲んどけよ。いいビバークサイトを見つけて、睡眠も十分とったほうがいい」

磯村は百も承知のアドバイスを口にする。大きなお世話だと言いたいところだが、思わずそれを躊躇した。電話から流れる磯村の声に、どこか弱々しさを感じたからだ。

「それより、磯村さんはどうなの？」

「なに、こっちはぴんぴんしてるよ。腰の痛みも治まってるし、おまえが心配することはなにもない。いまは自分のことだけ考えろ」

「本当なんだね？　なにも隠してはいないんだね？」

胸騒ぎを感じて和志は問いかけた。怒ったように磯村は言う。

「おまえはおれを疑うのか。何度も言っているだろう。おれにとっては山にいることが最良の治療法で、おまえが世界の頂点に向かって進んでくれることがいちばんの薬なんだ。おれを長生きさせたいなら、いまは自分の登攀に集中することだ。だいたいそんなところでおれの心配をされたって、なんの足しにもなりゃしない」

「わかったよ。余計なことを言ってごめん。ただ磯村さんには、いつまでもそばにいてほしいから」

「だったらマカルーの西壁も冬のルパール壁も、おれが生きているあいだに挑戦するんだな。おまえがそれを約束してくれるだけで、おれの寿命は二年は延びる」

磯村はだめ押しするように言う。和志は覚えず応じていた。

「わかった、約束するよ」

「本当か。それならおれだって、ちょっとやそっとじゃ死ねないな。そのときも隊長として付き合わせてもらうから」

磯村の声に勢いが出た。虚勢を張っているようにも思えない。それが磯村の意志なのだ。和志もそれを信じたい。奇跡でもなんでもなく、それがあるべき未来のように感じている自分に和志は気づいた。

6

六九〇〇メートルのビバーク地点から十四時間登り続けて、午後五時に八一〇〇メートル地点に達した。

そこは一九八六年に初登攀を果たしたポーランド隊と二〇〇四年に第二登を果たしたスペイン隊が最終ビバーク地点としたあたりで、どちらもここからサミットプッシュに向かっている。

彼らが三つのキャンプを経て登ったこの場所まで、和志は二度のビバークで登ったことになり、ここまでのスピードで言えば最速だ。

過去の隊がビバークしたと思われる場所はごく狭い岩棚で、ビバークテントが張れる広さはない。腰を掛け、眠っているあいだに落ちないように背後の岩にロープでセルフビレイして、ビバークテントを被《かぶ》って一晩過ごすしかない。

しかし、そんなビバークを和志はこれまで何度も経験しており、むしろ座っていられるだけましだとも言える。立ったままビバークしたことも何度かあるから、そのことにとくに不安はないが、さすがに疲労度はピークに達している。予想した以上にドライツーリングする箇所が多く、神経を磨《す》り減らす登攀を強いられた。

セラックを登るときに覚えたアックスの違和感は、やはり外れてはいなかった。登り終えたあと子細に点検すると、ドライツーリングの際に負荷のかかる、ピックの先端がわずかに変形していた。

といってもわずか一、二ミリで、氷の登攀だったら和志の技量があれば微妙な加減でカバーはできる。しかし、問題は大きな負荷のかかるドライツーリングの場合で、変形した部分に金属疲労が蓄積して、突然折れてしまうこともある。

そうなったら氷の壁も登れない。それを防ぐために、ドライツーリング中も扱いを極度に慎重にせざるを得ず、どうしてもスピードが落ちてしまう。それをカバーするために、雪や氷のある部分ではスパートをかけた。その登攀のリズムのアンバランスが疲労の原因となったのは間違いない。

とりあえずビバークの準備が整ったところで磯村に状況を報告した。

「やったじゃないか。そこまでいけば頂上はもらったようなもんだ。アックスに関しては、そう心配することもないだろう。下から見る限り、そこから上は雪が多い。標高が上がれば寒気が厳しいから、氷もびっしり張り付いているはずだ。そうなればアイスクライマーの独壇場《どくだんじょう》だよ」

「ああ。なんとか保ってほしいね。柏田君が僕の注文どおりに仕上げてくれたわけで、今回のことは、すべて僕の責任だから」

「おれもここまで雪が少ないとは思わなかった。しかし、ドライツーリングにも通用する切れのいいアックスという柏田の理想の実現のためには、いいヒントを手に入れたんじゃないのか」

「それは間違いない。ドライツーリングだからといって、ただ頑丈ならいいというわけじゃない。力で捻《ね》じ込むより、確実に引っかける機能を高めるほうがいいと思うね。それは刃先の工夫で十分可能だ。それについては、登りながらいろいろ気づいたことがある」

「柏田の一体成型のアイデアと玉鋼の強靭さ。そこにおまえのアイデアが加われば、たぶん最高の製品が出来るよ」

期待を露《あら》わに磯村は応じる。本気で嬉しそうにそう言ってくれる、そんな磯村が近くにいることが、いまの自分にどれほど大きな力を与えてくれているか。身に染《し》みて和志は感じる。それがいつまでも続かないという悲しい現実を思い、切ない気分で和志は言った。

「そのアックスに花を添えるためにも、あすは絶対に頂上に立つよ。それは僕と磯村さん、そして柏田君、山際社長、友梨との友情の証《あかし》だから」

「そりゃ頼もしいな。ニックだって、自分の隊の一員が大記録を打ち立てれば、運営する国際公募隊のパブリシティにもなるから、非常に期待しているよ」

「ニックもグラハム医師も、いま上にいるの？」

「もうショルダーのキャンプに入っている。あすは全員登頂だと張り切ってるよ」

「ぜひ成功してほしいね。もし頂上でランデブーできたら、それも派手なニュースになるからね」

「天気はあすいっぱいは保ちそうだ。あとは多少崩れたとしても、アブルッツィ稜はハイウェイ並みにルートが整備されているから、下山に関してはなにも心配ない。今回は無理に頂上を目指すことはないとおれも言っていたが、ここまでくると欲が出る。夏のカラコルムといっても、これだけ天候に恵まれることはそうはない。ニックたちだって、あすは鼻歌交じりだろう」

「そうだね。ビバークの条件はちょっと厳しいけど、頂上に立てばあとは下るだけだから、残りの体力はすべて投入するよ」

そう応じて通話を終え、ちょうど沸《わ》いてきたお湯で紅茶を淹れる。荷物の軽量化を最優先し、持参した食料はクッキーやチョコレート、ドライフルーツ、ナッツ類のみ。登攀中は、いつもそんな乾《かわ》きもの中心だが、それで不満を感じることはない。

日中は強かった風がいまはだいぶ凪《な》いでいる。ビバークテントから顔を出すと、紫色の空に星が瞬き、K2もブロード・ピークも燃えるような朱に染まっている。

雲海の切れ目から覗《のぞ》くベースキャンプのテント群にはすでに明かりが点《つ》き、さらにアブルッツィ稜のショルダーにも幾つもの光の点が見える。あすのサミットプッシュに備える各隊の最終キャンプで、ニックの隊もそこにいるはずだ。

背後の壁に遮られて、マジックラインはここからは見えない。しかし、わずかに覗くK2の頂上からは鮮紅色の雪煙がたなびき、前方にはブロード・ピークやガッシャーブルム、チョゴリザ、マッシャーブルムの灼熱《しゃくねつ》したような山体が雲海を貫《つらぬ》いて聳立《しょうりつ》する。その向こうにはムスターグ・タワー、ウリ・ビアフォ・タワー、カテドラル、パイユの針峰群――。こんな景観のなかに身を置ける人間が、世界にどれだけいるだろう。和志にとって、それは至福の時間そのものだった。

寝心地《ねごこち》は最悪だが、この日の登攀の疲労はそれを上回っていた。食事を終えてしばらくすると、猛烈な睡魔に襲われて、泥海に沈むように和志は眠りに落ちていった。

どのくらい眠っただろう。衛星携帯電話の呼び出し音で目が覚めた。応答すると、飛び込んできたのは友梨の声だった。

「和志さん、大変なことになってるの。磯村さんが突然倒れて、いまとても苦しそうなの。和志さんには知らせるなと本人は言うんだけど、そうはいかないから、とりあえず連絡を入れたのよ」

「苦しそうって、いったいなにが起きたんだ?」

いよいよ来るものが来たのかと、切迫した思いで問いかけると、途方に暮れたように友梨は応じる。

「いまグラハム先生は上にいるから診《み》てもらえないんだけど、衛星携帯電話で状況を説明したら、ヘリを使って、できるだけ早く病院に運ぶべきだというの。ここではまともな診察も検査もできないけど、もしかしたら危険な状態かもしれないって」

第九章　デスゾーン

1

和志はショルダーにいるニックに衛星携帯電話を入れて、グラハム医師を呼び出してもらった。磯村に状態を訊《き》いても、大丈夫だ、心配するなと答えるに決まっている。いまいちばん信用できないのが磯村本人の診立《みた》てだろう。ニックは余計な話はせずに、すぐにグラハムに電話を渡した。

「腰の異常を訴えられたとき、腹部の状態も確認しておけばよかったんだが、彼はアノラックで隠して見せなかった。倒れてからユリが気がついたんだ。すでにだいぶ腹水が溜《た》まっていたようだ」

八〇〇〇メートルを超える高所のためか、グラハムの呼吸は荒いが、その口ぶりはすこぶる親身だ。和志は言った。

「そうなんですか。僕もそれには気がつきませんでした」

「平地なら重症というほどでもないんだが、ベースキャンプは五〇〇〇メートルを超える標高だ。腹水で肺が圧迫されて呼吸能力が低下している可能性がある。倒れたのは腹水が原因というより、低酸素障害によるものだと思うね」

「だとしたら、治療法は?」

「とりあえず酸素を吸わせるしかないが、我々の隊は無酸素で登っているから、ベースキャンプにもボンベの手持ちがない。ほかの隊もほとんどが活動中で、酸素を使う隊もすべて上に持っていっている。テントキーパーに各隊のベースキャンプを当たってもらって、なんとか二本提供してもらったんだが、それだっていつまで保《も》つかわからない」

先日のオーストリア隊の救難の際にも、必要な酸素ボンベを確保するのに苦労した。その後、新たにベースキャンプ入りした隊もあるにはあるが、使えるボンベがほとんどないのは想像に難《かた》くない。

「それで回復すればいいんですが」

「あまり期待はできないね。いますぐヘリで平地に下ろすのが最善の策だと思う。彼も我々の隊の一員だから、ヘリの料金は保険でカバーできる。ただ――」

「ただ?」

「本人が拒否しているそうだ」

「つまり、いまも意識はあるんですね」

「倒れたのは二時間ほど前のようでね。ユリは君に電話を入れようとしたんだが、登攀《とうはん》の妨害になるからと止められていたらしい」

磯村ならやりそうなことだ。友梨もそこで板挟みになっていたのだろう。和志は言った。

「じゃあ、僕から電話を入れます。すぐに下りるように説得します」

「私は癌《がん》に関しては専門家じゃないが、現状は必ずしも悲観的ではないと思う。酸素の濃い平地に下りれば元気になるはずだ。イスラマバードで応急的な処置を受けて、本格的な治療は日本ですればいい」

「ええ。すぐにそうさせるつもりです」

「テントキーパーは我々の隊のマネージャーも兼ねているから、依頼すればすぐにヘリの手配をしてくれるはずだ。決断は早いほどいい」

背中を押すようにグラハムは言う。和志は礼を言って通話を終え、今度は友梨を呼び出した。

「いまグラハム医師と話をしたよ。どうしてもっと早く教えてくれなかったんだ」

つい詰問《きつもん》するような口調になった。困惑を隠さず友梨は応じる。

「グラハム先生に言われて、早く下山するように説得したんだけど、じきに治るから絶対に黙っていろと言って聞かなかったの。でもよくなる気配が全然なくて、それでやむを得ず電話したのよ」

「彼はいま話せるの？」

「それは大丈夫。電話機を渡せって、いま手を伸ばしているから」

友梨はそう応じ、そのあとすぐに磯村の声に替わった。

「なにを大騒ぎしてるんだよ。癌を抱えてるんだから――、たまには具合も悪くなる。おれのことは心配せずに――、おまえは登ることに集中しろ」

話しぶりに息も絶え絶えだが、言っていることはいつもの調子だ。

「磯村さんがそんな状態じゃ、とても集中なんかできないよ。僕もこれから下りるから、磯村さんはヘリでイスラマバードへ向かってよ。高度が下がれば呼吸も楽になるそうだから」

「冗談を吐《ぬ》かせ。それはおれに死ねと言うようなもんだ。せっかく八〇〇〇メートルラインを越えたのに――、おれのせいでそこから下山されたんじゃ、死んでも死にきれないよ」

「冬にリベンジするから心配ないよ。いったんイスラマバードの病院に入って待っててよ。そのあと僕もヘリでそちらへ向かうから。そこから日本の病院まで付き添うよ」

「だめだ。そんな難ルートを下降するのは――、登るより危険なくらいだ。下山は絶対に頂上経由でアブルッツィ稜だ。おまえが下りてくるまで――、おれはここで待っている」

磯村は弱々しい声で訴える。酸素ボンベの噴出音が電話の音声に交じる。酸素マスクをつけたり外したりしながら、なんとか喋《しゃべ》っている様子が窺《うかが》える。

たしかに磯村の言うとおり、このルートの下降は著《いちじる》しく困難だ。比較的安全とされるアブルッツィ稜にしてもそうだが、そもそもK2は、登りより下りでの遭難死が極端に多い山なのだ。

「磯村さんに生きてほしいんだよ。今回のマジックラインはあくまで試登で、それほど重要なターゲットじゃない。冬のK2、さらにマカルーの西壁だってある。生きているあいだにそれを見届けたいと言っていたのは磯村さんじゃないか」

「そうは言ったが――、この先、みんなのお荷物になって生きながらえたってしようがない。おれの命がここで尽きるなら、K2の麓《ふもと》で火葬してもらって――、お骨《こつ》になって日本へ帰るほうが手間がかからない」

磯村は情けないことを言い出した。強い調子で和志は言った。

「お骨になった磯村さんと日本へ帰る気はないよ。まだまだこの先、生きられるのに、こんなところで犬死にする気なの?」

「冗談だよ――。この程度のことで死ぬほどおれは柔《やわ》じゃない」

そんなやりとりに業《ごう》を煮やしたのか、唐突に電話の声が友梨に切り替わる。

「言ってもだめね。いまは夜だから無理かもしれないけど、あすになったら、ニックの隊のマネージャーさんに頼んでヘリを手配してもらうわ。保険会社が契約している救助ヘリならすぐに動いてくれるそうだから。このままじゃ肺水腫《はいすいしゅ》とか脳浮腫《のうふしゅ》とか、高山病の症状が出かねないとグラハム先生は言ってるのよ」

「だったらなおさら急いで平地に下ろさないと。癌より先に高所障害で死にかねないよ」

切迫した思いで和志は言った。有無を言わさぬ口調で友梨は応じる。

「社長にはもう報告してあるの。金に糸目はつけないから、まずイスラマバードの病院で応急的な処置を受けて、体力が回復したら日本へ連れて帰って、設備の調《ととの》った病院に入れることで話はついてるのよ」

「磯村さんは、手術や抗癌剤治療を拒否するだろうけどね」

「そこは本人の選択に任せるしかないわね。でも検査くらいはちゃんと受けさせないと。今回はなんとかなったとしても、また大事なときに症状が悪化したら困るから――」

傍《かたわ》らで磯村がなにやら喚《わめ》くのが聞こえるが、友梨は今度は電話を替わろうとはせず、釘《くぎ》を刺すように確認する。

「和志さんは、これから登るんでしょう」

その点は磯村の考えと変わりないようだ。和志は改めて言った。

「いや、ここから下りるよ。頂上経由だと、どんなに早くても、ベースキャンプに着くのは三日後になる。これから下降を開始すれば、あすのうちには下山できる」

夜間の下降はなにかと危険が伴《ともな》う。そもそもクライムダウンは登りと比べて進行方向の見通しが悪いし、ラペリングにしてもロープのセットミスによる事故が起きやすい。マジックラインの初登を果たしたポーランド隊も、夜間の下降中に末端を結び忘れたロープでラペリングし、隊員一名が転落死している。それでも下降に要する時間は、登りの半分以下だというのが和志の経験値だ。

「だめよ。こちらのことは私に任せて。和志さんがあす下りてきても、磯村さんはイスラマバードに向かったあとだから」

友梨は磯村の我儘《わがまま》にもうこれ以上付き合う気はないようだ。和志は言った。

「でも、磯村さんが納得しないようなら僕が説得するしかない。僕がここから下りてしまえば、彼だって諦《あきら》めて言うことを聞くかもしれない」

「それはまずいんじゃない？」

友梨は反論する。

「それじゃ磯村さんを失望させることになるでしょう。きっと自分のせいで断念させたって、自責の念に駆られると思うのよ。ゆうべもしんみり言っていたのよ。いまの自分を生きさせてくれているのは和志さんだって。和志さんの活躍が、いまの自分の命の源なんだって」

「そんなことはないよ。それは彼が持って生まれた生命力の強さだよ」

和志は否定したが、思いのこもった調子で友梨は続ける。

「この遠征に出発する前に、磯村さんは病院で検査を受けたらしいの。いままで黙っていたんだけど、ついさっき打ち明けてくれたの。すでにあちこち転移しているって。でも、進行スピードが遅くて目立った症状が出ていなくて、奇跡のような事例だって、お医者さんは驚いていたそうよ」

「それでも、ゆっくりと進行はしていたんだね」

昨年、余命半年の宣告を受けたが、ほぼ一年後のきょうまで元気に活動してきた。K2のベースキャンプまで来ること自体、日本の北アルプスや南アルプスを縦走《じゅうそう》する以上の体力を要し、しかも標高は五〇〇〇メートルを超える。一般人なら、健康な人でもそうは容易《たやす》く踏破できない。

磯村はそれを難なくこなした。医学的常識からすれば奇跡だろうが、かといって治癒《ちゆ》に向かっているわけでは決してない。病巣が彼の命の根幹を徐々に蝕《むしば》んでいたという紛《まぎ》れもない事実を、和志は改めて突きつけられた。

「だから、いまは絶対に無理させちゃいけないのよ。磯村さんは、まだまだこの先も生きられるはずだし、和志さんにとっても、彼はとても大事な存在だと思うから」

「もちろんそうだよ。彼がいたからここまでやれた。そうじゃなかったら、僕はいまでもヨセミテやアラスカのちまちました壁を登って、一人で天狗《てんぐ》になっていた。彼が僕とノースリッジを結びつけてくれて、おかげでこんなビッグウォールに挑戦できた。磯村さんは、僕がクライマー人生の壁を一つ越えるうえでも、大きく背中を押してくれた人なんだ」

スピーカーフォンモードでの会話に聞き耳を立てているのか、磯村はいまは大人しい。

「だったらその気持ちを受け止めて、和志さんはこのまま登るべきだと思うの。酸素が使えるあいだに下山させれば、今度の事態が死に繋《つな》がることはないとグラハム先生も言ってるのよ。いまは和志さんがマジックラインを登ることが、磯村さんに生きる力を与えることなのよ」

友梨は切々と訴える。言い分は筋が通っている。しかしグラハムは整形外科医で、癌の専門医ではない。信頼できる人物なのは間違いないが、いま磯村が生きていること自体が最初の医師の診立て違いでもあるわけで、神ならぬ身である以上、無謬《むびゅう》ということはあり得ない。

考えたくはないが、もし最悪の事態に至ったとしても、下山してすぐ自分もヘリでイスラマバードに飛べば、ぎりぎりのタイミングで彼の最期に立ち会えるかもしれない。これから頂上を目指し、それで一日ないし二日遅れたら、それも叶《かな》わずに終わるかもしれない。

それ以上に、これから最難関を迎えるマジックラインに磯村の安否を気遣《きづか》いながらどれだけ気持ちを集中できるか、和志は必ずしも自信が持てない。返答に詰まっていると、磯村がなにか言う声が聞こえる。

「ちょっと待って。磯村さんに替わるね」

友梨がそう言うと、間を置かず磯村の声が流れてきた。

「そこから下りるなんて──、おれは絶対に許さないぞ。それはおれに死ねと言うのと同じだ。そのときは必ず化けて出て──、おまえが死ぬまで祟《たた》ってやるからな」

呼吸は相変わらず苦しげだが、言っていることは普段のように威勢がいい。しかし磯村には、それで何度も騙《だま》されてきた。

「だったら、あすヘリで下りてくれる？　そこに居残ると言うんなら、僕も登る気にはなれない」

「大丈夫だって言ってるだろう。何度同じことを言わせるんだ──。食べ過ぎて腹が苦しいのと似たようなもんだ」

「そんなこと言ったって、八〇〇〇メートルの高所にいるより呼吸が辛《つら》そうじゃない」

「おれも──、たかが五〇〇〇メートルで酸素を吸う羽目になるとは思わなかったよ」

磯村がようやく弱音を吐いた。和志はそこに付け入った。

「それじゃ下山するしかないよ。嫌だと言うんなら、僕がこれからベースキャンプに下りて、力ずくでヘリに押し込むから」

「わかったよ。その代わり――、上に向かってくれるんだろ?」

「ああ。必ず頂上から電話を入れる」

「じゃあ、イスラマバードで待ってるよ」

疲れたのか安心したのか、磯村はそう言って電話口から離れ、友梨の声がそれに代わった。

「登ってくれるのね。安心したわ。磯村さんのことは心配しないで。私もイスラマバードへ一緒に飛んで、病院の手配とか帰国の便の手配とかするから。ハサンにはしばらく残ってもらって、テントキーピングをしてくれるように頼んでおくわ。無事に下山しても出迎えできないのが残念だけど。ベースキャンプからイスラマバードまでは、和志さんもヘリが使えるように社長と交渉しておくから、そのとき装備も運んでくれれば、帰りのキャラバンは必要ないでしょ」

「そこまでしてもらうのは申し訳ないけど、この際だからお言葉に甘えることにするよ。それで磯村さんの容態《ようだい》はどうなの」

「酸素を吸い始めたら顔色も良くなって、言葉もかなり喋れるようになったの。でも、酸素があるうちに空気の濃い場所に移さないとどうなるかわからないわね。体の痛みとか頭痛や吐き気はいまのところないようだけど、息が続かないからほとんど歩けないのよ」

「グラハム先生の言葉を信じるしかないね。イスラマバードで元気な彼に再会できることを信じているよ。友梨も大変だろうけど、いまは一刻を争う事態だから、くれぐれもよろしく頼む」

「任せておいて。私が日本からついてきているのは、そういう事態への対処のためでもあるんだから。イスラマバードには、ゴールデン・ピラーのときにお世話になった磯村さんと親しいエージェントがいるし」

さして不安もない調子で友梨は請《う》け合った。

2

時刻は午前零《れい》時を回ったところだった。友梨からの電話を受けたのが午後八時で、それからなんとか眠ろうとしたが、磯村のことが脳裏《のうり》を占めてなかなか寝つかれない。そのうえ深夜に入って気温は急激に低下し、ビバークテントの生地《きじ》を貫《つらぬ》いて、鋭い寒気が容赦《ようしゃ》なく侵入する。

元気なときの磯村の顔ばかりが浮かんでくる。その笑顔をもう永遠に見られなくなるかもしれない――。そう思うと胸は張り裂けそうだった。現状は必ずしも悲観的ではないとグラハムは言う。その言葉を信じたいが、日本に帰って検査を受ければ、すでに希望のないところまで病状は悪化しているのではないか――。そんな不安が拭《ぬぐ》えない。

友梨の言うとおり、いまは自分がマジックラインから頂上に立つことが、磯村に生きる力を与える唯一《ゆいいつ》の方策だろう。むしろここから退却すれば、それを奪い去ることに繋がりかねない。困難な登攀になるのは確実だ。昨年、ローツェ・シャールとローツェ主峰を縦走《じゅうそう》したときは、倒れた磯村を生きて下山させるために懸命の努力をしたが、いまは彼のためにやれることが直接的にはなにもない。

友梨との通話を終えるまでは、グラハムの言葉を支えに、すべてを前向きにとらえようと努力していたが、時が経《た》つにつれて気持ちは悲観に傾いていく。

このまま永遠に磯村と別れることになるのなら、この登攀にどれほどの意味があるのか。そのとき磯村がこの世にいなければ、喜びも分かち合えない。自分が首尾よく頂上に立ったとき、その一報に対する返答が磯村の訃報かもしれないと、つい極端な方向に思考が向かう。

そんな不安な思いを抱えてどれだけ登攀に集中できるか。和志にとってはそうした経験も初めてだ。そんな気分で電話を入れると、友梨も起きていたようで、すぐに電話口に出た。

「磯村さんの調子は？」

訊くと、声を落として友梨は言う。

「いまは眠っているわ。酸素の残量がもう半分くらいで、あすの朝までぎりぎり保つかどうかね」

「急がないといけないいな」

「ニックの隊のマネージャーさんが、ヘリの手配をもうしてくれてるの。夏のあいだはスカルドの空港に常駐しているから、天候次第だけど、早ければ朝七時にはベースキャンプに来てもらえそうよ」

「そうか。天候はあすも保ちそうだけど、朝は地表付近に雲海が出やすいから、その点が気がかりではあるね」

「ヘリのパイロットもそれが心配だと言っているらしいのよ。スカルドの空港だって、霧で欠航することがしょっちゅうだから」

「なんとか飛んでもらいたいね」

「いまはそれを祈るしかないわね。ニックの隊のリエゾンオフィサーがとても親身で、あすすぐイスラマバードの陸軍病院に入院できるように手配してくれるというの。ファイサルという陸軍の中尉なんだけど、去年登ったゴールデン・ピラーのときのリエゾンオフィサーだったジンナー少尉とは陸軍学校の同期で、とても親しい間柄らしいのよ。話をしているうちに、去年ゴールデン・ピラーを登ったパーティーなのかと訊かれたの。ジンナー少尉もあれから中尉に昇進して、いまは山岳部隊に配属されているそうよ」

ジンナーは真面目《まじめ》な好青年で、そのときは和志たちの高所順応に付き合って、六〇〇〇メートル級の無名峰に登頂した。

そんなことをしたリエゾンオフィサーは古今東西《ここんとうざい》ジンナー一人だろう。その頂《いただき》からの眺望に感動して、自《みずか》らもゆくゆくはカラコルムの高峰に登頂すると誓い、そのときは和志たちも必要な支援を行なうと約束した。山岳部隊を志願したのは、そんな夢の実現への第一歩なのかもしれない。

「それなら安心だ。とにかく早く、磯村さんを山から下ろすことだね」

「任せておいて。それで和志さんの体調はどうなの？」

「疲れはだいぶとれている。目が冴《さ》えて眠れなくてね。こんな状態でこれ以上休んでいても、かえって体力を消耗《しょうもう》するだけだと思うんだ」

「じゃあ、いまから登るの？」

友梨は驚いたように問いかける。いくらなんでも時間が早すぎると思ったのかもしれないが、和志にとっては、ルートの困難さ以上に、気持ちの面で厳しい登攀になるのは間違いない。それを考えれば選択肢《し》はほかにない。

「そうするよ。いまの僕には、ほかに磯村さんを支える手段はないから」

「そうね。言葉でいくら励ましたって、具体的な行動に勝《まさ》るものはないわよね。その点では私にできることはなにもないけど、和志さんにはその力があるんだから」

「これから登り始めれば、とくに困難な局面に遭遇しない限り、きょうじゅうに頂上に立ってシヨルダーまで下れる。そこからはニックたちの固定ロープを使わせてもらって、あす一日でベースキャンプに戻れるよ。もちろんいちばん希望的な観測で、だけどね」

「だからって、無理をして和志さんに万一のことがあったら困るわよ」

「今回のことにかかわらず、無理をしないで登れる山なんてどこにもないよ。むしろ試登だと思って半端な気分でいるとかえって危険だ。いまの僕にとっては、冬はもちろん、夏のマジックラインも絶対に達成したい課題になった。それができなきゃ、磯村さんの希望をもぎとることになる」

　吹っ切れた思いで和志は言った。ここから下降するという選択肢はやはりあり得ない。和志にとっても磯村にとってもそうなのだ。それは二人にとっての敗北であり、それがきょうまで続いてきた、磯村の奇跡のような時間を断ち切ることにも繋がりかねない。

「わかった。状況は衛星携帯電話で知らせてね。今回は磯村さんも私もベースキャンプから見守れないけど、和志さんが登っているあいだ、応援する以外になにもできないのはいつものことだから」

　切ない口ぶりで友梨は言う。気持ちを前に向けて和志は応じた。

「ああ。どこにいようと、それは大きな力になる。むしろ磯村さんに早く平地に下りてもらって、呼吸が楽になったらいろいろアドバイスが欲しいよ。いまも僕にとっては頼れる登攀隊長なんだから」

3

狭い岩棚《いわだな》で苦労してお湯を沸《わ》かし、高所では命の源ともいえる水分をたっぷり補給した。食事はドライフルーツやナッツで手早く済ませ、被《かぶ》っていたビバークテントをたたみ、荷物のパッキングを終える。背後の壁からとっていたビレイのロープを外し、午前一時に、八〇〇メートルはありそうなほぼ垂直のスラブに取りついた。

幸い幅数ミリから一センチの細かいリスがあちこちに走っていて、そこに氷が詰まっている。そのリスに慎重にアックスを打ち込むが、ピックがわずかに曲がった片方のアックスは、いつもの感覚で打ち込むと狙《ねら》いが外れて岩を打ち、乾《かわ》いた打撃音とともに小さな火花が飛ぶ。

何度か繰り返すうちに微妙なコントロールができるようになり、狭いリスの氷を捉《とら》えられるようにはなったが、それはそれでひどく神経を遣《つか》う。

強力なLEDのヘッドランプは、ビームを絞《しぼ》れば前方数十メートルは優に照らし出すが、そのぶん照射角は狭く、壁全体の状態は把握しがたい。だからルートファインディングにも十分気を配れない。

K2の圧倒的な山体は満天の星の一角を黒々と塗りつぶし、背後を振り向けばブロード・ピークやガッシャーブルムの峰々が、かすかな星明かりにうっすらとシルエットを見せてはいるが、登っている和志にとっては、ヘッドランプの光芒《こうぼう》が照らすスリットのような狭い空間だけがほぼ世界のすべてだ。

氷の詰まったリスからリスへ、綱渡りのようなムーブを繰り返し、着実に体を上へ押し上げる。八〇〇〇メートルを超える高所でのハードクライミングはローツェ南壁ですでに経験しているが、さすがに高度の影響は避けがたく、一つの動作ごとに荒い息を吐く。

気温はマイナス三〇度を大きく下回っているだろう。しかし激しいクライミングで体は徐々に温まる。北東からの風はだいぶ強まって、ときおり体を引き剝《は》がされそうな突風が吹きつけるが、冬のローツェで経験した風と比べれば、まだ恐怖を感じるほどのものではない。

頭上からスノーシャワーが落ちてくるが、おそらく岩窪に溜まったパウダースノーが風で吹き流されて落下しているのだろう。危険な雪崩《なだれ》の兆候ではない。

二時間ほどでスラブを抜けた。さすがに高度の影響は顕著で、そこにアックスの問題もあるから思いのほか手こずった。普通なら一時間もかからないルートのはずだ。きのうの疲労も完全には回復していない。この先の長丁場を考えれば、気持ちもやや萎《な》えてくる。

辛《かろ》うじて立っていられるバンドを見つけ、ビレイをとって、友梨に電話を入れる。

「下からヘッドランプが動いているのが見えるの。順調なようね」

友梨はわずかに声を弾《はず》ませるが、思ったほどスピードが出ていないのはわかっているだろう。

和志は率直《そっちょく》に応じた。

「いや、なかなか手強《てごわ》いよ。天候の崩《くず》れは心配なさそうだけど、できれば頂上付近でのビバークは避けたい。それも今後のスピード次第だね。磯村さんの調子はどうなの？」

「この電話で目が覚めたみたい。また電話機を渡せって言ってるの。いま替わるわね」

友梨がそう応じて、少し間が空き、磯村が電話口に出た。

「もう登り始めていたのか。十分疲れはとれたのか」

相変わらず呼吸は苦しげで、酸素ボンベの噴出音も音声に交じるが、先ほどと比べてとくに状態が悪化した印象はない。

「一時に出発したよ。疲れは残っているけど、時間に余裕を持つことのほうが、作戦的に有利だという気がしてね」

磯村のことが気がかりで寝つかれなかったとは言いにくい。磯村はその決断に賛意を示す。

「積極的でいい判断だよ。マジックラインほどのルートを登るんだ。疲労を感じなきゃ人間じゃない。なんとか早い時間に登り切って——、ショルダーまで下ることだ。登頂したって——、生きて還《かえ》れなきゃ元も子もないからな」

「もちろんだよ。磯村さんに再会できなきゃ、登る意味がないからね」

「そう言ってもらえると——、おれも嬉《うれ》しいよ。アックスの具合はどうなんだ」

「騙し騙しといったところだね。スペアはないから、これで登るしかない」

「おまえなら——、最悪の場合は片手でもやれるよ。どこまで登った？」

「二時間かけて八〇メートルのスラブをなんとか」

「あんまりいいペースじゃないな」

「悲観的なことを言わないでよ。飛ばせばいいってもんじゃないからね。まずは安全運転だよ。体もだいぶ温まってきたし、これから一気にピッチを上げるよ」

和志は強気で言い返した。そんな反応をすることが、磯村の生への執着心を掻《か》き立てるカンフル剤になるような気がした。

「そうか。もうこの先、ペース配分を考える必要はないからな。頂上に着きさえすればあとは下るだけだから——、体力は使い果たしてもなんとかなる」

磯村の言うことは極端だが、あながち外れてはいない。高所では登れば登るほど呼吸が苦しくなるが、逆に下れば下るほど楽になる。それは体力の面以上に、心理的な意味でクライマーに希望を与える。

「標高差で言えばあと四〇〇メートルちょっとだね。もっとも過去の登頂者は、ここから先でいちばん苦労したわけだけど」

「そんなのは――、どこの山でも一緒だよ。それでもマジックラインは別格という気もするがな。しかしおまえならやれるよ。ここで敗退するようじゃ――、冬のマジックラインなんて夢のまた夢だ」

「過去の登頂者には失礼かもしれないけど、今回の登攀は僕にとっては予選リーグみたいなもので、これを突破しないと次はない――。それくらいの覚悟で頑張るよ」

「その意気だ。天候は十分保つだろう――。頂上からの報告を楽しみにしてるよ」

そんな通話を終えて、ビレイを外し、ふたたび登攀に入る。出発時には暗かったアブルッツィ稜のショルダーに、いまはテントの明かりが幾《いく》つも点《とも》っている。ニックたちも含め、どの隊もサミットプッシュの準備に入ったようだ。

主稜から右手に少し回り込んだところに、鑿《のみ》で彫り込んだようなクーロワールがある。奥の様子はここからは見えないが、そういう場所のほうが、尾根筋よりも雪や氷がついている可能性が高い。

バンドを右に二〇メートルほど、ラバースし、クーロワールに取りつくと、予想したとおり中央部を幅二メートル前後の氷の帯が走っている。その左右は脆《もろ》そうな岩場で、日が昇ると落石が多発する可能性があるが、その前に一気に登ってしまえば、和志にとってはじつに好都合なルートということになる。

氷は硬いが、ところどころに岩角が顔を覗《のぞ》かせている。そういう部分は周囲の氷も薄い。うかつに叩《たた》くと、ただでさえ傷《いた》んでいるアックスに無用な衝撃を与える。慎重なアックス操作を強《し》いられるのは相変わらずだ。

片方のアックスが壊れても、もう片方だけで登れると磯村は言うが、そんな生易《なまやさ》しいルートではないことを和志はすでに実感している。それに加えて、いくら和志の特注によるアックスとはいえ、それがノースリッジの製品全般への、世間からの疑問に繋がることだってあるだろう。

それは和志にとって不本意だ。商業主義に毒されたわけではない。和志にとってノースリッジは、単なるスポンサーを超えたかけがえのない同志ともいうべきで、世界の頂点を目指したいという和志の夢と山際の夢は、いまや車の両輪のような関係だ。

頭上を吹き渡る風音《かざおと》はさらに強まっているが、クーロワール内部には吹き込まないので、体感温度はさほど低下しない。

初登攀時のポーランド隊の記録にはないルートだが、当時はアイスクライミングに対する認知度が低く、それに適応したギアも開発されていなかったので、あえて選択しなかったと考えるべきだろう。

標高差で一〇〇メートル以上はありそうだ。氷が不得手なクライマーなら途中で脹脛《ふくらはぎ》が悲鳴を上げるだろう。しかしアラスカには数百メートルを超える氷だけの壁がいくらでもあり、そこで和志は技術を磨《みが》いた。だから氷のルートなら、どんな急峻《きゅうしゅん》な壁も和志にはエスカレーターのようなものなのだ。

それでも高度の影響は如実《にょじつ》に出てきて、頭でイメージする動きと実際の動きのずれが大きくなる。七〇〇〇メートル以下なら二、三分で登れる距離に、十分以上かかっている。それがデスゾーンと呼ばれる八〇〇〇メートルラインを越えた世界なのだということを、和志はローツェ・シャールとローツェ主峰の登攀で体験した。

いまもその感覚のずれを修正できず、無意識のうちに苛立《いらだ》ちが募《つの》る。その苛立ちに押されてピッチを上げても、体が言うことを聞かない上に、ひどい頭痛や目眩《めまい》に襲われる。避けなければならないのは高所障害だ。たった一人でこんな場所にいて、脳浮腫や肺水腫の兆候が出れば、それはすなわち死を意味する。

クーロワールは登るにつれて狭《せば》まって、氷の帯が途切れがちになる。やむなくドライツーリングを試みるが、変形したアックスにかかる負荷を避けようとして、なかなか大胆なムーブができない。

ショルダーから頂上に向けて、幾つもの光の点が移動するのが見える。ニックたちも行動を開始したらしい。頂上で彼らとランデブーできれば、磯村への報告にさらに花を添えられる。

ベースキャンプはすでに三〇〇〇メートル余り下にある。異界の大蛇のようにのたうっていたゴドウィン・オースチン氷河も、この高さから見下ろすと、いくらかやせ細って見える。

ブロード・ピークもガッシャーブルム山群も、その頂はすべて眼下にある。いまやカラコルムのあらゆる峰が、K２という島に押し寄せる大海原《おおうなばら》の波濤《はとう》のようだ。東の空がうっすらとピンクに染まり、黎明が近づいているのがわかる。K２の頂から伸びる雪煙も、ほんのり赤く染まっている。

磯村の状態が気になるが、とくに連絡が来ないところをみれば、小康状態を保っているのだろう。幸い眼下に雲海も湧《わ》いていない。夜が明けるまでこのままの状態で推移してくれれば、ヘリの飛行に問題はなさそうだ。

ルートの大部分を氷で繋いだせいで、約一〇〇メートルのクーロワールを一時間半で登り切った。さきほどの手強いスラブと比べれば上々のピッチだ。

時刻は四時三十分。クーロワールはそこでマジックラインの主稜に達した。さすがに筋肉が張っている。痛めた肩の調子はまずまずだが、酸素不足の影響は、この先、体の動きにも出てくるだろう。

4

アックスを振るって雪稜の一角に小さなテラスをつくり、雪面に刺したアックスでビレイをとって小休止する。疲労よりも、ここで重要なのは水分の補給だ。

水分の不足は高所障害に直結する。息も抜けない難所が続いて、きょう登攀を開始して以来、水分をほとんどとっていない。高所では一日四、五リットルの水分が必要とされるが、登攀に集中するあまり、ついそれがおろそかになりがちだ。

コッヘルで雪を融《と》かしながら、テルモスに詰めてきた砂糖入りの紅茶をマグカップで立て続けに何杯も飲み干す。日が高くなれば、また猛暑にさらされる。気温はマイナス三〇度以下でも、真夏のカラコルムの太陽の輻射熱《ふくしゃねつ》は強烈で、それはきょうまでの登攀で嫌というほど経験している。

東の空は深紅《しんく》に染まり、K2の山体も灼熱《しゃくねつ》したような赤みを帯《お》びる。眼下には薄衣《うすぎぬ》のような層雲が浮かんでいるが、雲海というほどの密度ではなく、ヘリの離着陸に問題はないと思われる。

高カロリーの携行食を腹に押し込み、沸いてきたお湯でまた砂糖入りの紅茶をつくり、ほぼ空になったテルモスにそれを詰めてから、磯村の状況を聞くために友梨に電話を入れる。

「ああ、和志さん。登攀中だと思って電話を入れようかどうか迷っていたのよ。ヘリの手配はついたわよ。日が昇ったらすぐにこちらに向かってくれるって。天候も心配はないし、病院のほうも、ファイサル中尉がゆうべのうちに陸軍病院に緊急入院の手配をしてくれていたの。イスラマバードではいちばん設備の調った病院だそうよ。緊急手術にも対応できるって」

「おそらく、磯村さんは拒否するだろうけどね」

「しないで済めばそれがいいけど、命に関わる事態だったら、そうも言ってはいられないでしょう」

「平地に下りれば呼吸も楽になると思うから、できれば手術はせずに東京へ連れて帰りたいね」

率直な思いで和志は言った。体への負担が大きい手術や抗癌剤治療を拒否してきたから、きょうまで磯村が生きられたのはたぶん間違いない。誰にでも通用することではないにせよ、彼の場合はそれが正解だったとしか思えない。

「わかってる。余命半年の宣告を受けてから、ヒマラヤの八〇〇〇メートル峰に登り、K2のベースキャンプまで来ちゃった人なんだから、普通の人の基準で考えちゃいけないわね。そこはあくまで彼の考えに任すわ。それで、いまどのあたり？」

「八三〇〇メートル弱といったところかな。さすがにこの高度だとペースが上がらない」

「頂上まであと三〇〇メートルちょっとじゃない。でもそこからが大変なのよね」

友梨もスタッフとして経験を積んでいるからわかっている。頂上まであと少しというところが、高所登山ではまさに正念場だ。あと少しが無限の長さに感じられることもあれば、本当の意味で到達不能の、まさしく無限の隔《へだ》たりになることもある。

終盤にいちばん厳しいクライミングが待っている——。それがマジックラインの難しさで、おそらくこれから迎えるクライマックスでは、自分の能力、体力、精神力のすべてが試されるだろう。和志は言った。

「とくにこのルートはね。僕にとっては最後の九五メートルが未知の領域になる」

「それがローツェとの標高差ね。大丈夫よ。和志さんはローツェを秋と冬、二度も登ってるんだから」

どういう計算をすると出てくる答えなのかわからないが、そう言われると、ローツェとの一〇〇メートル弱の差が、そう決定的な意味を持つとも思えなくなる。しかし楽観は禁物だ。

「でも、ローツェのときだって、最後は必死だったよ」

あのときいちばん苦しかったのは、最後の困難な壁を登り切ったあと、頂上まで続いた何百メートルかの雪稜だった。日本の山なら鼻歌交じりの稜線散歩だ。しかし八〇〇〇メートル台半《なか》ばの標高と、そこまでの登攀で疲弊《ひへい》しきった体にとっては、地獄の責苦ともいうべきものだった。

過去にも八〇〇〇メートル級のバリエーションルートで、核心の壁を登り終えたあと、最後の緩斜面で力が尽きて、撤退したパーティーも少なからずある。

「でも、名前負けしちゃだめよ。たかがK2だくらいに思わなくちゃ」

友梨は磯村張りの発破《はっぱ》をかけてくる。その磯村が大人しい様子なので、不安を覚えて和志は訊いた。

「磯村さんの容態はどうなの？」

「いまはぐっすり眠っているわ。脈拍も呼吸もしっかりしているから大丈夫」

「酸素は？」

「ヘリの到着が遅れたら、最後のボンベが尽きちゃいそうで心配していたんだけど、もうじきスカルドを出発して、三十分くらいでこちらに着くそうなの。そのくらいなら十分保ちそうよ」

「そこからイスラマバードまで直行だね」

「所要時間は二時間くらいね。ヘリには酸素ボンベを積んできてもらうし、標高が下がればそれなしでも呼吸は楽になるとグラハム先生も言っているから、あとは心配なさそうよ。私もついていくし」

「よろしく頼むよ。僕も山から下りたら、すぐにそちらに向かうから」

「だからって焦《あせ》らなくていいのよ。帰国の手配も、私のほうでちゃんとやるから」

和志がいても役には立たないと言いたげだ。それはたしかに言えていて、べつに反論する気もないが、登頂成功を手土産《てみやげ》に、早く磯村の顔が見たい思いは変わらない。

「焦ってどうなるものでもないけど、どのみちこの先でてこずれば、僕が生きて還れないかもしれないわけだから」

冷静な思いで和志は言った。和志のようなソロクライマーにとって、いや、あらゆるアルパインクライマーにとって、死は切っても切れないパートナーだ。しかしそれは山での死であって、平地での死は素直に受け入れられるものではない。いまの磯村がまさしくそうなのだ。

「そんなはずないわよ。和志さんには磯村さんがついているもの。あとのことは心配しないで登攀に集中して」

磯村を霊験《れいげん》あらたかな神様のように言って、友梨は通話を終えた。

5

アブルッツィ稜の山の端《は》から、深紅の円盤の一部が顔を出す。K2南面の谷間を越えて、目映《まばゆ》い光の矢が届く。寒気で萎《しぼ》んでいたダウンスーツが、その輻射熱でゆっくりと膨《ふく》らみだす。

まだ星々が残る空が、目映い黄金色から深紅、紫へと絶妙なグラデーションで染め上げられる。

ブロード・ピークもガッシャーブルム山群も、すでに眼下にこうべを垂《た》れている。カシミールの谷を覆《おお》う雲海の向こうには、ヒマラヤ最西端の八〇〇〇メートル峰――ナンガ・パルバットが孤島のように浮かんでいる。

そんな光景をデジタルカメラで何ショットか撮影する。ズームレンズを広角側にセットして、K2南面をバックに自撮りも忘れない。あとでノースリッジのサイトに掲載するからと友梨に頼まれていたこともあるが、あらぬ疑惑を招かないためには、登攀中の写真こそ意味がある。

頂上での写真はどこから登っても撮れる。マジックラインから登った証拠となる写真こそ、今回の登攀では重要だ。ローツェ南壁のあとトモに疑惑が集まった理由は、そうした写真の不備にあったとも言える。

出発しようとビレイを外しかけたとき、また衛星携帯電話が鳴った。磯村に異変が？　不安を抱《いだ》いてディスプレイを覗くと、表示されているのは、登録しておいたニックの衛星携帯電話の番号だ。応答すると、元気そうなニックの声が聞こえてきた。

「ヘリと病院の手配は済んだという報告があったよ。私も一安心だ。これで君も登攀に集中できるだろう」

「ありがとう、ニック。僕も友梨から報告を受けました。そちらもいよいよサミットプッシュですね」

「ああ。何度か登ったルートだが、歳のせいかなかなかペースが上がらない。さっきまで君のヘッドランプの光が見えた。我々より上にいるようだね」

「出発したのが早かったからで、こちらもペースはいま一つです。マジックラインはさすがに手強い」

「それなら頂上でランデブーできるかもしれないな。我々のほうは年齢や経験のばらつきが大きくて、なかなか足並みが揃《そろ》わない。とくに我々ロートル組は時間がかかりそうだから」

「それができたら嬉しいですよ。天候もきょういっぱいは保ちそうだし」

「私のビジネスにとっても、いいパブリシティになるよ。マジックラインをソロで完登となれば、世界が注目するからね。我々もぜひそこに便乗させてもらいたい」

「便乗と言っても、僕もあなたの隊の一員ですから」

「それだけじゃ自慢にならない。私としては、頂上での君とのツーショットを世界に配信したい」

「それは僕も望むところです。相手が山だからどうなるかわからないけど」

「この天候なら、どちらも頂上に一時間くらいにいられるはずだから、微調整は可能だと思うよ。君だって、きょうのうちにベースキャンプに下りるのは無理だろう」

「そうですね。今夜はそちらのキャンプに居候《いそうろう》させてもらうことになるでしょう」

「それは計算に入れてある。パーティー全員で大歓迎するよ。健闘を祈っている」

「僕もです。どちらもきっと成功しますよ」

そんなエールを交《か》わしたあと、和志は気持ちを引き締《し》めて登攀を開始した。

天候がいいのは助かるが、そのぶん気が緩《ゆる》むというリスクもなくはない。

ここからの直登ルートはアップダウンの激しい岩稜で、尾根通しでは効率が悪い。右側に主稜線を巻くように上に向かうランペがある。それがさらに上部で南壁下部から突き上げるクーロワールに合流する。そのクーロワールを登り、頂上直下の雪壁に出るのが、初登を果たしたポーランド隊が選んだルートだ。和志も磯村もベースキャンプからの観察で、それがもっとも効率的だという結論に達していた。

ランペといってもかなり外傾していて、トラバースに近い動作を強いられるが、雪がしっかりついているから、アイスクライミングのテクニックで大部分をこなせるだろう。

太陽は完全に顔を覗かせて、体は蒸《む》し暑いほどに温まる。頭上を吹きすぎる風音は激しいが、ルートは主稜線の陰になるから、寒風の直撃を受けることもない。

唯一の不安は変形したアックスで、異変に気づいてからはドライツーリングをなるべく避けてきたものの、マジックラインはそれなしで登れるような甘いルートではない。

あれから変形が進んでいる形跡は見られないが、金属疲労は外観からはわからない。なんでもないように見えていたのが、ちょっとした衝撃で突然破断することもあると、柏田からは聞いていた。

ランペは硬い雪で覆われているが、岩や氷ほどの衝撃はアックスには与えない。ここでスピードが稼《かせ》げれば、成功の可能性はより高まるだろう。それを信じて大胆なムーブを繰り返す。

進むにつれて高度の影響は如実に出てくる。一つの動作ごとに体全体で荒い呼吸を繰り返す。

え感じ出す。
鼓動が高まり目眩を感じる。呼吸の頻度《ひんど》は激しいが、空気を吸った感覚が伴わず、手足に痺《しび》れさ

高所障害ではなく過呼吸症候群だと判断し、雪面に刺したアックスからビレイをとって、両手を口元に当てて吐いた息をまた吸い戻す。

血中の二酸化炭素濃度が減って酸素過多になる現象で、二酸化炭素が減少すると血液がアルカリ性に傾き、体がそれを危険と判断し、延髄《えんずい》反射で呼吸を停止させる。一方で大脳皮質は呼吸の停止を異常と捉え、むりやり呼吸を行なおうとする。それが過呼吸症候群で、高所登山に限らず、激しい運動や緊張によってしばしば起きる現象だ。

そこから回復するには二酸化炭素濃度を増やせばいいわけで、いまやっている方法がそれだった。

二分ほどその呼吸法を続けていると、早鐘《はやがね》のような鼓動は治まり、目眩も手足の痺れも消えていった。それでもそんな症状に襲われれば、登攀そのものに心理的なブレーキがかかる。それを何度も繰り返すうちに、本物の高所障害が発症することもある。

移動方向が斜め上だから、バランスをとるのが難しい。ローツェ南壁のときも、距離の長いランペの登りに苦労した。

あのときは雪崩の危険にもさらされていたから、その意味では、いまは必ずしも悪条件ではないが、頭上の岩場はおそらく脆く、浮き石の接着剤となっている氷が太陽の熱で融けたとき、予期せぬ落石に襲われる危険性もある。

二時間も登ると、太陽は中天に上がり、頭上は雲一つない青空だ。直射する陽光で体が火照《ほて》る。ビレイをとってダウンスーツを脱ぎ捨てる。

谷を隔てた南壁の岩場で、ときおり乾いた落石の音が響く。岩が緩んできているのは間違いない。尾根通しに行けば避けられるが、それではあまりに効率が悪いし、すでにランペのほぼ中間に達していて、いまさらルートの変更もできない。

さらに不安を覚えるのは、そのあとのクーロワールの登りだ。岩が温まれば落石の巣になるのは想像に難くない。しかし記録が間違っていなければ、ポーランド隊はそこを登っている。もちろん落石の危険度はそのときの天候にもよる。きょうほど晴れていなければリスクはそう高くはないが、そのときの状況がどうだったかは確認できていない。

斜め上への登高はバランスが悪く、筋肉への疲労の蓄積も通常の登りとはだいぶ異《こと》なる。そのせいか痛めていた左肩に負担がかかり、ここまでほとんど感じなかった痛みがときおり走る。骨折は完治しても、損傷した靭帯《じんたい》の回復には時間がかかる。そこは見越しての今回の挑戦だったが、想像したより厳しい答えが出たかもしれない。

しかしとやかく悩んでも始まらない。そもそも体の調子が万全なことのほうがむしろ稀《まれ》で、登るときはいつもどこかに不調を抱えているものなのだ。

友梨からはつい先ほど、無事にイスラマバードに到着したと報告があった。その二時間前にはベースキャンプにヘリが飛来するのが上から見えた。ヘリのなかでは衛星携帯電話は使えないので、イスラマバードに着くまで友梨は連絡できなかったようだった。

これから病院に向かうとのことだったが、平地の濃密な大気のおかげで、磯村は酸素なしでも歩行ができるようになったという。もう病院に行く必要はないからホテルを用意しろとうるさいらしいが、いつ容態が急変するかわからない。とりあえず検査のための入院は必要だと説得し、なんとか言うことを聞かせたとのことだった。

その結果については、こちらが登攀中ということもあり、適当なタイミングで知らせると友梨は言っていた。まだ病状が予断を許さないのは間違いないが、とりあえず高所での呼吸障害という危機を脱することができたのは一安心だった。

6

ランペを登り切るのに五時間かかった。太陽はいま、ほぼ真南にある。

高度計の表示では、現在の標高は八四〇〇メートル台の半ば。高度はさほど稼げていないが、ここからクーロワールに入って一直線に主稜に抜ければ、あとは比較的容易な雪壁を登り、頂上に続く雪の緩斜面を、距離にして一〇〇メートルほど行くだけだ。

難関はやはりクーロワールだった。中央部には和志の得意な氷のベルトが途切れることなく続いているが、左右の脆い岩場から落ちてくる落石がすべてそこに集中するようで、ひっきりなしに落石の音がする。この時間に登れるルートでは到底なさそうだ。

だからといってここまで来た以上、戻るという選択肢はあり得ない。なんとか行けそうなのがクーロワールと並行する細いリッジで、近づくまでその存在に気がつかなかった。雪はほとんどついておらず、岩は硬くホールドも豊富だ。そこも落石の危険がなくはないが、ダイレクトに登っていく限りほとんどが左右にそれるはずで、直撃を受ける可能性はごく少ない。

陽光に温められた岩は素手で触れても冷たさを感じない。大半はフリークライミングでこなせそうで、不安を抱えたアックスでドライツーリングをする必要はほぼなさそうだ。

気になるのは上部に見える、大きく張り出したオーバーハングだ。人工的な手段は極力用いないのもアルパインスタイルの要件の一つだから、アブミや埋め込みボルトのような人工登攀の装備は持っていない。

フリーないしドライツーリングで乗り越えられるかどうかは、その場に直面しないとわからない。どうにも難しいようなら、落石のリスクを覚悟でクーロワールを登るしかないが、とりあえずそこまでは安全かつ効率的に進めるはずだ。ここまで来れば悩むことは時間の無駄で、高所での時間の無駄は命のリスクに直結する。

和志は二本のアックスをハーネスに固定し、グローブを外し、素手でリッジを登り出した。高所靴はフリーには向かないから、アイゼンはつけたままにする。

この春の小川山以来、久しぶりの素手による登攀だ。八〇〇〇メートルを超える標高でフリークライミングをすることになるとは思ってもいなかった。

疲労はすでに限界に近い。頭痛は絶え間なく、ときおり視野狭窄《きょうさく》にも襲われる。それが過呼吸によるものではなく、高所障害の影響だということが経験的にわかる。

まさしくここはデスゾーンなのだ。しかし、和志はローツェですでに経験している。人間はおろかバクテリアさえいない世界に足を踏み入れている以上、その苦しさを決して避けては通れない。そう腹を括《くく》ればことさら恐怖は感じない。

隣接するクーロワールでは落石の音が絶え間ない。ムーブを一つ終えるたびに何度も荒い息を吐く。スローモーションのような自分の動きとようやく意識が折り合いをつけたのか、先ほどまで感じ続けていた苛立ちはどこかに消えて、時間の感覚もなくなっている。

頭のなかは空っぽで、プログラミングされた機械のように手足が勝手に動いている。いまやっている登攀が、自分の意志によるものか、超自然的な何物かの意思によるものか、いまの和志には知りようもなく、また知りたいとも思わない。

肉体的な苦しさから遊離して、宇宙と一体化しているもう一人の自分がいる。その自分に問いかける。もしここで死んでも悔いることはないのかと――。そんな問いかけをこれまで何度もしたが、答えはいつも返らない。

しかし、言葉ではないなにかが和志を包み込み、それが得も言われぬ幸福感を呼び起こす。

何時間登ったのかわからない。時計を見ることもしなかった。気がつくと目の前にあのオーバーハングがあった。眼下三千数百メートルには南壁の下部を埋め尽くす氷河群――。さすがにここをフリーで登るのは不可能だ。傍らのクーロワールでまた落石の音が響く。

手頃な箇所に一センチ幅ほどのリスが走っている。迷うことなく右手でアックスを握り、のけぞるような姿勢でピックの先端を引っかける。そのアックスで体重を支え、もう一方のアックスを左手で握り、さらにその上のリスにピックを引っかける。

二つのアックスを捻《ひね》るようにしてフリクション（摩擦）を利《き》かせ、いったん体重を預けて宙吊《づ》り状態になると、今度は背中を丸め、アイゼンの前爪で細かい岩角をしっかり捉える。

基本的な動作はドライツーリングと同様だが、重力のかかる方向がまるで違うから、アックスに限界を超える負荷が加わるのは間違いない。すでに変形しているアックスがそれに耐えてくれるかどうか、確信はまったくないが、惧《おそ》れる気持ちもとくにない。

天井を這《は》うハエになったような気分で一気にオーバーハングを乗り越える。そのあいだ呼吸はほとんど止めていた。つまり無酸素運動で、陸上競技の一〇〇メートル走などと同様だが、その持続時間はせいぜい十秒程度だ。こんな高所でそういうことを行なえば、終わったときに気絶しかねないが、それでも体が勝手に動く。

運よくお誂《あつら》え向きのリスが幾つも続き、五回ほどのムーブでオーバーハングを抜けて、その上の狭いテラスに這い上がる。

途端に気が遠くなる。荒い呼吸をしばらく続け、ようやく意識が鮮明になって、手にしていたアックスを見て驚いた。変形していたアックスのピックが三センチほど欠けていた。

いつ欠けたのか、どうしてそれでオーバーハングを乗り越えられたのかがわからない。途中で折れていたら三千数百メートルの距離を真《ま》っ逆《さか》さまに墜落《ついらく》していたはずだ。おそらく最後の最後、テラスに這い上がるときに限界に達したとしか考えられないが、それがまさに奇跡だったのは間違いない。

しかし、そのことに改めて恐怖を覚えるわけでもなく、なぜかそれが当然あるべき結果だとしか感じていない自分が不思議だった。

その先のリッジは比較的短く、ふたたびフリーで登り切り、雪壁の基部に立ったのは午後四時だった。最終ビバーク地点を出て十五時間。ここから頂上まで標高差にして一〇〇メートル足らずだが、高所の希薄な大気に喘《あえ》ぎ、すでに疲労困憊《こんぱい》している和志にとって、決して楽な道のりではない。あと二、三時間はみる必要があるだろう。

できれば明るい時間にショルダーまで下りたいと思っていたが、マジックラインはそれほど甘くはなかったようだ。ニックたちはおそらくすでに到着し、いまごろは下山にかかっているだろう。一時間程度なら待つと言っていたが、天候がいくらいいにせよ、K2の頂はそれ以上の人の滞在を許さない。

ピックの折れたアックスはもう使えない。しかしその状態をノースリッジの技術陣に見てもらい、今後の開発に役立ててもらう必要があるから捨ててはいけない。そちらはザックに括りつけ、アックス一本とアイゼンのみで雪壁を登る。

斜度は四〇度ほどで、ダブルアックスのテクニックを必要とするほどではない。だからといってとくにスピードが上がるわけではない。一歩、また一歩、荒い呼吸を繰り返しながら、着実に体を押し上げる。

わずかずつ希望が湧いてくる。磯村の喜ぶ声を早く聞きたい。磯村にまだまだ生きてほしいから。次の目標でも、さらにその次の目標でも、ともに喜びを分かち合ってほしいから――。

第十章　モチベーション

1

頂上に達したのは午後六時だった。

太陽は大きく西に傾いて、湧《わ》き出した雲海が黄金色に輝いているが、日没まではまだ一時間半はある。

チベット高原を覆《おお》う雲海に、K２が巨大な三角形の影を落とす。ブロード・ピークもガッシャーブルムも、その頂《いただき》はここより五〇〇メートル以上低い。周囲に並び立つピークがない世界第二位の高峰頂上からの眺望は意外に平凡だ。

頭上にはいまも青空が広がっているが、気温はだいぶ低くなり、東からの寒風がまともに吹きつける。

西の空には真綿を散らしたような高積雲が広がりだしていて、好天の大盤振る舞いもあすまでということになりそうだ。

ザックを下ろし、ズームレンズを広角側にして、頂上雪田《せつでん》と周囲の山々が入るように自撮りする。疲労困憊《こんぱい》した体ではそれだけでも大仕事だ。

撮影を終えてそのまま雪の上にへたり込み、衛星携帯電話でイスラマバードにいる友梨を呼び出した。

「和志さん、いまどこなの？」

友梨は心配そうに問いかける。

「頂上だよ。いま着いたところだ――」

そう答えた声が風で吹きちぎられる。友梨が問い返す。

「なんて言ったの？　そこは頂上なの？」

「ああ、なんとかやり遂《と》げたよ。周りにここより高い場所はない」

「よかった。信じてたのよ、和志さんは必ずやるって。でも、本当にやっちゃったのね。第三登よ。それも完全なソロでよ」

友梨は興奮を隠さない。和志は問いかけた。

「磯村さんの容態《ようだい》は？」

最後に電話を入れたのが六、七時間前で、あとはこちらが電話できるような状況ではなかった。イスラマバードに着いて、呼吸障害はだいぶ改善し、自力で歩行することもできるようになったとは聞いていたが、病院での検査の結果が気になった。

「本人に訊《き》いてみて。嘘《うそ》をつくようだったら、あとで私が訂正するから」

友梨は弾《はず》んだ声でそう応じ、途端に電話の声が磯村に替わった。

「まずはおめでとう。おまえにとっては最終目標じゃないが、マジックラインをソロで完登というのは、それだけでも歴史に残る大記録だよ」

「下りはニックたちのロープやテントを使わせてもらうから、完全なソロにはならないけどね」

「そんな細かいこと、誰も気にしないよ。それに冬の本番じゃ人の助けは得られないから、そっちは嫌でも完璧なソロになる。なんにしてもおれは嬉《うれ》しいよ。下りてきたおまえを出迎えられないのが悔しいけどな」

ベースキャンプにいたときのように呼吸が苦しいような様子はない。和志は訊いた。

「磯村さんの具合はどうなの？　検査の結果はもう出たの？」

「CTだのMRIだの、いろいろ検査されたよ。肺と肝臓《かんぞう》の転移が少し進んでいるようだが、いますぐどうこうというほどじゃない。腹水に関しては、とりあえず薬で治療しておいて、東京へ帰ったら抜いてもらうことにするよ」

「治療を受ける気になったんだ」

「手術とか抗癌剤《こうがんざい》を使うわけじゃない。腹に溜《た》まった水を抜くだけで、あくまで緩和《かんわ》ケアだ。とりあえず楽になるんならそれでいい」

他人《ひと》ごとのように磯村は言う。あくまで緩和ケアだ——。その言葉が気になった。予後の見通しが必ずしも良くないと観念しているような物言いだ。

「下山したら、ゆっくり話を聞かせてよ。とにかく元気になってよかったよ」

努めて明るくそう応じると、磯村は急《せ》かすように言う。

「それより長話している場合じゃない。一刻も早くショルダーまで下りないと命に関わるぞ。せめて日没前にボトルネックを抜けておかないと」

「あとは下るだけだから、なんとかなるよ。ニックたちと頂上でランデブーできなかったのが残念だけど」

「連中も全員登頂に成功したよ。少し前にショルダーに帰ったそうだ。じゃあ切るからな」

忙《せわ》しなく応じて磯村は通話を終えた。それを見計らいでもしたように、こんどはニックからの着信があった。

「カズシ、おめでとう。いま私たちはショルダーにいる。ここからはモンスターが邪魔をして頂上は見えないが、ベースキャンプのキーパーから、頂上に立った君の姿を見たと連絡があった。ランデブーは果たせなかったが、それでも我々の隊のメンバーが大記録を達成したのは間違いない」

モンスターというのは頂上直下の一五〇〇メートルほどもある巨大な懸垂氷河《けんすいひょうが》で、末端のセラックが崩壊すれば絶対に助からない。その直下にあるボトルネックと呼ばれる急峻《きゅうしゅん》で狭いクーロワールはアブルッツィ稜ルートの最後の難関で、そこで氷塊の直撃を受けて死亡したクライマーは少なくない。

「ありがとう。やはりマジックラインは楽には登らせてくれませんでした。あとはボトルネックですね」

「我々のフィックスロープを使ってくれ。とにかくスピーディーに通過することだ」

「そうさせてもらいます」

「ああ。ショルダーで待っている。こちらのパーティーの連中も、早く君の顔を見たいと楽しみにしているよ」

ニックもそう言って、先を急かすように短く通話を切り上げた。

どうやら大変なことを成し遂げたらしいと頭ではわかったが、実感として湧き上がる喜びはいま一つだった。

磯村の予後に不安があることもその理由だが、その磯村の希望を叶《かな》えるための次の挑戦のことが、すでに和志の心に大きくのしかかっていた。

2

和志はその日の午後九時過ぎにショルダーに到着し、ニックたちのテントで一泊して、翌日の午後早くにはベースキャンプに戻ってきた。

さすがに疲労の極に達していて、ショルダーのキャンプでもベースキャンプでもなかなか食事が喉《のど》を通らなかったが、イスラマバードに戻ればホテルでたっぷり休養できる。とにかくいまは磯村の元気な顔を見て、登攀《とうはん》の過程をつぶさに報告したかった。

友梨の指示で、ハサンはテントの撤収作業を済ませてくれていた。まもなくスカルドから友梨がチャーターしたヘリが到着し、ハサンとはそこで別れて、和志はイスラマバードに直行した。

イスラマバード空港では、磯村と懇意《こんい》な輸送業者が待機していて、荷物はすべてそちらに預け、和志は入院先の陸軍病院へ向かった。

駆けつけた病院では、磯村はベッドから起き上がり、院内の喫茶ルームに和志と友梨を誘った。元気なことをアピールしたい思惑もあってか、必要な検査をあらかた終えてからは、友梨を伴《ともな》って病院の庭を散歩したり、喫茶ルームでお茶を飲んだりしているようだった。

「冬の挑戦に向けての技術的な課題ははっきりしたわけだ。ドライツーリングが大きな武器になるとしたら、そこをとことん磨《みが》くことが、次の勝利の鍵《かぎ》になるな」

和志の詳細な報告を受けて、磯村は大きく頷《うなず》いた。

今回の登攀の困難さは、想定していたより雪と氷が少なかったことに起因した。しかしそれは和志の注文で氷に特化したアックスが、ドライツーリングに関してはネックとなった結果でもあった。

冬のマジックラインでは、アイスクライミングの重要性は今回よりも増すはずだが、それでもこのルートの鍵を握るのが岩だという実感を和志は強く抱《いだ》いた。

ドライツーリングはこれまであまり好きではなかったが、積極的に使うようにすれば、冬の登攀の際には技術的な幅が広がる。アックスの先端が折れはしたものの、アブミやボルトを使わずにあのオーバーハングを乗り越えられたことに、和志はドライツーリングの可能性を再認識していた。

そうなると、柏田のアイデアによる新型アックスには大いに期待が持てる。氷にも岩にも強いという欲張りな特性をとことん追求するそのアックスは、まさしく冬のマジックラインのために生まれるべきものなのだ。

そんな思いを聞かせると、強い期待を滲《にじ》ませて磯村は言った。

「冬のK2のこちこちの氷に容易《たやす》く刺さり、アクロバットみたいなドライツーリングにも堪《た》えられる――。そんな夢のような話、赤の他人が持ち込んだんなら詐欺《さぎ》商法みたいなもんだが、柏田のアイデアで、しかも山際社長が前のめりだとなるとな」

友梨の話では、素材の玉鋼《たまはがね》はアックス五本分を確保でき、和志が帰国しだい、現場の技術陣と話し合いながら基本設計に取りかかるという。場合によっては技術指導をしてくれる刀工とも、和志が直接話し合うことになるかもしれないとのことだった。山際はやることが早い。まるで今回のマジックライン登攀でわかった技術的課題を、すでに予見でもしていたかのような動きだった。

ピックが破断したアックスを見せると、磯村は唸《うな》った。

「よくまあこれで、生きて還《かえ》れたな」

「いつ、どう折れたのか記憶にないんだよ。オーバーハングを乗り越えて初めて気づいたんだ」

「最後の一登りのところで折れたんだろうな。その手前だったら進退窮《きわ》まっていただろう。おまえにはまだまだツキがあるぞ」

一つ間違えば死んでいたかもしれない話なのに、磯村はあくまで前向きに解釈する。その前向きぶりに便乗するように和志は言った。

「磯村さんも、まだまだ強運が続きそうだね。思っていたほど顔色も悪くないし、呼吸もまったく問題ないじゃない。この冬の遠征でも、ぜひベースキャンプに入ってもらいたいよ」

「いくらなんでもそれは難しいな。今回みたいにおまえが登っている最中に具合が悪くなったら、そこですべてがおじゃんになる。そのころはまだあの世に行っているつもりはないが、次は日本から発破《はっぱ》をかけてやるしかなさそうだな」

「だったら東京がベースキャンプで、Ｋ２の麓《ふもと》が前進ベースキャンプということにしよう。そのときも磯村さんに隊長を引き受けてほしいから」

「もちろんだ。いまは衛星携帯電話もある。インターネットでデータのやり取りもできる。昔と比べたら、通信環境には天と地ほどの隔《へだ》たりがあるからな」

そうは言っても、現地までのキャラバンや、ベースキャンプで生活をともにすることで生まれるコミュニケーションの質には、また別の意味がある。一緒にいればお互いの顔色や口の利《き》き方で体調やメンタリティが推《お》し量れる。電話やメールではそういうニュアンスは伝わりにくい。磯村が心配そうに問いかける。

「それより、おまえは大丈夫なのか。墓場から出てきたゾンビみたいにげっそりしているぞ。ホテルへ帰って、うまいものを食って、たっぷり休んだほうがいい。もっともマジックラインをソロで登って下りてきて、ぴんぴんしていられたら化け物だけどな」

そこまでひどいとは思わなかったが、まだ鏡を見ていないからなんとも言えない。そんなことを言われたとたんに、疲労がどっと押し寄せてきた。

「じゃあ、お言葉に甘えてそうさせてもらうよ。帰国するのはいつ？」

訊くと友梨が代わって答える。

「なるべく早いほうがいいんだけど、まだ腹水が溜まっているから、ファーストクラスとは言わないまでも、せめてビジネスクラスにはしないといけないでしょう。パキスタンはいまハイシーズンで、すぐにはアップグレードできなかったのよ。それでも、明後日の便をなんとか押さえられたわ」

「和志だって休養が必要だからな。普通は下山後、ベースキャンプで二、三日は休みを取るもんだ。おれのせいで強行スケジュールになっちまって申し訳ない」

「そんなことはないよ。ヘリを使ったおかげで帰りのキャラバンを省略できて、むしろ負担は軽くなったわけだから」

「そう言ってもらうと、いくらか気が楽になる。今回はおれがずいぶん足を引っ張ってしまったが、それでもおまえはやり遂げた。その点は感謝しかないよ」

磯村は馬鹿にしんみりした口ぶりだ。どことなく、いつもの覇気が感じられない。和志は切ないものを覚えた。やはり磯村はなにかを感じとっているらしい。和志と山への思いを共有できる時間が、必ずしも長くはないことがすでにわかっているのではないか――。

そんな不安を振り払うように、和志は大きく首を横に振った。

「足なんか引っ張られていないよ。むしろ背中をどんと押されて気合いが入った。次だって、次の次だって、磯村さんは僕にとって、なくてはならない登山隊長だよ」

3

友梨は予約していたホテルへタクシーで送ってくれた。その車中で和志は問いかけた。

「本当のところ、磯村さんはどうなの？　なんだか元気がないように感じたんだけど」

「検査の結果、本人が思っていたほどは進行していなかったようなのよ。でも今回のことがあったから――」

「本人はいまも山で死にたいと思っているのかもしれないけど、容態が急変したら、僕らとしては放っておけないからね」

「少なくとも、これまでのような活動ができないことは納得せざるを得なかったようなの。日本に帰ったらしっかり検査するとは言ってるけど、その結果がどうであれ、手術や抗癌剤治療を拒否する考えは変えていないようね」

友梨は唇を嚙《か》みしめた。磯村は死期が迫っていることを知っている――。友梨の言葉にもそんなニュアンスが滲んでいる。

いつもの威勢のよさに押されて、魂《たましい》のパートナーとしての磯村がいつかいなくなるという現実を、和志もつい実感を持って考えてこなかった。というより考えることから逃げていたというべきかもしれない。

登っているときは自《みず》らの死にあれだけ無頓着《むとんちゃく》でいられるのに、磯村の死期がいよいよ迫っているかもしれないいま、その現実にこれから否応《いやおう》なく向き合わざるを得ない。そのことに和志は慄然《りつぜん》たる思いだった。

自分が磯村の夢を叶えることで、彼に生きる力を与えられる――。それが大変な思い上がりではなかったかと、忸怩《じくじ》たるものを禁じ得ない。それはむしろ逆だった。磯村がいなくなっても、自分は彼の夢の続きを生きられるのか？　そう自問したとき、確たる答えが思い浮かばないのが情けない。

風来坊《ふうらいぼう》のような壁屋でしかなかった自分を、アルピニズムの檜《ひのき》舞台に押し上げてくれたのが磯村だった。彼のヒマラヤに懸《か》ける夢が、同時に和志の大きなモチベーションでもあった。その磯村を失ったとき、自分は元の自分に戻ってしまうのではないか。

そうではない。もしそうなら、いまの自分は磯村の創作物に過ぎない。あるいは磯村にコントロールされるロボットのようなものだ。そんな考えこそ、磯村の夢に対する冒瀆《ぼうとく》であり、アルピニズムに対する冒瀆でさえあるだろう。

「生きてほしいよ、一日でも長く。彼がしてくれたことの、まだほんの一部しか僕は返せていない。この冬のＫ２でも、その次に登るかもしれないマカルーでも、生きている彼と喜びを分かち合いたいから」

痛切な思いで和志は言った。悔恨を滲ませて友梨も応じる。

「私たち、ずっと磯村さんに甘えてきちゃったね。心配をかけないように黙っていたけど、体調は決してベストじゃなかったはずよ。私たちはそれで安心しきって、いろいろ無理をさせていたのかもしれないわ」

「でも、それを言ったら失礼だよ。彼は自分の意志でそう生きた。いまだって決して絶望なんかしていない。ネパールには、『息ある限り希望がある』という格言があって、磯村さんもよくそれを口にしていた。だから彼に精いっぱい甘えることが、いま僕らにできるいちばん大事なことのような気がするんだ」

　自らを奮《ふる》い立たせるように和志は言った。生きながらえようともがくでもなく、絶望の淵《ふち》に沈むでもなく、まさしく息ある限り、ただ愚直に磯村は自分の夢を追い続けようとしているのかもしれない。そして、そんな自分の境遇に同情など無用だと、心の底から叫んでいるのかもしれない。

「そう考えないといけないのかもしれないわね。この先、どうなるかじゃなくて、いまいる磯村さんのことだけを、私たちは考えるべきね。だって、磯村さん本人がそうしてるんだから」

　友梨は納得したように大きく頷く。しかしその眦《まなじり》に光るものがあるのを和志は見逃さなかった。

4

　ホテルに到着し、和志がチェックインすると、友梨は磯村のことが気がかりだと言って病院に戻っていった。

　和志はそのまま倒れ込むようにベッドに横たわった。十分食事をとらないと体力が回復しないのはわかっていたが、まずは眠るのが最優先だった。磯村に会うまでは気が張っていたが、とりあえず元気な様子を確認したところで、蓄積していた疲労が一気に襲ってきたようだった。

泥海の底に沈んだような眠りから覚めたときは、午前零《れい》時を過ぎていた。寝ているあいだになにか連絡が来ていないかとパソコンを立ち上げると、二通の新着メールがあった。一通はスロベニアのトモから、もう一通はカトマンズのエリザベス・ホーリーからだった。

マジックラインのソロ登攀のニュースは、ニックたちによって、すでに世界中に発信されていたらしい。トモのメールは次のようなものだった。

心の友、カズシへ

素晴らしい達成おめでとう。ポーランドのチームがマジックラインの初登を果たしたのは、私が南南東リブをソロで初登した年だったから印象に残っている。

しかしそのとき私は、あそこをソロで登ろうなどとまったく考えもしなかった。下から見ただけでも、それほど厄介《やっかい》なルートだった。ところが君はあっけなくそれを達成してしまった。さらにこの冬、ふたたびソロで挑戦するそうだね。

もう私の時代ではないことはとっくにわかっていたが、君が目指しているのは、いまの時代をもはるかに超える偉大な挑戦だ。そんなクライマーが誕生してくれたことが、私にとっては心から嬉しい。

いまは疲れ切っているだろうが、あとで君が成し遂げたことの一部始終をぜひ聞かせてほしい。君に対して、もうアドバイスなどということ自体がおこがましいが、K2の冬季単独初登頂という想像を絶する挑戦には、私も心を躍《おど》らされる。それを成功させるために、なにかささやかなヒントでも思いつけばと思ってね。

とにかく、いまはたっぷり休養をとることだ。隊長のイソムラにもおめでとうと伝えてくれ。

リュブリャナにて
トモ・チェセン

心のこもった熱いメッセージだった。しかし、トモには磯村の病気のことを伝えていない。トモだけではなく、それは和志や友梨や山際、ニック隊の一部の人々など、ごく限られた人々しか知らないことだ。

ノースリッジのパブリシティという観点からすれば、それは和志の挑戦にさらにヒューマンドラマの要素を付け加え、世界の注目を集めるにはうってつけだろう。しかし、友梨も山際もあざといやり方だとして関心を示さない。

もちろん磯村がそんな話に乗るはずもない。だからトモにも、あえてそれを知らせる必要はないだろう。

続けてリズからのメールを開いた。それは次のようなものだった。

親愛なるカズシへ

凄《すご》いことをやってのけたわね。もうカトマンズもその話でもちきりよ。カラコルムは私の守備範囲じゃなくて残念だけど、もしカトマンズに立ち寄ることがあったら、ぜひお話を聞かせてね。

冬のK2も、あなたはきっとやるわよ。その次はマカルーの西壁かしら。先走りすぎかもしれないけど、私にとってはそれがいちばんの楽しみなの。

アマ・ダブラムで起きたことは、あなたにとってショックだったと思うけど、必ず乗り越えてくれると信じていたわ。ケンも喜んでいるでしょうね。
とにかくおめでとう。あなたたちはヒマラヤを愛するすべての人の誇りよ。
カトマンズにて
エリザベス・ホーリー

リズにも磯村の病気のことは教えていない。しかし二人とも、和志と磯村のあいだの強い絆《きずな》のことは知っている。リズの言葉には、和志の達成が磯村の力あってのものだというニュアンスが込められている。いまの和志にはそのことが嬉しい。

リズは現在九十三歳だ。彼女にも冬のK2、さらにはマカルーの西壁への挑戦を元気で見守ってほしい。二人にはさっそく丁寧《ていねい》に返信をした。

メールを送り終えたとたんに、激しい空腹が襲ってきた。十分な睡眠で休眠状態にあった胃や腸が活発に動き出したらしい。

ホテルのレストランはもう閉まっている。ルームサービスはやっているので、メニューを眺めてケバブやビリヤニといったパキスタン料理を端から注文すると、それが地元の人間でも驚くような量だったらしく、本当に間違いないのかと確認された。

そこまで言われると自信がないので、病院から戻って同じ階の部屋にいた友梨を呼び出して付き合ってもらうことにした。友梨も小腹が空いていたところだったらしく、喜んでこちらの部屋にやってきた。

「だいぶ顔色がよくなったわ。たっぷり眠れたの？」

友梨は安心したように訊いてくる。

「もう大丈夫だよ。起きたら猛烈にお腹《なか》が空いてね」

「ローツェのときもそうだったわね。あまり疲れると、食欲がなくなるものなの？」

「僕の場合、登攀中は食べてもナッツやスナックくらいだから、内臓が長期休暇に入ってしまうらしい。ただし、そのあとの揺《ゆ》り戻しが大変でね」

そんな話をしながらミニバーから冷えたビールをとり出し、まずは乾杯をする。友梨もイスラマバードへの移動以来、気持ちがずっと張り詰めていたようで、日中会ったときも心なしかやつれて見えた。

「磯村さんの調子は？」

訊くと不安げのない口ぶりで友梨は応じる。

「腹水のせいで食欲がないのが心配だけど、きょうはほとんど補助酸素なしで過ごせたから、帰国にはまず問題はなさそうね」

「それはよかった。トモとリズからメールが届いていたよ」

「今回はニックたちが熱心に世界に発信してくれたようね。私は磯村さんのことがあって、ほとんどそっちは手付かずだったんだけど」

二人からのメールを見せると、友梨は感嘆の声を上げた。

「ヒマラヤ登山界の大御所二人が、さっそくお祝いしてくれたのね。すごいじゃない。磯村さんもきっと喜ぶわ。あす、さっそく読ませないと」

「どちらも、磯村さんの尽力がどれだけ大きいかよくわかってくれている。もちろん山際社長や友梨のサポートもあってのことだけど」

「私たちにはビジネス上の理由もあるから、磯村さんとはまた意味が違うわよ。でも、社長も今度の成功でとても気をよくしているわ。冬のK2では、会社をあげて支援体制をとるそうよ」

「ああ。新型アックスのデビュー戦でもあるからね」

「磯村さんと一緒にスカルドに乗り込むことも考えているようなの。彼の容態にもよるけどね」

友梨は弾んだ声で言う。K2から一〇〇キロ余りを隔てたスカルドとはいえ、六〇〇〇キロ弱も離れた東京とは精神面での安心感が違う。山際と磯村がスカルドにいてくれれば、そこには理屈を超えた心強さがある。期待を込めて和志は言った。

「ぜひ、お願いしたいね。なにかのときには病院もあるし、磯村さんだって、カラコルムの玄関口のスカルドなら十分山にいる気分になれるはずだよ」

5

和志と磯村と友梨は、翌日の深夜の便でイスラマバードを出発し、昼過ぎには成田《なりた》に到着した。

イスラマバードからは十時間を超える長旅だが、そのあいだ磯村は不調を訴えることもなく、航空会社から貸与を受けた医療用酸素ボンベを使うこともなかった。

食は相変わらず進まず、機内食は残すことが多かったが、とくに辛《つら》そうな表情は見せなかった。しかし、本当のところは当人にしかわからない。

空港には磯村の妻が迎えに来ていて、ヘリや病院、帰国の便の手配に尽力した友梨、夫の夢を叶えるためにマジックラインを制覇した和志への感謝の気持ちを伝えた。

磯村は、出発前に検査を受けた都内の総合病院に直行するという。山際は著名な癌専門の医療機関での受診を勧めたが、手術もせず抗癌剤も使わず、もし必要なら緩和ケアのみ行なうという磯村の考えに理解を示してくれたのがその病院の医師だった。

病院を替えたら、自分の考えをまた一から説明することになる。下手《へた》をすればそれを理解されず、望まない治療を強引に進められかねないと、磯村は頑《かたく》なに拒絶した。

和志は磯村を病院へ送ったあと、いったん実家に戻って両親に無事な姿を見せてから、ノースリッジの本社へ出勤した。立場としては社員であり、今回の遠征の経過を、登った本人の口から会社に報告するのは社員としての大切な仕事だ。

山際は主だった重役を伴って会議室で和志を迎えた。和志は入山直後のオーストリア隊の救難から、自身の登攀に成功するまでの経緯を報告し、磯村の病状に関しては友梨が詳《くわ》しく説明した。

役員たちからは幾《いく》つも質問があり、とくに技術担当の役員からは、折れたアックスに関して鋭い質問が飛んだ。

破断が起きた原因として、自分がアイスクライミングを重視しすぎて、ドライツーリングにおける強度の確保に注意が行き届かなかったことを和志は認めた。

しかし、現在企画中の新型アックスでは、その両方の要素を高いレベルで両立させることが可能なはずだと強い期待を示したところ、山際はもちろん、参加したすべての役員がそれに賛同した。

友梨は冬のK2挑戦に向けたパブリシティ戦略の概要を報告し、そのなかで新型アックスの開発計画を強くアピールしたいとの腹案を披露《ひろう》した。もちろんそこはすでに山際とすり合わせが済んでいたはずで、山際は一も二もなく賛意を示した。

山際は、その場ではあまり発言はしなかったが、どうやら報告会議そのものは儀式と割り切っていたらしく、夕方どこかのレストランで落ち合って、そこでゆっくり話をしたいとの意向だと友梨から耳打ちされた。もちろん和志に異存はない。それならさっそく適当な店を予約すると友梨は張り切った。

病院にいる磯村からは、会議のあとすぐに連絡があり、検査の結果はイスラマバードでのものとほぼ相違なく、肝臓と肺への転移が、出発前と比べやや進行しているとのことだった。

腰骨への転移も見られるが、そちらは放射線による治療で症状が軽減でき、もちろん登山は無理だが、痛みさえ抑えられればＱＯＬの面でそれほど支障はないだろうという。

腹水に関しては、以前は抜いてもすぐに元に戻るし、それによって体力を失うとして否定的な見解を示す医師が多かったが、いまは単に抜くだけではなく、抜いた腹水を濾過《ろか》して有用な成分を点滴で体内に戻す方法が開発されているらしい。それによって食欲や呼吸障害も改善され、十分なＱＯＬを維持することが可能だという。

治る保証のない手術や抗癌剤治療で体力を消耗《しょうもう》するより、残りわずかな人生でも、ＱＯＬ最優先で可能な限り元気でまっとうしたいという磯村の信念は固く、その医師もそれを了承したという。

「どうあがいても先が短いのは変えようがない。山際社長のご厚意に甘えて、とりあえずおまえの冬のＫ２への挑戦をスカルドで見守ることがいまは最大の目標だ。おまえはおれのことなんか気にしなくていい。あくまでそれはおれの我儘《わがまま》な願望で、叶うも叶わないも天命に従うまでのことだから」

さばさばした調子で磯村は言った。その言葉の背後に秘めている思いを推し量る術《すべ》が和志にはない。さらに自分の今後の大きな挑戦が、すべて磯村のためだというような思い上がりもしたくない。

そんな恩着せがましいことを言い出したら、磯村に精神的な負担を負わせることになる。これからやろうとしているのは、場合によっては磯村より先に自分が死ぬ可能性さえあることなのだ。

今回の登攀でも現に二度、死んでも不思議ではなかった局面に遭遇している。奇跡的なタイミングで助かったセラックの崩壊がそうだったし、アックスが破断したあのオーバーハングの登攀にしてもそうだった。

磯村のためになどということを口にしていたら、それが死に繋《つな》がったとき、その責任を磯村に負わせることになる。和志にとってそれほど不本意なことはない。

ヒマラヤの、それも未踏《みとう》のバリエーションルートに挑む以上、そこでの生死の責任を他人に負わせようという気は和志にはさらさらない。磯村もそんな思いでいるのはわかっている。彼は自ら選択した治療方針に残りの生を託したのだ。そしてその責任を、誰かにとらせようとは決して思わないだろう。

それでも和志と磯村の立場には決定的な違いがある。登攀中に遭遇するどんなリスクに対しても、和志は自分の力で対処できる。死の危険は必ずついて回るが、それを自分の力で可能なかぎり遠ざけられる。

しかし磯村にはそれができない。彼にとって死は、すでに約束されたものであり、逃れることのできない現実なのだ。

「東京と比べれば目と鼻の先のスカルドに磯村さんがいてくれれば、僕も心強いよ。その気になればヘリでたった三十分だから」

「まあ、キャラバンなしで一気に五〇〇〇メートルじゃ、下りたとたんに高所障害にかかるけどな。しかし酸素ボンベを背負《せお》っていけばできないこともない」

軽い気持ちで言ってみたら、磯村はどうも本気な様子だ。それなら山際だってベースキャンプに来られないわけではない。数時間だけの訪問なら、やってやれないことはないだろう。

「楽しみだね。ベースキャンプから眺めたら、マジックラインの雪や氷の状況について、磯村さんの貴重なアドバイスが聞けるかもしれない」

「煽《おだ》てるなよ。今回の挑戦に関しては、おれの読みもほとんど外れたんだから。そこまで岩のルートが多いとは、考えてもみなかったからな」

「そんなことはないよ。登っている途中でいろいろ相談できるのは、僕にとってはすごく心強いから」

「おれの言うことなんかなにも聞かないくせに――」

からからと笑ってから、すこし寂《さび》しげに磯村は続けた。

「体調がよければ山際社長におねだりしてみるよ。ひょっとしたら、それがヒマラヤの高峰の見納めになるかもしれないから」

6

磯村との電話のあと、和志は技術部門の担当者たちと会って、アックスが破断に至った経緯を詳しく説明した。

アイスクライミングとドライツーリングでは、アックスへの負荷のかかり方がまったく異《こと》なることを彼らも把握はしていたが、現物のアックスを手にし、身振り手振りを交えての和志の説明によって、新型アックスでの改良点について、幾つものヒントを得たようだった。

ピックが破断した理由については、氷への適応と軽量化を最優先して、部材を薄くしたのが大きな原因だったと技術部門の責任者も認めた。とはいっても、ただ厚くしていればそのリスクが避けられたわけではないとも彼らは言う。

アックスを振り下ろすスピードが同じなら、ピックを厚くすれば重量が増し、そのぶん運動エネルギーも大きくなり、部材に対する負荷が大きくなるからだ。もちろん捻《ひね》りが加わるような負荷の場合は厚みがあるほうが有利だが、そこには材料の特性や負荷を分散させる全体的な構造の問題もあり、ドライツーリングでの強度を確保するうえで、部材の厚みは必ずしも決定的な条件ではないというのが彼らの意見だった。

いま設計を進めている新型アックスに関しては、玉鋼という優《すぐ》れた鋼材を用い、シャフトを含む一体成型とする柏田のアイデアによって、あえてヘッドを厚くしなくても、必要な強度を持たせられると彼らは言う。それによって氷に対して切れ味良く、ドライツーリングでの特殊な負荷にも耐えられるアックスは十分実現可能だと自信を示した。

とくに折れにくく曲がらないという日本刀の特性は、アックスにおいても重要な要素になる。現在では日本刀の材料としてのみ使われる玉鋼と、日本を代表する刀工のノウハウのコラボレーション——。場合によってはその刀工が自ら鍛造《たんぞう》も手掛けるという話もあるとなると、いやが上にも期待が高まる。

しかし、問題はコストだ。玉鋼の生産量は極《きわ》めて少なく、その大部分が美術刀としての日本刀に使用されている。アックス五本分の玉鋼が手に入っただけでも山際の大殊勲《しゅくん》で、それを鍛造する複雑な工程を考えれば、一般的なアックスと同等の値段で販売できるとはとても思えない。

現代の刀工による日本刀でも一振り四、五十万円が相場で、人間国宝級の作品となれば一千万円を優に超えるものも少なくないという。そんな値段のアックスを売ろうとしても、ビジネスとして成り立つはずもない。

しかしいま取り組んでいるのはあくまで試作品で、その開発に成功すれば、次はたたら製鉄の技術を生かした玉鋼の量産にも乗り出し、鍛造技術も自動化して、一気に市販のアックス類と同レベルの価格を実現したいと山際は意気込んでいるらしい。

もちろん、ノースリッジ単独でそこまでできるとは考えてはいないが、大手の製鉄会社や金属加工会社を巻き込めば、実現は十分可能だというのが山際の目算のようだ。しかしそうだとしても、ノースリッジにとって、それが文字どおり社運を懸けた挑戦になるのは間違いない。

日本の伝統技術の粋《すい》を集めたアックスによって、世界のクライミングギア市場に確固たる地位を占める——。山際にそんな壮大な夢があることを、現場の技術者の口から聞かされて和志は驚嘆した。

日本国内ではすでにトップメーカーとしての地歩を固め、世界レベルでも認知度は急速に高まっている。いまあえてそこまでの冒険をする必要があるのかどうか、和志の考えが及ぶところではないが、どうやら山際には、創業当時のベンチャー魂がいまも息づいているらしい。

いや、それはベンチャー魂というより、和志もいまはその一角を占めるようになった、世界のトップクライマーの本能とも共通するものかもしれない。

ラインホルト・メスナーは無酸素でのエベレスト登頂によって世界の常識を覆《くつがえ》し、さらに初のエベレストのソロ登攀も成し遂げて、以後の八〇〇〇メートル峰でのアルパインスタイルの普及に先鞭《せんべん》をつけた。

ジャヌー北壁、ローツェ南壁の連続ソロ登攀をやってのけたトモ・チェセンにしてもそうだった。証拠写真の不備がその後の疑惑を招いたが、それだけ彼の達成が、当時の常識を覆すものだったことの証左でもある。

現に和志自らが、ローツェ南壁冬季単独初登攀の成功によってそれが法螺《ほら》話ではなかったことを証明し、ほかにもトモのあと、ナンガ・パルバットのルパール壁やアンナプルナ南壁などの困難なバリエーションルートに、アルパインスタイルやソロで新ルートを開拓する事例が幾つも続いている。そうした人々にとっては、前人未到の世界こそ自分が生きる場所なのだ。

自分がそこまでの境地に達しているかどうか、和志はまだ確信がない。しかし山際にそんなあくなき挑戦の意志があると聞けば、その夢の実現に、和志もささやかながら貢献したいと願わざるを得ない。

そして自分にできることは、そのアックスを完成させるために、きょうまでの経験知を惜《お》しみなく注ぎ込み、かつそれを使って、まずは冬のK2ソロ登攀を成功させることなのだ。

山際が挑もうとしている冒険は、和志のためのものでも柏田のためのものでもない。いま自らが置かれている経営状況のなかで、自らが紡《つむ》ぎ出した起業家としてのあくなき夢というべきものなのだろう。翻《ひるがえ》って自分はどうなのか。

けちな壁屋に過ぎなかった和志をここまで引き上げてくれたのは磯村であり山際だった。彼らに匹敵するような自らの夢への思いの強さが、果たして自分にあるのかと自問する。

7

夕刻、友梨が予約した銀座のフレンチ・レストランで、山際は和志を待ちかねていた。友梨ももちろん同席している。ワインでの乾杯もそこそこに、山際はさっそく切り出した。

「さっきのような堅苦しい場では、機微に触れる話がなかなかできない。あくまで老婆心《ろうばしん》と受けとってもらってかまわないんだが、柏田君のことがあって、こんどは磯村君にあんなことがあった。それで君のモチベーションに、なにか変化があるんじゃないかと気になってね」

山際は微妙な探《さぐ》りを入れてくる。なにもないと言えば嘘になる。柏田に関しては、あの北川という医師による言いがかりは不当だとしても、自分の判断が絶対に正しかったとは決して思っていない。

ほかにも危険を回避する方法はあったかもしれないし、山が本格的に荒れ出すまえに撤退することもできたのだ。柏田が登ることを強く望んだとはいえ、パーティーのリーダーとして、無理にでも決断すべきだったという悔いはいまも消えない。

そんな思いに打ちひしがれて、磯村や友梨にいくら背中を押されても、次の遠征になかなか気持ちが向かわなかった。

そのあとようやく気持ちを立て直せたのは、自分の余命を匕首《あいくち》のように突きつけた、磯村の強い説得があってこその結果だったとも言える。

「今度のことで、僕にとって磯村さんがどれほど大事な存在だったかを思い知らされました。彼がいなくなったとき、いまのモチベーションを維持できるかどうか、正直言って確信が持てません」

「わかるよ。彼の夢を叶え続けることが、君にとってはとても大事なことだったはずだ。私だって、彼には大いに感謝している。きょうは入院手続きやら検査やらで忙しいと思ったからお見舞いは遠慮したんだが、あすには出向いて、彼ともいろいろ話をしようと思っているんだ」

「僕自身は、決して大きな野心は持っていなかったんです。ただヒマラヤにいて、気に入った壁を登っていられればそれでよかった。世界のトップに躍り出ようなんて、かつては夢にも思っていませんでした」

「そんな君を見ていて、彼は歯痒《はがゆ》かったんだろうね。才能を見抜いていただけに」

磯村の思いに共感するように山際は言う。和志は率直《そっちょく》に応じた。

「きょうまで僕の背中を押し続けてくれたのが彼でした。僕をこれまで経験したこともないステージに押し上げてくれたのが彼だったし、そこから逃げようとするのを押しとどめてくれたのも彼でした」

山際は大きく頷いた。

「いま君がいるのがどれほどプレッシャーを感じる場所なのか、私にもいくらか想像がつくよ。そこに踏みとどまってほしいというのはノースリッジの経営者としての勝手な願望かもしれないが、あえて言わせてもらえば、私にとって君の活躍にはそれ以上の意味がある。私のなかで消えかけていた起業家としての情熱に、ふたたび火をつけてくれたんだ」

そんな言葉を、和志は額面どおりには受けとれない。

「きょうまで山際さんが歩んだ軌跡こそ、僕にとって大きな刺激でした。僕は、かつてもいまもただの壁屋です。どう頑張っても山際さんのような大きなチャレンジはできません」

「そんなことはない。君ほどのレベルには達しなかったが、私もかつてはクライマーだった。転落事故で体が不自由になったとき、私は生きる目標を失った。しかし、山への情熱だけは燠火《おきび》のように残っていた。その小さな火種を頼りにビジネスを立ち上げた。そのあと幾つも幸運が重なっただけで、私一人の力でできたことなんてほんのわずかなんだよ――」

山際は穏《おだ》やかな口調で続ける。

「いろいろな人が助けてくれたが、ハル・ブラッドレイが私の開発したアックスに注目してくれたのが運命の分かれ目だった。君にとっての磯村君と似ているね」

「アメリカの偉大なクライマーですね」

「ミックスクライミングの草分けの一人だよ。彼がいなかったら、いまの私もいなかった。それをきっかけに、ノースリッジの製品を愛用してくれる人が増えてきて、多くの人が次の製品に期待してくれるようになった。しかし、そこに至るまでの道のりは惨憺《さんたん》たるものだった――」

クライミングギアの分野では片田舎《かたいなか》の零細企業に過ぎないノースリッジが、世界に打って出ようなどというのはおこがましい――。日本の登山用品業界も、当時大物と言われていた日本のクライマーも、みんなそんなふうに見ていたと山際は言う。

「いちばん悲しかったのは、そういう世間の評価に私自身が反論できないことだった。そんな考えにいちばんとりつかれていたのが、なにを隠そうこの私だったからね」

山際は淡々と述懐する。新型アックスの開発に社運を懸けて乗り出すという今回の山際の決断を知らされて、その意志に感動し、大いに憧《あこが》れもした。そんなイメージにそぐわないいまの山際の言葉は、和志にとってあまりに思いがけないものだった。

しかし和志は落胆したのではなく、むしろ山際が自分に一歩近づいたような感覚を覚えた。そしてそんな新しい距離で見る山際が、これまで以上に大きく見えてきた。

山の本当の大きさは遠くからではわからない。スカルドに向かう飛行機から見たK２は、周囲の山に抜きん出て高く見えた。しかし、コンコルディアから間近に望んだK２は、体感的ともいうべき迫力で迫ってきた。和志が覚えたのは、それと似たような感覚だった。そんな感慨を抱いて和志は言った。

「山際社長は、僕なんかが足元にも及ばない強い人だと思っていました。そんな時代もあったんですね。でも、やはり僕とは違います。もしいまクライマーとしての命を絶たれたら、僕は絶望の底に沈み込んで、きっとなにもできずに人生を終えるでしょう」

和志の言葉を否定も肯定もせず、こだわりのない調子で山際は続けた。

「現役時代は国内でもそこそこ名の知れたクライマーのつもりだった。そんな自信を持って、試作品のアックスを都内の登山用品店や著名なクライマーたちに見てもらったが、誰も相手にしてくれなかった。使って性能を評価してくれる人もいなかった――」

厳しい登攀で命を託すことになるのがアックス類を始めとするクライミングギアだ。ものづくりに関してはずぶの素人《しろうと》の山際がつくったアックスに、誰も興味を示さなかったのは、当然と言えば当然のことだったと山際は述懐する。

「当時の私には背負い切れない負債を抱え、返済するには自分が死んで、生命保険の保険金で支払うしかないとまで思い詰めたよ。つまらない野心は抱かず、小さな登山用品屋の親爺《おやじ》に甘んじていれば、家族にも迷惑をかけずに済んだと大いに悔やんだものだった」

自嘲《じちょう》するように山際は笑った。自殺まで考えたというのは初めて聞く話だった。山での重傷でクライマー人生を絶たれてなお、不屈の精神で立ち上がり、現在の地歩を築き上げた強靭《きょうじん》なべンチャー魂の持ち主――。そんな和志のなかのイメージがさらに変わった。

「君にとって磯村君を失うことがどれほど大きな喪失感をもたらすか、私にも想像できるし、それでもなお、これまで同様のビッグクライムを続けるように君に強《し》いることは私にはできない――」

山際は穏やかな調子で続けた。

「冬のK2にしても、まだ確定していないその次の目標にしても、君にとっては命を削《けず》るようなクライミングだ。そもそも部外者が口を挟める領域じゃないことはわかっている。しかし、僭越《せんえつ》ながら、君にはそれを成し遂げる力があると私は確信している。それは磯村君も同様のはずだ」

「ローツェ南壁も、今回のマジックラインも、形態はソロでも磯村さんとのチームワークによる成果です。そういう意味で、僕はまだクライマーとして一本立ちできているという実感がないんです。彼を失うことが、今後の僕のクライミングにどういう影響を及ぼすか、いまは想像もつきません。そもそも挑戦しようという意欲があるかどうか――」

「なにがあろうと、これまでと同様に君をサポートしたいという我々の考えはいまも変わらない。しかし、私たちには磯村君の代役はできない」

山際は苦衷《くちゅう》を覗《のぞ》かせる。それは磯村がこの先長くは生きられないという事実を前提とした話だ。だからおまえはどうするつもりなのだとここで訊かれても、それについての確たる答えは思い浮かばない。

「とりあえず僕にできるのは、冬のK2に全力で取り組むことだけです」

そう答えるのが精いっぱいだった。山際は頷いた。

「もちろんだ。それが磯村君に元気を与えるいちばんの薬だからね。しかしそれ以上に彼が望んでいるのは、自分がいなくなったあとも、君が彼の夢を追い続けてくれることだと私は思う」

山際は言う。ソフトな口調だが、婉曲《えんきょく》に叱咤《しった》されているようにも感じる。もちろん山際が無理強いしているのではないことはわかっている。しかしその山際でさえ、自ら乗り出したアックスの開発で挫折感を味わい、自殺さえ考えたという話を聞けば、自分がそのとき、これまでと同様のビッグクライムに挑む精神力を保っていられるかどうか、いよいよ自信がなくなってくる。

トモにしてもそうだった。ローツェ南壁ソロ登攀への疑惑との闘いの果てに、彼はその後のヒマラヤ登山そのものを断念した。あのトモでさえ、そこから立ち直るだけの精神力は持ち合わせていなかった。

未踏のヒマラヤの高峰に挑むという傍目《はため》には大胆極まりない行為が、じつはそんなデリケートなモチベーションによって支えられていることを和志はよく知っている。だから、正直に言えば心細いのだ。

磯村がいない世界がまもなく訪れる。そのとき自分が彼の期待を裏切ることなく、新たな目標を目指すことができるのか。より悲観的に考えれば、冬のＫ２に挑むまえに磯村がこの世を去ることだって考えられる。そのことに対する心構えが果たして自分にあるのかどうか？

「僕がそこまで強い人間かどうか、いまは自信がないんです」

和志は率直に言った。強がってみせることは簡単だ。しかし冬のＫ２は、強がりだけで登れる山ではない。山際は頷く。

「もちろんだ。私だって、君の立場だったらそう答えるよ。そもそも君がいま挑戦していること自体、私のような引退したクライマーにとっては想像を絶する話だよ。しかし、同時にとても羨《うらや》ましい。君には世界中のファンに勇気を与える力がある」

「もしそうだとしたら、それはノースリッジのサポートのお陰です。僕はただ登って下りてきただけですから」

「そこが地球の頂上の一角で、そのうえ最高に困難なルートを登ってだということを忘れるべきじゃない。その点についてはもっと自信を持つべきだよ」

「でも、社長が今回やろうとしていることは、それ以上だと思います」

「新型アックスの件かね。私が君に言いたかったことは、それとも関係があるんだよ。じつは私もいま、経営者として壁にぶつかっていてね。君の活躍のお陰もあって会社の業績は順調に伸びてきた。ところがそれに反比例するように、経営に対するかつてのような情熱を感じなくなったんだ」

「ここまで破竹の勢いでしたから、一休みしていい時期なのかもしれませんよ。あ、すみません。生意気なことを言って」

恐縮して付け加えると、山際は笑って応じた。

「気にすることはないよ。うちの重役からも経営者仲間からも、そう言われていてね。いまはわざわざリスクをとって、冒険すべきときじゃないのかもしれない。それはわかっていても、怖いのはその安心感なんだよ。一度途切れた緊張感はなかなか元に戻せない。いまは順調でも、会社を経営していればいつなにが起きるかわからない。そのとき気持ちが弛緩《しかん》していれば、とっさの事態に即応できない。だからこの辺で、自分に活を入れようと思ったんだ」

「それが新型アックスのプロジェクトなんですね」

「ああ。広川君からもう聞いているだろうが、ゆくゆくは市販を前提にした量産化を考えている。それをノースリッジのフラッグシップにして世界に打って出る」

「量産となると、かなりの投資が必要になるんじゃないですか」

「もちろんだよ。社運を懸けると言っていいくらいの投資を考えている。玉鋼の量産化と日本刀の技術を生かした高度な鍛造技術が確立できれば、欧米のメーカーの追随《ついずい》を許さない製品で世界に打って出られる。そう決断してからは、ひりひりするような緊張を味わっているよ」

「日中の会議では、重役のみなさんも前向きでしたね」

「そこまで持っていくのには、ずいぶん苦労したよ。しかし私だけじゃなく、重役連中も社員も、ここのところたがが緩《ゆる》んできていてね。ここでギアを入れ直さないと会社が迷走しかねない。そんな危機意識をなんとか共有できたんだ」

「そんなお話を聞くと、僕も緊張しますよ」

覚えず和志は言っていた。そこだというように山際は身を乗り出す。

「じつは君こそ、そのプロジェクトに欠かせない存在なんだ。勝手に決めつけて申し訳ないが、本格的に始動したら我々はまさしく一心同体になる。そのとき君は単なる広告塔じゃない。これから挑むクライミングで得られる知見が、すべてプロジェクトの血肉になるはずだよ。だから、君にはまだまだこの先も、大いにビッグクライムにチャレンジしてほしいんだ――」

山際は居住まいを正して続けた。

「そこで私からのお願いなんだが、今後はうちの技術部門の副部長を引き受けてくれないだろうか。もちろんこれまでどおり非常勤で、クライミングは自由に続けてもらう。ただし、技術面でのアドバイスでは、いままで以上に積極的に関わってほしい。受けてもらえないだろうか。私としては、ゆくゆくは君に取締役に就任してほしいとさえ思っているんだよ」

8

翌日の夕刻、腹水を抜く治療を終えて磯村の症状が一気に軽減したと聞いて、さっそく和志は病院に向かった。

イスラマバードでは大きく膨《ふく》れて、パジャマのうえからも隠しようがなかった磯村の腹部はすっきりと萎《しぼ》み、顔の色艶《いろつや》もよくなっていた。食欲も完全に戻って、昼食は病院食だけでは足《た》りず、院内の食堂でかつ丼まで平らげたという。

あと二、三日経過を観察して、大きな問題がなければ退院できるとのことで、これで無罪放免だとでも言いたげに磯村の表情は明るい。

日中には山際が見舞いに訪れたという。きのうの山際の申し出を和志が断った話はそのときすでに伝わっていたようで、呆《あき》れたように磯村は言った。

「おまえは本物の馬鹿だな。そんないい話を断るやつがどこにいる」

「まだしばらくは、気楽な壁屋のままでいたいんだよ。もちろん、山際社長のプロジェクトには協力を惜しまないつもりだし、それが柏田君の思いを生かすことにもなるわけだし」

山際の申し出は身に余る光栄だった。給与も含めて待遇も一気にアップするが、和志にとっては、遠征費用がすべてノースリッジ持ちである以上、いまの給与だけでも使い道がないくらいだ。持ち慣れない金を貯め込んで、それで山際が惧《おそ》れていたように、心のたがが緩むことが和志にとってはむしろ怖い。

「まあな。それがおまえらしいとも言える。おれも相手が副部長様となると、言葉遣《づか》いにも気をつけないといけなくなるからな」

「失礼なことをしたんじゃないかと、気にはなってるんだけどね」

「社長はそんなことは気にしていなかったよ。それより、おれが死んだあともおまえがビッグクライムを続けられそうだという感触を得て、むしろそっちを喜んでいた」

笑顔で自分の死後のことを語る磯村に、この人にはやっぱり勝てない――和志は改めてそう思った。

はっきりと約束したわけではなかったが、ゆうべの山際の熱に煽《あお》られたように、和志の気持ちも明らかに前を向くようになっていた。山際はそんな手応《てごた》えを感じとり、外堀を埋めようという思惑もあって、先回りして磯村にそんな話をしたのだろう。

「当面、その心配はいらないよ。きょうの様子を見れば、まだまだ長生きしてくれそうだから」

元気な磯村の顔を見ると、ついそんな軽口を叩《たた》きたくなる。この先については神のみぞ知ることで、和志が思い悩んでも始まらない。それより磯村が生きているいまという時間をどれだけ濃密に過ごすかが、自分にとっていちばん大事なことなのだと、和志はあらためて心を決めていた。そんな思いが伝わったかのように、さばさばした調子で磯村は言う。

「そうだよな。きょうまで生きてきたのが医者の常識からすれば奇跡らしいから、もうしばらくそれが続いたって不思議じゃない。だったらおれが退院したら、さっそくトレーニング開始だぞ。おまえはどうもドライツーリングに苦手意識があるようだから、小川山あたりのゲレンデで、そっちのほうの特訓だ。たっぷりしごいてやるから覚悟しておけよ」

「付き合ってくれるの？」

思いもかけない言葉に、和志は驚いて問いかけた。

「もちろんだよ。一緒に登るのは無理だとしても、下から叱《しか》り飛ばすくらいはできるからな」

いつもの勢いを取り戻したように、磊落《らいらく》な調子で磯村は言った。

第十一章　新型アックス

1

　磯村は腹水を抜いてから三日後に退院した。抜いたあとは、食欲も医者に苦言を呈されるほど旺盛《おうせい》だったらしい。あとは二週間ほど、骨転移《こってんい》した骨盤への放射線治療を続けるとのことだが、そちらは通院で済む。時間は二十分ほどで、それに伴《ともな》う副作用もとくにないという。歩行時の痛みが軽減されるならと、むしろ磯村は積極的に希望したようだった。

　和志も登攀《とうはん》後の体のメンテナンスを兼ねて病院で精密検査を受けた。骨折のほうは完治していたが、周囲の靭帯《じんたい》に新たな損傷が見つかったため、一カ月ほどはクライミングを控《ひか》えて安静にするようにと勧められた。いずれにしてもマジッククラインの登攀ではぎりぎりいっぱい体力を搾《しぼ》りとられた。それを回復するのに一カ月という静養期間は最低限必要だ。

　冬のＫ２のパーミッションは、帰国してほどなく、パキスタン大使館から取得できたとの連絡があった。磯村が確認したところ、アンジェイ・マリノフスキ率《ひき》いるポーランド隊もすでに取得していた。しかしいまのところ、この冬、Ｋ２に挑む隊はほかにはないようだった。

友梨がチェックしたところでは、かたや、エベレストを筆頭に幾《いく》つもの八〇〇〇メートル峰の冬季初登頂を自《みずか》ら成し遂《と》げ、その後も隊長として数々の冬季登頂を成功させている冬の帝王ともいうべきマリノフスキ。かたや、今年一月に南壁からのローツェ冬季単独初登頂を達成し、その直前には磯村とのパーティーでローツェ・シャールからローツェ主峰までの世界初縦走《じゅうそう》にも成功している新鋭クライマーの和志の一騎討ちに、海外の山岳ジャーナリズムは早くも注目しているらしい。

ポーランド隊はやはりアブルッツィ稜ないし南南東リブを狙《ねら》っているようだ。冬季初登頂の栄冠に関しては、マジックラインと比べれば容易なルートをたどるうえに、フィックスロープも大量に持ち込む彼らに分《ぶ》があるというのが海外での下馬評だという。

しかし、もし和志が初ではなくても冬季単独、それもマジックラインからの登頂に成功した場合、ポーランド隊のような大規模な組織登山による初登頂よりもはるかに価値が高いとみる向きも多い。和志の冬季初登頂を予想する論評が少ないのはやや寂《さび》しいが、理屈で考えればそれが妥当な答えだろう。

一部には、和志のこの夏のマジックラインからの単独登頂は天候に恵まれた結果のまぐれに過ぎず、冬季単独などという話は思い上がりも甚《はなは》だしいという誹謗《ひぼう》に近い発言もあるらしいが、出どころはおおむね察しがつくから気にしないことにした。

もちろん夏と冬とで条件が違うといっても、それを言い訳に第二登に甘んじる気はさらさらない。夏のマジックラインは和志にとって一〇〇パーセント納得のいくクライミングではなかったが、一方で克服すべき課題を浮き彫りにしてくれた。その対策はいまから十分立てられる。

その答えの一つである新型アックスの開発は、早くも設計段階に入っていて、和志は技術部門のオフィスに通い詰めて、コンピューターグラフィックスによる３Ｄ画像とにらめっこの毎日だ。しかしいくらリアルな画像を見せられても、道具の真価は使ってみなければわからない。

山際は九月いっぱいには試作品を完成し、それを和志に使ってもらい、フィードバックと改良を冬の挑戦の直前まで続け、そこで和志が納得すれば、実戦に投入してもらうという。

もちろん和志もそのつもりだし、一日でも早く手にとって、日本の壁で試してみたい。今回の開発の重点は主にドライツーリングにおける耐久性にあるから、雪が来る前の日本の山でも十分テストできる。

しかしそれに劣らず重要なのは、その道具を使いこなすための和志自身の技量の向上だ。和志は自他ともに認めるミックスクライマーだが、それでもこれまで岩の壁では、可能な限り素手かグラブを着けて登るケースが多かった。

グラブでは捉《とら》えられないホールドの細かい壁は素手で登るしかない。しかし雪崩《なだれ》や落石のリスクを避けるために和志が多用する夜間登攀では、岩が氷のように冷たく、素手ではあっという間に凍傷にかかる。マジックラインでは、そんな手強《てごわ》いスラブに何度も苦労させられた。ドライツーリングの技術を磨《みが》き込むことで、その問題は解消できるはずだ。

さらに命からがら乗り越えたあのオーバーハング。普通なら人工登攀で越えるしかないケースで、アックスは破損したものの、アブミや埋め込みボルトを使わずにこなせたのは、ドライツーリングのテクニックゆえのものだった。

それらを思えば、マジックラインには、積極的にドライツーリングを用いることで、もっと容易に登れたであろう箇所が幾つもあった。岩場での使用により適合するはずの新型アックスの力を借りれば、マジックラインからのＫ２冬季単独初登頂も十分手の届くところにある。そんな手《て》応《ごた》えを和志は感じていた。

　磯村は冬季Ｋ２に向けての合宿計画を立てた。

　この春は奥秩父のゲレンデでフリークライミングのトレーニングに励んだが、あのときは和志の心のリハビリが主な目的で、まだ冬のＫ２というプランは定まっていなかった。しかし現在はターゲットが明確だ。当然、トレーニングも日本の第一級の壁がいいと磯村は張り切った。

　自身の治療や和志の静養期間を考えて、始動するのは九月中旬にするつもりだと磯村は言う。日本の山にはまだ雪も氷もないが、課題のドライツーリングの技術を磨くためだから、それでもなんら問題はない。

　候補に挙げたのは剱岳《つるぎだけ》の八ツ峰《やつみね》、前穂高岳《まえほたかだけ》の東壁、北《きた》穂高岳の滝谷《たきだに》、谷川岳の一ノ倉沢《いちのくらさわ》という日本有数のロッククライミングのゲレンデだった。友梨も交えて相談した結果、長逗留《ながとうりゅう》するうえでの利便性を考えて滝谷を選んだ。磯村も当然参加する気だが、八ツ峰、前穂東壁、一ノ倉沢はその点で難があった。

　滝谷は、北穂高岳の西面に位置し、飛騨《ひだ》側から北穂高岳に突き上げるダイナミックな岩の殿堂だ。取り付きまでは下からも登れるが、長いアプローチを嫌って、ほとんどのクライマーはその逆を行く。つまり上高地《かみこうち》から涸沢《からさわ》を経て北穂高岳に登り、北穂高小屋やその近くのテント場をベースに、各ルートの取り付きまでいったん下降して、そこからクライミングを開始する。

　磯村は半月程度の合宿を考えており、そのベースとして、オーナーとも親交のある北穂高小屋は最適だ。夏山シーズンは連日超満員だが、磯村が確認すると、九月に入れば入山者は少なくなるから長逗留もＯＫだという返事だった。紅葉シーズンの休日は混み合うが、それが鬱陶《うっとう》しければ、一時的に小屋から十分ほどのテント場に避難するという手もある。

上高地から北穂までなら、いまの体調でも一日で登れると磯村は言う。友梨は、ヘリをチャーターして北穂の頂上まで運び上げると説得したが、そんなところを人に見られたら世間の笑いものになると、磯村は血相を変えて拒絶した。

それなら無理をせず、横尾《よこお》ないし涸沢で途中一泊ということでなんとか納得させた。食事はすべて小屋の食堂で済ますことにした。宿泊費はそのぶんかさむが、そのくらいの経費はプロジェクトに織り込み済みだと、友梨は意に介《かい》さない。

そちらの手配が済むと、磯村は、こんどは冬のK2の現地手配に取りかかった。カラコルムも冬はオフシーズンだから、コックやポーターの手配は簡単なように思えるが、意外にそうでもないようで、天候不順で雪も降る季節だから、地元の人々は、むしろ敬遠するらしい。

夏のK2で世話になったコックのハサンは、秋になったらラワルピンディで日雇《ひやと》いの仕事をする予定だったが、今回も頼むと言うと喜んで引き受けてくれた。外国からくる登山隊の仕事は、地元で得られる仕事よりはるかに割がよく、自分としては、雪が降ろうが嵐が来ようが平気だが、行き先が冬のK2ベースキャンプとなると、現地でポーターを集めるのは一苦労だろうとハサンも言う。

その点は磯村も頭に入れていたから早手回しに動き始めたわけだが、冬のキャラバンでは、せっかく苦労して集めたポーターも、雪が降ったり寒波に襲われたりすると、賃上げを要求してストライキを起こしたり、荷物を放り出して逃げ帰る者が出たりするという。

これまでは現地事情に明るい磯村を頼りにできたが、今回は同行できるのはスカルドまでで、K2までのキャラバンを友梨と和志で切り盛りするのは厄介《やっかい》だ。それなら荷物はスカルドから大型ヘリで運んだらどうだと山際が提案した。

和志の場合はアルパインスタイルでしかもソロだから、大量のロープや金具類は持ち込まない。もちろん酸素ボンベも使わない。運び込む荷物の量が少ないから、大型ヘリ一機をチャーターすれば済む。

現地の人件費を考えれば人力のほうが割安だし、隊員たちにとってはベースキャンプまでのキャラバンには高所順応の意味もあるから、ポーターたちと一緒に歩くほうが合理的だ。さらに先にヘリで荷揚《にあ》げした場合、泥棒に遭《あ》う心配もある。そんな理由で、いまも大半の隊が伝統的なスタイルでベースキャンプ入りするが、和志の目的はＫ２に登ることで、ベースキャンプまで団体旅行することではない。

ヘリによる輸送はスカルドにいる磯村が手配すればいいから、和志たちがベースキャンプ入りしたあとで運び込めばいいし、その時期にＫ２ベースキャンプ入りするのはポーランド隊と和志たちくらいだから、泥棒うんぬんはそもそも取り越し苦労だろう。

「金で解決できることは、すべて私に任せてほしい。登頂の栄冠は金では買えない。それを手にするために、君たちはすべてのエネルギーを登攀に集中してほしい。それが私にできることのすべてで、あとは外野席で見物させてもらうだけだ。それでも今回は球場には入れるわけで、遠い日本でやきもきしているよりはずっといい。時差がないから連絡はほぼリアルタイムだ。私も会社の雑事からは解放されるしね」

山際はことのほか楽しげだ。磯村とともに激励にヘリでベースキャンプ入りするプランも本気で考えているようで、酸素ボンベを背負《せお》ってベースキャンプをうろつくのは格好が悪いから、出発前に低圧訓練を受けて、五〇〇〇メートル台に対応できる程度の高所順応は済ませておくと意気込んでいる。

磯村は退院後、放射線治療を真面目《まじめ》に受けていて、転移していた腰骨の痛みは、二週間ほどでだいぶ治まったとのことだった。

転移のタイプも、グラハム医師が言っていた造骨《ぞうこつ》型だったようで、神経が圧迫されて痛むことはあるが、溶骨《ようこつ》型のように骨が脆《もろ》くなるタイプではなく、場合によってはむしろ丈夫になるくらいらしい。

放射線治療で進行を食い止めればQOLの低下は防げると、主治医もとくに心配はしていないとのことだった。肺や肝臓《かんぞう》にも転移していて、体調が万全なはずはないのだが、本人に心配するなと言われれば、差し出がましいことはこちらも言いにくい。

というより、手術や抗癌剤《こうがんざい》による治療を受けるか受けないか、選択する権利があるのは磯村だけだ。受ければあるいは余命を延ばせるかもしれない。しかしその場合、この冬の遠征はもちろんのこと、滝谷での合宿にも参加できなくなるのは確実だ。

磯村が生きたい時間はいまなのだ。それもただ生きるのではなく、自分が生きたいように生きること。そうして生き切った人生こそ、彼にとっては価値あるものなのだ。その選択が正しかったかどうかを決めるのは、このあと何年生きたかではなく、どう生きたかなのだろうと和志は思う。それを我儘《わがまま》だという気は毛頭ない。むしろその我儘をとことん押し通してほしい。

2

九月も上旬を過ぎると、和志の肩の調子はだいぶ良くなり、都内のクライミング・ジムでの人工壁登攀では違和感を覚えなくなっていた。

磯村も腰の痛みはほとんどなくなり、腹水もそれほど溜《た》まってはいない。出かける前に抜いてもらえば、半月程度の合宿期間ならまず問題はないというのが当人の勝手な診立《みた》てだ。山際はなにかあったらヘリで下ろす腹積もりでいるから、容態《ようだい》が急変しても心配はいらないと友梨は和志に耳打ちした。

ノースリッジの技術陣の仕事は早かった。山際からは九月に入るとすぐ、新型アックスの試作品がまもなく出来る、まだ完成品の数歩手前だが、ぜひ和志に使ってもらってフィードバックが欲しいとの強い要請があった。

アックス本体の鍛造《たんぞう》にはアドバイザーの刀工が自ら槌《つち》を振るってくれ、仕上げの工程は、こちらも一流登山家のカスタムピッケルを幾つも手掛けた高名なピッケル鍛冶《かじ》が担当しているという。

和志も本格的な岩場で一刻も早くそれを使ってみたい。磯村と相談し、一週間後には東京を出発し、滝谷に向かうことにした。

北穂高小屋のオーナーに予約の電話を入れると、涸沢はそろそろ紅葉が色づき始め、夏のような喧騒《けんそう》はなくなって、のんびり山を楽しむには最高の季節だという。涸沢の紅葉の写真は雑誌などでよく見るが、日本の山に縁遠い和志は実景を見るのは初めてだ。

雪と氷と岩以外、苔《こけ》すら見ることのないヒマラヤをフィールドにしてきた和志にとって、日本の山の自然の豊饒《ほうじょう》さに浸《ひた》ることにはまた別の喜びがある。ヒマラヤにも季節はあるが、それは気象条件の違いに過ぎず、季節ごとの彩《いろど》りの差はまったくないと言っていい。

昨年の初夏にスロベニアを訪れ、トモの案内で登ったトリグラウでの経験を思い出した。トリグラウは、アルプス南東部に位置するジュリアアルプスの最高峰だが、標高は二八〇〇メートル台の半《なか》ばに過ぎない。

ジュリアアルプスの景観は、モンブランやマッターホルンを擁《よう》するアルプス中心部とはまるで異《こと》なっていた。中腹まで樹林に覆《おお》われ、氷河も少なく、山小屋や登山道が整備され、行き交《か》う人々が気軽に挨拶《あいさつ》を交わす。かつて叔父《おじ》に連れられて登った、日本の北アルプスや南アルプスにいるような錯覚を和志に覚えさせた。

そんな心和《なご》ませる自然のなかで、トモと語り合った言葉の一つ一つが和志の心の血肉となっている。これから磯村と穂高で過ごす日々もまた、和志にとってそんな貴重な語らいの場になるだろう。

和志は滝谷を登るのは初めてだが、写真で見る限り、どのルートも登高意欲を掻《か》き立てる。アルプスやヒマラヤの大岩壁と比べればスケールは小さいが、ドームやクラック尾根、第一から第五までのナンバー尾根、AからFまでのルンゼ（岩溝。ガリー、クーロワールとも言う）と、魅力的なルートは数多い。

「ドームの標高差が一七〇メートル。ほかも似たようなもので、おまえにとっては食い足《た》りないかもしれないが、小屋をベースにできるのが有利な点だよ。おまえなら一日で五、六本はこなせるだろう」

各ルートの概念図を広げて磯村は言う。和志は頷《うなず》いた。

「すべてを連続登攀すれば、総延長ではアイガー北壁クラスだね。新型アックスのテストも兼ねたトレーニングのゲレンデとして申し分ないよ」

「戦前から戦後初期には、いまのヒマラヤの初登争いのように、当時の先駆的なクライマーが結集した場所だ。ほかにも一ノ倉沢や前穂東壁、八ツ峰、鹿島槍《かしまやり》ヶ《が》岳《たけ》北壁と、国内には未踏《みとう》の壁がいくらでもあった。そこで磨いた技術で、彼らはヒマラヤに雄飛した。そんな先人の夢を背負って冬のマジックラインに挑む。それもまたなにかの力になりそうな気がするよ」

熱のこもった口ぶりで磯村は言う。そんな人々の夢の到達点にいまの和志がいるとでも言うように。そういう荷物を背負わせられると、かつてはひたすら気が重かった。しかし磯村の夢もまたその一部だと考えれば、いまは喜んでそれを引き受けられる。

山際から新型アックスの試作品を見てほしいと連絡があったのは、北穂へ出発する二日前だった。

和志の意見を十分取り入れながらも、これまでノースリッジの高品質なアックスを手掛けてきた技術陣のノウハウを生かしたデザインは、かつて見たことがないほど洗練されたものだった。

ダブルアックスは、ヘッド後端が幅の広い刃になったいわゆるピッケルと、その部分が金槌《かなづち》状になっているバイルのコンビネーションで登るのが一般的で、アックスはその両方を指す総称だ。今回はさすがに時間がないため、用意できたのはピッケルだけだった。しかしテストするにはそのほうが都合がいい。ピッケルは新型、バイルは旧型で、同時に使えばその違いがはっきり体感できる。

シャフト先端のスピッツェ（石突き）まで一体で鍛造されていることは外観からはわからない。シャフトの金属部分は薄く細身につくられ、それを強靭な炭素繊維でカバーする構造で、長さは五〇センチとやや短めだ。

凹凸《おうとつ》の多い岩場により適合するように、シャフトの湾曲はこれまでのノースリッジ製品よりも大きめで、形状はピッケルというよりバイルに近い。そのあたりは和志の注文によるもので、滝谷での合宿でいよいよその成果が試される。

まだ試作品のため、黒ずんだ色の炭素繊維製シャフトカバーにはノースリッジのロゴもなく、ヘッドにはただぶっきらぼうに製造番号の刻印があるだけだ。

しかし玉鋼《たまはがね》を素材とする金属部分の地肌の美しさは日本刀を彷彿《ほうふつ》とさせる。登山の道具に芸術性を求める気はさらさらないが、それでもこれまで出会った優《すぐ》れた道具には、いつもある種の美が感じられたものだった。

ノースリッジの開発チームは、テスト用に氷の塊《かたまり》を用意してくれた。彼らとしても、一刻も早く和志の感想を聞きたいようだった。

高さ二メートルほどの氷柱にごく軽く打ち込むと、ピックがさくりと食い込む。しかし氷が砕けることはない。それでいながら、預けた体重をしっかり支えてくれる。

ドライツーリングに必要な強度を考えて、ピックには多少厚みを持たせるべきだと和志は考えていたが、技術者たちは賛同しなかった。それではわざわざ玉鋼を用い、日本刀の鍛造技術を取り入れる意味がないと言う。和志は彼らの考えに賭《か》けてみることにした。

硬い氷への対応を最優先にして刃先を薄くしたのは和志のアイデアで、結果的にそれがマジックラインでの破損を招いたという反省があってのこだわりだった。もし彼らが言うように、氷に対して切れのよい薄い刃先でも、ドライツーリングにおける強度が十分得られるなら、和志にとってもそれがベストの選択だと言える。しかしその点は冒険と言えば冒険で、現物を手にするまでは、和志も半信半疑なところがあった。

しかし試してみたのは氷でも、そのアックスがこれまで手にしたどれとも違う、特別なものだということがすぐにわかった。技術陣が和志とともに検討し尽くした設計だから、バランスがいいのは当然だ。しかし驚いたのは、氷に打ち込んだときの感触だった。

アックス自体、決して重いわけではない。しかし打撃の衝撃をアックスが全体でしっかりと吸収し、不快な共振を伴わない。言うなれば打撃感が柔らかい。かといって弱々しさは感じられず、むしろ粘り強い強靭さとでもいうべき、和志にとってはまったく新しい使用感に驚きを禁じ得なかった。

これなら岩でも通用すると、直感的に和志は思った。そんな感想を聞かせると、テストの状況を見に来ていた山際も、固唾《かたず》を呑《の》んで見守っていた技術スタッフも、一様に安堵《あんど》の色を見せた。

「君が気に入ってくれなかったらどうしようかと、ゆうべはなかなか寝つかれなかった。まずは一次試験突破で、私もとりあえず一安心だよ」

相好《そうごう》を崩《くず》して山際は言った。技術部長も声を弾《はず》ませる。

「問題はドライツーリングへの適応力だが、それについては自信があるんだよ。今回の開発の重点はむしろそっちだったからね。ただそのお陰で、氷への適応力が落ちたら大変だと心配になっていた。岩に対する強度に関しては、あくまで機械的な試験の結果だが、ほとんどの要素で他社製品を含め従来品を上回っている。君が指摘した粘り強い強靭さというのがまさしく我々の目指したもので、それこそ日本刀の特質そのものだよ――」

冬のK2という条件を考えて、強度試験は冷凍マグロ専用の摂氏《せっし》マイナス五〇度の冷凍倉庫で行なったという。低温によって金属がもろくなる現象は低温脆性《ていおんぜいせい》としてよく知られており、普通の生活圏で問題になることはまずないが、冬のK2ではマイナス四〇度以下になることは珍しくない。

常温での性能をいかに高めても、その状況で折れてしまったのでは意味がない。そんな考えに基づいての試験だったが、マイナス五〇度での数字でも、新型アックスは十分すぎるほどの強度を示したという。

「その点に関しても、僕は大いに期待しています。アイスクライミングではほとんど重力方向にしか荷重がかかりませんが、ドライツーリングでは、縦、横、斜め、あらゆる方向で荷重がかかります。逆にそれを避けていると、ドライツーリング本来の可能性が失われますから」

和志は言った。ダブルアックスはミックスクライミングの中心技術だが、それはもっぱら雪や氷の壁を登るために生まれたもので、アックスそのものは、本来ドライツーリングに適したものではなかった。

和志自身にも、ドライツーリングは邪道だという無意識の偏見があったかもしれない。だからそれを自らの技術の中核に置こうとする意欲に欠けていた。しかしこのアックスを手にしたことで、これからのタクティクスも大きく変わってきそうだ。

これまでは雪崩のリスクを避けて、夜間に登攀することが多かった。しかし冬の夜間となれば寒気は厳しく、ウェアが進歩した現在とはいえ、それ自体が命のリスクに直結するほどだ。ドライツーリングを積極的に選択できれば、雪崩を恐れることなく、気温の上がる日中も活動できる。

柏田は素晴らしい遺産を残してくれた。もし開発に成功し、自らもそれを使ってK2の頂上に立ったら、市販の際には、シグネチャーはぜひ「KASHIWADA」にしてほしい。和志はそれを山際に懇願《こんがん》するつもりだ。間違っても「NARAHARA」モデルなどにはしてほしくない。

磯村もさっそく手にとって振ってみて、満面の笑《え》みを浮かべて言った。

「惚《ほ》れ惚《ぼ》れする出来栄《できば》えだな。試作品だとはとても思えない。バランスがいいのはもちろんだが、和志の言うとおり、なにより打撃感がいい。あとは岩場でひねりがかかったような場合だが、それは実戦で試してみるしかない。屋内のクライミング・ジムでは、そんなことはやらせてもらえないからな」

和志も期待に心躍《おど》らせた。

「滝谷で使うのが楽しみだよ。状況によっては磯村さんに手伝ってもらって、トップロープ（上からロープで確保すること）で極端なムーブを試してみたいね」

「それなら任せておけ。そういう意味じゃ、頂上がベースになる滝谷はまさに格好のゲレンデだ」

磯村は大いに乗り気だ。友梨も負けじと勢い込む。

「だったら私は、適当なポイントを選んで登攀中の姿を撮影するわ。それも製品開発の参考になるでしょ」

「製品開発というより、和志のドライツーリングの技量を見極《みきわ》めるいい材料になるな。あとでそれを観《み》ながら、おれも厳しく指導できる。なかなか楽しみになってきた」

舌なめずりするように磯村は言う。和志は受けて立った。

「ヨセミテやアラスカにいたころより、僕も数段レベルが上がったからね。磯村さんがどう難癖《なんくせ》をつけてくるのか、いまから興味津々《しんしん》だよ」

「そういう大口を叩《たた》いていると、いずれ痛い目に遭うからな」

苦笑いする磯村に、和志はさらに追い打ちをかける。

「それより確保の腕は落ちてないよね。本格的なクライミングからはだいぶ遠ざかっているから」

「だいぶと言ったって、去年の夏にはゴールデン・ピラー、秋にはローツェ・シャールに登ってるじゃないか。いまだって滝谷のルートの二本や三本、軽く登れるけど、今回は新型アックスのテストとおまえの技術のブラッシュアップが目的だから、なるべく遠慮しようと思っているだけだ」

磯村は意気軒昂《けんこう》に言い放つが、そのころよりも腕や太腿《ふともも》の筋肉が落ちているのは一目瞭然《いちもくりょうぜん》だ。とはいっても滝谷クラスの壁で要求されるのは体力よりも技術だ。磯村なら十分登って見せるだろうし、本人もその気がないわけではなさそうだ。それが磯村とパーティーを組む最後のチャンスになるかもしれないと思うと、ぜひ実現したい気分になってくる。挑発するように和志は言った。

「遠慮は要《い》らないよ。多少、足を引っ張られても我慢はするから」

「ほざいたな。だったらドームの中央稜はおまえと登るぞ。あのくらいの壁なら、いまのおれでも散歩みたいなもんだ」

滝谷ドーム中央稜は五ピッチ一七〇メートルのほぼ垂直の岩稜で、難度は三級から五級、滝谷では初・中級といったクラスだ。

「だったら、私もその散歩に付き合わせてもらおうかな。人工壁ならそろそろ中級クラスを卒業するところだし」

友梨が言う。近ごろ会社の帰りにクライミング・ジムに通い、だいぶ腕を上げたと自慢している。

「人工壁なんて子供の玩具《おもちゃ》みたいなもんだよ。本物の壁の高度感はクライミング・ジムじゃ味わえない。震えあがって帰りたいと言っても、登り始めたら上に行くしかないからな」

「でもバルンツェに登ったときも、一般ルートだけどけっこう厳しい岩場もあったでしょ。いまをときめく世界のトップクライマーとパーティーを組んで本物の壁を登れるなんて、私にしたら役得そのものだから」

磯村の脅《おど》しにも友梨は退《ひ》く気配がない。バルンツェはネパールのいわゆるトレッキングピークだが、七〇〇〇メートルをわずかに超える。友梨は磯村が主宰《しゅさい》したツアーに参加して、昨年そこに登頂した。そのとき和志もツアーに便乗し、未踏の南西壁の初登に成功した。友梨と知り合い、ノースリッジのスポンサーシップを受けるに至るきっかけがそのときの出会いだった。

「いいんじゃないか。友梨もこれからドライツーリングの記事を書く機会も増えるだろうし、本格的な岩登りを経験しておいて損はないよ」

自分がここまでこられたのは磯村と友梨の支えがあってこそだった。三人で岩登りをする機会がこれまでだってあってよかったはずなのに、いつも和志のスケジュールが優先で、友梨は黒子《くろこ》を引き受けてくれた。今回を逃せば、そのチャンスはもうないかもしれない。そんな思いを察したかのように磯村が言う。

「病人と素人《しろうと》と世界のトップクライマーの組み合わせなんて、そうは考えられないからな。まあ、とりあえず楽しもうや。和志も友梨もこれから忙しくなる。おれにとってもいい思い出になりそうだ」

3

横尾で一泊し、次の日に涸沢経由で北穂高岳を目指す――。そんな予定で上高地に入ったのは翌々日の昼過ぎだった。

磯村の体調が万全なら、早朝に上高地入りし、その日のうちに北穂高小屋に十分入れるが、とくに急ぐような旅でもない。横尾山荘の主人とも旧交を温められると、磯村もそのプランを歓迎した。

紅葉はまだ上高地まで下りてはいないが、バスターミナルから望む屏風《びょうぶ》のような穂高の山体の中ほどはすでにほんのり色づいて見える。残雪が消え、まだ紅葉の盛《さか》りでもないこの時期、日本の山は見た目にはいちばん地味だ。それでも、くすんではいるが色彩はある。岩と雪だけのヒマラヤの荒涼とした景観からは感じられない温《ぬく》もりがある。

高校生のころ、叔父に連れられて穂高に登った。以来十数年ぶりの上高地だが、山々のたたずまいも、梓川《あずさがわ》の清流も、すっきりと抜けきった空の青さも、当時とまったく変わらない。違うのは行き交う登山者たちのウェアが、よりカラフルでファッショナブルになった点くらいだろう。

梓川に沿った横尾までの道はひたすら平坦で、今回はすべて小屋泊まりの予定だから、荷物はすこぶる軽い。磯村の足どりにも不安はなく、友梨も度重《たびかさ》なる遠征で足は鍛《きた》えられているから、先行する登山者をごぼう抜きしてしまう。

小梨平《こなしだいら》、明神《みょうじん》と過ぎて、徳沢《とくさわ》に差し掛かると、頭上から覆いかぶさるように前穂高東壁が迫ってくる。ベースとなる奥又白池《おくまたしろいけ》までのアプローチが厳しいうえに、小屋もないから長期の合宿には向かない。そんな理由で今回は外したが、その威容には、今後ヒマラヤに向かう合間に時間がとれたら、ぜひ登ってみたいと思わせるものがある。

梓川の谷を吹き渡る風は冷涼で、徳沢を過ぎると、カエデやシラカバ、カラマツの葉がちらほら色づき始める。

秋という季節はどこか切ない。生ある自然が死に向かう季節。紅葉という最後の華《はな》やぎを見せたあと、山はすっぽりと雪に埋もれ、春、夏、秋と繰り広げられた豊かな色彩の風景が、一転してモノクロームに切り替わる。

一年の大半をヒマラヤで過ごす、いまの和志には縁遠い、明瞭な四季のある日本だからこその感慨かもしれない。しかしおそらくそれだけではない。

磯村という心の友が、まもなくこの世を去ろうとしている。それは自分の力では止めようがない。磯村も同様だろう。だからこの世界にいられる一分、一秒を、彼は味わい慈《いつく》しもうとしている。なにごともないように磊落《らいらく》に振る舞ってはいるが、会話のなかにときおり覗《のぞ》く冷めた諦観《ていかん》のようなものが、和志の心に言いようもない寂寥《せきりょう》を掻き立てる。

「けっこう幸せな人生だったよ。やりたいことしかやらずに生きてきた。どのみち、いつ死んでもおかしくないことをやり続けてきたんだから、きょうまで生きてこられただけでも運がいい。それを覚悟の上での結婚だったから、かみさんも腹を括《くく》っているようだ。そのうえ、そんなおれの上手《うわて》を行く和志のような変人にも出会えた。とりあえず夢は引き継《つ》いでもらえそうだ。山で死ねないのは残念だが、そこまで望んだら贅沢《ぜいたく》というもんだ」

悠然《ゆうぜん》とそびえる前穂東壁に目をやりながら、磯村が唐突に言う。和志はとっさに返す言葉が浮かばない。磯村は慌《あわ》てたように言い添えた。

「べつに急いで死のうとは思っちゃいないよ。この先どれだけ生きられるかは、おれには決められないけどな。神様なんてのがもしいるなら、もうしばらく生きろって言ってくれてるような気がするよ。あちこち転移しまくっても、十年、二十年生きる人だっているんだから」

そんな言葉とは裏腹に、磯村に死を恐れている気配はまるでなく、それがあすでもかまわないとでもいうように、未練のかけらすら感じさせない。それは川面《かわも》を吹き渡る秋風のように爽《さわ》やかで、だからこそ和志にとっては、身を切られるように切なく寂しい。

横尾に着いたのは午後二時過ぎだった。一般の登山者なら三時間はかかるが、磯村の足は世間の常識からすればまだまだ健脚そのもので、これで気をよくして、K2ベースキャンプまで徒歩で入るなどと言い出すのではないかと、和志としてはつい気を揉《も》んでしまう。

予約を入れていた横尾山荘では、磯村とは五年ぶりだというオーナーが歓待してくれた。和志とは初対面だが、もちろん向こうはこちらをよく知っている。いまの時間はまだ暇《ひま》らしく、従業員たちも集まってきて、山の話題に花が咲いた。

ノースリッジを始め磯村周辺の緘口令《かんこうれい》は固く、彼の病気については日本の山岳界でもほとんど知られていない。ニックたちも和志のマジックライン登攀成功のニュースはSNSで発信したものの、磯村の病気についてはプライバシーに関わることだとして、一切《いっさい》触れはしなかった。

磯村が痩《や》せたのをオーナーは心配したが、近ごろメタボ気味なので、ダイエットをしていると誤魔化した。夕食のあとも話は弾んだが、このときもメタボ対策を口実に、勧められたビールや日本酒を断った。元来アルコール類は嫌いではなかったはずなのに、節制してくれているようで、和志には嬉《うれ》しいことだった。

今回は冬のマジックラインに向けたドライツーリングのブラッシュアップが目的で、新型アックスのテストも兼ねて滝谷を集中的に登るつもりだと説明し、アックスを取り出して見せると、オーナーも同席していた従業員も感嘆の声を上げた。自らを背水の陣に追い込むかのように、山際は早手回しにプレスリリースを出していて、すでに幾つかの全国紙で報道されているから、いまや企業秘密というわけでもない。

「うまく言えないけど、なんだか凄《すご》いな。殺気のようなものを感じるよ」

何度か右手で振ってみて、さらにヘッドの形状と、青ざめた光を放つ金属の地肌に目を細め、ため息を吐《つ》いてオーナーは言った。磯村が頷いて応じる。

「アルピニズム版の名刀正宗《めいとうまさむね》といったところだな。おれもこういうのを使って、一度ヒマラヤを登ってみたかったよ」

オーナーは意外そうな顔をする。

「だったら登ったらいいだろう。まだ引退する歳じゃないぞ」

「もうおれの時代は終わったよ。和志という天才が夢を引き継いでくれた。これからは、おれはそのサポートに徹するつもりだよ」

「去年のローツェ・シャールから主峰への縦走《じゅうそう》は、和志君の南壁ソロの陰に隠れていま一つ脚光を浴びなかったが、あれだって世界の登山史に残る画期的な記録だったのに」

オーナーは残念そうに言う。さりげない調子で磯村は応じた。

「あれは和志に引きずり上げられての達成だよ。しかし、和志は根っからのソロイストだ。おれが一緒じゃ、この先、足を引っ張るだけになる。人間、引き際が大事だよ」

4

翌日は横尾山荘で朝食をとり、涸沢経由で北穂高小屋に向かった。

磯村の体調に不安はなく、涸沢への登り道を行く足どりもすこぶる軽《かろ》やかで、ヒマラヤのキャラバンで鍛えている友梨でも、ときおり引き離されるほどだ。

「磯村さん、病気だなんて嘘《うそ》じゃないの。私も山ガールとして年季の入ったほうだけど、心配しただけ損だったみたい」

息を荒らげて言う友梨に、なに食わぬ顔で磯村は応じる。

「これでも抑えてるんだけどな。元気な頃だったら、こんなとこトレイルランニングで駆け抜けちゃうよ」

和志たちのような壁屋にとって目的はあくまで壁であって、その取り付きに至るアプローチは、なるべく早く通り過ぎたい退屈な通路でしかない。思えば忙《せわ》しない話で、山を楽しもうという姿勢とは程遠い。磯村もそんな世界で生きてきたから、あながち法螺《ほら》を吹いているわけではない。

その点を考えたら、きょうの磯村のスピードは、健脚といってもせいぜい一般人レベルでの話だ。友梨に合わせているということもあるだろうが、額《ひたい》に浮かんだ汗を見れば、かつての馬力が衰えているのは察しが付く。それでも二時間と少しで涸沢小屋に着いた。予定より一時間近く早い。

涸沢カール（圏谷《けんこく》）の上部では、すでにナナカマドやダケカンバが色づいている。まだ盛りというほどではないが、背後に連《つら》なる穂高連峰の岩肌と青空との色彩のコントラストに、和志の心は浮き立った。

「きょうも天気は最高だな。マジックライン以来、おまえは晴れ男のようだ」

言いながら磯村は、テラスのベンチに腰を下ろした。和志は笑って応じた。

「天気が味方してくれたのは間違いないからね。そのツキが冬まで続いてくれるといいんだけど」

「それはおまえの実力があっての話だよ。たしかにヒマラヤでの成功にはツキが欠かせない。しかし、運も実力のうちと言うからな」

「あのときもセラックの崩壊とかアックスの破損とかいろいろあって、運よく死なずに済んだだけだからね。アマ・ダブラムでもそうだった」

「人間をやっている限り、そこは避けようもない。災害もあれば交通事故もある。おれのように厄介な病気にかかることもある。登山というのは、その確率が非常に高いというだけだ。しかし、災害や事故や病気は避けようと思っても避けられないが、山での危険は意識して避けることが可能だ」

「そうだね。運がよかったとしか言えない部分はあっても、あくまでやれると確信してやった結果で、それで駄目なら自分の責任だから」

和志は頷いた。そういうことをさらりと言ってしまう、そんな自分の感覚が普通なのかどうかはわからないが、少なくともそれがない限り、アルピニズムという世界に足は踏み入れられない。

うまく説明できないが、山以外の場所でなら、和志も人並みに死を恐れる。アルピニストの多くが死ぬなら山でと言うことの裏には、おそらくそういう理由もあるだろう。もし自分が現在の磯村と同じ境遇だったら、彼のように従容《しょうよう》としてその事実を受け入れられるかどうかはわからない。背中を押すように磯村が言う。

「おまえにはまだまだ長い未来がある。だから、自分がいつ死ぬかなんて心配する必要はない。百歳まで生きると思ってりゃ、やりたいことがいくらでも出てきて、うかうか死んじゃいられない気になってくる。おれだってそうだよ。あす死ぬかもしれない。その覚悟は出来ているけど、気持ちとしては、あと十年は生きるつもりでいるんだよ」

そのとおりだとでも言うように、友梨が横から口を挟む。

「だったら、磯村さんもこれから隊長として忙しいんじゃないの。冬のK2の次はマカルーの西壁もあるし、ダウラギリの南壁もまだ未踏だし、ナンガ・パルバットのルパール壁だって、ソロと冬季という課題はまだ解決していないし」

「ああ、やることが多すぎて目眩《めまい》がしてくるよ。おれの人生のスケジュールを決めるのは医者じゃない。もちろん病気でもない。生きている限り、その予定を変更する気はないよ」

磯村は楽しげに言う。その考えは和志も気に入った。余命を決める権利は人間にはないが、人生のスケジュールを決めるのは本人だ。絶えず心が躍る夢を描いていれば、いま生きている一瞬一瞬が喜びの種子になる。

「そうだね。磯村さんにはあと何十年でも生きてほしいよ。僕が引退するときまで、ずっと隊長でいてほしいから」

それが冗談で終わらないことを願いながら、和志は言った。磯村は笑った。

「無理を言うなよ。そこまで生きたら化け物だ」

5

北穂高小屋には昼過ぎに着いた。

オーナーは所用で麓《ふもと》に下っているが、夕方には戻ってくるという。従業員には事情は伝わっていて、好奇心ありありの様子で歓待してくれた。

小屋は北峰の頂上直下、標高三一〇〇メートルにある。富士山を除けば日本でいちばん高所にある山小屋で、そこから頂上まではサンダル履《ば》きで行ける。小屋に荷を下ろし、さっそく頂上に立った。

北には槍・穂高連峰縦走路の最大の難所、大キレットが深く切れ落ちて、その向こうに鋭い矛《ほこ》先《さき》を天に突き刺す槍ヶ岳。南には滝谷ドームの怪異な岩峰がそそり立ち、その向こうに奥穂高岳やジャンダルム、さらに富士山までもが顔を覗かせる。

滝谷の尾根とルンゼは、頂上からは急峻《きゅうしゅん》すぎて全貌《ぜんぼう》は把握できないが、伝説的な北アルプスの山案内人、上條嘉門次《かみじょうかもんじ》が「鳥も通わぬ」と形容した、険悪な様相の岩稜やルンゼが飛騨側の源頭《げんとう》部から何本も突き上げるのが見える。

道具や技術が進歩した現在でも、第一級のゲレンデとして位置づけられてはいるものの、いまはアルパインクライミングの対象とは見なされない。しかし藤木九三《ふじきくぞう》を始めとする戦前のトップクライマーが初登争いを繰り広げたころ、この険《けわ》しく陰鬱《いんうつ》な谷が、難攻不落の砦《とりで》のように見えたのは間違いないだろう。

「どうする？　時間はあるぞ。一本登ってみるか」

小屋に戻って昼食をとりながら、磯村がさっそくけしかける。

「そうだね。とりあえず小手調べで、簡単なところがいいね」

和志も気持ちがそそられる。磯村が提案する。

「だったら第二尾根がいいな。おまえなら一時間もあれば登れるだろう。新型アックスとの相性を確認するには手頃なルートだ」

そう言って磯村は持参したノートを取り出した。磯村が指さしたのは手描きの第二尾根の概念図で、クラックありチムニー（人の体が入るくらいの煙突状の岩の裂け目。クラックより大きい）ありのルートのようだが、ロープを使う場合は二ピッチで、たしかに初心者向きと言ってよさそうだ。

「じゃあ、腹ごなしのつもりで行ってくるよ。確保は要らないから、磯村さんは小屋で昼寝でもしていてよ」

「そうはいかない。鬼コーチとして、近場の稜線からしっかり見ててやる」

「じゃあ、私もベストアングルを選んで、動画を撮影するわ」

友梨も張り切って立ち上がった。

磯村と友梨と連れだって主稜線を南に向かい、北峰と南峰の中間にある松濤岩《まつなみいわ》の根元で彼らと別れてクライムダウンする。第二尾根の取り付きに達して上を見上げると、南峰の頂上に、こちらを見下ろす磯村と友梨の姿が見える。

磯村が言うように、ルートそのものはごく易《やさ》しく、和志ならフリークライミングで一時間もかからないだろう。しかしそれでは意味がない。

ピトンが残置してあるあたりが一般的なルートだと考えて、そこから若干ずらしたところを登り始める。ドライツーリングの場合、壁を傷つける惧《おそ》れがあって、それでは一般のクライマーに迷惑をかけるし、できればなるべく難度の高いところを登りたい。

左手に従来型のバイル、右手に新型のピッケル。足にはアイゼンを着けて登り出す。岩は脆いと磯村からは聞いていたが、登ってみれば意外にしっかりしている。

どちらのアックスも、指がかからない小さなホールドを確実に捉えるが、新型には岩に吸い付くという表現がぴったりのフィット感がある。和志の注文を入れて、ピックの先端やシャフトの湾曲の角度を変えている。そのせいなのか、それとも素材のせいなのかわからないが、左右を持ち替えてもその感覚は変わらない。

さらにやや大胆に、普通なら避ける斜めのリスに刃先を差し込んで、思い切って体重をかけてみる。シャフトを含めた全体がわずかに撓《たわ》むが、特定の箇所に負荷がかかった感じがしない。

従来品のバイルのほうで同じ動作を試してみると、こちらは剛性が高く、撓みはほとんど感じない。その代わり、ヘッドとシャフトの接合部がかすかに軋《きし》む。どちらも負荷には十分堪《た》えてくれたが、後者のほうは剛性が高い分、ピックやシャフトとの接合部に想定外の負荷が集中している可能性がある。

無茶な使い方をしなければ、従来品でなんの問題もないが、冬のマジックラインではイレギュラーな負荷のかかる動作を多用することになるだろうし、またそうでなければ、あえてドライツーリングで登る意味がない。

ソロでプロテクション（確保のための支点）もとらず、しかも岩場をダブルアックスで登っている姿が珍しいのか、南峰の頂上でも北峰の頂上でも、少なからぬ人々が見物しているのが見える。

最初のピッチはあっさり登ってしまい、それでは物足りないから、残りのピッチの途中で振り子トラバースを試みた。

普通は上からロープで吊り下がった状態で体を振り子のように振って横移動する技術だが、アイスクライミングでも、離れた氷柱に乗り移るときによく使っていて、氷に刺したピックを支点にして、体を振って横移動する。

それを氷ではなく岩で使った場合、ピックにどういう負荷がかかるかわからない。外れた場合は墜落《ついらく》するから、そこだけはさらに上に支点をとって、ロープを結んでプロテクションとする。

最初は従来品のバイルを使い、二度、三度、体を振ってみた。すると見事に落下した。ピックを差し込んでいたリスが割れ、引っかかりを失ったようだった。プロテクションがあったから宙吊りになっただけで済んだが、本番のソロだったら確実に死んでいた。

それでも懲《こ》りずに、新型のピッケルでもやってみた。二度、三度と体を振っても今度は落ちない。さらに強くもう二、三度振ってみる。それでも引っかかりを失うことがない。ピッケル全体がしなるように、体重の移動に追随《ついずい》する。その感覚は驚くべきものだった。

そういう極端な使い方に、まさかそこまで堪えてくれるとは思わなかった。酷使に堪えたというよりも、そのしなやかさによって、リスを破壊することなく、支点として機能させ続けた結果としか考えられない。

欧米の製品を含め、各メーカーがアックスにこれまで求めてきたのは剛性だった。初期のピッケルは主に氷をカットしてステップをつくるための道具で、そもそもアックスという言葉は斧《おの》を意味する。斧に求められるのは強度の衝撃に堪えられる高い剛性だ。

しかし現在のクライミングでは、ピッケルで氷を割ったり削《けず》ったりすることはほとんどない。あっても狭い雪稜にビバーク用の平地をつくるときくらいのものだろう。

基本的に求められるのは、硬い氷にさくりと刺さる切れ味と、軽量でもクライマーの体重をしっかりと支えてくれる強靭さ、長丁場のクライミングでも腕や肩に掛かる負担を軽減してくれる衝撃吸収力。それが求められるすべての要素で、そのために必要なのは剛性よりもむしろ弾性、つまりしなやかさではないか――。

柏田がそこまで考えて玉鋼を素材に選んだとしたらまさに慧眼《けいがん》だった。和志自身、そこまで突き詰めて考えたことはなく、まさしく今回の新型アックスを自ら使ってみて、初めてその重要性に気づかされた。

「腹ごなしとか言ってたわりには、ずいぶん大胆なことをやったじゃないか」

二本のアックスを点検しながら磯村は言った。フリーソロでただ登るだけなら一時間もかからなかったはずだが、あのあともいろいろ実験をしながら登り終え、南峰にいた磯村たちと合流して、北穂高小屋に戻ったのは午後三時過ぎだった。和志は言った。

「新型アックスがあまりに興味深かったものだから、つい限界を見極めたくなってね。あのくらいの易しいルートなら、むしろその目的に最適だから」

「しかしずいぶん傷《いた》めたもんだな」

磯村は二本のアックスを見て嘆息を漏《も》らす。従来品のほうも今回初めて下ろした新品だが、どちらもたった二時間ほどの登攀で、使い込んだ年代物のように傷だらけになっている。

「新型のアックスは、ヘッドに傷がついているだけで、本体にはなにも異常はない。でも従来品は、接合部のカシメが少しがたついている。外見からは破断には至っていないようだけど、金属疲労はかなり溜まっていそうな気がするね」

「それは帰ったら技術屋さんに検査してもらわないとわからないが、突然ポキリといったらまずいな」

「いや、どちらももう少し使い込みたい。新型はきょうだけでも想像を超える優れものだとわかったけど、あくまでプロトタイプで、まだまだ改善の余地がありそうだし、せっかくだから旧型のほうも、どこまでが限界か見極めておきたい。このルートだったら、もし壊れたら、そこからフリークライミングに切り替えればいいわけだから」

「まあそうかもしれないがな。しかし新型のほうは、この短期間でよくここまでつくり込んだもんだ。スピードの点でもギネス級だな」

磯村が嘆息すると、身を乗り出して友梨が言う。

「刀工の先生もピッケル鍛冶の職人さんも今回の企画には大乗り気で、冬のＫ２になんとか間に合わせたいと頑張ってくれてるようなの。Ｋ２冬季初登頂に使われたということになれば、日本の伝統技術や、これまで日の目をみることがなかった日本のカスタムピッケルの技術が世界に注目される機会になるって、二人とも張り切ってるのよ」

「そこに持ってきて山際社長の熱い思いもあるからな。おっと、このアイデアを考えついた柏田の山に懸《か》ける情熱も忘れちゃいけない。さらにノースリッジの技術屋さんを含め、これはいろいろな人たちの思いの結晶だよ」

日本刀を鑑賞するように新型アックスを顔の前に構え、いかにも感慨深げに磯村は言った。

6

滞在一週間目に和志たちとドーム中央稜の登攀を楽しんだあと、友梨は一足先に山を下りた。テストに使った新旧二本のアックスを本社に届けるためで、技術部門ではさっそく検査を行ない、その結果は三日後に和志たちに伝えられた。

和志がとことん酷使した結果ではあったが、旧型のほうは金属疲労がかなり蓄積していて、あと一日、二日使い続ければ、ヘッドや接合部が破断する惧れもあったという。

そのこと自体は意外でもない。ドライツーリングがアックスを酷使するのはミックスクライミングの世界では常識で、ドライ主体のクライミングの場合は、一回で使い捨てというトップクライマーは珍しくない。

しかし、新型のほうは違っていた。ピックの刃先が削れて鋭さが若干落ちはしたものの、致命的な金属疲労は見られなかった。

それはシャフトとヘッドの一体構造と、素材自体の弾性の高さの相乗効果によるもので、ヘッドに対するあらゆる方向からの負荷を、シャフトを含む全体に分散させることを主眼にしたコンピューター設計の妙でもあると、技術部長は誇らしげに語った。

和志からの新たな注文に関しては、これから対策を検討するという。気になった項目は幾つもあったが、ほとんどは小さな修正で、グリップの形状やシャフトの湾曲、ヘッドの傾きなど、現状で技術的な対応が十分可能なものだった。

唯一《ゆいいつ》大きな問題はピックの切れ味が落ちることで、それは硬い氷に対して不利になる。その点について刀工と相談してみた結果、焼き入れの際の工夫で、必要な部分を硬く、他の部分を柔軟にすることが可能で、それは実際に日本刀で用いられている技術らしい。

今回の試作ではそこまで手が回らなかったが、もう一度焼き入れをし直すことで、全体の柔軟性は落とさずに、ピックの先端の、氷を噛《か》む部分だけを硬くできるかもしれないとのことだった。

ぜひともお願いしたいと和志は応じた。冬の氷は硬くてもろい。刃先が丸まると刺さるのではなく割ってしまう。かといって、丸まった刃先をクライミング中に研《と》いではいられない。そこをクリアすることでこそ、日本刀の鍛造技術の真価が発揮されると言えるだろう。

ドライツーリングのトレーニングはその後も続けた。集中したのはオーバーハングの乗り越え方だ。既存のルートをあえて外し、普通なら人工登攀でしか通過できない難所を探しては、磯村にトップロープでサポートしてもらい、落ちては登りを繰り返した。

アブミや埋め込みボルトを使う人工登攀が、アルパインスタイルと相容《あいい》れないかどうかは議論が分かれるところだが、そういう強引な登攀スタイルは和志の好みではない。そしてそれ以上に、スピードの点で不利になる。

だからそういう箇所は可能な限りパスしてきたが、そのせいで、より困難なルートを選ばざるを得なくなるケースもしばしばあった。ドライツーリングの技術を磨くことでそれが克服できれば、スピードアップにも当然繋《つな》がる。

さらにいま念頭にあるのが、K２の次の目標になるかもしれないマカルー西壁のオーバーハングした巨大なヘッドウォールだった。七八〇〇メートルから頂上まで続くその壁を人工登攀で登るとしたら、もはやクライミングというより土木工事で、到底ソロで達成できる課題ではない。その意味でも、いまドライツーリングの可能性を極めることには大きな意味がある。

何度も失敗を繰り返すうちに、バランス保持のコツがわかってきた。オーバーハングした壁にアックスでぶら下がるのではなく、アイゼンとのコンビネーションで、張り付くように壁にとどまれるようになった。

マジックラインのオーバーハングを命からがら乗り越えたとき、無意識のうちにそれを行なっていたことを、潜在意識が覚えていたようだった。

二週間の合宿を終えて東京へ帰る前日の夜、北穂高小屋のオーナーと従業員たちが、打ち上げの宴《うたげ》を催《もよお》してくれた。

「大したもんだ。もうマカルー西壁ももらったようなもんだな」

いよいよ我慢しきれなくなったのか、高山の冷気でよく冷えた缶ビールを一呷《ひとあお》りして磯村が言う。小屋のオーナーが身を乗り出して問いかける。

「なんだよ。冬のK２の次はマカルーの西壁か。向かうところ敵なしじゃないか」

「そんなことはないですよ。冬のK２だって、まだ登れるかどうかわかりません。磯村さんは勝手にスケジュールを決めてるようですけど」

和志は慌てて否定したが、オーナーは期待を隠さない。

「いやいや、ぜひ、やってほしいね。滝谷は藤木九三以来の日本のアルピニズム発祥の地だ。うちの先代の小山義治《こやまよしはる》も、滝谷に惚れ込んでこの小屋を建てた。そこでトレーニングを積んだあんたが世界の舞台で活躍してくれたら、滝谷のてっぺんにある山小屋のオーナーとして、それ以上に嬉しいことはないよ」

「そのとおりだ。冬のＫ２からさらにマカルー西壁へと、二十一世紀のアルピニズムの歴史に日本人の足跡を残す。ここで逃げたら、藤木先生や先代の小山さんに申し訳が立たないぞ」

久しぶりのビールが効《き》いたのか、磯村は日本のアルピニズムの歴史的使命を、いよいよ和志に背負わせてしまった。

第十二章　K2――冬

1

和志たちは十二月二十六日に日本を発《た》ち、翌日、イスラマバードに到着した。欠航がつきものの国内便も順調に飛んでくれて、二十九日にはスカルド入りした。

山際は仕事の関係でスカルドに入るのが四日後になるとのことで、キャラバンに向かう和志たちを見送れないのを残念がったが、低圧訓練は順調だと本人は言い、和志がベースキャンプ入りするころには、スカルドからヘリで激励に行けると張り切っている。

カラコルム地域の天候はいまは安定しているが、ヒマラヤの気象変化は予測がつかない。冬場は一度荒れ始めると一カ月以上続くこともある。一瞬の隙《すき》を突いて一気呵成《いっきかせい》に登るのがアルパインスタイルの基本だから、現地入りが早ければ早いほどチャンスが増える。

当初の計画どおり、物資の輸送にはヘリを使うが、高所順応に万全を期すため、和志と友梨はコックのハサンを伴《ともな》って、最小限の荷物だけでベースキャンプまでキャラバンをする。

肉や野菜などの生鮮食品はそのあいだに磯村が現地で買い調《ととの》え、日本から空輸した他の食料や装備と合わせてスカルドで荷造りし、和志たちのベースキャンプ入りに合わせてヘリで運ぶ。

キャラバンのスタート地点のアスコーレからK2ベースキャンプまでは通常一週間かかるが、それは協定でポーターの一日の歩行距離が決まっているためで、荷が軽くても体力が余っていても、彼らはそれ以上は歩いてくれない。

しかし和志たちはそれに縛られないから、歩行距離をもっと延ばせる。夏のキャラバンでは、和志も友梨も毎日体力を持て余したくらいで、普通に歩けば五日程度には短縮できる。

磯村の病状は小康状態にあるようで、腹水の貯留もなく、黄疸《おうだん》や骨の痛みなどの症状も出ていない。スカルドでの食料の購入は、親しい現地のエージェントの助けを借りるから心配は要《い》らないと余裕を見せる。

肝心《かんじん》の新型アックスは、出発の三日前に、予備を含めピッケルとバイル各二本が完成した。滝谷での合宿のあとも、和志は小川山や三ツ峠山《みつとうげやま》でテストを繰り返し、それを技術部門に随時《ずいじ》フィードバックしていた。

その結果は如実《にょじつ》に表れ、とくに和志が気にしていたピックの硬度は、日本刀の伝統的な焼き入れ技法の応用で見事にクリアされて、岩場で酷使しても刃先が丸まることがほとんどなくなった。

もちろんそれが完成形ではなく、K2で実際に使った結果を踏まえて、さらにブラッシュアップを続ける計画だ。それは、次のターゲットになるかもしれないマカルー西壁の巨大なヘッドウォールを攻略するうえでの強力な武器になるだろう。

アンジェイ・マリノフスキ率《ひき》いるポーランド隊は、十二月二十九日にワルシャワを発って、一月上旬にベースキャンプ入りする予定だという。やはり南南東リブからアブルッツィ稜に抜けるルートを狙《ねら》っているらしい。総勢十三名に現地の高所ポーターも加わる大時代的とも言える登山隊で、和志とは対照的な物量作戦で挑むはずだ。

チームにはカザフスタンからゲスト参加したボリス・アリエフも含まれる。彼はマカルーとガッシャーブルムⅡ峰に冬季初登頂し、八〇〇〇メートル峰には計十九回の登頂を果たしている。さらに四十二日間で五つの七〇〇〇メートル峰を登ったという驚異的な記録を持つ韋駄天《いだてん》クライマーだ。

隊長のマリノフスキもまた、エベレスト、カンチェンジュンガ、ローツェの三座に自《みずか》ら冬季初登頂した記録を持つうえに、さらに隊長として、幾《いく》つもの八〇〇〇メートル峰の冬季初登頂を成し遂《と》げた冬の帝王ともいうべき存在だ。二〇一三年の冬には、当時、Ｋ２、ナンガ・パルバットと並ぶ冬季未踏《みとう》のピークだったブロード・ピークの登頂にも成功している。さらに今回の隊員の半数が、すでにＫ２に登頂した経験を持つという。

そんな話が耳に入れば、自分に勝ち目があるとはなかなか思えない。しかし和志の場合、一度登山活動に入ってしまうと記録のことはあまり気にならない。世界で一番目か二番目かはそれほど重要ではない。冬のＫ２という厳然としてそそり立つ偉大な山をワンプッシュで登る――。その困難な目標だけに、いまは気持ちが集中している。

2

嫌なニュースが舞い込んだのは、和志たちがアスコーレに向かう前日の昼過ぎだった。

昼食のあと、ホテルのテラスでノートパソコンを開き、海外の登山関係のサイトをチェックしていた友梨が、〈グラン・モンターニュ〉というフランスの高名な山岳雑誌の英語版のヘッドラインで穏《おだ》やかではない見出しを見つけた。

開いてみると、内容は和志の冬季K２登頂の可能性を疑問視するもので、その論拠として、夏のマジックラインでのアックスの破損を挙げていた。

アックスが破損したことを、ノースリッジはこれまで公表してこなかった。あのとき和志が使っていたのは、市販品ではなく和志専用の特注品だったからだ。

現在ラインナップされている市販品は、破損した製品のようにピックを鋭利にそぎ落としたものではなく、一般的な使用で同様の事故が起きることは考えられない――。それがあえて公表しなかった理由だった。

しかし記事はその点を無視し、あたかもノースリッジのアックス製品全体、あるいはアイゼンに至るまで同様の欠陥《けっかん》があるかのように事実を誇張し、よりハードなクライミングが要求される冬のマジックラインでもそれが露呈するだろうと指摘する。しかもノースリッジはその事実をひた隠しにしてきた。その姿勢は、クライマーが命を預ける登山用品メーカーとしての社会的責任をないがしろにするものだと非難していた。

「〈グラン・モンターニュ〉のような一流雑誌が、どうしてこういうくだらない記事を載せるんだ。誰なんだ、寄稿したのは？　こんな名前のライター、おれは聞いたことないぞ」

一読して磯村は不快感を露《あら》わにした。記事の署名はカイル・ブラックウェルとなっているが、そんな名前の山岳ジャーナリストやクライマーは和志も知らない。もちろんそういう世界にとくに明るいわけではない。知らない書き手だから怪《あや》しいと決めつける気はないが、内容は意図的な中傷だとしか言いようがない。

「そもそも、アックスが破損したことを、私たちはどこにも公表していないのに、どうしてそれがわかったのかしら。ニックが発信した情報にはすべて目を通したけど、そのことにはまったく触れていなかったわよ」

　友梨は首をかしげる。苦々しい口調で磯村は言う。

「ニックの隊の誰かがお喋《しゃべ》りしたんだろうな。和志は下山時に連中のテントに入っている。そこで破損したアックスを目にした隊員が外部に漏《も》らしたんだろう。ニックはそんなことはしないはずだが、国際公募隊だから、どんなやつが交じっていたかわからない」

　磯村は吐き捨てた。もちろん和志はニックにも隊員にもアックスを見せたし、折れた事情も説明した。しかしニックは和志がノースリッジのスポンサーシップを受けていることを知っていたし、和志の達成を自分の隊の成果として喧伝《けんでん》したい意図もあったから、和志たちに不利になることは口にしないと約束し、隊員たちにもそれを徹底してくれた。

「折れたことは事実だから仕方がないとしても、でもこれはひどいわよ。まるで企業犯罪のような書き方じゃない。うちはこの雑誌に定期的に広告を出しているのよ」

　友梨は憤《いきどお》りを隠さない。和志は不安を覚えた。

「こんな記事が出ると、ノースリッジのビジネスに差し障《さわ》りがあるんじゃないのか。けっこう影響力のある雑誌だから」

「あるでしょうね。そもそも今回使う新型アックスについての言及がないのがおかしいのよ。開発中から海外のメディアにもプレスリリースしているし、そこにも、これまで和志さんが使ってきたアックスは、和志さん専用のカスタム品だとはっきり書いてあるのよ。使っている人がほかにいないくらいわかるはずなのに」

　友梨の指摘に磯村も頷《うなず》く。

「以前もたしか、そんなことがあったな」

「登攀《とうはん》中にアックスやアイゼンが壊れたという話をSNSに書き込まれたことがあったわね。書いたのは別の会社のスポンサーシップを受けていて、うちの製品を使うはずがないクライマーだった。今回も、裏でどこかのメーカーが動いて、新型アックスが市場に出る前に潰《つぶ》してしまおうという魂胆なのかもしれないわね」

「またしてもマルクが暗躍してるんじゃないのか」

「それもあり得るわね。アマ・ダブラムの件では、してやられたと思っているはずだから」

友梨はさもありなんという顔だ。磯村は身を乗り出す。

「だったら早急に、〈グラン・モンターニュ〉に抗議したほうがいいんじゃないのか。もう広告を出すのをやめるぞと脅《おど》してやったらどうだ」

「ヨーロッパのメディアにそれをやると、かえって火に油を注ぐことになるわよ。言論には言論だから、こちらにも反論文を掲載するページを与えるように交渉するわ」

「しかし和志には、そんなものを書く文才はないぞ」

磯村は勝手に決めつける。たしかに学校の作文で褒《ほ》められたことはないし、たまにエッセイの依頼も来るが、きょうまですべて断ってきた。

「キャラバンの合間に私が書くわよ。そのまえに、まず社長に連絡をしないと」

友梨は東京の山際に電話を入れた。すぐに応じた山際にかいつまんで事情を説明すると、これから〈グラン・モンターニュ〉のウェブサイトを見て、折り返し連絡するとのことだった。

山際は五分もしないうちに電話を寄越した。友梨が受けてしばらく話し込み、通話を終えて報告する。

「社長は本気よ。これから〈グラン・モンターニュ〉の編集部に電話を入れるって。シャモニー暮らしが長いからフランス語は堪能《たんのう》よ。それでカイル・ブラックウェルという人なんだけど」

「クライマーなのか」

　磯村が問いかける。友梨は首を横に振る。

「イギリス人で、山が専門じゃないけど、スポーツライターとしてはかなりキャリアがあって、記事の署名に肩書がないのは、向こうではそれくらい有名な人だからだろうと言うのよ。ただ——」

「訳ありなんだな」

「メーカーとの癒着《ゆちゃく》がよく噂《うわさ》に上る人らしいの。影響力が大きいから、うちの製品を扱っている欧州の代理店も警戒しているそうなのよ。やるのはサッカーから陸上競技、スキーやスケートまで広範で、むしろ登山用品でネガティブなステルスマーケティングを仕掛けてくるのは珍しいそうなんだけど」

「そうなると、反論文を書くのが友梨じゃ心もとないな」

「言うだろうと思った。心配ないわよ。社長がよく知っているフランスの山岳ライターに依頼して、本格的な反論記事を書いてもらうそうよ。当然、新型アックスについても十分な資料を渡して性能をアピールしてもらうから、うちにとっては逆にいい宣伝になるって、むしろ喜んでいるくらいよ」

　友梨はあくまで強気だ。和志も積極的に応じた。

「原因をつくったのは僕だから、手伝えることがあればなんでもやるよ。余裕があれば、クライミング中にインタビューを受けて、そこで僕自身が宣伝をしてもいい」

「あ、それいいわね。新型アックスの凄《すご》さは、使った人がいちばんわかるわけだから。冬のK2登攀中の和志さんが登場するコマーシャルなら、動画サイトで配信すれば、閲覧回数はあっという間に何百万件よ」

「そんなことをする暇《ひま》があったら、登ることにエネルギーを費《つい》やしてほしいけどな」

磯村は皮肉な口ぶりだが、和志にとってとくに負担ということはない。新型アックスについて語りたいことはいくらでもある。発案者の柏田はもちろん、ノースリッジの技術陣や協力を惜《お》しまなかった刀工やピッケル鍛冶《かじ》、玉鋼《たまはがね》の製鉄所の人々。そして、新型ピッケルの商品化にいま社運を懸《か》けようとしている山際——。そんな人々の思いの結晶である新型アックスを世界で最初に使う自分には、それを代弁する責務がある。

「いや、やるよ。むしろそのくらいの余裕がなきゃ、あの長いマジックラインはとても登り切れないからね」

「強気な口を利《き》くじゃないか。しかし、確かにそうだ。最後のエネルギーは、本当にピンチに陥《おちい》ったときのために残しておかないとな。最初から目いっぱいで登ったら、片道飛行になりかねない」

「新型アックスを使いこなすことで、夏よりもずっと効率のいいルートが選べる。厳しいのは気象条件だけで、クライミングに関しては、むしろ夏より楽な気がするんだよ。登るルートはだいたい頭に描けているしね」

「冬のマジックライン登攀中にそんな話をしてくれたら、宣伝効果はお金に換算できないわよ。ブラックウェルの中傷なんて、軽く消し飛んじゃうわ」

友梨は大乗り気だ。磯村が感心したように言う。

「おまえ、ほんとに変わったな。ここへ来てそこまで商売っ気が出るとは思わなかったよ。いや、悪い意味で言ってるんじゃない。いよいよおまえもプロのクライマーになったという意味だ。おれはずっとそれを願っていたんだよ」

「商売っ気というのとは違うよ。僕がやろうとしていることも冒険なら、山際さんが乗り出していることもすごい冒険だ。生意気なことを言わせてもらえば、お互いがいまはかけがえのないパートナーだという気がするんだよ」

強い決意を秘めて和志は言った。磯村が言うように、この件でも背後にマルクがいないとは限らない。もしそうなら、その執念《しゅうねん》深さには頭が下がる。

そのエネルギーを本業のクライミングに注げば、少しはましな実績を積み上げられるはずだし、クライマーなら同じ山という土俵で勝負をすべきではないか。それを避け、こんども邪悪な策を弄《ろう》して和志を、そしてノースリッジを潰しにかかっているとしたら、和志も受けて立つしかない——。

そんな思いを語ると、磯村は力を込めて頷いた。

「山の上で新型アックスの宣伝をすることもさることながら、なによりも強烈な反撃は、おまえがそれを使ってＫ２の冬季単独初登頂を達成してみせることだよ。地上での勝負は社長に任せておけばいい」

3

予定どおり、アスコーレを発って五日後の一月五日の午後早く、和志たちはＫ２ベースキャンプに到着した。

夏に訪れたとき、ゴドウィン・オースチン氷河上のキャンプサイトには世界各国の登山隊のテントがひしめいていたが、いま目の前に広がっているのは、命の息吹《いぶき》が皆無な、無機質そのものの死の世界だった。

今回のリエゾンオフィサーはあまり仕事熱心ではなく、冬のK2ベースキャンプというだけで尻込《しりご》みし、ずっとスカルドに滞在する気のようだ。宿泊費はこちら持ちだから出費はかさむが、その手のリエゾンオフィサーならむしろいないほうがましだと友梨も割り切っている。

資材輸送用のヘリはすでにチャーターしてあり、天候が許せばあすの午前中にはこちらに到着する。山際と磯村は、当初は別便でベースキャンプに来る予定だったが、思ったより荷物が少なく、なんとか二人が乗れるスペースがとれたため、そのヘリでこちらに向かうという。

ポーランド隊は四日前にスカルドに到着したとのことだった。ベースキャンプ入りは九日を予定しているという。山際も四日前の夕刻に、お供の若手社員一人を連れてスカルド入りし、ヨーロッパアルプス時代に親交があったマリノフスキたちと夕食を共にしたらしい。磯村も同席したが、冬季初登争いでは負けるはずがないと先方は確信しているようで、終始余裕のある態度で接し、互いに健闘を祈ってエールを交換したという。

ほぼ半年ぶりのK2は、快晴の冬空を背景に夏よりさらに高くそびえて見え、上部の稜線は舞い上がるブリザードで紗《しゃ》がかかったように霞《かす》んでいる。冬はチベット側の高気圧が優勢で、北からの風はK2の山体が遮《さえぎ》ってくれると期待していたが、八〇〇〇メートルの高峰の風は、やはり一筋縄《ひとすじなわ》ではいかないようだ。

エベレストのほかには近辺に八〇〇〇メートル級の高峰がなかったローツェとは異《こと》なり、Ｋ２のすぐ近くにはブロード・ピークやガッシャーブルム山群が衝立《ついたて》のように立ちはだかり、風はその壁に当たって複雑に屈折し、ビル風のようにあらぬ方向から吹き寄せる。冬場のヒマラヤは比較的降雪は少ないが、最大の障害が風なのだ。それは鋭利な刃《やいば》のようにクライマーを壁からそぎ落とそうとし、ドライアイスの奔流《ほんりゅう》のように体の芯《しん》まで凍《い》てつかせようとする。

想像どおりマジックラインは夏より雪が少なく、露出した岩肌が目立つ。これまでなら雪の詰まったクーロワールを夜間に登るタクティクスを採用したが、新型アックスのおかげで、今回はそうした岩稜ルートのかなりの部分が選択肢《し》に入る。

寒さに対する対策も強化した。ＮＡＳＡが開発した高機能素材を中芯に使ったダウンと二重構造の防寒スーツで、体温に応じて断熱効果が調整されるという特長がある。ヒマラヤは冬でも晴れれば日射で暑い。寒暖の変化のたびにウェアを脱いだり着たりするのは高所では大仕事だ。かといってそれを怠《おこた》れば、体力の消耗《しょうもう》に直結する。

そんな面からのウェアの改良も柏田のアイデアには含まれていて、宇宙服のために開発されたというその高機能素材に早くから着目していたようだった。胸に込み上げるものを感じながら和志は言った。

「いよいよだね。今回は総力戦だよ。柏田君もきっと天国から見守ってくれているよ。ここに一緒にいられたら最高だったんだけど」

「でも、彼だってきっと幸せよ。もし和志さんが冬季初登を達成したら、彼もそのプロジェクトの立役者の一人になるんだから」

友梨も感慨深げに応じる。不謹慎な言い方をすれば、あの遭難がなかったら、彼のアイデアが日の目を見ていたかどうかわからない。それもいわく言いがたい運命の巡り合わせというしかない。

テントの設営を済ませ、ハサンが淹《い》れてくれたコーヒーで体を温めながら見上げるK2は、命あるものに対する拒絶の意思そのものだ。テントの張り布を激しく叩《たた》いて、氷河の谷を強風が駆け抜ける。

「この風が収まってくれないと、ちょっと難しいわね」

友梨がため息を吐《つ》く。カラコルムはネパールヒマラヤより緯度が高いだけに、ベースキャンプの寒さはローツェ南壁のときよりだいぶ厳しい。和志は言った。

「その代わり雪や氷が締《し》まって、雪崩《なだれ》や落石のリスクは減るよ。一見マイナスと見える要素が、別の側面からはプラスに働くことが山ではよくあるんだ」

「去年の夏のK2は、素人《しろうと》の私から見たら好天続きで、これはチャンスだという感じだったけど、逆に雪崩が頻発《ひんぱつ》して、ニックたちの隊も手を焼いていたわね」

「山は簡単に答えを教えてくれない。でも悲観する必要はない。問題はとても単純で、とにかく上に向かうことなんだ。ひたすら上を目指せば、行き着く先は頂上しかないからね。舐《な》めてかかるのは禁物だけど、基本はあくまで楽観だね」

「それって、人生そのものにも言えそうね。つまりギブアップしたときが負けってことね」

友梨が言う。和志は頷いた。

「そう思うよ。僕の周りにもいるよ。社長も磯村さんも、決してギブアップしない人たちだ」

「和志さんだってそうよ」

「でも、アマ・ダブラムのあとは、本気で山をやめようかと思った」

「けっきょくこうやって、またK2に来てるじゃない。悩まないことが強さじゃないのよ。いちばん強いのは、悩みに悩んで最後に選んだ答えなのよ。だから、和志さんはもうぶれることは絶対にないと思うの。ぶれさえしなければ、必ず頂上に立つわ」

すでに確信しているように友梨は言った。

4

翌日も風は強かったが、視界は良好で、ヘリは予定どおり午前九時前にベースキャンプに到着した。

本人が自慢していたとおり、山際はダウンスーツで着膨《きぶく》れはしているものの、酸素ボンベは背《せ》負《お》っていない。これまで経験した最高所がモンブランの四八一〇メートルで、無酸素で五〇〇〇メートルに達したのは最高記録だと誇らしげだ。

磯村もこれまでの高所順応の効果が残っていたようで、呼吸が怪しい様子もとくになく、夏には退却を余儀なくされたベースキャンプからのK2を懐《なつ》かしそうに振り仰《あお》いだ。

「またこの場所に立てるとは思わなかったよ。このままずっと居座りたいが、おまえに負担をかけるだけだからな」

山際も楽しげに呼応する。

「こんな場所にいると、私もそのうち登ってみようかという気になるよ。いまは義足でエベレストに登る人もいるくらいだから、やってやれないことはない」

ヘリから降りると、ダブルストックを器用に使い、山際はキャンプサイトまで自力で歩いてみせた。低圧訓練だけでなく、筋力トレーニングもある程度こなしてきたようで、適切なサポートがあれば、K2は無理でも、エベレストのノーマルルートなら登れそうな勢いだ。半《なか》ば本気で和志は言った。

「八〇〇〇メートル峰十四座完登は、僕もいずれ達成したいと思っています。そのときには、エベレストに一緒に登りましょう」

「それは嬉《うれ》しいな。だったらそのときのために、毎日トレーニングを欠かさないようにするよ」

山際もまんざらではない口ぶりだ。いまやエベレストのノーマルルートは、世界でいちばん料金の高いフィールドアスレチックと化しているが、一方で十四座完登は、世界のトップクライマーの名刺代わりになりつつある。

避けて通れない通過点なら、自分にとって磯村と並ぶ恩人である山際とともにそれを果たしたい。かつての自分ならそんなものには目もくれなかったが、いまではノースリッジの広告塔として世界の登山界に認知されることが、自分の仕事だという自覚が芽生《めば》えている。

「だったらおれも付き合うよ。医者がなんと言おうと、とりあえずあと十年は生きることにしたから」

磯村が言う。もちろん友梨も黙ってはいない。

「じゃあ、私もお付き合いするわ。エベレストの頂上に日の丸と一緒にノースリッジの社旗を立てたら、会社にとっても最高のPRよ」

「登る人間のハンディキャップが並みじゃないからな。しかし世界の八〇〇〇メートル峰は、和志のようなトップクライマーだけのものじゃない。やってやれないことはない」

磯村は屈託がない。言い出しっぺは自分でも、そんな彼らの反応に、まんざら荒唐《こうとう》無稽《むけい》な話でもなく思えてくる。

夢を分かち合えるのはいいことだ。実現するにせよしないにせよ、それは各自の生きるエネルギーに通じるはずだ。もちろん、なによりも磯村にとって――。

磯村と山際は夕刻までベースキャンプに滞在して、スカルドから呼び寄せたヘリで帰っていった。

今回は磯村がおらず、リエゾンオフィサーもいない。山際は東京の本社から、ベースキャンプ要員として社員を呼び寄せようかと提案してくれたが、残念なことに、柏田のような高所経験のある者がいなかった。場合によっては天候待ちで長期滞在することになる。その高所順応の面倒も見るとなれば、未経験者ではむしろ負担のほうが大きくなる。

ハサンとは夏のK2で信頼関係が出来ているし、ポーランド隊が到着すればちょっとしたテント村が出現するから、とくに心細いこともない。ポーランド隊には医師もいるし、隊長のマリノフスキは、ベースキャンプで困ったことがあれば支援すると約束してくれたらしい。

そもそも和志自身が、かつてはたった一人でキャンプを張って、未踏の壁を登ってきた。気持ちを集中するには、こんな環境のほうがむしろ合っている。

頭上のK2の稜線では、野獣の咆哮《ほうこう》のような風音《かざおと》が絶え間ない。日中も含めて雪崩はほとんど起きなかったが、落石の音は頻繁《ひんぱん》に聞こえた。

気象予測に関しては、これまではアメリカの会社と契約していたが、精度の点で疑問を感じ、今回は山岳気象が専門の柿沼《かきぬま》庄司《しょうじ》という気象予報士と契約した。

本人もヒマラヤ登山の経験があり、自身は日本にいるが、遠征先の契約者から風や雲の動き、気温などのフィードバックを受け、それを広域的な気象情報に加味して、より現地に即した予測をするというのが売りだ。

衛星携帯電話の普及によって生まれた新しい予報ビジネスだが、その精度の高さで幾つもの遠征隊を成功に導いたと言われている。磯村も彼の存在は知っていたが、そうした評判のせいで、テレビのドキュメンタリーや山岳映画、講演会や講習会の仕事が殺到し、ローツェ・シャールのときもローツェ南壁のときも、多忙が理由で契約できなかった。

今回磯村は半年以上前から根回しを続け、なんとかそこに割り込んだ。いったん引き受けたら柿沼は積極的で、和志の遠征中はほかの仕事を手控《てびか》え、こちらの仕事に集中してくれるという。冬のK2初登頂という目標は、山岳気象予報士にとっても野心的な仕事のようだった。

その柿沼とは、先ほど衛星携帯電話で連絡を取り合った。現地の状況を伝えると、柿沼の予想は厳しいものだった。

いまK2周辺で吹き荒れている風は、チベット方面の寒冷な高気圧から吹き出しており、その勢力が例年よりも強い。

和志が考えていたとおり、北からの風が周囲の山々に反射して、K2の南面にも強く吹き込んでおり、それがいつ止《や》むかは現状では予測がつかない。変化があるとしても一カ月以上のスパンで、サミットプッシュは当分控えたほうが賢明だというアドバイスだった。

晴れているといっても、現在の強風と低温は異常気象と言っていいレベルで、降雪以上に命の危険をもたらす。むしろ低気圧や気圧の谷が発生して、一時的に天候が悪化してくれたほうが見通しが立てやすい。低気圧が去ったあと、ふたたびチベット側の高気圧が張り出すまでにはタイムラグがあり、それが数日続く可能性がある。

和志のような短期速攻型なら、その間隙《かんげき》を突いてサミットプッシュが可能だが、大規模な組織登山で挑むポーランド隊の場合、そうしたチャンスに即応するのは難しいはずだと柿沼は言う。その考えには和志も納得できる。夏の場合とはまた別の意味で、冬のヒマラヤでは快晴もまた曲者《くせもの》なのだ。

ヒマラヤでの冬季の定義は、一部に異論もあるが、現在は国際的に冬至から春分の日までという考えが主流になっている。もちろん磯村はその期間いっぱいのパーミッションを取得しており、あと二カ月半は天候待ちができる。そのあいだに必ず何回かはチャンスがあるはずだと柿沼は保証する。

「それをピンポイントで予測するのが私の仕事ですからね。天気図から大きな動きを予測するだけなら誰でもできる。しかし山の気象は局地的で、それを的確に把握するには、クライアントと私の共同作業が不可欠なんです。奈良原さんのような経験豊富なクライマーと仕事ができれば、私の予測技術にも磨《みが》きがかかりますよ」

柿沼は自信を示す。最後の言葉は面映《おもは》ゆいが、山での局地的な気象変化には、これまでは経験から得た勘《かん》で対応するしかなかった。柿沼がプロの知見でそこを判断してくれるなら、和志も心理的な面での負担が軽くなる。そんな通話を終えて、和志は友梨に確認した。

「柿沼さんの話だと今回の遠征はかなり長引きそうだけど、社長はいつまでいられるの」

友梨はこともなげに言う。

「たいがいの用事は電話と電子メールで済むし、いまはインターネットを使ったウェブ会議というのがあるから、それほど問題はないのよ。年に一、二回、一カ月前後の海外出張をしているけど、会社の人たちも慣れているから。動く社長室といったところね」

「それにしたっていつまでも会社を空けてはいられないだろうから、なんとか二月中には登りたいね。僕自身、あまり長い遠征は好きじゃない。順応はできていても、五〇〇〇メートルの高所に長居をすればそれだけ体力は落ちるし、モチベーションを維持するのも難しいから」

「でも、それはばっかりは山次第だね。柿沼さんの力でどうこうできるものではないし」

友梨は楽観的に言う。気象条件に恵まれたせいもあって、これまでの遠征は、比較的短期に終わることが多かった。今回はパーミッションの期間を使い切らなければ損だとでもいうように、友梨は長期滞在を楽しもうとしているかのようだった。

ベースキャンプに入って三週間後の一月二十六日、思いがけない悲報が届いた。エリザベス・ホーリーが死去した。享年九十四。肺炎で入院していたカトマンズの病院で静かに息を引き取ったという。

ローツェ南壁登攀成功のあとも、事故に遭遇したアマ・ダブラム西壁登頂のあとも、カトマンズで恒例のインタビューを受けた。足はやや不自由だったが、物腰も語り口もかくしゃくとしていて、彼女がその年齢であることをつい忘れてしまうほどだった。夏のマジッククライン登攀成功の際には祝福のメールをくれて、冬のK2の次はマカルーの西壁挑戦を楽しみにしていると言っていた。

大きなものを失った。突然であったがゆえに、その喪失感は言葉では言い尽くせない。クライマーにとって怖い存在ではあったが、愛される存在でもあった。インタビューが終わり、そこに疑いがないことを認めたときに彼女が口にする「登頂おめでとう」の言葉は、和志に限らず多くのクライマーにとって無形の勲章《くんしょう》だった。

自分より先にリズが死ぬとは思ってもいなかったと、磯村は気が抜けたような声で電話を寄越した。その日、ポーランド隊の隊員たちもリズの話題で持ちきりで、隊長のマリノフスキも和志たちのテントを訪れ、しばらくリズの思い出話にふけった。

その二日後、またも思いがけないことが起きた。ナンガ・パルバットの冬季第二登を果たしたフランス人とポーランド人の二人パーティーが下山中に遭難した。

救助の要請を受け、ポーランド隊のボリス・アリエフを含む四名の隊員が急遽《きゅうきょ》パキスタン陸軍のヘリでナンガ・パルバットのベースキャンプに向かった。救出できたのはフランス人一名で、もう一名は死亡した。

しかし登攀活動を一時中断して救出に向かった彼らの行動は、夏のK２でオーストリア隊の救出に向かった和志の行動に匹敵する、クライマー同士の友情物語として好意的に世界に報じられた。

アリエフたちは救出活動を終えると、すぐに本来の登攀活動に復帰したが、それによって、ただでさえ難航していた南南東リブのルート工作にブレーキがかかったのは言うまでもない。

ヒマラヤの冬季登攀は二月末までというのがアリエフの持論で、それ以降は冬季とは見なさないというスタンスだった。三月にずれ込むことも視野に入れた隊の方針が彼にとっては大いに不満で、いま隊長のマリノフスキとのあいだに波風が立っているようだった。

5

二月に入っても強風は収まらない。心待ちにしている柿沼からのゴーサインはなかなか出ない。さすがの山際もいったん帰国し、所用を済ませてもう一度やってくるという。

お供してきた若手社員はこちらに残すとのことで、おそらく磯村の病状が急変した場合の対応のためにという判断だろう。もちろんそんなことを言えば余計なお世話だと磯村が追い返しかねないから、あくまで連絡要員という名目だ。

〈グラン・モンターニュ〉の記事への反論文は今月号に数ページを割《さ》いて掲載された。山際が依頼したライターの筆力は予想以上で、わざわざ編集長が編集後記で和志に肩入れするような言及を行ない、カイル・ブラックウェルというライターの評判がヨーロッパでは決してよくないこともあってか、ネット上でも反論記事に賛同する意見がはるかに優勢だった。

ポーランド隊は南南東リブのルート工作で悪戦苦闘しており、隊員たちも疲労の色が濃くなっている。雪が少ないため、落石の多さに悩まされているらしい。いわゆる極地法の彼らと違い、和志は事前のルート工作の苦労はないが、K2の足元にいてひたすら待機というのも、体が鈍《なま》るばかりで具合が悪い。

ベースキャンプ入りしてから一度だけ、高所順応と偵察を兼ねて標高六三〇〇メートルのネグロットのコルまで登った。コル直下の雪壁は比較的風が弱かったが、コルに出ると、そこは北からの強風の通り道だった。予定では一回目のビバーク地点になるが、おそらくテントは張ったとたんに飛ばされる。断熱性能では世界最高と和志も認める防寒スーツも歯が立たず、ほうほうの体《てい》で逃げ帰った。そんな報告をすると磯村は言った。

「気長に待つことだよ。山のご機嫌に逆らっていいことはなにもない」

それはもっともだが、気にかかるのは磯村の体調だ。山にいることが最高の良薬だと本人は言うが、スカルドは都会とは言いがたい小さな街で、医療施設が充実しているわけではない。それを考えれば焦燥《しょうそう》は募《つの》る。かといって無理矢理東京へ帰らせれば、本人の主張どおりなら、かえって病状を悪化させかねない。

相変わらず和志をライバルとは見なしていないのか、ポーランド隊との関係はまずまず良好だ。ただし、強力だが個性的なメンバーを集めたせいもあり、隊員のなかにアリエフの例に代表されるような主張の対立があって、隊長のマリノフスキはいまも頭を悩ませているらしい。


さしものＫ２の天候にも変化の兆《きざ》しが見えたのは、二月の中旬を過ぎたころだった。柿沼から待ちかねていた連絡があった。慎重な口ぶりで柿沼は言った。

「まだ確定的なことは言えないんですけど、北方の寒気団が弱まっています。ここ数日送ってもらったデータでも、気圧がわずかずつ低下しているのが確認できています。西には気圧の谷も現れて、今後は不順な天候が周期的に訪れそうです」

「ということは、チャンスも出てくるということですか」

「そうです。奈良原さんなら、穏やかな天候が四日続けばワンプッシュで行けるんじゃないかな」

「十分です。それ以上かかるようだと、逆に敗退の可能性が高まりますので」

八〇〇〇メートル前後の高所にそれ以上の期間滞在ができるようには、人間の体は出来ていない。もちろん柿沼もそれは承知の上だ。

「気圧の谷の通過後、最長で一週間、少なくとも四日程度は、春先と似た陽気が出現することがあります。日本で言えば三寒四温《さんかんしおん》で、春の兆しと言っていい。適切なタイミングでゴーサインを出しますから、行動に入れる準備をしておいてください」

「僕のほうはいつでもＯＫです。よろしくお願いします」

和志はそう応じ、さっそく磯村に電話を入れた。磯村もさすがに暇《ひま》を持て余していたようで、気負い込んだ声が返ってきた。

「いよいよ本番だな。ポーランド隊は大仕掛けすぎて、気象条件が整ったからってすぐには動けない。それにまだルート工作に手こずっているんだろう」

「雪が少ないのが致命的なようだね。夏なら楽勝だったんだろうけど」

「まだ、隊が空中分解するほどじゃないんだな」

磯村はそれを期待するような口ぶりだ。チーム内で不和があるようだという話はすでに聞かせてあった。

「どうもボリス・アリエフが苛《いら》ついているようだね。彼の実績からしたら、冬のＫ２でもアルパインスタイルで登ってしまうかもしれない。むしろああいう組織登山のチームに参加しているほうが不自然なくらいだよ」

アリエフは狷介《けんかい》さでもよく話題に上るらしいが、ベースキャンプで接した限り気のいい人物で、和志のローツェ南壁のソロのことを絶賛してくれた。とはいえ、言葉の端々《はしばし》にマリノフスキに対する皮肉も交じり、そんな評判の片鱗《へんりん》は感じられた。

「マリノフスキだってガチガチの組織登山派じゃない。過去にはアルパインスタイルもソロもやっている。ただ旧共産圏の国は、いまでも登山に国家の威信をかけるようなところがある。最後の冬季未踏の八〇〇〇メートル峰に挑むには、そういう大きなチームが必要だという考え方が国内では根強くて、それで冬季登攀に実績のある彼が担《かつ》ぎ出されたという事情があるようだ」

「もしそうだとしたら、彼も国とチームの間に挟まって大変なのかもしれないね。いまは冬だといっても、ほかの季節なら、トモを含め、もう何人もソロやアルパインスタイルで登っているルートだからね」

「こうなると、おまえはもう世界初を手にしたようなもんだ。山際さんも気配を察知したのか、今週中にまたこっちに来るそうだよ」

「だったら、ぜひ世界初をプレゼントしたいけど、本当の相手はポーランド隊じゃなくK２だからね」

「そこは柿沼さんを信じるだけだ。寒さと風が四、五日和《やわ》らげば、むしろ夏より条件がいいくらいだ。新型アックスもあることだし」

磯村は力強く請《う》け合った。和志は確認した。

「磯村さんの体調は？」

「電話のたびにそれを訊《き》くなよ。万全なはずはないが、きょうあしたに死ぬ状況でもない。食欲は旺盛《おうせい》だし、やることがなくて体力を持て余しているくらいだよ。おまえのほうはどうなんだ」

「高所順応にちょっと不安がある。夏のときは、オーストリア隊の救出で七〇〇〇メートルまで登っていたけど、今回はネグロットのコルまで登っただけで、まだ七〇〇〇メートルを越えていない」

「おまえの場合はローツェ以来の貯金があるから、そう心配することはないよ。敵の弱みにつけ込むのもなんだが、ここまでの土木工事で向こうは体力も気力も消耗している。その点では、ベースキャンプで昼寝していたおまえのほうがずっと有利だ」

磯村は気楽に太鼓判を押す。意を強くして和志は言った。

「彼らとしては万全の態勢で臨《のぞ》んだんだろうけど、それが裏目に出た可能性はあるね。気になるのはアリエフだよ。賛同する仲間がいれば別行動をとる可能性がある。それを疑っている隊員もいるんだよ」

「性格からしたらソロでもやりかねない。なにごとにつけ、我が道を行くというタイプらしいからな」

磯村もわずかに不安を覗《のぞ》かせた。

6

柿沼の予想どおり、その翌日から風は南西に変わり、ベースキャンプも吹雪《ふぶき》の様相を呈した。気温も上がり、風は強いものの、きのうまでと比べれば温風と言いたいほどだ。

柿沼からゴーサインが出たのは三日後の午前中だった。

「やっとチャンスが来ましたよ。あすの明け方には嵐は収まって、おそらく四日から五日、好天に恵まれます。南方の高気圧が張り出して北の高気圧と均衡《きんこう》するためで、気温も高く、風も弱い。その後はふたたび北の高気圧が張り出すので、寒さと風が強まるでしょう。そういうサイクルを繰り返しながら春に向かうので、チャンスはまだ何度かあると思いますがね」

「ただ、冬季登攀の記録となると春分の日までですから、このチャンスを見送る理由はないでしょうね」

「そう思います。心配なのは雪の状態で、ここ数日の降雪で雪崩のリスクが高まっているはずなんです」

柿沼の指摘は当たっているだろう。和志もそこは気になっていて、高所順応でコルまで登ったとき、雪壁を直登するのとは別の選択肢を考えていた。

雪の状態が安定していれば雪壁をダブルアックスで登るのが効率的だが、新雪をラッセルしながら登るとなると、雪崩のリスクはもちろんのこと、体力面でも著《いちじる》しいハンデを負う。

そんなケースも考慮して、第二の選択肢として目をつけていたのが、コルの左手の小岩峰に突き上げる細いリッジだった。締まった雪壁を登るよりは負担が大きいが、必ずしも困難ではなく、十分ドライツーリングで乗り切れる。今回はそれに最適な新型アックスもある。そんな考えを聞かせると、柿沼は納得した。

「賢明な選択ですよ。私も写真で確認しましたけど、あの雪壁はたぶん雪崩の巣になっています。いま奈良原さんが言ったリッジは、私の目にも比較的容易に見えましたよ」

「これから出発の準備をします。あすの明け方に嵐が収まるのが確実なら、今夜からでも登り始めます」

信頼を込めて和志は言った。柿沼は力強く請け合った。

「短期の予測に関しては保証します。成功を祈っています」

通話を終えると、スピーカーフォンでやりとりを聞いていた友梨は高揚を隠さない。

「いよいよスタートね。ポーランド隊はまだ下のほうで手こずっているんだから、これで世界初は間違いないわよ」

「ああ。辛抱《しんぼう》した甲斐《かい》があったよ。好条件が四日続けば、十分頂上に手が届く。下山については、アブルッツィ稜は夏に下降しているから、多少荒れてもなんとかなる」

さっそく電話を入れると、磯村も弾《はず》んだ声で応じた。

「いいタイミングだよ。社長はあすスカルド入りする予定だ。本格的なのは帰国してからだが、とりあえずスカルドで祝勝会だ。ヘリでベースキャンプに出かけて盛り上がりたいところだが、そんなことをしたら、ポーランド隊に襲撃されかねないからな」

まだ勝負は始まったばかりだというのに、磯村は勝手に先走る。水を差すように和志は応じた。

「まだ結果が出たわけじゃないよ。いまは柿沼さんを信じるだけだけど、なにごとにも絶対ということはないからね」

「柿沼さんだって勝ちを信じて勝負に出てるんだ。社長だっておれだって、成功を一〇〇パーセント信じてる。主役のおまえがそういう自信のないことを言ってどうするんだよ」

磯村は遠慮なしに発破《はっぱ》をかけてくる。腹を括《くく》って和志は応じた。

「わかってるよ。気象条件を含め、あらゆる要素が僕に有利に働いている。このチャンスを生かせなかったら、僕の実力がその程度だということになるからね」

7

柿沼の予想は正確で、夕刻になると吹雪もだいぶ弱まって、限られていた視界も広がった。ゴーサインが出れば即応できるように準備は整えていたので、出発に際してとくにすることはなかった。

登攀中はまともな食事はとれないので、ハサンが腕を振るい、とっておきの羊肉や鶏肉《とりにく》をふんだんに使ったケバブやビリヤニを用意してくれた。
四、五日分食いだめをするつもりで腹に詰め込み、三時間ほど仮眠をすると、吹雪はほとんど止んでいて、西の空の一角にはわずかに星も瞬《またた》いている。

柿沼に電話を入れ、状況を報告すると、天候の回復が自分の予想より早まったと悔しがる。こちらにとっては好都合な誤差だが、柿沼はなにごとも完璧主義らしい。

さらに磯村にも出発の連絡を入れた。先ほどの威勢のよさとは打って変わって、祈るような調子で磯村は言う。

「頑張れよ。いったん登り始めたら、もう勝ち負けは気にするな。最高のクライミングをすれば結果は自《おの》ずとついてくる。とにかく自分を信じて集中することだ」

「ああ。全力を尽くす。そして磯村さんに最高のお土産《みやげ》を持って帰るよ」

そう応じて手短に通話を終えると、どこかしみじみと友梨が言う。

「絶対に成功するって信じているけど、いちばん大事なのは生きて還《かえ》ることよ。なんだか私たち、ずっと和志さんを追い立ててきちゃったみたいだけど——」

友梨はそこで口ごもる。和志は穏やかに応じた。

「そんなふうには思っていないよ。僕はいまでも僕の選んだ道を歩いている。友梨たちの応援で自分でも想像すらしていなかったところまで来ちゃったけど、いまはそのことを本当に感謝している。そのいちばんの恩返しが生きて還ることなんだ。そしていちばん嬉しいことが、友梨や磯村さんの喜んでくれる顔を見ることだ」

「そう思ってくれているんなら、私も嬉しいわ。絶対に元気で還ってきてね」

「ああ。もちろんK2の頂上を経由してね」

揺《ゆ》るぎない自信を心に秘めながら、気負いのない調子で和志は言った。

8

ベースキャンプを出発したのは午前零時《れいじ》だった。雪は止み、風は穏やかで、頭上には夥《おびただ》しい星が瞬いている。

最初のポイントは、ネグロットのコル直下まで続く氷河だ。夏に通過したクレバスの位置は、磯村たちと試登したときに地図上に記録してあり、今回のコルまでの登攀でも、その位置を頭にしっかり刻《きざ》み込んでおいた。

そのときは新雪がなく、クレバスがあちこち口を開けていたが、ここ数日の降雪でそれがほとんど埋まっている。記憶を頼りに危険な部分を迂回《うかい》し、ふかふかの新雪のラッセルに苦労しながらも、二時間ほどでリッジの基部に立った。

想像していたとおり、当初は三級から四級程度の、中級クラスの岩場が続く。気温が上がったといっても、深夜の岩は氷のようなものだ。通常のクライミングではその冷たい岩に薄いグローブや素手で触れることになり、凍傷のリスクは避けがたい。そんなルートを迷わず選択できるのは、微妙なホールドを捉《とら》える性能を強化した新型アックスのおかげだ。

夜間の登攀は和志のお家芸で、LEDライトの明かりだけを頼りに快適に高度を稼《かせ》ぐ。もちろんプロテクションはとらない。落ちれば一巻の終わりだが、要は落ちなければいいわけで、その割り切りができるかどうかがソロイストになるかならないかの分水嶺《ぶんすいれい》だ。命知らずなわけではない。高所登山ではそれによって得られるスピードのほうが、はるかに登山全体の安全性を高めてくれるという計算があるからだ。

西の空の雲が切れて、隠れていた月が顔を出した。Ｋ２南面のリッジやクーロワールが強い明暗のコントラストで浮かび上がる。

アブルッツィ稜からは、いまも雪煙が立ち昇る。そのあたりはまだ強い風が吹いているようで、Ｋ２のような巨大な山で、局地的な気象状況を予測するのがいかに困難かよくわかる。とはいえ、いまは柿沼の言葉を信じて進むしかない。

右手の雪壁で頻繁に雪崩の音がする。いまはそれほど大きくはないが、小さな雪崩が引き金になって、爆発的な雪崩を引き起こすこともある。今回のルート選択は正解だったと胸をなでおろす。

二時間ほどで二〇〇メートルを一気に登った。眼下に友梨たちのいるベースキャンプの明かりが見える。ポーランド隊のテント村は、全員が寝入っているようで真っ暗だ。

日本国内で試登を繰り返し、体になじんだ新型アックスは、人の指先では捉えられない細かい凹凸《おうとつ》やリスを危なげなく捉えてくれる。

アイゼンはさすがに玉鋼を使用するところまでいかなかったが、アックスで用いた特殊な焼き入れ法を採用した改良版で、爪《つめ》は鋭く研磨され、ほとんど凹凸のない岩にもがっちりと食らいつく。

雪壁をダブルアックスで登るのとさほど変わりないペースで高度を稼ぐ。まだマジックラインの核心部ではない。しかしここで時間をとられるようなら、その先を計算どおりのペースで進むことはできない。その意味では最初の関門ともいえるだろう。

呼吸の苦しさはさほど感じない。体はよく動く。高所順応の不足はいまのところ心配したほどではなさそうだ。

午前四時を過ぎているが、まだ空は明るまない。冬は日照時間が短い。いまの季節、この地域の日の出は午前七時近くで、標高が高いといっても平地との差は十分ほどだ。

夜間登攀が不得手《ふえて》ではないといっても、好きでそうしているわけではない。とくにマジックラインの核心部では、できるだけ尾根通しのルートを選ぶつもりだから、雪崩や落石を警戒して夜間登攀する必要がない。逆に困難な岩場は日中に登るに限るから、短い日照時間をフルに使うことが重要になってくる。

登るにつれて、五級から六級の、高難度の壁が出てくる。以前ならこのレベルは、アックスを使わずグローブないし素手で登ることが多かった。

無理にドライツーリングするより効率が良かったからだが、新型アックスと改良型アイゼンはその必要を感じさせない。本物のK２の岩場でそれが確認できたのは、むろん想像していたこととはいえ、確かな安堵《あんど》を与えてくれるものだった。

さらに一時間ほど登ったところで下を見ると、ポーランド隊のテントに明かりが点《とも》っている。せっかく訪れた好天を無駄にしないように、早い時間からルート工作に向かおうとしているのか、テントの周辺の人の動きが慌《あわ》ただしい。

きのう隊長のマリノフスキと立ち話をしたが、サミットプッシュにはもう少し時間がかかりそうだという話だった。ソロで登れるはずがないと決め込んでいるのか、和志が準備ＯＫなら、ぜひ先に登れと冗談交じりに発破をかけられた。しかし現在のスケジュールの遅れは、隊長の立場として少なからぬプレッシャーになっているだろう。

春分の日までは登頂を断念しないと言ってはいるが、アリエフを始めとするうるさ型の隊員に突き上げられているうえに、母国では登山は国技のようなものらしく、連日メディアの電話取材を受けているようで、それが瞬く間にSNSを通じて英語圏にまで拡散しているのを友梨がチェックしている。

幸いにというか寂《さび》しいことにというか、そんなポーランドからの夥しい情報発信によって、和志の登攀活動についての情報はほとんど霞んでいる。

もちろんマリノフスキやゲスト参加しているアリエフの知名度が、欧米では和志をはるかに凌《りょう》駕《が》しているせいもあるから、僻《ひが》むわけにはいかないし、そのおかげでマリノフスキが味わっているような重圧を感じずに済むわけで、和志にとってはむしろありがたい。

背後で雷鳴のような音がした。振り向くと、南壁の上部から南南東リブを舐めるように巨大な雪崩が駆け下る。それが基部の氷河に達して、きのこ雲のような雪煙を舞い上げる。

この時刻にそのクラスの雪崩が起きるのは珍しい。続いてネグロットのコルに続く雪壁でも、派手な雪煙を舞い上げて、大規模な雪崩が駆け下る。日中になれば、時限爆弾が爆発するように、K２のあちこちでそんな雪崩が多発するだろう。

いま登っているリッジでも、ときおり派手なスノーシャワーの洗礼を受ける。しかし命に関わるようなものではない。落石もあるが、大半はリッジの左右に振り分けられて、ひたすら尾根通しに登っている限り、直撃される心配はさほどない。

午前六時にはリッジの中間地点に達した。東の空が明るんできて、その空を背景にアブルッツィ稜の輪郭《りんかく》がくっきりと浮かび上がる。先ほどまで上がっていた雪煙が、いまはほとんど収まっている。

夏の登攀のときは、七九〇〇メートルのショルダーにニックたちを始め各国の隊のキャンプの明かりが見えた。しかしいまは真っ暗で、そこへと伸びる南南東リブにも明かりはない。きのうまでの嵐で、ポーランド隊は全員ベースキャンプに撤収しているのだろう。これから一気にサミットプッシュに入れる状況ではなさそうで、アドバンテージは明らかに和志にある。

勝った負けたにこだわる気はないが、それでもこの状況をみれば気持ちは動く。冬季初登の栄誉は、自分にとって以上に、磯村や山際やこのプロジェクトへの尽力を惜しまなかったあらゆる人々へのプレゼントでもある。

南に目を向ければ、切れ切れの雲海の下を悠然《ゆうぜん》と南下するバルトロ氷河。その両岸にそそり立つブロード・ピーク、ガッシャーブルム山群、チョゴリザ、マッシャーブルム——。それらの頂《ちょう》稜《りょう》部もほんのり赤みを帯《お》びている。

頭上の星の数がだいぶ減った。月は西に大きく傾いて、粗彫《あらぼ》りのレリーフのようなカラコルムの鋭峰群が、柔らかい斜光線を受けて目路《めじ》はるかに浮かび上がる。

ここまでほとんど休みなく登り、さすがに筋肉が張ってきた。手近な岩角でセルフビレイをとって、ザックから紅茶の入ったテルモスを取り出したとき、防寒スーツの内ポケットで衛星携帯電話が鳴った。慌《あわ》てて取り出すと、友梨からの着信だった。

「調子はどうなの。動きが止まったのが見えたから、休憩しているのかと思って電話したのよ」

「まずまず順調だよ。雪壁をダブルアックスで登るようにはいかないけど、新型アックスは期待以上の性能を発揮してくれている」

「それはよかったわ。ところで、いまポーランド隊で大変なことが起きているようなのよ」

「急にばたばた動き出しているのは上からもわかったよ。天候が回復したので、ルート工作を再開するんじゃないのか」

「そうじゃないの。ボリス・アリエフが隊長に無断でキャンプを出て、一人でK2に向かったらしいのよ。無線機も衛星携帯電話も持たずに出発したから、下からは連絡の取りようがないというのよ」

想像もしない展開だった。ソロを前提に事前に準備をしてきた和志が有利なことは間違いないが、ナンガ・パルバットに初登頂したヘルマン・ブールや、やはりナンガ・パルバットにルパール壁から初登頂したメスナー兄弟のように、隊の方針を無視して行動し、登頂に成功した例もある。

現在、世界最強と言われるアリエフならやってのけるかもしれない。冬季初登頂のみならず、ソロという点でも強力なライバルが出現したのは間違いない。

第十三章　シグネチャー

1

アリエフの行動も、落ち着いて考えれば驚くことではなかった。

本来アルパインスタイルのクライマーの彼にすれば、むしろ当然の選択かもしれない。隊長のマリノフスキはあくまで組織登山による全員登頂を目指しているようだが、それにこだわることで冬季初登頂を逃すのは理屈に合わない。それがアリエフの考えだろう。

彼が成功したとしても、すでに設置されたキャンプや固定ロープを利用しての登頂なら、本当の意味でのソロとは言えない。しかし日本はもとより世界のマスメディアは、登山界の常識にそこまで精通していない。

彼が先に成功すれば、そのあと和志が正確な意味での冬季単独登頂を成し遂《と》げても、報道の扱いで影が薄れるのは間違いない。

かつての自分なら、自《みずか》らの心に誇れればそれでいいと考えたかもしれないが、それでは柏田のアルピニズムに託した夢も、山際の経営者としての夢もかき消されかねない。

友梨との通話を終えると、和志は遅滞なく登攀《とうはん》を再開した。磯村には友梨が連絡してくれる。

落ち着いて話せる場所に着いたらこちらから電話を入れるから、連絡は不要だと磯村には伝えてもらうことにした。

覚えずペースが上がっている。柿沼の気象予測では、天候がふたたび悪化するまでまだ余裕がある。だから序盤と中盤ではなるべく体力を温存し、より厳しい終盤に備える作戦だった。

しかしポーランド隊はすでに七二〇〇メートルにC3（第三キャンプ）を設営している。アリエフのような韋駄天《いだてん》クライマーなら、そこまでほとんど体力を消耗《しょうもう》することなく登ってしまうかもしれない。そうだとしたら和志のアドバンテージはないに等しい。

南南東リブの五八〇〇メートル付近に小さな光が見える。アリエフのヘッドランプだろう。二時間ほどまえには、まだ光は見えなかった。登り始めたのがそのあとだとしたら驚くべきスピードだ。むろん固定ロープを使ってだから、和志のスピードと比較しても意味はない。しかしそのペースで進めば、きょうのうちに七〇〇〇メートルを越える可能性がある。

東の空が赤く燃え始める。その空を背景に、恐竜の背中のようなアブルッツィ稜のシルエットが黒々と浮かび上がる。K2の上半分がモルゲンロート（朝焼け）で深紅《しんく》に染まる。

右上方を見れば、天に這《は》い登る大蛇のようなマジックライン。きのうまでの吹雪《ふぶき》でかなり雪がついている。その大部分が左右がそぎ落ちた岩尾根だから、雪崩《なだれ》の心配はさほどないが、場所によっては急斜面でのラッセルを強《し》いられそうで、それは体力の著《いちじる》しい消耗に繋《つな》がる。

もちろんその点にアリエフも同様だ。というより、新雪が積もりやすい雪稜は南南東リブのほうがはるかに多い。マジックラインは複雑な相貌《そうぼう》を持つ岩と氷の稜線で、ルートの選択肢《し》は意外に多く、今回は新型アックスの力を借りて、雪のつかない急峻《きゅうしゅん》な岩場もダイレクトに登れる点ではこちらが有利だ。

アブルッツィ稜の山の端《は》から太陽が顔を覗《のぞ》かせる。その輻射熱《ふくしゃねつ》を受けて、防寒スーツのダウンがわずかに膨《ふく》らむ。K2全体が灼熱《しゃくねつ》したように燃え上がる。

右手の雪壁を大きな雪崩が駆け下る。腹に突き上げるような衝撃が伝わってくる。盛大なスノーシャワーが降り注ぐ。頭上でカラカラと乾《かわ》いた音がして、すぐ傍《かたわ》らを鋭い風切り音とともに拳《こぶし》大《だい》の岩が落ちていく。

振り向けばK2南面のあちこちで、似たような規模の雪崩が起きている。わずかな温度の上昇によって不安定に積もった雪が緩《ゆる》み始めているようだ。だとすれば、雪稜が多くの部分を占める南南東リブでも、雪崩の発生は避けられないだろう。

休みなく登り続けて、午前七時には六〇〇〇メートル地点に達した。筋肉に若干の疲労は蓄積しているものの、体調はすこぶるよく、高所順応不足の影響もほとんど出ていない。

予期せぬアリエフの行動に煽《あお》られた格好にはなったが、序盤に無理をせず終盤のために体力を温存するという当初の作戦が、むしろ消極的過ぎたような気がいまはする。この先なにが起きるかわからない。不測の事態に対処するために、スタートダッシュすることで終盤にゆとりを持たせる作戦への変更も、あながち間違ってはいないだろう。

まずは一気にネグロットのコルに向かうべきだし、いまの体調ならそこからさらに六、七時間は行動できる。当初の予定のコルでのビバークはやめて、きょうのうちに七〇〇〇メートル台に達することも可能だろう。一日目でそこまで行ければ、序盤の勝負はアリエフとほぼ対等だ。

頭上は雲一つない青空で、風は弱く、K2の頂《いただき》からは雪煙も上がっていない。いまのところ柿沼の予測どおりのようだ。

登るに従ってルートは難度を増すが、新型アックスの性能と、滝谷でのトレーニングの成果が相まって、以前なら手こずったはずのオーバーハング気味の壁もスムーズな重心移動で乗り越えられる。夏に登ったときと比べ、自分の技量がワンランク上がった実感がある。

2

ネグロットのコルに着いたのは午前十時。雪崩のリスクは避けられたにせよ、今回は未踏のリッジからの登攀で、単純な雪壁登攀だった夏よりも倍近い時間がかかった。ここで長めの休憩をとり、磯村に状況を報告することにした。

降り注ぐ日射《ひざ》しで防寒スーツのダウンは膨らんでいるが、柏田の発案の調温機能のお陰で、脱ぎ捨てたくなるほど暑くはならない。ストーブで雪を融《と》かしながら、衛星携帯電話で呼び出すと、待ちかねていたように磯村は応じた。

「いまどこだ？」

「ネグロットのコルに着いたところだよ」

「まずまずのペースだな。ついさっき友梨から聞いたんだが、アリエフはいま六二〇〇メートルあたりだそうだ。たぶん六七〇〇メートルのC2（第二キャンプ）はパスして、一気に七二〇〇メートルのC3を目指すだろうとベースキャンプでは見ているらしい。おまえはどうするんだ」

「ここで一休みして、さらに上に向かうよ。きょうのうちに七〇〇〇メートルくらいまで登っておきたい」

「そう言うだろうと思った。アリエフがおまえを本気にしてくれたんならけっこうな話だ。おれは八〇〇〇メートル級はおろか七〇〇〇メートル級もソロで登ったことはないが、アルパインスタイルなら経験がある。装備の選び方から体調の管理から気合いの入れ方から、組織登山とはすべてが違う。いくらアリエフだって、突然ソロに切り替えて、ベースキャンプから一気に登頂なんて芸当ができるはずがない」

磯村は楽観的な見通しを披瀝《ひれき》する。和志も強気な言葉を口にした。

「僕のほうはちょっと煽られたかたちにはなったけど、ペース配分が変わるだけで基本的には予定どおりだからね。追い詰められた感じはとくにないよ」

「ああそうだ。山際社長がさっきイスラマバードに着いて、きょうの夕方、スカルド入りする予定だ。アリエフの話を聞かせてやったら、むしろ世界の注目が集まると喜んでいたよ。もちろんおまえが勝ったらの話だけど、負けるわけがないと盛り上がっている」

なにやら一騎討ちの舞台に立たされてしまったようだ。かつての自分なら逃げ出したいところだが、ローツェ南壁以来、世間から注目されることには慣れてきた。そのうえ今回は新型アックスの広告塔としての自覚もある。わざわざ山際がスカルドに乗り込んでくるのも、それがあってのことなのは十分承知だ。和志は言った。

「それは嬉《うれ》しいね。みんなの期待を力にして全力で頂上を目指すよ。アリエフには申し訳ないけど、ここで負けるわけにはいかない」

「ああ。こうなったら勝ちにこだわれ。おまえは優しすぎるところがあって、自分さえ納得できればナンバー2でもいいなんて言い出しかねないからな」

磯村は鋭いところを突いてくる。たしかに、もし山際との心の絆《きずな》がなかったら、アリエフとの勝負など意に介《かい》さず、自分は自分のクライミングをするだけだと割り切っていただろう。結果を出すうえでどちらがいいのかはまだわからない。しかしそうした期待が自分にとって、間違いなく力になるはずだといまは素直に信じられる。

3

そんな話を終え、たっぷり砂糖を入れた紅茶、ナッツとビスケットとチョコレートで水分とエネルギーを補給して、マジックラインの登攀を再開した。

　最初の難関は、夏にも登った三〇メートルのスラブだ。いまはベルグラが分厚く張り付いている。見た目は脆《もろ》い硝子《ガラス》のようだが、軽くアックスを打ち込めば、切れ味の良いピックがさくりと刺さり、氷を砕くようなことがない。鋭く硬いアイゼンの爪《つめ》も、強く蹴《け》らなくても確実に氷を捉《とら》える。これならダブルアックスで十分登れる。折れにくく良く切れるという二つの特性を両立させた、日本刀独自の焼き入れ技術の成果が、ここではっきりと実感できる。

　夏には一時間かかったスラブを、今回は四十分で登り切った。ブロード・ピークやガッシャーブルム山群、マッシャーブルム、チョゴリザ——。バルトロ氷河周辺の峰々の頂はまだここより上だ。それらの頂を見下ろす高みに達したとき、この登攀の核心部が始まる。

　スラブに続くナイフエッジ状の岩稜も、夏には苦労させられたポイントだ。あのときは雪や氷がほとんどなかったが、今回はあちこちに新雪が載っている。しかしあまりに軟《やわ》らかく、氷雪登攀のテクニックは役に立たない。

　こんなルートでこそ新型アックスが本領を発揮する。さすがにいまは冬で、夏には脆かった岩も、硬く凍《い》てついていて、そう簡単には崩《くず》れない。ぎりぎりまでテストを繰り返してきたから、耐久性の限界は見極《みきわ》めている。それがかつて使ったどのアックスよりも高いレベルに達していることも確認している。

その自信をもとに、新雪の載った直登ルートを避けて、側面をトラバース気味に登っていく。このアックスがなかったらおそらく選ばなかったラインで、その場合、深雪との苦闘を強いられていたのは間違いない。

大胆なムーブで体を引き上げる。以前のアックスなら接合部が悲鳴を上げる不正規な角度の荷重にも耐えてくれるから、これまでは避けていた斜めのリスも積極的に使える。

ただし気をつけなければならないのは、リッジ上に連《つら》なる雪庇《せっぴ》やキノコ雪《ゆき》だ。太陽は高く昇り、その熱射で積もった雪が徐々に融けていく。気温はもちろん氷点下だから、融けるといっても水にはならず、そのまま気化して水蒸気になる。いわゆる昇華《しょうか》という現象だが、それによって積雪の内部に空洞や亀裂が生じ、なんの前触れもなく落ちてくる。新雪直後の雪崩のきっかけがほとんどそれだ。

いまいるところは岩場だから雪崩に繋がる心配はないが、直撃されれば壁から体を引き剝《は》がされる。頭上に張り出した雪庇やキノコ雪の状態に注意を向けながら、スピーディーなムーブを繰り返す。

カラカラと乾いた音がする。下を見ると、つい先ほど通過したあたりでキノコ雪の崩落が起きていた。周辺の浮き石を巻き込んで、ちょっとした岩雪崩の様相を呈している。

助かったのはまさに間一髪《かんいっぱつ》だ。直撃されたら千数百メートル下の氷河まで墜落《ついらく》していただろう。かといって冷や汗をかくでもない。運も実力のうちと磯村は言うが、先鋭的なクライミングというものは、いわば間一髪の連続のようなものなのだ。

傾斜が増すにつれて雪庇やキノコ雪が少なくなった。このあたりからリッジ上をダイレクトに進むことにする。

急峻なリッジを登り切ったところは鋭いピナクルの頂上で、そこからいったん二〇メートルほどを下降する。マジックラインにはそうした箇所が幾《いく》つもあるから、トータルでの登攀距離は地図上の距離よりずっと長い。

ザックからロープを取り出し、スリングを介して近くの岩角にセットして、ラペリングでギャップ（V字形に切れ込んだ稜線）の最低点に向かう。慎重に下降して高度計を確認すると、表示は六六〇〇メートル弱だった。

冬だというのに日射は厳しく、日向《ひなた》にいれば暑さに苦しむが、気温そのものはマイナス二〇度以下で、日陰では一気に体が冷え込む。その寒暖の変化が、晴天時のヒマラヤでは体調を狂わせる原因ともなる。

いまいるギャップは日が射さず、風の通り道にもなっているようで、寒さはもちろん厳しいが、調温機能付き防寒スーツの効果で体は十分温かい。

疲労度はまださほどではなく、呼吸の苦しさ以外には高所の影響を感じない。気になるのは古傷の左肩の筋肉が張っていることで、まだ登攀に支障はないが、さらに悪化すればスピードに影響が出るだろう。

しかし登り始めた以上、気にしてはいられない。自分も含めてどのクライマーも、つねに完璧なコンディションで登っているわけではない。和志の場合、むしろどこかに不安を抱えての登攀で成功したケースのほうが多いくらいだ。

意識しないようにはしていても、やはりアリエフの動きは気になるので、なにか情報があるかもしれないと、友梨に電話を入れてみた。

「ピナクルの頂上に立ったのは見えたけど、いまはその下のギャップなの？」

友梨もマジッククラインのルートは熟知している。ここは下からは見えないので、ギャップの底にいると判断したのだろう。

「ああ、そうだ。二〇メートルほど損したけど、まずまずのペースだよ」

「体調はどうなの？」

「怪我《けが》をしたほうの肩がちょっと張っているけど、ほかにはとくに問題はないよ。アリエフはいまどのあたり？」

「いまは六五〇〇メートル付近を登っているわ。出発した時刻が和志さんよりだいぶあとだから、これから深夜まで登り続ければ、C2をパスして、きょうのうちにC3まで行ってしまうかもしれないわね」

「彼ならやりそうだね。でも僕も日没前後には七〇〇〇メートルには届くよ。そこで一眠りすれば、アリエフが七〇〇〇メートルを越えるころには、さらにその上を目指して行動できる」

「だったら慌《あわ》てることはなさそうね。でも肩の調子が心配ね」

「大丈夫。クライマーに限らず、アスリートは故障のデパートみたいなもので、あって普通だと割り切ってるから」

「心配は要《い》らないのね。ところで、むしろ問題がありそうなのはアリエフなのよ――」

友梨は話題を切り替える。本題はそちらのようだった。

「天候の回復についてはポーランド隊も予測していたらしいんだけど、きょうまでのルート工作での隊員の疲労もあるから、本隊としては次のチャンスを狙《ねら》うつもりでいたそうなのよ。ところがヒマラヤの冬季登頂は二月末までだというのが持論のアリエフが、それに間に合わせるためにはいましかチャンスがないと考えて、強引に単独行動に出たようなの」

「たしかに、そういう主張をする人はいるね。アリエフもその一人だと聞いていた。そうだとしたら、今回の行動は彼なりに筋を通そうとしたものだということになる」

「でもそれなら、考えに隔《へだ》たりのあるマリノフスキの隊に参加しなければよかったと思うんだけど」

「僕も夏のK2ではニックの隊に便乗したわけだから、人のことは言えないけどね」

「和志さんは最初から別行動でマジックラインを目指す計画で、ニックからも了解を得ていたでしょう」

「ああ。その点じゃ、マリノフスキが怒るのも無理はない。チーム全員でルート工作をしたのに、それを利用して一人で登って、冬季初登頂の栄誉を攫《さら》われたんじゃ堪《たま》らない」

冷静な調子で和志は応じた。どちらに肩入れするわけでもないし、どちらもライバルであることに変わりはない。いずれも和志が成功するとは思っていないらしい点が気に入らないが、それはこちらが結果を出して見せればいいことで、いまの段階でとやかく言っても意味はない。

「サポートチームは派遣しないの？」

「いまはアリエフも元気で登っているし、派遣したとしても拒絶するに決まっているから、現時点でリスクを負って行動する必要はないという結論に至ったらしいわ。もともと落石が多かったところへ、いまは雪崩の危険性も高まっていて、マリノフスキとしては、あくまでほかの隊員の命が最優先だという判断に落ち着いたらしいの」

「冷徹だけど、正しい判断だね」

「二〇一三年に彼が率《ひき》いて冬季初登頂に成功したブロード・ピークでは、隊員二名が死んでいるでしょう。それがあるから、今回は絶対に死者を出したくないらしいのよ」

マリノフスキ自身、現役時代には生死の境を乗り越えるような登攀を何度もやっていたはずで、アリエフの気持ちも十分理解はしているだろう。しかし隊長という立場になれば、また考えも違ってくるようだ。

「ベースキャンプの人たちは、アリエフが成功するとみているの？」

「悲観的ね。あの寒さと強風の時期にもルート工作は続けていたから、チーム全員の疲労がピークに達しているそうなのよ。その点はアリエフも変わりないはずで、天候にいくら恵まれても、ソロで一気に頂上を目指すのは無謀もいいところだとみているようよ」

友梨はどこか切ない口ぶりだ。反発を覚えながら和志は言った。

「僕が外野席にいるんなら、アリエフに声援を送りたいところだけどね」

4

午後六時四十分に、和志は七二〇〇メートルに達し、そこでなんとか横になれそうなビバークサイトを見つけた。すでに日は暮れているが、予定していたより二〇〇メートル高い。

ベースキャンプを出てから十八時間四十分というのは、和志の経験でも最長ペースだが、思ったよりは疲労が少ない。予想以上の好天に加えて、古傷の肩の張りを除けばほぼベストの体調で、そこに新型アックスを駆使したドライツーリングによる負担の軽減もあっての結果だろう。

つい先ほどの友梨からの報告では、アリエフは現在七〇〇〇メートルのやや手前で停滞しているらしい。ベースキャンプから連絡をとる手段はないので、なにが起きているのか確認できないという。

アリエフにはアリエフの計算があってのことだろう。隊長に三行半《みくだりはん》を突きつけて単独行動に出た以上、中途半端なところで断念するとは思えない。

和志もとりあえずこの地点でビバークし、天候が許せば、零時《れい》過ぎには登攀を再開する予定だ。磯村ももちろんその考えに賛成した。

食事を終えてから衛星携帯電話のカメラ機能を使って、新型アックスの宣伝を自撮りで撮影し、その動画を衛星回線でベースキャンプの友梨に送信した。友梨はベースキャンプから超望遠レンズで撮影した登攀中の和志の動画と合わせて編集し、特設ウェブサイトで配信するという。

和志が登攀を開始して以来、サイトへのアクセス数はうなぎ上りで、書き込まれるコメントはアリエフとの一騎討ちに集中しており、大半が和志の冬季初登頂に期待するものらしい。もちろん和志のスポンサーであるノースリッジのサイトだから当然といえば当然だ。

食事を終えてシュラフに潜《もぐ》り込み、目が覚めたのが夜十一時過ぎだった。左の肩が焼けるように火照《ほて》っている。外はマイナス三〇度台の半《なか》ばで、ビバークテントのなかも氷点をはるかに下回っている。厚手のシュラフに潜っていても体は冷え切っているのに、まるでそこだけが、体内に強い熱源を持ってでもいるようだ。

慌てて起きだして腕を動かしてみると、左肩にこれまで感じなかった痛みが走る。激痛というほどではないが、可動域が狭《せば》まっている感じで、日中、動いていたときにはなかった違和感だ。

アックスを振ったとき、微妙なコントロールに影響が出そうだし、それ以上に、動かし続ければ状態が悪化するのは間違いない。この先、ルートはより厳しくなる。どこまで通用するか確信が持てないが、いま撤退を考えるのは早計だ。

これから出発すれば、遅くともあすの夕刻には八〇〇〇メートルを越える。高度の点から考えて、その先が究極の核心部だが、どうするかはそこに達してから考えてもいい。状況を報告すると、磯村は不安を隠さなかった。

「最悪、片手で登ることになるな。なんとかなりそうか」

「夏のときもピッケルの状態が悪くて、核心部のかなりの部分を騙《だま》し騙し登ったし、ピックが折れて以降はバイル一本で登っているから、そのときと比べればまだましだよ。痛み止めの薬もあるし」

日本を出発するまえに、万一に備えて病院で鎮痛剤を処方してもらった。かなり強力なものらしいが、スポーツ医学に造詣《ぞうけい》の深い医師の話では、鎮痛剤には呼吸を抑制する作用があり、高所では多用しないほうがいいとアドバイスを受けている。

「難しいと思ったら撤退してもいいんだぞ。アリエフもマリノフスキの隊も、今回成功するとは限らない。来年だってまだチャンスがあるかもしれない」

磯村が珍しく弱気なことを言い出した。和志は反発した。

「楽観的すぎるよ。いまが僕にとっては絶好のチャンスだ。彼らが失敗したとしても、それがすなわち僕の成功を意味するわけじゃない」

「そりゃもちろんそうだが、本当に大丈夫なのか」

磯村はさらに念を押す。和志はきっぱりと応じた。

「磯村さんがまず信じてくれなきゃ。左は利《き》き腕じゃないから、そんなに心配はしてないよ」

「おまえには、まだ先がある。ここで無理をして、その可能性を潰《つぶ》すようなことになってはまずい」

「先のことは先のことだよ。いま目の前にある壁を突破しない限り、ただ課題を先送りするだけで、けっきょくなにも達成できない」

「言い出したら聞かないのはいつものことだから、おれもこれ以上は言わないが、難しいと思ったら痩《や》せ我慢はするなよ。撤退は恥じゃない。むしろ人の目を気にして手遅れになるほうがずっと恥ずかしい」

「人の目なんて気にしてないよ。まだギブアップするには早いし、ここまで順調に来すぎたくらいで、このくらいのトラブルがあったほうが、気持ちが引き締《し》まってむしろいい」

気負うことなく和志は言った。やれやれという調子で磯村は応じる。

「まあ、おまえを信じるしかないな。ちょっと待ってくれ。いま山際社長に替わるから」

山際はきょうスカルド入りするという話だった。夕刻、和志がここに着いて連絡をとったときは、国内便の遅れでまだ到着していなかった。穏《おだ》やかな調子の山際の声が流れてくる。

「和志君。話は聞いていたよ。君がやれるというのなら、止める気はないし、大いに期待している。アリエフの行動は予想外でも、彼らもK２に来ている以上、いつかは頂上を目指さざるを得ない。それがたまたまいまになったというだけで、君のほうはすべて計画どおりの行動だ。体の痛みは本人にしかわからない。だから君の判断を信じるよ。ただし、無理だと思ったら私に遠慮は要らない。我々にとって君はかけがえのない宝だ。我々にとってだけじゃない。君を失うことは、世界にとっての損失だからね」

そこまで言われるのは面映《おもは》ゆいが、いま世界最強との呼び声が高いボリス・アリエフとの一騎討ちのステージに立っている。そんな自分への叱咤《しった》激励と受けとるべきだろう。

「ありがとうございます。冬のK2を甘くみているわけじゃありません。生還して初めて登山は完結します。頂上に立つためにではなく、生きて還《かえ》るために全力を尽くします。もちろん、そこには撤退という選択肢も含まれます」

「その考えに私も賛成だよ。全力を尽くした結果なら撤退も成功のうちだ。もちろん君なら登頂に成功すると信じているがね。下山の予定がわかったら、私も磯村君と一緒にヘリでベースキャンプへ迎えにいくよ。大いに期待しているからね」

プレッシャーを与えず、かつ上手に煽《おだ》ててくれる。山際は人使いの名人だ。

5

雪を融かし、お茶を淹《い》れ、いつもどおりの軽い食事を済ませ、身支度《みじたく》を整えて、ビバークテントを撤収した。

時刻は午前零時。頭上は満天の星で、月も西の空に残っているが、さすがに冬のカラコルムの高峰で、防寒スーツを貫《つらぬ》いて寒気が全身に突き刺さる。風も日中より強まって、夜間の寒さはローツェ南壁のときよりさらに厳しい。

これで入山当初のような強風が吹き荒れれば、体感温度はさらに下がり、人が生きていられる限界を優に下回る。ネパールより高緯度のカラコルムの冬は、やはり舐《な》めてかかれるものではないようだ。それでも柿沼の予測ではきょうも天候は安定し、絶好のクライミング日和《びより》には違いないらしい。

ビバークしていた場所は鋸歯のようなピナクルが続く岩稜のなかの小さなギャップで、そこからすぐにほぼ垂直の岩場が始まる。雪がついていないのはもちろん、ベルグラもほとんどない。ホールドは細かく、グラブをつけてのハンドクライミングでは歯が立たないが、鋭く研《と》ぎ澄《す》まされたアックスは、素手でも指がかからないような微小な凹凸《おうとつ》も確実に捉えてくれる。

南南東リブに目をやると、アリエフのビバークサイトの明かりも、登攀中のヘッドランプの明かりもいまは見えない。まだ眠っているらしい。なにか問題が起きての停滞かもしれないが、彼のパワーを考えれば、こちらも決定的に優位に立ったわけではない。

アックスの性能を信じ、力任せにぐいぐい登る。ときおり左肩に痛みが走るが、まだ十分にアックスが振れる。それをかばって不自然なムーブをすれば、逆に右の肩や腕に負担がかかり、そちらも痛めてしまう惧《おそ》れがある。片方が無事ならなんとかなるが、両方となればお手上げだ。

風は北西から吹いてくる。果たして柿沼の予測どおり、南と北の高気圧の平衡《へいこう》状態がいまも続いているのかどうか、多少の不安を禁じ得ない。

運動量の増加で体温は上がったが、一方で呼吸は次第に苦しくなって、ときおり頭痛や目眩《めまい》に襲われる。その程度の症状は高所登山ではつきもので、必ずしも重篤《じゅうとく》な高山病の予兆ではない。この先さらに標高が上がれば、現在のレベルの運動量に筋肉が応《こた》えてくれなくなるので、ここでは苦しくてもスピードを稼《かせ》いでおく必要がある。

四〇メートルの壁を一時間ほどで登った。夏に登ったときより三割方速い。一度登ったルートで慣れていることもあるが、新型アックスの性能によるところが大きいのは間違いない。その先はふたたびギャップになっていて、二〇メートル前後下降することになる。

青ざめた月明かりを受けて、雪と氷の衣装をまとったＫ２の巨大な山容がそそり立つ。その頂はまだ遠いが、このペースが維持できれば、冬季初登頂の栄光を手にするのも夢ではない。しかしその成功を喜んでくれるはずの一人、エリザベス・ホーリーはもういない。

ふと南南東リブの方向に目をやると、七〇〇〇メートル付近で動いている光の点がある。アリエフが行動を開始したらしい。

ここも慎重にラペリングで下降する。ギャップの底に下りたところへ、友梨から電話が入った。

「アリエフが動き始めたわよ。いよいよ勝負のときじゃない？」

「ああ。気づいていたよ。僕はあくまで自分のペースで登るだけだ。でも彼が動き出してくれて嬉しいよ」

率直《そっちょく》な思いで和志は言った。この先の登攀が想像以上に厳しいことはわかっている。冬に一度も踏まれていない最後の八〇〇〇メートル峰の頂は、決して容易《たやす》く人を受け入れない。もちろんここまでくれば是が非でも初登頂したいが、南南東リブにも同じ頂を目指すライバルがいることが、なぜか勇気を与えてくれる。

「負けない自信があるわけね」

友梨は期待を滲《にじ》ませる。強い口調で和志は応じた。

「あるよ。僕はたくさんの人の夢を背負《せお》っているからね。心血を注いでアックスをつくってくれた刀工やピッケル鍛冶《かじ》、山際さん、磯村さん、友梨。そして天国から見守ってくれている柏田君とリズ――」

「トモだって、スロベニアで成功を祈ってくれているわ。もちろん絶対に生きて還ってね」

感極まったような声で友梨は言う。胸が熱くなるのを覚えながら和志は応じた。

「当然だよ。冬のK2は最終目標じゃない。いまはまだ旅の途中だ。僕にできることはもっとある」

6

午前四時には、マジックラインの中間部に椅子《いす》の座面のように突き出した、懸垂《けんすい》氷河の直下に達した。そこから氷河上の雪田《せつでん》までは二〇〇メートルほどのセラックが立ちはだかる。夏には登り終えた直後にそれが崩壊し、危《あや》うく巻き込まれるところだった。

いまは冬で崩壊のリスクは低いが、決してゼロだとは言い切れない。しかしこの部分に関しては、ドライツーリングで逃げられるルートがない。

ヘッドランプのビームをワイドからスポットに切り替えて、セラックの状態を見極める。怪《あや》しい亀裂の走る部分が何カ所かある。そこを避け、可能な限り安全だと思われる部分を繋いでラインを描き、躊躇《ちゅうちょ》なく登りだす。

夏に登ったときは絶えず鳴っていた氷の軋《きし》みが、いまはほとんど聞こえない。氷はしっかり固まっているようだ。

不要な衝撃を与えないように、力を加減してアックスを振り、アイゼンの前爪を蹴り込んで、慎重に体を押し上げる。鋼《はがね》のように硬いはずの氷を、アックスもアイゼンも軽い打ち込みで確実に捉えてくれる。

北寄りのルートを選んだせいで、左手に見える西稜を越えて、北西からの風が横殴《よこなぐ》りに吹きつける。ここまでの登攀で上がっていた体温が一気に奪われる。これが柿沼が保証した安定した天候だとしたら、冬のＫ２の困難さが身に染《し》みてわかる。

Ｋ２の頂からは南東方向に長い雪煙が伸び、頭上の懸垂氷河の雪田からもブリザードの雪煙が舞い上がる。一方、アブルッツィ稜のショルダー付近にはいまのところ雪煙は見えない。たまたまマジックラインが強風の通り道になっているようで、こちらにとっては分《ぶ》が悪い。

やむなく右にトラバースして太い氷柱の陰に入ると、なんとか風はしのげたが、その先は氷のブロックが不安定に重なって、いかにも危険な様相を呈している。吹き曝《さら》しで体力を奪われ続けるか、崩壊のリスクを冒《おか》してこのルートで上に向かうか――。

和志は後者を選んだ。夏なら危険でもいまは冬で、ブロックは互いにしっかり凍りついている。それに一度崩壊が起きた部分は、むしろ落ち着いているケースが多い。

その読みは当たったようで、荒々しく積み重なったブロックからブロックへとデリケートなムーブは要求されたものの、なんとか無事に氷河上に出ることができた。

案の定、広い雪田はブリザードの雪煙で覆《おお》われ、視界は一気に悪化する。柿沼の予測にいよいよ疑問符がつくが、もちろんまだ撤退という考えは頭に浮かばない。

雪田にはウィンドクラスト（強風で雪面が固く凍り付いた状態）の波紋が刻《きざ》まれているが、一歩踏み込めば脆く崩れて、膝《ひざ》からときには腰まで潜る。夏には楽々歩けた場所だが、思いがけないラッセルを強いられる。標高はすでに七〇〇〇メートル台の半ばで、酸素不足の影響がきつくなる。数歩進んでは肩で息をする。

和志のような壁屋にとって、ラッセルが必要なこんなルートよりも、手と足の両方が使える岩や氷のルートのほうがはるかに楽だ。膝を使って雪を圧《お》し潰しては、歯がゆいほどのスピードで前進する。

ときおりブリザードの切れ目から南南東リブの様子が見える。アリエフは七〇〇〇メートルは越えているようだが、思っていたより動きが遅い。向こうも新雪のラッセルに手こずっているとしたら、状況はむしろこちらより厳しいはずだ。

固定ロープが雪で埋まって使えない可能性もあるし、せっかく設営されていたC２をパスしたのも、利用しようにも潰れて使えなかったからかもしれない。傾斜の緩いこの雪田でも、現在の標高では堪《た》えがたいほどの苦闘を強いられる。南南東リブが同様の深雪だとしたら、そこまで登ったアリエフのパワーは噂《うわさ》にたがわぬものがある。

泥沼のなかをもがくような気分で深雪を掻《か》きわける。距離にして二〇〇メートルほどの雪田を抜けるのに一時間かかった。そこから始まる岩稜の風下にへたり込み、テルモスに詰めてきたお茶で水分を補給して、チョコレートとナッツとビスケットを口に放り込む。

クライミング中にはいくらか動きがよくなっていた左肩の可動域が、ラッセルしているあいだにまた狭まった。休ませるより動かし続けるほうがとりあえずはいいらしい。

もちろんそれは一時的なもので、あすはさらに悪化するかもしれないが、そのときはそのときで、最悪の場合は右腕一本で登るしかない。あるいはそんなこともあるかと思い、滝谷では右腕だけでのムーブも練習し、ある程度のコツを摑《つか》んでいる。

休んでいても体が冷えるだけなので、すぐにクライミングを開始した。そこからは氷と岩のミックスした急峻なリッジで、落石や雪崩の心配はほとんどない。

左手のバイルを振り上げると、肩に鋭い痛みが走る。細かいホールドをまさぐるように捉え、荒い息を吐きながら体を引き上げる。それでもラッセルをしていたときよりははるかに楽だ。筋肉の反応も悪くない。

登るに従ってブリザードの雪煙が薄れ、ふたたび頭上に星空が広がった。西に傾き始めた月がK2の南面を青ざめた光で照らしだす。

頂上からの雪煙はさっきより長く伸びている。日中になればいくらか寒気は緩むだろうが、この寒さと風が冬のK2の普通の状態なら、けっきょくはクライマーがそれに適応するしかない。

7

東の空が明るんでくる。時刻は午前五時三十分を過ぎたところで、標高は七五〇〇メートルを越えた。空気はますます希薄になって、一つのムーブごとに荒い息を吐く。

アリエフは七二〇〇メートルに達したようで、テントに明かりが点《とも》っている。本隊が設営したC3のテントなのか、きのうのビバークテントなのかはわからないが、アリエフほどのクライマーがここでふたたび停滞しているとなると、体調に異変でもあるのかと疑いたくなる。

和志が進むルートは岩と氷がミックスした急角度のリッジで、かつアップダウンも激しいが、ここは新型アックスの性能に期待して、夏にとったラインを忠実にたどる。

明け方が近づくにつれて気温はますます低下して、いまはマイナス四〇度近い。強い北西風も収まらず、微妙なムーブの際にバランスを失いかける。それでも激しい運動で体が温まり、肩の動きはいくらかよくなった。痛みもあるにはあるが、まだ鎮痛剤が必要なほどではない。

風が避《よ》けられる岩窪を見つけ、セルフビレイをとって、衛星携帯電話で友梨に連絡を入れる。待ちかねていたように友梨が応じる。

「ああ、和志さん。いまは話ができるのね」

「風のない場所で小休止してるんだけど、なにかあったの？」

「ついさっき柿沼さんから電話があって、上のほうの状況を直接聞かせてほしいというのよ」

和志が行動を開始してから、柿沼との連絡は友梨に任せてきた。登っている最中に電話をもらっても応答できないし、磯村を含めたバックアップチームとの情報の共有は友梨を介して行なうのが合理的だという判断があったためで、そこは柿沼も了解しているはずだった。

「わかった。僕のほうから連絡するよ」

そう応じて友梨との通話をいったん切って、柿沼の事務所に電話を入れた。日本時間は午前九時半。こちらがまだ五時半なのを柿沼は知っているはずなので、急ぎの用事なのかもしれない。

柿沼はすぐに応じた。

「登っている最中に申し訳ありません。お話しできる状況ですか」

「大丈夫です。ちょうど小休止したところですから」

「そうですか。伺《うかが》いたかったのは、K2上部での気象状況なんです。いま標高はどのくらいですか」

「七五〇〇メートルを越えたところです」

「天候は？」

「快晴です。ただ、とても寒いし風も強い。気温は――」

現在の状況をかいつまんで伝えると、柿沼はため息を吐《つ》いた。

「これまではベースキャンプの気象データから予測をしていたんですが、友梨さんから聞いたところによると、どうも上と下とで気象条件がだいぶ違うようですね。じつは心配なことがありまして――」

柿沼の話は不安を掻き立てた。アラビア海に低気圧が発生したという。それ自体はカラコルムとは遠く離れていて、大荒れをもたらすほどの影響はないとみていたが、どうもそのせいで北と南の高気圧の均衡が崩れているらしく、和志がいま報告した高所の情報は、柿沼にとって想像以上のものだという。

「ベースキャンプの気象データからは、目立った天候悪化の兆候が見られず、私もつい見逃していました。いま伺った情報だと、気温も風も私が予想したレベルを超えています。南の高気圧が背後の低気圧によって勢力を弱められたのが原因ではないかと思います」

「これからさらに悪化するんですか?」

「平地ではほとんど影響はないでしょう。ただし八〇〇〇メートルを超える高所だとどうなるものか」

柿沼は歯切れが悪い。苛立《いらだ》ちを抑えきれずに問いかけた。

「問題は登れるかどうかなんです」

柿沼は苦渋を覗かせる。

「二月上旬までのような荒れにはならないでしょう。しかし私としてはゴーサインは出せません」

「そんなことを言われても、もうあなたのゴーサインでここまで登ってしまった。いまから下山しろと言われても――」

思わず言葉が尖《とが》った。柿沼は率直に詫《わ》びる。

「申し訳ない。こちらの読み違いでした。ただ私の仕事は、登山の成功以上に、クライアントに生きて還ってもらうことなんです」

「このまま登ると、それができないと？」

「リスクが少しでもあれば、警告を発するのが私の責務です」

「リスクのない登山なんて存在しませんよ」

「それはそうですが、天候は技術や体力で回避できないリスクですから」

「わかりました。ご連絡ありがとうございます。ただ進むか退くかは僕が決めますので」

それだけ答えて通話を終えた。つい素っ気《そけ》ない口調になったが、柿沼に腹を立てているわけではない。その警告をどう受け止めていいか、即座に答えが見つからなかったからだ。

柿沼と同様、和志にとって、生きて還ることは登頂すること以上に重要だ。だからといってリスクの回避だけを最優先にするのなら、そもそも最初から冬のK2に挑むべきではなかった。二月上旬までの大荒れと同程度というのなら諦《あきら》めもつくが、いまここで撤退を決断すべきかどうか、そうは簡単に答えが出ない。

寒さも風もたしかに厳しいが、これ以上天候が悪化しないなら、和志の感覚ではまだ撤退の理由にはならない。テントやウェアなど装備の面で十分カバーできるし、夏に登っているマジックラインは、テクニカルな課題のほとんどがクリアされた、いわば予習ができているルートなのだ。

連絡を入れると、磯村はすぐに応答した。柿沼との話の内容を伝えると、磯村も複雑な反応だ。

「シロクロはっきりしない話だな。そこまで行けばおまえとしては八割方成功したようなもんだろう。それに左肩の件もある。おまえの言うとおり、一度下山してまた登り直すのは難しいし、そもそも春分の日までにもう一度チャンスが来るかどうかもあてにならない。とりあえず、きょうは登れそうなのか」

「きのうと比べて極端に悪くはなっていない。もちろん高度の影響はこれからもっと出てくるから、厳しい登攀になるのは間違いないけどね」

「マジックラインは下りるのも危険だ。だったら上に行くしかないだろう。アリエフはどうしてる？」

「C3にいる。単なる小休止なのか、停滞なのかはわからない」

「断念してくれればありがたいんだがな。まあ、本人にも意地があるだろうし」

「とにかく、まずは八〇〇〇メートルを越えてみるよ。進むか退くかは、そこで判断しても遅くはないと思うから」

腹を固めて和志は言った。磯村はため息を吐く。

「柿沼さんとはおれのほうで連絡をとるよ。そのころには気象状況も改善しているかもしれない。おまえは登ることに集中しろ」

「山では悲観も楽観も紙一重《かみひとえ》だからね」

「ああ。天候の問題に限らず、クライマーがぎりぎりの可能性を追求しなきゃ、冬のK2なんて永遠に登れない。友梨にはおれのほうから事情を知らせておくから、おまえは先を急げ」

そう言って磯村は通話を切った。和志はテルモスのお茶で水分を補給し、ビレイを解いて登攀を再開した。

空は相変わらず晴れ渡り、寒さと風さえなければこの先、困難な局面はとくに思い浮かばない。しかしK2に関しては、冬以外の季節でも寒さで敗退した事例が幾つもある。マジックラインの第二登を果たしたスペイン隊も、寒さで登頂を断念した二名のうちの一人は下山中に疲労で凍死した。

アブルッツィ稜にもすでに盛大な雪煙が舞っている。柿沼が言ったとおり、天候のリスクだけはクライマーの能力で回避できない。アリエフはどう判断をするのか。まだ動こうとしないところを見ると、撤退を考えている可能性もある。

いまの寒さと風が一時的なものなのかどうなのか。もし登頂を果たしても、下山時のことを考えれば、和志としてもこの状況が長引いてはほしくない。

山際、友梨、磯村、トモ、いまは亡き柏田とリズ。そして新型アックスの開発に全力を注いでくれたノースリッジの技術スタッフや刀工、ピッケル鍛冶――。登山という行為をかつてはすべて自己完結すべきものだと思い、誰かのために登るというような考えはかけらもなかった。しかしいま自分は、そんな人々の夢を背負ってK２の頂に向かっているのだということを知っている。

8

午後八時に八二〇〇メートルに到達した。夏にビバークした地点より一〇〇メートルほど上だが、二十時間に及ぶ登攀はさすがに体に応えた。

日中はいくらか寒さは緩んだが、風は相変わらず強かった。しかしそれ以上にブレーキになったのが左肩の痛みだった。午後に入って腕の上げ下げに支障が出始め、バイルを自由に扱えなくなった。やむなく鎮痛剤を服用したが、痛みは治まっても腕の可動域は制約される。右腕頼りのクライミングでは、なかなか大胆なムーブができない。

高所の影響も出てきており、絶えず頭痛と吐き気に襲われる。意識や運動機能の障害はまだないが、食べたものや飲んだものを吐いてしまうのは困ったことで、水分やエネルギーの補給もままならない。体調は良好なつもりでいたが、高所順応に関しては、やはり不十分だったと認めざるを得ない。

気温はふたたび低下しているが、いまも雲一つない快晴だ。風は相変わらず北西からで、夜間にテントごと吹き飛ばされてはまずいので、稜線から少し下った風下に狭いテラスを見つけ、積もった雪を取り除き、なんとかビバークテントを設営した。雪を融かしお湯を沸《わ》かしながら状況を報告すると、友梨は不安を隠さない。

「無理はしないでね。撤退も考えるべきよ。アリエフもC3に入ったまま動かないから、このまま下山するかもしれないってポーランド隊も見ているようよ」

アリエフは世界で最もパワフルなクライマーとみなされているのみならず、マカルーとガッシャーブルムⅡ峰で冬季初登頂を達成した冬季登攀のエキスパートでもある。その彼が二の足を踏んでいるとしたら、いまのK2がそれだけ厳しいということだろう。気持ちを奮《ふる》い立たせるように和志は言った。

「この程度の高所障害は一時的なもので、これまでもよく経験したよ。一晩眠ればたぶん治まる。ここまで来て断念するんだったら、最初からK2に挑戦する資格はなかったことになる——」

もちろん、過去に撤退を余儀なくされた登攀は幾つもあった。理由は天候であったり、体調不良であったり、負傷であったりいろいろだ。しかしそれは事実上、登攀が不可能だと自ら判断したケースだった。現在の状態なら、あすも継続して登ることはできる。寒さと風は厳しいにせよ、ヒマラヤで本格的な嵐に遭《あ》えば、夏でもこの程度では済まないこともある。

アリエフも状況の推移を見守っているところだろう。安易に撤退の結論に至るとは思えないし、もしそうなら、風と寒さが強まった、きのうのうちに下降を開始しているはずなのだ――。

そんな考えを聞かせると、複雑な口ぶりで友梨は応じる。

「ゴーサインを出せるのは和志さんだけね」

「心配はいらないよ。ここは戦場じゃないんだから、死を覚悟して頂上を目指したりはしない。それじゃ登山じゃなくなっちゃうからね。だからといって、対応可能なリスクなら、それを背負って登るのもやはり登山だから」

「わかったわ。でも無理はしないでね。なによりも和志さんが元気で還ってくれることが、私のいちばんの願いだから」

切実な調子で友梨は言う。強い思いで和志は応じた。

「絶対に還るよ。もちろん頂上を踏んで」

そのあと磯村にも状況を伝えた。磯村も和志の考えに反対はせず、むしろ強く背中を押した。

「おまえならできるよ。そもそも冬のK２がそう容易《たやす》く登れたんじゃ、冬季初の値打ちがなくなってしまう。成功したら、クライマーとしてのおまえの実力を世界に知らしめるいい機会にもなる。それはただの壁屋じゃなく、オールラウンドの高所クライマーとしての実力だ」

「アリエフが断念するからといって、僕が右へならえする必要はないからね」

「ああ。おまえは自分で判断すればいいし、それができるだけの経験をすでに積んでいる。隊長としては情けないが、スカルドにいたんじゃどうしても情報不足だ。おれがあれこれ口出しすると、かえって混乱させることになる」

信頼を滲ませて磯村は言う。そこまで言われれば失いかけていた自信も蘇《よみがえ》る。和志はきっぱりと言い切った。

「慎重に、かつ大胆に行くよ。僕に与えられたチャンスは、まだ十分生きていると思うから」

9

夜の冷え込みは厳しかった。マイナス四〇度を確実に下回っているだろう。磯村が柿沼と話したところでは、あすもその傾向は続くが、それ以上の大崩れはない見通しだとのことだった。

冬のK2を目指す以上、そのくらいの気温低下は計算の上で、かつてアラスカで磯村とともに挑んだ冬のデナリでは、それ以下の低温を経験している。ビバークテントも防寒スーツもそのレベルを想定したもので、そこにも柏田のアイデアが生かされている。

飲んでは戻しを繰り返すうちに失っていた水分が徐々に補給できたのか、やがて吐き気も頭痛も治まった。食欲も戻ったので、さらにたっぷりのお茶といつものチョコレートやビスケットの食事を済ませ、そのままシュラフに潜り込む。

頭上の稜線では強風が唸《うな》りを上げ、ストーブが消えたテントのなかは、瞬《また》く間に氷点下の気温に下がる。寝ているあいだそれ以下に冷え込ませないための熱源は和志自身の体温だけだ。

夢を見ることもない深い眠りに落ちて、目が覚めたのは午前零時だった。テントから顔を出すと、頭上には相変わらず星空が広がり、月も出ている。

温度計の表示はマイナス四五度。柿沼は想定していなかったらしいが、あるいはこれが冬のK2の普通の姿ではないかとも思えてくる。だとしたら、やはり撤退はあり得ない。

南南東リブにもその先のアブルッツィ稜にも、テントやヘッドランプの明かりは見えない。アリエフはまだ就寝中なのか、当面動く気配はないようだ。

いますぐ出発するよりも、日が昇り気温が上がってからのほうがいいかとも思ったが、それでは安全な時間に頂上に立てない。ここよりさらに高所でビバークするのはリスクが大きい。なんとか明るいうちに頂上を踏んで、きょうのうちにショルダーまで下りたい。下山ルートとなるアブルッツィ稜は、頂上とショルダーの間に適当なビバークサイトがないからだ。

意を決してシュラフから抜け出してストーブを点《つ》ける。冷凍倉庫並みに冷え切っていたテントのなかがあっという間に暖まる。雪を融かしながら電話を入れると、すでに起きていたのか、それともずっと起きていたのか、磯村はすぐに応答した。

「いよいよサミットプッシュだな」

「ここで時間を潰している余裕はないからね。アリエフはまだ寝ているようだから、鬼のいぬ間になんとかというやつだよ」

「体調はどうだ」

「頭痛も吐き気も治まったよ。左肩はだいぶ不自由だけど、痛みは鎮痛剤で誤魔化せる」

「そうか。おまえならなんとかなるだろう。一度登ったルートだしな。ちょっと待て。いま社長と替わるから」

磯村がそう言ったとたんに、山際の弾《はず》んだ声が流れてくる。

「いよいよだね。成功を信じているよ。登頂おめでとうという言葉が、もう喉《のど》から出かかっているくらいだよ」

先走りすぎだとは思うが、こうなれば思い悩んでも始まらない。いっそ手放しの楽観論で送り出してもらうほうがありがたい。

「ありがとうございます。ここまで来られたのはノースリッジの皆さんのお陰です。ぜひご期待に応えます」

「いやいや、堅苦しく考えなくていい。君の成功が我々の仕事の対価だとは思っていない。いまはただその美酒に酔いたいだけだよ。長話をしている暇《ひま》はないだろうからこれで切るよ」

そう言って山際は通話を終えた。あくまでプレッシャーをかけまいとする気配りがここでも感じられる。

続けて友梨に電話を入れる。あれから磯村たちとも話をしたのだろう。これから出発すると告げると、いつもの闊達《かったつ》な調子で友梨は言う。

「ウェブサイトで配信する登頂成功の原稿をこれからつくっておくわ。アリエフはまだ動く気がないようだから、冬季初は間違いないわよ。でも気をつけてね。絶対に無事に還ってね。和志さんには次の目標が待ってるんだから」

早手回しに次の宿題を出されてしまったが、生きて還らなければ果たせない宿題なら、それも励みだと受けとるしかない。

「なにはともあれ、まずはK2だよ。じゃあ、これから出発する」

「頂上が晴れていたら、ベースキャンプ側に顔を覗かせてね。下からしっかり撮影するから」

「ああ、頼むよ。それなら自撮りを失敗しても証拠が残るから」

そんな話をして通話を終え、手早く食事を済ませる。たっぷりのお茶で水分を補給して、残ったお茶はテルモスに詰め、ビバークテントの撤収に取りかかった。

10

稜線に出ると、北西からの寒風が情け容赦《ようしゃ》なく吹きつける。

この先の主稜は急峻でアップダウンも多い。夏に登ったときはアックスに問題があった。そのためできるだけドライツーリングを避けようと、稜線の下部を巻いてはクーロワールや支稜を登って主稜に戻る方法をとった。

今回は新型アックスの性能を生かしてダイレクトに主稜を登る作戦だったが、それでは強烈な風をまともに受ける。それを避けるには夏と同様、可能な限り稜線の風下側をトラバースするしかないが、そこから主稜に戻るクーロワールは、おそらく雪崩の巣になっている。

アックスが破損したのは、そんなクーロワールに取りつこうとしたら落石がひどく、やむなく横手の岩稜を登ったときだった。最後に難しいオーバーハングがあり、そこを力任せに突破しようとしたとき、すでに変形していたアックスのピックが折れた。

今回も同じルートをとれば、雪崩の危険を避けるため、またそのオーバーハングを乗り越えなければならないだろう。新型アックスの性能でなんとか行けそうだという期待の一方で、自由度の低い左肩の問題がある。より容易な別のルートが見つかればいいのだが、だめなら肩を壊すのを覚悟で突破するしかない。

次のターゲットをマカルー西壁に決めたわけではないが、和志の目算では、もしそちらを狙うとしたらたぶん冬になる。これまで数多くのパーティーが挑んでは敗退した。その原因は、あのオーバーハングしたヘッドウォールの困難さよりも、むしろその手前での落石の多さだった。それを克服するには、いままで誰も試みなかった冬がいい。浮き石が凍りついて、たぶん落石は減少するはずだ。新型アックスとドライツーリングという、和志にとっては新兵器ともなる技術をフルに生かせば、十分可能だという手応《てごた》えがいまはある。

計画が本格的に動くとすれば来年の冬で、いったんここで肩を壊しても、回復するまで一年を費《つい》やせる。そしてその計画を現実のものにするうえで、今回の遠征が成功裏《り》に終わることには極めて大きな意味がある。

夏にも通ったバンドをトラバースして、主稜線に合流するクーロワールに取りついた。ここは急峻すぎて新雪がついておらず、アイスクライミングのテクニックで楽に登れる。

マイナス四〇度を下回る低温でも、風さえなければ堪えられる。アリエフが登攀中の南南東リブは位置的に北西の風をまともに受けるから、それを避ける術《すべ》がない。さらにアブルッツィ稜のショルダーから上も逃げ場のない吹き曝しの尾根で、辛《かろ》うじて風を避けられる場所は、難所と言われるボトルネックのあたりしかない。その点では、地形が複雑で、ルートの選び方次第で風を避けられるマジックラインが有利と言える。

主稜線に出ては、トラバース可能なバンドやランペを見つけ、またクーロワールや支稜を登るという方法で、風による体力低下を避けながら、着実に高度を上げていく。

午前十時には八四〇〇メートルに達した。左の肩の状態はますます悪化して、腕を高く振り上げることはほぼ不可能になった。打ち込んだバイルを引き付けて、体を持ち上げるにも十分な力が入らない。もちろんそれ自体は計算に入っていたことで、とくに焦燥《しょうそう》は感じない。

日中になって気温はやや上がったが、それでもマイナス四〇度前後。風も相変わらず強いが、極力風下にルートをとっているせいで、体力はそれほど奪われない。

つい先ほど友梨から電話が入った。アリエフが下山を開始したらしい。現在、世界最強と目されるアリエフが撤退を決意したことは、和志にすれば手放しで喜べる話ではない。

いまの条件では南南東リブのほうが不利だというのが和志の読みだが、それでも彼が七二〇〇メートルで敗北を認めたということは、現在のK２がそれだけ厳しいことを意味していると見ていいだろう。こちらのペースもなかなか上がらず、夏より日照時間が短いというハンデもある。

果たして明るいうちに頂上に立てるかどうか、まだ計算が立てられない。

ブロード・ピークもガッシャーブルム山群も、頂はすでに眼下にある。その裾《すそ》をバルトロ氷河は悠然《ゆうぜん》と流れる。夏にも見ているその光景に、なぜか心が震えてやまない。

ローツェ南壁からの登頂は、「冬季単独」が世界初だっただけだ。しかしこの挑戦に成功すれば、本当の意味での冬季世界初。しかもソロでだ。それがこれほど心を躍《おど》らせるとは思ってもみなかった。

もちろんまだ登頂は果たしていない。しかしここまで来た以上、それは絶対に逃したくない栄冠だ。それは和志が一貫して追求してきたソロという異端のスタイルが、アルパインクライミングの最前線で十分に通じることを証明することでもある。

トモのジャヌー北壁とローツェ南壁のソロ登攀に浴びせられた疑惑の背景に、ソロという登攀スタイルへの偏見があったことは間違いない。

ヒマラヤに足を踏み入れて以来、一貫してソロの可能性を追求してきた和志にとって、南壁からのローツェ冬季単独初登頂は、究極のソロイスト——トモ・チェセンを復権させたいという悲願に基づくものだった。同時にソロという、アルパインクライミングにおいて最も優《すぐ》れたタクティクスを、より日の当たる場所に出したいという思いに突き動かされたためでもあった。

ソロによるK２冬季初登頂は、その目的のための大きな里程標《りていひょう》だ。目指すのがパーティーを組んでの初登頂だったら、ここまでこだわりを持たなかっただろう。そこにソロという言葉が付加されることにこそ、和志にとってはなにものにも代えがたい意味がある。

11

午後三時に、八五二〇メートル地点に達した。あとは標高差にして一〇〇メートル足《た》らずの雪壁を登るだけだ。惧《おそ》れていた新雪のラッセルは必要なさそうだった。夜昼問わず吹き続けた強風と寒気によって、雪面は十分体重を支える程度にクラスト（雪面が固く凍りつくこと）していた。

問題の左肩はもう使えない。致命的だったのはあのオーバーハングだ。できれば回避したかったが、けっきょく代替ルートが見つからなかった。やむなく夏と同じトラバースルートを経由してそれを乗り越えることにした。左腕は肩までしか上がらなくなっていたが、壊れるのを覚悟で動かないところを動かした。新型アックスの性能の高さはここでも如実《にょじつ》に表れた。

気が遠くなるほどの痛みが走ったが、左手に握ったバイルは微細なリスにしっかりと食い込んだ。右手のピッケルと相まって確実に体重を支えてくれて、夏にピックが折れたときと同様のアクロバチックな動きをほぼ再現してくれた。

ハングを乗り越えて確認すると、ピッケルもバイルも擦《す》り傷以外に損傷はない。これならマカルー西壁でも十分使える。それどころか、かつてなかった強力な武器になるかもしれない。

最後の難関は越えたものの、これから登る雪壁は完全な吹き曝しで、風が避けられる迂回路《うかいろ》は存在しない。基部に立っているだけで体温は一気に奪われる。そもそもそれ以前に、疲労は限界に達しつつある。かといって、こんな吹き曝しの場所でビバークをすれば命にかかわる。寒さもさることながら、夜間に強風でテントが吹き飛ばされる可能性もある。

なけなしの気力を振り絞《しぼ》り、和志は雪壁に取りついた。ただでさえ酸素が希薄なうえに、横からの強い風圧で空気が十分に吸い込めない。ベルヌーイの定理という流体力学の法則によるものらしいが、山ではしばしば体験する。

雪壁の傾斜は四〇度ほどで、右手のピッケルだけで不自由はない。しかし二、三歩前進するだけで、一〇〇メートルを全力疾走したように呼吸が乱れる。足腰の筋肉は伸び切ったゴムのようで、砂袋を引きずっているように体が重い。風は鼓膜を劈《つんざ》くように唸りを上げる。太陽は燦々《さんさん》と輝いているが、その輻射熱の恩恵を吹きつける風がすべて奪い去る。

肩で呼吸を繰り返し、ようやく落ち着いたところでまた一歩足を踏み出す。その間隔《かんかく》が永遠のように感じられる。冬の世界第二位の高峰は、到底人が生きていられる場所ではない。しかしつかの間の滞在だけは許してほしい。

それでも肉体はまるで自動化された機械でもあるかのように、ゆっくりと、だが着実に上に向かう。時間の感覚が次第に薄れて、その苦痛から逃れたい願望が消えていく。登高の苦しみはそのままに、そこに奇妙な至福さえ感じる自分がいる。

何時間登り続けただろう。突然雪壁の傾斜が緩んだ。なだらかな斜面をしばらく行くと、そこより高い場所がなくなった。東部カラコルムの鋭峰群を衛兵《えいへい》のように従えて、バルトロ氷河が眼下を悠然と流れ下る。

強風はいまも吹きすさび、広い雪原のあちこちを白い亡霊のようなブリザードの雪煙が駆け抜ける。太陽は西に大きく傾いて、寒さも一段と厳しくなった。防寒スーツの厚い断熱層を突き抜けて、体の芯《しん》まで冷気が突き刺さる。人生で二度目のK２の頂は、やはり和志を歓迎してくれてはいないらしい。

スーツの内ポケットからデジタルカメラを取り出して、周囲の山々を背景に自撮りする。この状況ではそれだけの手間でも命懸《が》けと言っていい。

ポケットで衛星携帯電話の呼び出し音が鳴る。取り出して耳に当てると、友梨の声が飛び込んできた。

「やったわね。下から見えたわ。頂上に立っているところをちゃんと撮ったから、証拠はばっちりよ」

「ああ、なんとか登ったよ」

「体調は？」

「寒さと疲労で、生きているのが不思議なくらいだ。いますぐここから下りないと。落ち着ける場所に着いたら、詳《くわ》しく報告するよ」

「わかったわ。磯村さんたちには私から連絡をしておくから。気をつけてね」

事情は承知だというように友梨は応じて通話を切った。

太陽が地平線に沈みかけている。時刻は午後六時。この先、八二〇〇メートル付近にあるのがボトルネックという難所だ。狭く急峻なクーロワールで、その真上からはモンスターと呼ばれる高さ一五〇〇メートルの懸垂氷河がのしかかる。その末端のセラックは絶えず崩壊し、氷塊の直撃を受けて死亡した登山者は数多い。いまは寒さで硬く凍結し、簡単に崩壊することはないと思うが、すこぶるリスキーなポイントなのは間違いない。

アブルッツィ稜に向かう緩斜面を転げるように駆け下る。下降は重力に身を任せればいいから、疲れていてもスピードは出せる。

緩斜面を下ったあとはボトルネックに向かう雪壁で、モンスターの基部を巻くように下降する。周囲は宵闇《よいやみ》に包まれて、寒気はますます強まっているが、風はK２の頂上ドームとモンスターが遮《さえぎ》ってくれている。

夏に下降したときはニックたちの固定ロープを使わせてもらった。いまもシーズン中に張られたロープがあちこちに残っているが、その後の日射で傷《いた》んでいるから、不用意に頼れば命を落とす。

気温はますます低下して、すでにマイナス四〇度台の後半だ。ボトルネックを抜ければふたたび強風にさらされる。疲労は限度を超えているうえに、高所での滞在時間が長すぎたのか、ときおり意識が朦朧《もうろう》とする。夜を徹してでもショルダーまでたどり着きたい。しかし最終ビバーク地点を出て以降、行動時間はすでに十八時間を超えている。

ボトルネックの出口に近づいたとき、和志は思わず目を疑った。アブルッツィ稜を越えるように、異様なスピードでガスが流れている。いやガスなのかどうかわからない。強烈な風に舞い上げられた地吹雪《じふぶき》のようでもある。マジックラインはここからは見えないが、おそらくそちらも似たような状況だろう。

ブロード・ピークやガッシャーブルム山群も、似たようなガスに包まれている。これは天候の変化の兆候なのか。そうだとしたら、いい方向なのか悪い方向なのか。

ボトルネックの出口の手前で、磯村に電話を入れた。磯村はすぐに応答し、不安げな声で訊いてくる。

「いまどこにいる？　無事なのか？」

現在の状況を説明すると、磯村は一声《ひとこえ》唸った。

「なかなか厳しいな。いまのところ起きているのか」

「いまのところ起きていない。セラックの崩壊は起きていない。最近崩壊したような痕跡もない」

「モンスターが落ち着いているとしたら唯一《ゆいいつ》の好材料だが、それもいつ気まぐれを起こすかわからないからな」

「でも生きて還れる可能性は、ほかになさそうだよ」

和志は言った。磯村は慌てて問い返す。

「ビバークするつもりか」

「それならあすはショルダーか、さらにその下まで行けると思う」

「デスゾーンで二泊することになるぞ」

「ローツェでは三泊したよ」

「たしかにそうだが――」

磯村は言いよどむ。和志は訊いた。

「柿沼さんはなんて言ってるの」

「南の低気圧が停滞していて、高気圧のバランスがなかなか変わらないらしい。北の優勢がしばらく続きそうだと言っている」

「だったらなんとかなるよ。これまでの傾向だと、日中も風は強いけど、晴れれば気温は上がるから」

　確信はない。しかしほかに手立てもない。消耗しきったいまの体力で、この強風のなかをショルダーまで下降したら、死ぬのはまず間違いないだろう。それはここまでの行程で身に染《し》みて感じていることだった。

「モンスターが暴れたら命はないぞ」

「ツキも実力のうちと、磯村さんはいつも言ってるじゃない」

　開き直る思いで和志は言った。しばし言葉に詰まったが、腹を固めたように磯村は応じた。

「おまえの言うとおりだ。高所登山で一〇〇パーセント安全なんてことはあり得ない。おれだって、ツキに命を救われたことは何度もある」

　ほかに答えがないのは、磯村もわかっているようだった。

12

　ボトルネックは、モンスターの直下にある幅の広いクーロワールが、その先で瓶《びん》の首のように狭まっている隘路《あいろ》になっていて、セラックが崩壊すれば、落下した氷塊がすべてそこに集まる。常識的にはこれ以上ビバークに適さない場所はない。しかしそこにいる限り、少なくともいま吹いている強風は避けられる。

　背後では、東の空に浮かぶ月に照らされて、モンスターの巨大なセラック群がぎらぎらと不気味に光る。

　ボトルネックの出口付近にテントを張れる場所はない。右側のリッジを少し登り、なんとか座れる岩場を見つけて、セルフビレイをとり、ビバークテントを頭からかぶる。極端に狭い内部はストーブに点火したとたんに暖まる。そのストーブで雪を融かしお湯を沸かす。

　モンスターに風が遮られ、久しぶりに静かなビバークだ。激しい疲労ですぐに眠りに落ちそうだが、デスゾーンでの二晩目となれば、水分を十分補給しないと重篤な高所障害に陥《おちい》る。

　冬季K2初登頂。それも単独で——。歴史に残る画期的な登攀だとはわかっているが、まだ喜びは湧《わ》いてこない。山で死ねれば本望だなどという、クライマーの常套句《じょうとうく》をこれまで口にしたことはない。しかし受け入れる覚悟はいつも出来ていた。あるいはそのつもりだったと言うべきか。

　しかし死の恐怖とはまた別に、このまま生きて還れないとしたら、それがあまりに切ないのだ。磯村が、友梨が、山際が待っている地上へ戻りたい。彼らと喜びを分かち合うことなしでは、この登頂になんの値打ちも感じない。

　人は自分一人のために生きてはいない。そんな人生がもしあるとしたら、それは無人島で暮らす世捨て人の人生のようなものだろう。

　かつての自分なら、それが理想だとさえ思ったかもしれない。しかしいまの自分は違っている。自分の力だけでできることなど限られている。磯村たちに支えられてこれだけのことを成し遂げた。だから自分も彼らのためにできることをしたい。

　余命が限られた磯村の夢を、彼が生きている限り叶《かな》え続けたい。K2冬季初登頂はまだ経過点に過ぎない。しかし自分が挑戦を続ける限り、磯村がそれに応えて生き続けてくれる——。そんな理屈を超えた希望が心のなかに生まれている。

　その希望の炎を燃やし続けるために、自分は生きて還りたい。磯村が和志にとってかけがえのない友であるように、自分も誰かにとって、誰よりも磯村にとって、そんな存在でありたいと心から願う。

たっぷりつくったお茶を飲み、体内に水分と熱源を補給して、わずかな食料を口にする。あす天候がより悪化すれば、停滞はさらに長引くかもしれない。燃料も食料もぎりぎり五日分しか携行していない。それが命を支える糧《かて》のすべてだ。貴重な食料と燃料を消費しないために、いまは早寝をするにしくはない。岩に腰かけたままシュラフをまとい、目を閉じたとたんに強烈な睡魔がやってきた。


夜半を過ぎたころ、雷鳴のような音で目が覚めた。音は次第に大きくなって、座っている岩にも重い地響きが伝わってくる。

緊張を覚えた。雷鳴ではない。雪崩とも違う。モンスターの崩落――。絶対にないと確信していたわけではない。いくら寒さで凍てついていても、不安定な懸垂氷河の舌端《ぜったん》であることに違いはない。

慌ててヘッドランプを点けてビバークテントのベンチレーター（換気口）から外を覗くと、ボトルネックの出口付近で激しい雪煙が舞っている。ビバークしたのがやや高い場所だったから助かった。しかし次も助かるとは限らない。

そのときふと、不審なものを覚えた。ベンチレーターから流れ込む空気が妙に暖かい。雪煙が収まったとき、その理由がわかった。ヘッドランプの光のなかを雪が舞っている。温度計を外に出して確かめると、氷点下一〇度前後まで上がっている。

防寒スーツのポケットで衛星携帯電話が鳴った。磯村からだった。その声が弾んでいる。

「朗報だ。いま柿沼さんから電話があった。南北の高気圧のバランスが逆転したようだ。アラビア海の低気圧が去って、南の高気圧が盛り返したらしい。これから一時的に前線が通過するが、そのあと急速に南の高気圧が張り出して、いったん寒さが緩むそうだ」

「もう緩んでいるよ。じつは――」

こちらの状況を説明すると、緊張した声で磯村は応じる。

「だったら、急いでボトルネックを抜けないと。気温が上がればセラックも緩む。のんびりしていたらやられるぞ」

「すぐ下降するよ。ただし、ボトルネックの出口を通過するとき、氷塊が落ちてきたら逃げようがないけどね」

「いまいる場所だって安全なわけじゃない。でかい雪崩が起きれば、どこにいたって同じだよ。ボトルネックを抜けてしまえば、雪崩もそこで堰《せ》き止められる。それだけ気温が上がっていれば、多少吹雪《ふぶ》いたってショルダーまでなら下降できるだろう」

「今後の降雪状況にもよるけど、もっと下まで行けるかもしれない。晴れてくれればベースキャンプまでだって下りられる」

「ああ。とにかく急いで行動しろ。いまはそこにいるのがいちばん危険だ」

磯村は急《せ》かすように言って通話を切った。

テントを撤収しリッジを下る。ボトルネックの出口付近には、冷蔵庫ほどの大きさの氷塊が幾つも転がっている。落下してくるあいだに砕けたのだろう。最初に落ちたときの大きさがどれほどだったか、想像するに余りある。

出口をふさいでいる氷塊を乗り越えて、そこから続く雪壁を下降する。

頭上に瞬いていた星は消えていて、月も雲間に隠れている。ボトルネックの外は南東の風が吹き荒れて、すでに吹雪の様相だが、気温が高いから命のリスクは感じない。ここにはマジックラインのようなナイフエッジはほとんどないから、横殴りの風も苦にならない。

ボトルネック付近でまたなにか炸裂《さくれつ》したような音がする。いまは周囲は漆黒《しっこく》の闇で、目で見ることはできないが、セラックの崩壊が続けて起きているようだ。一つタイミングが遅れていたら、いま生きていたかどうかわからない。

雪壁は急でもダブルアックスでクライムダウンするほどではないから、肩の故障も気にならない。それより雪が大量に積もれば、雪崩のリスクが発生する。そのまえにできるだけ下降しておく必要がある。

先ほどまでの熟睡で、疲労はだいぶ抜けていた。下るに従って酸素分圧が高まって、だんだん呼吸が楽になる。そのぶん気持ちも明るくなる。

唯一心配なのがルートの見誤りだ。吹雪で視界は限られるし、もちろん先行者のトレースもいまはない。夏に下ったときの記憶に頼るしかないが、雪面からときおり覗く古い固定ロープはありがたい目印だ。

五時間下ってショルダーに達するころには、吹雪は収まって風も弱まった。

頭上の雲は次第に消え、そのあいだから朱色に染まった明け方の空が覗く。K2の頂上ドームを覆っている笠雲が、曙光《しょこう》を受けて炎のように燃え上がる。

登攀を開始してからほとんど見かけることのなかった雲海が、いまはバルトロ氷河の谷を埋め尽くし、その周囲の峰々が、大海に浮かぶ群島のようにそびえ立つ。

ゴドウィン・オースチン氷河の対岸に城塞のようにそそり立つブロード・ピーク、ヒドゥンピークの異名を持つガッシャーブルムⅠ峰のダイナミックなピラミッドと、それを囲んで林立するⅡ峰からⅣ峰までの巨峰群。天を突き刺す鏃《やじり》のようなマッシャーブルム、純白の裳裾《もすそ》を優美に広げる花嫁の峰、チョゴリザ、巨人の拳のようなムスターグ・タワー――。

北西にはクンヤン・キッシュ、ラカポシ、ディランなど西カラコルムの七〇〇〇メートル級の雄峰群、南西にはインダス川の谷を隔てて隆起する純白の巨鳥のようなナンガ・パルバット――。そのすべてが曙光を受けて淡いピンクに染まる。

衛星携帯電話が鳴った。友梨からだった。

「ショルダーに着いたのね。ボトルネックを出てからずっと、ヘッドランプの光を追っていたのよ。よかったわ。本当に無事でよかった」

その声に嗚咽《おえつ》が混じる。寝ずに和志の動向を見守ってくれていたのだろう。声には憔悴《しょうすい》の色も窺《うかが》える。

「ここまでくれば、もう安心だよ。たぶん夕方にはベースキャンプに戻れるよ」

高揚を隠さず和志は言った。頂上では感じることのできなかった喜びが湧き起こる。天候が回復したいま、この先の下山路で失敗する気はまったくしない。

「磯村さんと社長も、ヘリをチャーターして飛んでくるはずよ。ハサンにも最高のディナーを用意してもらうわ。二人とも一泊する気でいるから、今夜は大祝勝会よ」

一転、友梨は盛り上がる。そんな言葉に心が弾む。

「楽しみにしてるよ。友梨のバックアップには本当に感謝している。ベースキャンプからずっと応援してくれた。それがどれだけ力になったか、とても言葉では言い尽くせない」

「そんなに感謝されるほどのことはしてないわよ。でも和志さんを信じていたの。必ず頂上を踏んで、生きて還ってくれるって。スカルドで気を揉《も》んでいる二人に急いで連絡しないと」

友梨は弾んだ声で言って通話を切った。ほどなく磯村から電話が入った。

「やったな、和志。おまえが死んだら、おれもこの世に居残る理由がなくなっていた。また長生きする口実が出来たから、次の遠征にも付き合わせてもらうぞ」

磯村は気が早い。しかし長生きしてくれるというのなら、和志にとっても願ったり叶《かな》ったりだ。

「もちろんお願いするよ。いまの勢いなら、ベースキャンプにも入ってもらえそうだね」

「そこまでは無理だけどな。しかし本当にすごいことをやってのけたよ。二十一世紀の課題の一つを、ソロでクリアしちまった。次はもう一つの今世紀の課題だな」

「マカルーの西壁だね。それについては、いろいろ相談したいことがあるんだよ」

「その気になっているのか。だったらますます死んじゃいられない。ちょっと待て。いま社長と替わるから」

磯村が言うと、間を置かず山際の声が流れる。

「ありがとう、和志君。私もこれで鼻が高いよ。新型アックスの開発に乗り出したときは、病院へ行けと勧めてくる経営者仲間もいたくらいでね。もちろん登頂成功は君の力によるものだが、あのアックスも多少の役には立ったようだね」

「多少どころじゃありません。あれがなかったら登頂は無理でした。柏田君も喜んでくれていると思います」

「新型アックスを商品化するときは、シグネチャーは君の希望どおり、『KASHIWADA』モデルにしようと思う。売り上げの一部は、彼のご両親にも還元したいと思っているんだよ」

山際は満足げに言う。その希望はすでに山際に伝えてあった。営業部門の役員は「NARAHARA」モデルにこだわって、山際が鋭意説得をしていたらしいが、なんとか押しきってくれたようだった。

「我儘《わがまま》を聞いていただいて、ありがとうございます。今回の挑戦は彼の死から始まりました。一度はやめようと思ったクライマー人生に、もう一度チャレンジさせてくれたのは、彼のアルピニズムへの熱い思いでした。『KASHIWADA』モデルこそ、夢を叶えてくれたあのアックスにふさわしいシグネチャーです」

「君にとってだけじゃない。彼のアイデアでノースリッジもいま生まれ変わろうとしている。このプロジェクトが緩んでいた会社の士気に活を入れてくれた。柏田君も君も、私にとっては言い尽くせないほどの恩人なんだよ」

山際の言葉が胸に染みる。そして、あの柏田の最後の言葉が蘇る。

もし生きて還れたら、世界一のクライマーに命を救われたことが、僕の人生の勲章《くんしょう》になるでしょうね――。

その勲章を与えられなかった悔いはいまも消えない。しかし新型アックスのシグネチャーとして、その思いの一端は叶えてやれたのかもしれない。そうだとしたら、それは登頂の成功以上に、和志にとって嬉しいことだった。

注・本作品は、月刊『小説ＮＯＮ』（小社発行）に、平成三十年一月号から平成三十一年二月号まで連載されたものに、著者が刊行に際し、加筆・訂正したものです。

——編集部

切りとり線

あなたにお願い

この本をお読みになって、どんな感想をお持ちでしょうか。次ページの「100字書評」を編集部までいただけたらありがたく存じます。個人名を識別できない形で処理したうえで、今後の企画の参考にさせていただくほか、作者に提供することがあります。

あなたの「100字書評」は新聞・雑誌などを通じて紹介させていただくことがあります。採用の場合は、特製図書カードを差し上げます。

次ページの原稿用紙（コピーしたものでもかまいません）に書評をお書きのうえ、このページを切り取り、左記へお送りください。祥伝社ホームページからも、書き込めます。

〒一〇一―八七〇一　東京都千代田区神田神保町三―三
祥伝社　文芸出版部　文芸編集　編集長　金野裕子
電話〇三（三二六五）二〇八〇　http://www.shodensha.co.jp/bookreview/

◎本書の購買動機（新聞、雑誌名を記入するか、○をつけてください）

＿＿＿新聞・誌の広告を見て	＿＿＿新聞・誌の書評を見て	好きな作家だから	カバーに惹かれて	タイトルに惹かれて	知人のすすめで

◎最近、印象に残った作品や作家をお書きください

◎その他この本についてご意見がありましたらお書きください

100字書評

K2 復活のソロ

住所

なまえ

年齢

職業

笹本稜平（ささもと・りょうへい）
1951年、千葉県生まれ。立教大学卒。出版社勤務を経て、2001年『時の渚』で第18回サントリーミステリー大賞と読者賞をダブル受賞。04年『太平洋の薔薇』で第6回大藪春彦賞を受賞。ミステリーや冒険謀略小説をはじめ、警察小説、山岳小説の名手として絶大な人気を誇る。著書に『未踏峰』『南極風』『分水嶺』『ソロ』（以上、祥伝社刊）『還るべき場所』『春を背負って』『その峰の彼方』『大岩壁』『転生』など。

K2 復活《ふっかつ》のソロ

令和元年6月20日　初版第1刷発行
令和元年7月10日　　第2刷発行

著者——笹本稜平《ささもとりょうへい》
発行者——辻 浩明
発行所——祥伝社《しょうでんしゃ》
〒101-8701　東京都千代田区神田神保町3-3
電話　03-3265-2081（販売）　03-3265-2080（編集）
03-3265-3622（業務）
印刷——堀内印刷
製本——ナショナル製本

ISBN978-4-396-63565-7 C0093
祥伝社のホームページ・http://www.shodensha.co.jp/